William Trevor

Mister Birds Vermächtnis

WILLIAM TREVOR

Mister Birds Vermächtnis

Roman

Aus dem Englischen
von Thomas Gunkel

Rotbuch Verlag

Die Übersetzung wurde gefördert durch Ireland Literature Exchange/Idirmhalartán Litríocht Éireann, Dublin, Irland.

Die Deutsche Bibliothek – CIP-Einheitsaufnahme

Ein Titeldatensatz für diese Publikation ist bei der Deutschen Bibliothek erhältlich.

Originaltitel: The Boarding House
zuerst erschienen 1965 bei Bodley Head, London

Umschlaggestaltung: + malsy, Bremen
Motiv: nach einer Fotografie von Nick Sinclair/photonica
Herstellung: Das Herstellungsbüro, Hamburg
Satz: H & G Herstellung, Hamburg
Druck und Bindung: Freiburger Graphische Betriebe
Printed in Germany

ISBN 3-434-53031-2

1

»Ich sterbe«, sagte William Wagner Bird am Abend des 13. August, drehte das Gesicht zur Wand, um seine Ruhe zu haben, und seufzte beim Anblick der kleinen Vergissmeinnichtsträuße auf der Tapete. Sein Körper fühlte sich an wie eine schwere Last, das hatte er noch nie erlebt. Seine Füße schienen weit weg zu sein, und plötzlich wurde ihm klar, dass er sie nur noch mit dem Verstand wahrnahm. Dann merkte er, dass er seine untere Körperhälfte nicht mehr bewegen konnte.

»Die Füße zuerst«, sagte Mr. Bird, der bis zum Schluss ein geistreicher Kopf war. »Meine Beine haben ihre letzte Ruhe gefunden. Schwester Clock, ich möchte, dass Sie all das aufschreiben und einer Tageszeitung mitteilen. Haben Sie Stift und Papier?«

Die Schwester, die etwas abseits saß und in einer Zeitschrift blätterte, las gerade folgende Nachricht: *Bingo und Whist-Partys in den Gesinderäumen von Balmoral*. »Ich notiere jedes Wort«, sagte sie.

»Dann hören Sie zu«, sagte William Wagner Bird, ohne den Satz je zu beenden.

»Gott im Himmel«, murmelte Schwester Clock. Sie spürte die Anwesenheit des Todes und fand es angemessen, Gott anzurufen. *Nur in Balmoral gibt es beides im selben Raum*, las sie; und mit diesem Gedanken stand sie auf und bedeckte das Gesicht des Mannes, den sie schon viele Jahre kannte und weder als Kranken noch als Gesunden besonders gemocht hatte.

Während Schwester Clock ihrer Arbeit nachging und darauf achtete, dass ein gewisser Anstand gewahrt blieb, wurde es im Zimmer allmählich dunkel. Sie blickte die auf dem Bett ausgestreckte Gestalt nicht an, sondern erledigte rasch alles auf ihre nüchterne Art, packte ihre Sachen in ihre Schwesterntasche und räumte das Zimmer des verstorbenen Patienten auf. Es war neun Uhr. »Ich hab viel zu tun gehabt«, sagte Schwester Clock.

So starb William Wagner Bird, ein Mann von siebenundsechzig Jahren, der nie geheiratet hatte, am 13. August in seiner Pension. Sein Tod wurde später von den zuständigen Behörden nur förmlich registriert, denn Mr. Bird hatte wie manch anderer in der Pension weder familiäre noch sonstige Bindungen. Seine Eltern waren fünf Jahre vorher im gleichen Monat gestorben und hatten ihm Schulden in Höhe von neunzig Pfund hinterlassen. Er selbst hatte früher in einem Reisebüro Tickets in ferne Weltgegenden verkauft.

Die Pension war ein imposantes Gebäude, das an die Regierungszeit Königin Victorias erinnerte, aber in Wirklichkeit erst später erbaut worden war. Sie stand in der Jubilee Road, SW17, ein rotes Backsteinhaus im Zuckerbäckerstil mit kleinen Türmchen und einem ungepflegten Garten davor und dahinter.

Als die kleine Miss Clerricot, die behandschuhte Hand am Klingelzug, zum ersten Mal auf den Stufen vor der Pension gestanden hatte, hatte sie auf das Geräusch von Schritten gewartet und sich gefragt, ob sie vielleicht einen Fehler beging. Und auch die Gestalt, die schließlich in der Tür erschienen war, hatte sie nicht beruhigt. Sie hatte die düstere Diele betreten, und man hatte sie dort allein gelassen. Im Haus war es still gewesen wie in einem Kloster, und kurz darauf war sie hinter der Person, die ihr die Tür geöffnet hatte, durch die Stille geschritten und dem Besitzer gegenübergetreten. Und der hatte diese Person, einen Dickensschen Greis, für sein schlampiges Erscheinungsbild streng getadelt und in Miss Clerricots Beisein entlassen. Doch Miss Clerricot hatte das Zimmer, das man ihr anbot, genommen, und im Lauf der Zeit hatte sie an der Pension Gefallen gefunden.

An der Wand neben der Treppe hing eine braune Tapete. Sie war mit großen ovalen Blättern gemustert, die früher einmal eine größere Vielfalt von Pastelltönen gehabt hatten: Lila und Dunkelgrün, Rot und Rostbraun. Mr. Studdy hatte die Angewohnheit, spätabends eine der drei Watts-Reproduktionen anzuheben, um zu seinem persönlichen Vergnügen die ursprüngliche Pracht der Tapete zu enthüllen und sich die Wirkung des Lichts auf schlecht reproduzierter Farbe ins Gedächtnis zu rufen. »Eine Schande«, sagte Mr. Studdy oft und nickte wissend.

Überall im Haus gab es Vorhänge, Wandbehänge und andere Tapeten, die zu dem kräftigen Soßenbraun der Tapete an der Treppe passten. Sogar der Gummibaum in der Diele hatte einen ähnlichen Farbton; und auch bei den verschiedenen Malerarbeiten, den Zierleisten, die die Treppe entlangliefen, dem Geländer und den Malereien auf dem Fußboden war er allgegenwärtig. Durch die lange Zeit und den Verschleiß ausgeblichen, tauchte die Farbe als Hintergrundton von Teppichen und vorherrschender Ton des Linoleums auf. In den drei Toiletten, eine auf jeder Etage, kam sie so stark zur Geltung, dass mancher neue Bewohner der Pension sie als bedrückend empfunden hatte.

Das Braun beherrschte jedoch nicht das gesamte Haus. Die Wirkung der Farbe wurde durch die drei Watts-Reproduktionen, durch Scharen von Porzellangänsen und eine Reihe von Seidenstickereien in grellen Farben gemildert, die angeblich über die Rückenlehnen der Armsessel gebreitet waren, damit die Köpfe von Mr. Studdy und anderen den Stoff nicht verschmutzten, die in Wirklichkeit aber die

Zimmer aufheitern sollten. An Weihnachten wurden Papierdekorationen von einer Bilderleiste zur anderen geschlungen, künstliche Stechpalmenzweige schmückten die laternenförmige Deckenleuchte in der Diele, und Mistelzweige wurden mit Reißzwecken an den Türrahmen befestigt, worauf Mr. Studdy besonders im Beisein von Miss Clerricot oder Rose Cave oft hinwies. Mr. Studdy hatte seine versteckten Anspielungen ebenso zur Kunst erhoben wie Major Eele seine groben Unverschämtheiten.

Am Abend des 13. August verließ Schwester Clock das Zimmer, in dem William Bird tot auf dem Bett lag, und stieg die Treppe hinab. In der Hand trug sie ihre Schwesterntasche und unterm Arm, die entsprechende Seite aufgeschlagen, die Zeitschrift, in der der Artikel über das Königshaus stand. Sie war eine Frau mit gleichförmigen Proportionen, mit stämmigen Beinen und kräftiger Taille, aber klein von Statur. Sie erinnerte sich, dass ihre Mutter in ihrer Kindheit immer behauptet hatte, sie, Schwester Clock, habe schönes Haar, und als sie noch jünger war, hatte sie sich oft im Spiegel betrachtet und entdeckt, was ihrer Mutter so gefallen hatte: die herabwallenden Locken. Doch heutzutage widmete sich Schwester Clock eher anderen Dingen. Heutzutage blieb sie nur selten vor einem Spiegel stehen, um sich der Schönheit ihres Haars zu vergewissern.

»Er ruht sicher in Gottes Armen«, sagte Schwester Clock. »Er ist mit den Füßen zuerst in die ewige Ruhe eingegangen und hat mir gesagt, ich soll es aufschreiben. Er hat gespürt, dass er stirbt, es hat unten bei den Füßen begonnen und sich dann über den ganzen Körper ausgebreitet.«

Sie wandten den Blick vom Fernsehschirm, von dem Gerichtsdrama, das sie gefesselt hatte, und drehten sich zu ihr um. Miss Clerricot war bei ihren Worten leichenblass geworden; Rose Caves Gesicht war von Angst gezeichnet.

»Tot?«, sagte Major Eele, und die anderen – Mr. Scribbin, Venables und auch Mr. Obd – sprachen das Wort ebenfalls aus. »Tot?«, sagten sie einstimmig, denn wenn sie abends zusammen vor dem Fernseher saßen, bestätigten sie oft im Gleichklang, dass sie einen Kakao wollten, oder sagten übereinstimmend, wie spät es war.

»Wer ist tot?«, fragte Major Eele. »Doch nicht Mr. Bird?«

»Mr. Bird ist tot. Er starb unter sehr seltsamen Umständen. Ich weiß nicht, woran er gestorben ist.«

»Einspruch, Euer Ehren«, rief eine Stimme im Fernsehen, und der schwarze Mr. Obd aus Nigeria stand auf und schaltete das Gerät aus.

»Mr. Bird ist gestorben«, sagte Miss Clerricot nachdrücklich.

»Mr. Bird ist gestorben«, sagte auch Rose Cave.

»Er hat die Hand des Todes gespürt«, sagte Mr. Scribbin. »Das hat er mir gesagt, als ich ihn zum letzten Mal gesehen habe. ›Ich werde den Sommer nicht überstehen‹, hat er gesagt; ich bin natürlich nicht überrascht. Ich habe damit gerechnet.«

»Mr. Bird ist gestorben«, sagte der dicke Venables, der in einem Büroblock arbeitete und dort für den reibungslosen Informationsfluss zuständig war. »Verkehrskontrolleur« nannte er seine Tätigkeit und verwirrte die Leute, da sie natürlich an den Straßenverkehr dachten.

»Warum ist der Fernseher aus?«, fragte Major Eele. »Ist denn keinem aufgefallen, dass wir hier sitzen und einen dunklen Bildschirm anstarren?«

»Mr. Obd hat den Fernseher ausgeschaltet«, sagte Rose Cave. »Major Eele, haben Sie denn nicht gehört, was Schwester Clock gesagt hat?«

»Schwester Clock hat gesagt, dass Mr. Bird tot ist. Genau wie Sie, Miss Cave. Dann Miss Clerricot und schließlich Venables. Scribbin hat bloß gesagt, dass der Mann die Hand des Todes gespürt hat. Aber vorher ist der Afrikaner aufgestanden und hat den Fernseher ausgeschaltet. Wir haben die Zeichen erkannt: Mr. Obd gehört einem Eingeborenenstamm an, ganz Afrika ist ein einziges Blutbad.«

»Sie haben die Reihenfolge völlig durcheinander gebracht«, sagte Rose Cave. »Miss Clerricot hat sich zuerst geäußert, und dann ich. Dann Mr. Scribbin und schließlich Mr. Venables. Ich finde, Sie sollten sich bei Mr. Obd entschuldigen.« Sie lächelte Mr. Obd an und senkte ihren Kopf mit dem grauen, ordentlichen Haar.

»O ja, o ja«, sagte Major Eele. »Tut mir Leid.«

»Friedlich?«, fragte Miss Clerricot über Major Eele und Rose Cave hinweg, eine Frage, die sie Schwester Clock zu Mr. Birds Tod stellte.

Schwester Clock atmete tief ein und stieß den Atem wieder aus. Sie legte ihre Schwesterntasche und die Zeitschrift neben einen Sessel und setzte sich dann. Es war der Sessel, aus dem Mr. Obd aufgestanden war, um den Fernseher auszuschalten. Als der sah, wie sich alles entwickelt hatte, ließ er sich auf einem Klavierhocker nieder und hoffte, dass Rose Cave es nicht bemerken würde. Sonst würde sie sagen, es seien Rassenvorurteile am Werk.

In der Küche im Kellergeschoss saßen Gallelty und Mrs. Slape am Herd, nippten jede an einem Glas Bier und unterhielten sich über ihr Leben.

»Ich bin ein Wandervogel, Mrs. Slape«, sagte Gallelty. »Ich streife nachts durch Kleinstädte. Ich ruhe mich vor Domen in der Sonne aus. Ich nehme jede Arbeit an. Ich erledige alles, was der gütige Gott für mich bereithält.«

Mrs. Slape sah nachdenklich aus, setzte das Glas ab, ließ aber den Mund offen. Wortlos bot sie Gallelty aus einer Schachtel auf ihrem Schoß eine Zigarette an.

»Dann bist du also religiös?«, Sie dachte an die Bemerkung über Dome und Gott und versuchte, die jüngere Frau einzuordnen. Gallelty half ihr erst seit vierzehn Tagen in der Küche der Pension. Sie war auf geheimnisvolle Weise aufgetaucht und hatte seitdem still an den Spülbecken, am Elektroherd und an dem alten Gasherd gearbeitet.

»Ich erledige alles, was der gütige Gott für mich bereithält«, sagte Gallelty noch einmal. »Das Schicksal hat mich hergesandt, da bin ich mir sicher. Das Schicksal hat mich zum Haus von Mr. Bird geführt.«

»Ich dachte, es wäre was anderes gewesen«, rief Mrs. Slape und lachte lauthals, so dass das Fett an ihrem Körper wie Wackelpudding schwabbelte. »Ich werd nie vergessen, wie du hergekommen bist, Gallelty.« Denn Gallelty hatte zwei Wochen vorher an einem Freitagmorgen bei der Pension geklingelt und bloß gesagt: »Ich muss ganz dringend mal, darf ich Ihre Toilette benutzen?« Und dann war sie mit einem Brotbeutel auf dem Rücken ins Haus getürmt und hatte in halsbrecherischem Tempo mehrere Türen aufgerissen. Mrs. Slape hatte bestürzt nach Mr. Bird gerufen, der sich ihre Geschichte angehört und dann im Flur gewartet hatte, bis Gallelty wieder herauskam. Eine Stunde später hatte Mr. Bird an jenem Tag, an dem er zum letzten Mal auf den Beinen gewesen war, die Küche betreten und ihr Gallelty als Hilfe angeboten.

»Jetzt sind wir vollzählig«, hatte Mr. Bird gesagt, und Gallelty hatte sich am Spülbecken ans Kartoffel Schälen gemacht.

In dem Zimmer im ersten Stock ging das allgemeine Gespräch weiter.

»Wen müssen wir verständigen?«, fragte Mr. Scribbin, ein hochgewachsener Mann, der keine richtigen Schultern hatte. Er war mit siebzehn in die Höhe geschossen und seitdem nicht mehr gewachsen. »Seine Familie?«, beharrte Scribbin, der jetzt fünfundfünfzig war. »Seine Verwandten?«

»Mr. Bird war ganz allein auf der Welt«, sagte Schwester Clock.

»Wo ist Mr. Studdy?«, fragte Rose Cave. »Schade, dass er nicht da ist; er wüsste, was als Nächstes zu tun ist.«

»Wissen wir das denn nicht?«, rief Schwester Clock schroff und lächelte, um ihrem Ton die Schärfe zu nehmen. »Ich weiß nicht, warum Sie denken, dass Studdy besser Bescheid weiß.«

»Ich habe bloß gedacht – Mr. Studdy ist schließlich ein Mann von Welt.«

»Und was ist das? Ein Mann von Welt? Den Major würde ich so nennen.«

»Sie sitzen im Sessel von Mr. Obd. Das finde ich nicht nett, Schwester Clock.«

»Mr. Obd hat doch einen Platz«, entgegnete die Schwester und blickte den Nigerianer auf dem Klavierhocker an. »Mr. Obd, hab ich Ihnen etwas getan?«

»Er muss mit dem Klavierhocker vorlieb nehmen«, sagte Rose Cave.

»Mr. Obd, sind Sie zufrieden?«

»Das ist nicht meine Aufgabe«, erklärte Mr. Obd. »Wissen Sie ...«

»Er könnte die Revolution vorantreiben«, sagte Major Eele, »statt hier zu sitzen und unseren Fernseher auszuschalten. Ich kann Ihnen sagen, es gab mal eine Zeit, da waren Häuser wie dieses hier Europäern vorbehalten.«

»Major Eele, kommen Sie uns zu Hilfe«, bat Schwester Clock. »Was müssen wir als Nächstes tun? Wir wissen, dass Mr. Bird keine Verwandten hat. Wie verhalten wir uns? Wer ist verantwortlich?«

»Der Staat«, sagte Venables, der unbedingt weitermachen wollte, mit einem feisten Lächeln. Schwester Clock verzog das Gesicht und zeigte ihm lautlos, aber wirkungsvoll die Zähne. »Major?«, sagte sie beharrlich.

»Ich bin ziemlich viel rumgekommen«, sagte Gallelty in der Küche. »Feriendörfer und so was. Ich bin immer unterwegs gewesen, aber ich glaube, damit ist jetzt Schluss. Ich werde sesshaft, Mrs. Slape, hier in der Pension in der Jubilee Road 2. ›Ich hab schon alles Mögliche gemacht‹, hab ich zu Mr. Bird gesagt, und er hat mich angelächelt, mir die Hand geschüttelt und mit mir den Lohn ausgehandelt. Es macht mich traurig, dass er krank ist, Mrs. Slape; ein netter Mann.«

»Das werd ich nie vergessen«, sagte Mrs. Slape und lachte

wieder, dass ihr ganzer Körper wie Wackelpudding schwabbelte.

»Ein Sarg für Mr. Bird«, sagte Major Eele. »Das ist das Erste. Die Leiche muss aufgebahrt werden, und wenn sie an einem öffentlichen Ort stehen soll, muss sie hergerichtet werden. Soll sie an einem öffentlichen Ort aufgebahrt werden? In einem Rathaus? Wer war Mr. Bird letztendlich? Manche sagen, er war eine lokale Größe, die Ladenbesitzer kannten und die Kinder liebten ihn. Hat er in seinem Leben viel Geld für wohltätige Zwecke gespendet, gegen den Hunger auf der Welt oder etwas Ähnliches? Nun, Schwester Clock, ich schlage vor, dass wir hier in unserer Pension eine Sammlung machen, dass wir schwarze Flaggen kaufen und das Viertel damit schmücken. Darf ich weitersprechen? Dass wir, die Bewohner von Mr. Birds Haus, uns die Gesichter schwärzen, bis sie so aussehen wie das von Mr. Obd, und so dem Sarg unseres Herren folgen, um ihm die letzte Ehre zu erweisen. Und lasst uns jetzt, in der Stunde des Todes, da wir nicht fernsehen dürfen, auf die Knie fallen und beten. *Vater unser, der du bist im Himmel ...*«

»Major, bitte. Das ist äußerst geschmacklos. Sie haben eine Seele beleidigt, die gerade erst in den Himmel aufgefahren ist, Sie haben Mr. Obd beleidigt, und Sie haben dafür gesorgt, dass sich unser Taktgefühl gegen Ihre bösartige Rede empört.« Rose Cave hatte das Wort ergriffen, stand da und blickte ihn zornentbrannt an.

»Man hat mich nach meiner Meinung gefragt, meine Liebe«, sagte Major Eele. »Ich habe sie bloß dargelegt. Wenn Sie meine Ansichten übertrieben finden, dann fragen Sie jemand anders. Du lieber Himmel, der Tod ist im Haus; da können Sie nicht erwarten, dass die Form gewahrt wird. Man lässt sich leicht zu Gefühlsausbrüchen hinreißen.«

»Mir kommen gleich die Tränen«, sagte Miss Clerricot, und dann seufzte sie und tupfte sich mit einem Taschentuch das Gesicht ab.

»Mr. Bird ist gestorben«, sagte Schwester Clock, als sie die Küche betrat. »Vor einer halben Stunde.«

»Tot?«, fragte erst die eine und dann die andere.

»Ich weiß nicht, woran er gestorben ist. Bestimmt wird man der armen Schwester vorwerfen, dass sie sich nicht genug um ihn gekümmert hat. Er hat gespürt, dass er stirbt; es war ganz seltsam.«

»Er hat sich erkältet«, sagte Mrs. Slape, »weil er nasse Füße gehabt hat. Er ist mit kaputten Schuhsohlen im Park rumgelaufen. Er als Krüppel hätte das wissen müssen.«

Gallelty starrte mit einem starken Zucken im rechten Auge vor sich hin.

»Er war wohl kaum ein Krüppel«, stellte Schwester Clock richtig. »Er hat den Fuß leicht nachgezogen; das ist etwas anderes.«

»Ach«, rief Gallelty, die zitternd und schluchzend auf ihrem Stuhl saß.

»Ich konnte ihm nicht mehr helfen. Am Schluss lag er in meinen Armen und bedankte sich für meine Pflege. Er küsste mir die Hände und sagte, ich hätte mich liebevoll um ihn gekümmert. Gallelty, beherrschen Sie sich. Wer war Mr. Bird schon für Sie? Sie kannten ihn erst seit vierzehn Tagen.«

»Gallelty hat ein Recht dazu«, sagte Mrs. Slape in scharfem Ton. »Tränen können nicht schaden, Schwester Clock. Das ist ihre Privatangelegenheit; wir sollten den Blick abwenden.«

In der Küche trat Schweigen ein, und dann war wieder Galleltys leises Schluchzen zu hören. Die beiden Frauen betrachteten sie gedankenversunken, bevor sie den Blick abwandten.

Später in der Nacht kehrte Studdy zurück. Er schaltete in der Diele das Licht an und stand einen Augenblick lang da und lauschte den Geräuschen der anderen Bewohner. Mit zusammengekniffenen Augen blickte er die dunkle Treppe hinauf. Dann löschte er das Licht und ging im Dunkeln nach oben. In der Pension gab es Regeln: Regeln für die Lautstärke nach elf Uhr, für das An- und Ausschalten des Flurlichts und für Pünktlichkeit im Speisesaal. Studdy, der sich damit brüstete, noch nie ein Gesetz übertreten zu haben, trat leise auf und folgte mit der Hand dem Geländer. Er ging an seinem eigenen Zimmer im zweiten Stock vorbei und stieg bis unters Dach. Dort, in einer geräumigen Dachkammer, lag William Wagner Bird unter einem Leintuch, während allmählich die Leichenstarre eintrat.

Studdy zündete ein Streichholz an, bemerkte das Tuch auf dem Gesicht des Toten und bekreuzigte sich.

»Er ist von uns gegangen.« Studdy flüsterte die Worte, atmete tief durch und erfüllte den Raum mit seinem Biergeruch.

Er zündete ein weiteres Streichholz an, um sich zu vergewissern, sicherzugehen, dass er sich nicht geirrt hatte. Der Mond, der die ganze Nacht nicht zu sehen gewesen war, goss plötzlich sein Licht in den Raum. Es fiel auf die Umrisse der Gestalt auf dem Bett und warf Studdys Schatten darauf. Und als Studdy sich bewegte, bekam er einen Schrecken, da es einen Augenblick lang so aussah, als ob sich die Leiche unter dem Leintuch bewegt hätte.

Studdy ging, da ihm der Raum und das unheimliche Mondlicht nicht geheuer waren. Er stieg die Treppe hinab, saß noch eine Weile auf seinem Bett und dachte daran, dass über ihm jemand gestorben war. Schließlich stand er auf und ging nickend zu seiner Frisierkommode. In einer Schublade fand er einen Block mit liniertem Schreibpapier und eine halbe Packung Briefumschläge. Mit einem Bleistift schrieb er folgenden Brief:

Meine sehr geehrte Frau,

hiermit möchte ich Sie davon in Kenntnis setzen, dass Ihr Freund William Wagner Bird am Abend des 13. August in diesem Haus gestorben ist. Bevor er verschied, äußerte er den

Wunsch, dass man Sie von seinem Tod sogleich unterrichten sollte. Er starb im Schlaf, mit einem kleinen Esel aus Sumpfeichenholz in der Hand. Er hatte bereits vorher betont, dass Sie das Tier als Zeichen seiner großen Wertschätzung und Dankbarkeit erhalten sollten.

Hochachtungsvoll,

M. Moran.

PS: Der Esel kann zwischen sechs und sieben Uhr abends an obiger Adresse abgeholt werden.

Studdy griff nach den Telefonbüchern. In dem Band L-R entdeckte er einen Namen, der ihm gefiel: Mrs. le Tor. Er schrieb die Adresse auf den Umschlag, entschied sich, kein Porto zu bezahlen, und legte den Brief auf den Tisch neben seinem Bett.

»Die Mittagspost«, sagte Studdy, und während er einige seiner Kleider abstreifte, summte er eine Melodie vor sich hin.

2

Den Blicken der Leute entzogen, lag Mr. Bird bequem in seinem Sarg und sah aus, wie er immer ausgesehen hatte. Trotz seiner Größe und seiner massigen Gestalt war er schon seit seiner Kindheit leichenblass gewesen; und oft hatte er reglos wie ein Statue ausgesehen. Seine Haut war jetzt durchscheinend, doch das fiel kaum auf, der Verwesungsprozess hatte noch nicht begonnen. Mr. Bird hatte oft an seine Beerdigung gedacht und sich die Szene vor Augen geführt. Es war schade, dass er es nicht miterleben konnte, denn er hätte die übliche Trauer mehr als alle anderen genossen. Sogar mehr als Schwester Clock, der die Beerdigung gut gefiel, die sich aber über den Nieselregen ärgerte, der ihr Gesicht benetzte. Und viel mehr als die anderen Bewohner der Pension, die neben dem Grab standen und zeigten, dass ihnen das Ganze unangenehm war.

Alle waren gekommen, weil sie es für ihre Pflicht hielten. »Ich gehe zu einer Beerdigung«, hatte Venables, der Kontrolleur des Büroverkehrs, gesagt, und seine Vorgesetzten – zumindest ein paar von ihnen, denn es gab viele – hatten ihn misstrauisch und unfreundlich angesehen und ihm ein paar Fragen über den Toten gestellt: wer er gewesen sei und in welcher Beziehung Venables zu ihm gestanden habe. »Er hat mich aufgenommen; er war wie ein Vater zu mir. Ich bin ohne Vater aufgewachsen.« Also nahm sich Venables zwei Stunden frei und versprach, die Zeit nachzuarbeiten. So etwas hatte er noch nie getan, denn er hatte es weder gewollt noch eine Gelegenheit dazu gehabt. Während er neben dem Grab stand, hatte er das Gefühl, eine bahnbrechende Entscheidung getroffen zu haben, doch das ganze Drumherum interessierte ihn nicht, und er war froh, dass die Feier nicht ewig dauern konnte.

Der Nieselregen erfrischte das kurze Gras des Friedhofs und dämpfte die Farben der neuen Grabsteine. Es war ein passender Tag für eine Beerdigung, obwohl Major Eele am Morgen gesagt hatte, er hoffe auf Sonne. »Ich werde im Sonnenschein stehen, bis das Reich kommt«, hatte er gesagt. »Manch einer hat sich auf einem kalten Friedhof schon den Tod geholt.« Die anderen hatten sich über diese Worte geärgert, da alle, jeder auf seine Weise, sie als ungehörig und als Ausdruck mangelnden Respekts vor dem allgegenwärtigen Tod empfunden hatten.

Gallelty und Mrs. Slape standen voll Demut dicht nebeneinander; sie standen hinter den Pensionsbewohnern, da sie dem Umstand Rechnung trugen, dass sie bezahlt wurden, während die anderen zahlten. »Ich erkenne das Gute in Ihnen«, hatte Mr. Bird an jenem Tag zu Gallelty gesagt, und sie hatte erwidert: »Ich musste dringend auf die Toilette, ich konnte nicht mehr weitergehen. Ich bin zu diesem Haus gekommen, weil es an einer Straßenecke steht.« »Seien Sie nicht traurig«, hatte Mr. Bird geantwortet, obwohl sie nicht behauptet hatte, traurig zu sein, und sich auch nicht traurig fühlte. »Seien Sie nicht traurig, dass Sie in einer Notlage zu diesem Eckhaus gekommen sind. Wir haben gewusst, dass das früher oder später passieren würde, und jetzt ist es eingetroffen. Wo wollen Sie mit diesem Brotbeutel hin?« Und sie hatte es ihm erklärt.

»Und jetzt?«, fragte Gallelty Mrs. Slape, als sie an Mr. Birds Tod dachte.

»Und jetzt?«

»Wer wird uns bezahlen? Was wird aus uns? Ich hatte das Gefühl, ein Zuhause gefunden zu haben.«

Mrs. Slape gab keine Antwort. Sie trug Kastanienbraun, einen gut sitzenden Mantel und einen dazu passenden Hut. Sie dachte an die Küche und daran, wie schön es wäre, jetzt dort zu sein, alles behaglich herzurichten und dafür zu sorgen, dass am Abend etwas zu trinken da war. »Hilf dir selbst, dann hilft dir Gott«, lautete nach einem harten Leben Mrs. Slapes Wahlspruch.

»Was wird aus uns?«, fragte Gallelty noch einmal, und Mrs. Slape sagte, sie solle still sein.

Sie waren sich bei der Küchenarbeit einig gewesen, dass keine von ihnen es leicht gehabt hatte. Sie hatten während der Arbeit und auch nach Feierabend von sich erzählt. Es war schön, dass sie sich begegnet waren; sie konnten ebenso gut zuhören wie erzählen. Doch jetzt ist dafür nicht die richtige Zeit, dachte Mrs. Slape, als sie Gallelty zum Schweigen brachte; jetzt ist nicht die richtige Zeit, weil die Worte nicht ungehindert fließen können. Jetzt musste Mr. Bird begraben werden, das ließ sich nicht ändern. Man konnte weder der Bedeutung des Loches, das in der Erde klaffte, noch der Tatsache entrinnen, dass Mr. Bird tief dort unten in seinem Sarg lag.

»Das Dienstmädchen brabbelt«, sagte Major Eele. »Sie brabbelt an einem offenen Grab, oder sie kaut Kaugummi. Ist denn heute gar nichts mehr heilig?«

Er schaute zu der kastanienbraun gekleideten Mrs. Slape und der erregt murmelnden Gallelty hinüber. In Galleltys Frettchengesicht zitterte alles: Er konnte das Zucken in ihrem Auge und das Beben ihrer Lippen sehen.

»Gott ist gegenwärtig«, rief Major Eele, dem Pfarrer das Wort abschneidend, und starrte Gallelty streng an. Die anderen scharrten mit den Füßen, da die seltsamen Worte des Majors und seine laute Stimme sie verwirrten.

Am Grab standen nur die Leute aus der Pension und der Pfarrer. Der Pfarrer, der Mr. Bird weder gekannt noch vor seinem Tod viel von ihm gehört hatte, fragte sich zwischen den Gebetszeilen, was für ein Mensch er wohl gewesen war. Er wusste, dass der massige Mann bei seinem Tod siebenundsechzig gewesen war, dass er einen Fuß nachgezogen hatte. Ist das die Familie? fragte er sich, doch als er den Blick über den Halbkreis schweifen ließ, den sie gebildet hatten, konnte er sich das nicht mehr vorstellen. »Gott ist gegenwärtig«, rief der Mann, der vielleicht ein Bruder war, und die anderen, ein afrikanischer Freund und vielleicht eine Tochter, Schwestern und Bedienstete, waren ein einziger wogender Körper gewesen wie eine Gemeinde beim Gottesdienst. Und dann fiel der Blick des Pfarrers auf Rose Caves Gesicht, und er erkannte sie wieder. Er erinnerte sich an ihren Namen; sie kam oft in die Kirche, saß weit hinten und schlich sich nach dem Gottesdienst davon. Einmal hatte er ihr die Hand geschüttelt und erfahren, dass sie irgendwo in einer Pension wohnte. Er fand es seltsam, heutzutage in einer Pension zu wohnen, wo so viele Menschen lieber in Einzimmerwohnungen mit Kochnische lebten, weil sie dort unabhängig waren. Plötzlich fügte sich in seinem Kopf alles zusammen. Er kannte noch mehr Einzelheiten, doch sie waren ihm entfallen: dass der massige Mann eine Pension besessen hatte und, wie er gehört hatte, ein frommer Sonderling gewesen war, wenn auch anscheinend kein Mitglied der Anglikanischen Kirche, die man jetzt gebeten hatte, seinen Trauergottesdienst abzuhalten.

Also war der Mann der Vermieter der Frau gewesen, die sich immer davonschlich; und von all den anderen auch, begriff der Pfarrer und fand, dass da irgendetwas ziemlich seltsam war.

»Herr, wir bitten Dich, dieses Grab zu segnen und zu weihen«, sagte der Pfarrer, »damit es eine friedvolle Ruhestätte für Deinen Diener sein möge …«

Die feuchte Erde prasselte auf das Holz von Mr. Birds Sarg. Der Pfarrer schlug sein Gebetbuch zu und drückte es flach an die Brust.

Von den Bewohnern der Pension gab es zwei Kränze. Studdy hatte gesammelt und lieber einen mehr gekauft, da es großzügiger wirkte; das war wichtig, da Studdy einen Teil des Geldes einbehalten wollte. Er hatte lange nach Kränzen gesucht, die schon bessere Tage gesehen hatten und deshalb im Preis herabgesetzt waren, und hatte schließlich welche gefunden. Studdy dachte gerade, dass er beim Kauf der Kränze sieben Shilling verdient und durch Mr. Birds Tod Mietschulden in Höhe von acht Pfund und acht Shilling gespart hatte. Geld bedeutete ihm sehr viel: Er war immer knapp bei Kasse. Während er beobachtete, wie die Erde den Sarg rasch bedeckte, dachte Studdy betrübt, dass er schon oft größere Mietschulden gehabt hatte, einmal zwanzig und ein anderes Mal sechzehn Guineas. Er schloss die Augen, um den Gedanken zu vertreiben, und als er sie wieder aufschlug, kamen ihm die anderen ganz seltsam vor: als ob die Größe von Mr. Scribbin, die Körperfülle von Venables und das Frettchengesicht von Gallelty ihm unbekannt wären, als ob all das wichtig wäre und er es sich merken müsste. Er suchte unter den Gesichtern nach einem Widersacher, den er auch bald fand: Schwester Clock und er konnten sich nicht ausstehen. Er fragte sich, ob sie von den acht Pfund und acht Shilling wusste. Es war durchaus möglich, dass Mr. Bird ihr auf dem Totenbett davon erzählt hatte. Sie hatte ihn seltsam angesehen, als er ihnen die Kränze gezeigt und gesagt hatte, er habe noch einen halben Shilling von seinem Geld draufgelegt. Sie hatte den Kopf zurückgeworfen, die Luft durch die Nase ausgestoßen und geschnaubt wie ein Pferd. Einer Frau, die so aussieht und eine so scharfe Zunge hat, kann man nicht trauen, dachte Studdy. Jedes Mal, wenn er sie in ihrem weiten blauen Rock sah, hätte er sie am liebsten mit einer Stecknadel gestochen. Er fingerte an der Spitze seines Revers herum und tastete nach der Nadel, die dort steckte, weil er Schwester Clock irgendwann einmal damit ins Knie stechen wollte.

William Bird war vor fast genau siebenundsechzig Jahren zur Welt gekommen. »Mir gefällt Wagner als Name«, hatte seine Mutter während der Wehen gesagt. »Den hab ich in einem Buch gelesen.« Ihr Mann, der bei ihr gewesen war, hatte sofort zugestimmt, da er sich unter den gegebenen Umständen nicht streiten wollte. Sie waren ein lebensuntüchtiges Paar gewesen und hatten lange gewartet, bevor sie die Hebamme verständigt hatten. »Was tun wir«, hatte der Mann gefragt, »wenn die Frau nicht kommt? Oder nicht rechtzeitig kommt? Kann ich das Kind selbst rausholen?« Er hatte an den Fingernägeln gekaut und weiter vor sich hin gemurmelt. »Du könntest nicht mal einen Brief aus dem Kasten holen«, hatte die schwangere Frau geschrien und zwischen den Wehen wie eine Wahnsinnige gelacht. Sie war damals eine Frau von fünfundvierzig Jahren gewesen und hatte Jahre später erzählt, sie habe bis zum vorhergehenden Tag nicht gewusst, dass sie schwanger war. »›Du bist dick geworden‹, hat er zu mir gesagt, und dann hat er gesagt, dass ihm das gefällt und dass eine Frau drall oder zumindest ein bisschen füllig sein muss. ›Das ist bloß Gas‹, hab ich gesagt, ›das kommt von meinen Verdauungsstörungen, ich muss zum Arzt. Du lieber Himmel, Sachen gibt's!‹ ›Sie kriegen ein Kind‹, hat der Arzt gesagt. Also, ich hab dem Mann nicht geglaubt. ›Ausgeschlossen‹, hab ich gesagt; doch er hat darauf beharrt, es gäbe keinen Zweifel. ›Das ist aber eine Überraschung‹, hab ich gesagt. ›Du hast ein Kind gezeugt.‹ ›Ein Kind‹, hat er gesagt, ›in deinem Alter? Du lieber Himmel, Sachen gibt's!‹«

Spät im Leben war das Kind des lebensuntüchtigen Paares in die Geschäftswelt eingetreten und hatte eine unbedeutende Stelle in der Vorstadtfiliale eines Reisebüros angetreten. »Besser als ein Laden«, hatte die Mutter gesagt. »Reisen ist heute der letzte Schrei.« Fünfundzwanzig Jahre lang hatte William Wagner Bird in jener Filiale gearbeitet. Er hatte sich nach Liebe gesehnt, war aber schon bald zu dem Schluss gekommen, dass sie ihm nie begegnen würde; und im Alter von zweiundvierzig Jahren, als er schon in der Pension gewohnt hatte, hatte er plötzlich feststellen müssen, dass ihm die Wirtin in ihrem Testament das Haus hinterlassen hatte. Er hatte das Haus übernommen und sich aus der Reisebranche zurückgezogen. Er war wie eine Braut an ihrem Hochzeitstag aufgeblüht und hatte sich zu einem anderen Menschen entwickelt.

Auch nach seinem Tod geisterte sein heimliches Gelächter noch durch die Zimmer und Flure der Pension, denn es gehörte zu dem Haus und seinen Bewohnern. Er hatte diese Leute selbst ausgesucht, hatte sie ausgewählt und andere abgewiesen. Er hatte gesagt, er habe sie ausgesucht, damit sie in den anderen sich selbst erkennen könnten, damit er es mit ansehen und seine eigenen Schlüsse daraus ziehen könne. »Als ich von meinem Schreibtisch aufstand, war ich ein elender Sklave. Doch ich überwand alles Ungemach und schwang mich für andere zu einem Gott auf.« Es gab Leute, die in der Pension gewohnt hatten und zu dem Schluss gekommen waren, dass Mr. Bird geistesgestört war. »Sind Sie jetzt alle zufrieden? Gibt es irgendwelche Klagen? Über das Essen oder die Zimmer? Sonntags gibt es bloß ein schlichtes Abendessen: Auch die Bediensteten haben ein Leben. Auch die Bediensteten haben ein Leben, auch sie müssen einmal frei haben. Gibt es irgendwelche Klagen wegen des schlichten Abendessens am Sonntag? Sie brauchen es bloß zu sagen. Ich höre mir alles an. Ich sitze in meinem kleinen Zimmer und arbeite, falls jemand nach mir verlangt. Außer sonntags, da bin ich für niemanden zu sprechen. Verstehen Sie das alle, begreifen Sie die Bedeutung? Der Sonntag ist ein Ruhetag, und das Essen ist schlicht, irgendetwas Kaltes.« Dann hatte er mit einem warmen Gefühl im Bauch an der Tür des Zimmers gestanden, in dem sie versammelt waren; er hatte seine Ansprache beendet und eine Weile schweigend dagestanden, während sein Gelächter, von dem er sich äußerlich nichts anmerken ließ, durch das Zimmer geströmt war.

Er hatte die Vorstadt schon sein ganzes Leben und auch die Pension schon seit einer Ewigkeit gekannt. In der Diele stand ein Elefantenfuß, der als Stock- und Schirmständer diente. In der Schublade der Flurgarderobe lagen zwei alte Tennisbälle aus dem Jahre 1912. Hinter dem Haus war einmal ein Tennisplatz gewesen, doch jetzt wucherte dort Löwenzahn. Mr. Bird hatte immer aus dem Fenster seines Zimmers geschaut, hatte über den Löwenzahn auf dem Rasen des Tennisplatzes gelächelt und an seinen verkrüppelten Fuß gedacht.

»England hat eine große Persönlichkeit verloren«, sagte Major Eele und führte die Prozession vom Grab weg. Mr. Bird hatte den Major zum Striptease mitgenommen, da er erkannt hatte, dass das sein Wunsch war; er hatte ihn in den Ti-Ti-Club eingeführt und ihn für spätere Besuche eingetragen.

»Ha, ha, ha«, wieherte Venables, da er dachte, dass Major Eele einen Scherz gemacht hatte, und brach in sein nervöses Lachen aus.

Major Eele blieb plötzlich stehen, so dass alle, die ihm folgten, selbst der Pfarrer, der die Gelegenheit ergriffen hatte, seine Bekanntschaft mit Rose Cave wieder aufzufrischen, ebenfalls stehen bleiben mussten. Schwester Clock konnte nicht weitergehen, weil ihr plötzlich Mr. Scribbin den Weg versperrte; der Pfarrer ließ vor Verwirrung sein

Gebetbuch fallen. Mr. Obd war verblüfft; er sah, wie Major Eele sich mit einer Handbewegung zu ihnen umdrehte; er sah, dass er wütend war, und fragte sich, ob irgendeine Beschimpfung zu erwarten war. Studdy, der wie immer seine Unabhängigkeit gewahrt hatte, war noch einen Augenblick am Grab stehen geblieben und blieb von all dem unberührt. Er hörte nur, wie der Major etwas rief, und sah, dass er den rechten Arm gehoben hatte, als ob er eine Truppe auf ein Gefecht einstimmen würde.

Major Eele brüllte ein paar einsilbige militärische Befehle, um die Aufmerksamkeit der Anwesenden zu erregen. Dann sagte er in seinem blechernen Ton:

»Venables ist verrückt geworden.«

Eine Frau, die auf dem Grab eines Verwandten ein Marmeladenglas voll Goldlack durch frische Blumen ersetzte, sah von ihrer Arbeit auf und erblickte über die Grabsteine und Kreuze hinweg die kleine Menschentraube: Einer war sehr groß, einer schwarz, und ein kleiner Mann hielt ihnen anscheinend eine feurige Rede. Die Frau beeilte sich mit den Blumen, denn sie fand es sofort faszinierend, dass sich so eine Szene auf einem Friedhof abspielte. Sie näherte sich der Gruppe mit gespielter Gleichgültigkeit und hörte, wie der kleine Mann sagte:

»Venables betrachtet das hier als Anlass für Gelächter und Gebrüll. Wir hätten wirklich alle betrunken herkommen sollen. Ist es nicht so, Venables? Vielleicht können Sie sich erinnern, dass wir auf geheiligtem Boden stehen. Ein Mann hat seine letzte Ruhe gefunden. Die paarundsechzig Jahre eines Lebens sind in die Ewigkeit eingegangen, und wir trauern in unserer Schwäche über den Verlust. Und doch hält es jemand, kaum dass die Gebete verklungen sind, für angemessen, hier zu lachen und herumzubrüllen. Warum nicht auch noch ein Stepptanz, Venables? Sollten wir nicht alle in die Hände klatschen, während Venables sich weiter amüsiert und auf den Gräbern einen Stepptanz aufführt?«

Venables, dessen Gesicht knallrot war, senkte den Kopf und hielt die Hand vor die Augen, um seine Scham zu verbergen. Der Rest schwieg, und die Frau, die gekommen war, um den Goldlack in dem Marmeladenglas durch frische Blumen zu ersetzen, hörte den Pfarrer sagen, dass bestimmt ein Missverständnis vorliege.

»Missverständnis?«, fragte Major Eele. »Erzählen Sie uns mehr davon, Sir. Was für ein Missverständnis liegt denn vor? Treten Sie vor, wir sind ganz Ohr.«

Der Pfarrer erklärte, er denke, dass Major Eele sich täusche, dass Venables auf dem Friedhof keinen Stepptanz aufführen wolle.

»Nicht?«, rief Major Eele. »Sie kennen mich gar nicht, und doch sprechen Sie mich an und ergreifen lächerlicherweise Partei für diesen sonderbaren Burschen. Eins will ich Ihnen sagen: Ich habe heute das Funkeln in den Augen dieses Mannes gesehen; er spuckt auf die Anglikanische Kirche. Ich gehe jede Wette ein, dass er auf den Gräbern einen Stepptanz aufführen würde, wenn er allein hier wäre; ja, und an den Knochen nagen ...«

»Nein!« rief Schwester Clock und trat einen Schritt vor. »Nein, Major Eele, das reicht jetzt. Major Eele ist betrunken«, sagte sie zu dem Pfarrer, und der Pfarrer blinzelte und fand keine Worte.

Schwester Clock ging allein davon, und ihre Absätze klackten auf dem harten Boden. Sie spürte die Blicke aller anderen auf sich, sie, die den widerwärtigen Auftritt beendet hatte, sie, die heute etwas Besonderes war, da sie Mr. Bird bis zu seinem Tod gepflegt hatte.

Die Frau, die stehen geblieben war, um sich all das anzusehen, sah, wie die Schwester mit forschen Schritten davonging. Sie sah, wie der Pfarrer zögerte und dann ebenfalls ging; wie die anderen ihnen gemeinsam folgten, da sie das gleiche Ziel hatten. Als Letzter kam der Mann, der an dem Grab stehen geblieben war. Er ging langsam, nickte und betastete sein Gesicht.

Unter solchen Umständen fand William Bird, der im Jahre 1897 als Kind lebensuntüchtiger Eltern zur Welt gekommen und nach einer Romangestalt Wagner genannt worden war, seine letzte Ruhe. So wurde er am 16. August jenes heißen Sommers zu den Worten der Anglikanischen Kirche, im Beisein seiner Auserwählten begraben.

3

Als Mr. Scribbin gesagt hatte, der Tod von Mr. Bird komme für ihn nicht unerwartet, hatte er nicht die Wahrheit gesagt. Sein Tod war ein schwerer Schlag für die Pension und ein Schock, ein böses Omen für alle Bewohner. Jetzt, wo die Beerdigung hinter ihnen lag und die anfängliche Bestürzung sich etwas gelegt hatte, konnten sie eine Lagebesprechung abhalten. »Tja, das ist das Ende der Pension«, sagte Rose Cave laut, obwohl sie allein in ihrem Zimmer war. Sie blickte sich um, sah die Porzellanfiguren, die sie sammelte, die gerahmten Drucke von Stratford-on-Avon und die Theaterprogramme. Die Tagesdecke hatte sie selbst genäht, da ihr die vorhandene nicht zugesagt hatte. Sie hatte den geblümten Stoff bei D. H. Evans im Sonderangebot gekauft und ihn auf Mrs. Slapes alter Nähmaschine rasch zusammengenäht. »Was für ein hübscher Chintz; ich liebe Blau.« Mrs. Slape hatte ihr bei der Arbeit am Küchentisch zugesehen; während Rose Cave, die sich in der Küche wohl gefühlt hatte, von ihrem früheren Interesse an schottischen Tänzen erzählt und daran gedacht hatte, dass sie noch mehr von dem geblümten Stoff kaufen und daraus ein Paar Vorhänge nähen sollte. Danach hatte sie ein halbes Pfund Milk-Tray-Pralinen gekauft und sie Mrs. Slape geschenkt, doch die hatte ihr offen gesagt, sie esse keine Pralinen und könne mit dem Geschenk nichts anfangen. Betrübt hatte Rose Cave die kleine Schachtel zurückgenommen. »Zwei

Flaschen Helles«, hatte Mrs. Slape gesagt. »Können Sie mir folgen? Dafür hätten Sie zwei Flaschen helles Bier gekriegt.« Rose Cave hatte die Pralinen Mr. Bird geschenkt, der als Leckermaul bekannt war. Sie hatte keine Ahnung gehabt, was beim Kauf von hellem Bier zu beachten war, und hatte das Nähen der Vorhänge aufgeschoben.

»Macht nichts«, sagte Rose Cave jetzt. Die Fenster waren groß und hatten seltsame Maße: Die Vorhänge, die man dafür nähte, würden bei anderen Fenstern vielleicht nicht ohne weiteres passen. Sie war 1954 mit zweiundvierzig Jahren in die Pension gekommen. »Ich könnte nicht allein wohnen«, hatte sie zu Mr. Bird gesagt. »Ganz allein in einer Einzimmerwohnung, die so eng ist, dass man sich kaum umdrehen kann. Ich hab gern Leute um mich.« In Wirklichkeit hatte sie probiert, so zu leben. Zwei Jahre lang war sie abends in ihre Wohnung zurückgekehrt, hatte sich Eier und Toast gemacht und Instantkaffee aufgebrüht, hatte sich mittags italienisches Essen, Spaghetti mit Fleischsoße, gekocht und sich eingeredet, dass sie sonst nichts brauchte. Einmal im Monat war sie ins Theater gegangen, wo sie auf der Galerie saß, und manchmal ins Kino.

Auch alle anderen dachten wie Rose Cave: dass die Pension jetzt bestimmt an ihrem Ende angelangt war. Mr. Obd, der sich seine gepunktete Fliege umband, dachte so, Mr. Scribbin, Venables und auch Major Eele. Miss Clerricot zog ihre schwarzen Handschuhe aus, setzte sich vor den Spiegel, betrachtete ihr Gesicht und malte sich ihre Zukunft aus. Die Pension war günstig gelegen, und Mr. Bird war ein so netter Mensch gewesen. Er hatte einen mit seinen sympathischen Augen angesehen wie ein Onkel, ein gewisser Onkel Beg, den sie in ihrer Kindheit gekannt hatte, ein netter Mann, der sie oft aufs Knie genommen und wie ein verspieltes Pferd mit den Lippen in den Nacken gezwickt hatte. In Gedanken spielte Miss Clerricot ein harmloses Spiel: Sie verschmolz Mr. Bird und Onkel Beg zu einer Person. Im Gegensatz zu Rose Cave hatte sie nie allein in einer

Einzimmerwohnung gelebt. Sie behauptete, sie könne nicht einmal ein Ei kochen, und hatte auf ein reiches Elternhaus angespielt.

In der Küche rief Gallelty an jenem Abend, wie sie es schon am Grab getan hatte: »Was soll jetzt aus uns werden?« Und Mrs. Slape, die gerade mit dem Fleisch beschäftigt war, sagte, Gallelty habe keinen Grund, so verzweifelt zu sein. »Ich kenne diese Küche seit den frühen Tagen von Mr. Bird, seit er die Leitung übernommen hat. Aber du bist erst seit vierzehn Tagen hier, und das auch nur durch Zufall.« Doch Gallelty, die an den Fingernägeln kaute und sich vor vielem fürchtete, weinte mit der Inbrunst eines Menschen, dessen Glück sich gewendet hatte und dann plötzlich wieder ins Gegenteil umschlug.

In jenem August gab es in SW17 keine Gefühlswallung, die dem Hass zwischen Studdy und Schwester Clock gleichgekommen wäre. Es war geradezu eine Meisterleistung, wie ein Bauwerk: eine große Brücke, ihre einzige Verbindung. In Mr. Birds letzten Jahren hatte es in seinem Haus zwei bemerkenswerte Dinge gegeben: seine eigene Väterlichkeit und die gehässige Beziehung zwischen seinen beiden Ältesten. Sie waren die Ältesten, und keiner stellte das in Frage, obwohl sie es nach Jahren nicht beanspruchen konnten. Nur Venables und Mr. Bird hatten länger in der Pension gewohnt; Mr. Bird hatte mit diesem Wettstreit nichts zu tun, und Venables zählte nicht.

Die Rivalität und Bösartigkeit zwischen der Schwester und Studdy wurde noch durch eine Angelegenheit verstärkt, die nicht das Geringste mit dem Haus zu tun hatte, in dem sie wohnten. Dabei ging es um eine gewisse Mrs. Maylam, eine alte Frau von neunundachtzig Jahren, die Studdy zu irgendeinem Zweck besuchte und Schwester Clock seit kurzem ebenfalls aufsuchte, um ihr Spritzen in die Beine zu geben. »Das ist ein gefährlicher Mann«, hatte Schwester Clock zu Mrs. Maylam gesagt, nachdem sie

Studdy begegnet war, als er die Wohnung der alten Frau gerade verließ. »Was macht er hier überhaupt? Sie haben geraucht, Mrs. Maylam; das tut Ihnen nicht gut.« Doch Mrs. Maylam, die empfindlich war und es nicht leiden konnte, dass ihr die fremde Schwester die Kleider hochhob, um ihr mit der Nadel ins Bein zu stechen, wollte nichts Schlechtes über Studdy hören und war eindeutig auf seiner Seite – das war Studdy bekannt, und er nutzte es aus. Schwester Clock dachte, dass er ihr eine Patientin abspenstig gemacht hatte, und drohte ihm, ihn bei der Behörde zu melden. Sie sagte, es gebe bereits eine Akte über ihn, weil er alte Leute belästige.

Noch an dem Morgen, an dem William Bird gestorben war, hatte Schwester Clock Mrs. Maylam besucht. »Ich will keine mehr«, hatte Mrs. Maylam gesagt, womit sie die Spritzen gemeint hatte. »Keine Einstiche mehr, Madam.«

»Immer sachte«, hatte Schwester Clock gesagt.

»Verdammt«, hatte Mrs. Maylam gesagt. »Sehen Sie denn nicht, dass ich Radio höre?«

»Zeit für Ihren kleinen Piekser.«

»Den können Sie sich meinetwegen an den Hut stecken. Ich kann mich selbst um mich kümmern.

»Natürlich.«

»Mr. Studdy hat mir eine Kartoffel gegeben. Die probier ich jetzt mal eine Weile aus.«

Schwester Clock hatte vor sich gesehen, wie Studdys derbes Gesicht triumphierend grinste. Sie hatte ihn in ihrer Nähe gespürt, hatte gespürt, wie er sie sich noch einmal ins Gedächtnis rief. Als sie von Mrs. Maylams Haus losgeradelt war, hatte sie sich vorgenommen, ihn zur Rede zu stellen, doch als sie in der Pension eingetroffen war, hatte sie eine Nachricht von Mr. Bird vorgefunden, der sie bat, in sein Zimmer zu kommen. Durch seinen Tod hatte sie den Vorfall vorübergehend vergessen.

»Also«, sagte Schwester Clock am Abend der Beerdigung, »wir müssen uns Gedanken über einen Grabstein machen. Sollen wir ein paar schlichte Worte wählen? Oder den Namen und das Geburts- und Todesdatum für sich selbst sprechen lassen? Was meinen Sie?«

»Ich würde gern fernsehen«, sagte Major Eele, ging zum Fernseher und spielte an den Knöpfen herum.

»Ein Bibelvers«, schlug Rose Cave vor. »Für religiöse Fragen hat er immer ein offenes Ohr gehabt.«

»Nein, nein.« Für Miss Clerricot war das eine so wichtige Angelegenheit, dass sie offen widersprach. »Bestimmt nichts aus der Bibel. Eher ein oder zwei Verse von Pope, seinem Lieblingsdichter. *Ein tapferer Mann, vertraut mit den Unbilden des Schicksals* oder *Oh, der Schmerz, die Wonne des Sterbens!«*

»Großer Gott!« sagte Major Eele und starrte alle der Reihe nach an. Sind sie denn jetzt völlig übergeschnappt?, dachte er. »Er war doch kein Katholik«, sagte er laut.

»Ist auch nicht nötig«, sagte Rose Cave in – zumindest für sie – scharfem Ton, »man muss kein Katholik sein, wenn man Verse auf seinem Grabstein hat.«

Major Eele erinnerte sich an das erste Mal, als Mr. Bird ihn in die Green Street mitgenommen hatte. Es war ein kalter Frühlingstag gewesen: Auf der linken Seite der winzigen Bühne hatte ein elektrischer Heizofen mit einer einzigen Heizspirale gestanden. »Eine interessante Sache«, hatte Mr. Bird versprochen und war vor ihm her gehumpelt. »Ich glaube, Sie werden es aufregend finden, Major.« Er war Mr. Bird durch einen engen Gang, über einen Hof und dann eine nackte Treppe hinauf gefolgt. In dem Raum, den sie betreten hatten, hatten vereinzelte Männer gesessen und angestrengt auf die Bühne gestarrt. Im Scheinwerferlicht hatte eine Frau um die Vierzig gerade ihren BH ausgezogen. Major Eele hatte kurz etwas vor sich hin gebrummt. »Setzen Sie sich«, hatte Mr. Bird gesagt. Es war eine Dunkelhäutige gewesen, aus Afrika oder der Karibik. Sie hatte sich in den Hüften gewogen und ihre bananenförmigen Brüste schwingen lassen. Ein Mann, vermutlich der Inhaber des Lokals, hatte ihren sich windenden Körper mit einer starken Taschenlampe angeleuchtet. Die Frau hatte strahlend gelächelt und mit dem Gummiband ihres Slips gespielt, das einzige Kleidungsstück, das sie noch getragen hatte. Dann hatte man den Vorhang zugezogen. Mr. Bird hatte ausgeatmet und Major Eele ein Zeichen gegeben, dass gleich etwas Lohnenderes kommen würde. Der Vorhang hatte sich wieder geöffnet: Die Frau hatte ihren Slip ausgezogen. Sie hatte mit leerem Blick völlig reglos auf einem Stuhl gesessen und vergessen zu lächeln. Der Mann mit der Taschenlampe hatte den Strahl über sie gleiten lassen. Er hatte irgendetwas gesagt, und sie hatte gelächelt. Es war Jazzmusik gelaufen; Major Eele wäre irgendwas Afrikanisches lieber gewesen: Trommeln oder vom Band eingespielte Tropenvögel und Moskitos. Die nächste Tänzerin war jünger gewesen: eine schlanke Weiße. Major Eele hatte die ganze Zeit gedacht, dass sie wohl einmal in einem der Industriegebiete im Norden gearbeitet hatte. Der Gedanke hatte ihn aus irgendeinem Grund erregt, doch er war enttäuscht gewesen, weil sie dünn und weiß gewesen war und ihn nicht an die Trommeln Afrikas erinnert hatte. Sie waren eineinviertel Stunden geblieben und hatten sich alle Tänzerinnen mehrmals angeschaut. Anschließend hatten sie kein Wort darüber verloren. Sie hatten schweigend in dem Bus gesessen, der sie nach SW17 zurückbrachte, Major Eele in Gedanken, Mr. Bird anscheinend gelangweilt und völlig teilnahmslos.

»Er war ganz anders«, sagte Major Eele. »Kein Mensch, der irgendwelchen Papp auf seinem Grabstein haben wollte. Nein, nein, wirklich nicht…« Seine Stimme verhallte, und er ließ eine Pause eintreten, womit er zu verstehen gab, dass er mit Mr. Bird eine Männerfreundschaft gepflegt und ihn besser gekannt hatte.

»Papp«, sagte Rose Cave. »Wie meinen Sie das bloß, Major Eele?«

»Papp. Brei. Wie im Innern einer Sommerfrucht. Das wissen Sie genauso gut wie ich, Madam.«

Doch Rose Cave schüttelte den Kopf, und Major Eele rückte näher an den Fernseher und stellte ihn lauter. Er zog sich aus dem Gespräch zurück: Das machte er klar, indem er den anderen den Rücken zukehrte und seine Aufmerksamkeit dem Bildschirm zuwandte.

»Ich wusste nicht, dass Pope Mr. Birds Lieblingsdichter war«, sagte Rose Cave. »Das wusste ich ganz und gar nicht.«

»Die Welt vergessend, von der Welt vergessen«, murmelte Miss Clerricot.

Schwester Clock grub ihre kurzen Fingernägel in den Stoff ihres Rockes. Sie runzelte innerlich die Stirn.

»Vielleicht sollten wir einfach schreiben, dass Mr. Bird gestorben ist, dass er ein guter Mensch war und in seinem Leben viel Trost gespendet hat. Genügt das nicht? Ich sehe keinen Grund zum Streiten.« Sie sprach in ganz nüchternem Ton, nur ein bisschen laut, wie eine Oberschwester, die sich mit dem Leben auskennt. Obwohl Mr. Bird es sich gewünscht hatte, hatte sie die Zeitungen nicht davon informiert, dass er so gestorben war, wie er gesagt hatte: die Füße zuerst, bevor der Tod seinen Körper hinaufgekrochen war. Sie glaubte, dass die Zeitungen bestimmt nicht daran interessiert waren, dass sie anderes zu drucken hatten als Anekdoten über Männer, die auf eine seltsame Art gestorben waren. Und jetzt glaubte sie, dass es keine große Rolle spielte, was auf Mr. Birds Grabstein stand, außer dass er in dem Grab lag, tot war und in einem bestimmten Jahr gestorben war.

»Leb wohl, teurer Freund! Das hab ich mal irgendwo gesehen«, sagte Major Eele. »Warum schreiben wir das nicht?« Er drehte sich vom Fernseher um, zeigte, dass er dem Gespräch der anderen gelauscht hatte, und bedauerte dann, dass er sich offenbart hatte.

Mr. Sribbin schlug etwas vor: *Ein Freund in der Not*; und Venables fuchtelte mit den Armen, was sowohl zustimmend als auch ablehnend gemeint sein konnte.

»Das ist alles nicht zufrieden stellend«, sagte Schwester Clock.

»Oder *Stets ein väterlicher Freund*«, schlug Mr. Scribbin vor. »Mehr nicht. Nur ein paar Worte. Schlicht und persönlich.«

Mr. Scribbin, ein schüchterner Mensch, der so unbeholfen war, wie sein schlaksiger Körper es vermuten ließ, hatte nie geheiratet. In den letzten Jahren hatte er oft in Mr. Birds Zimmer gesessen und sich seine Kindheit ins Gedächtnis gerufen, die Zeit, in der ihm seine Körpergröße am meisten zu schaffen gemacht hatte. »Kleine Männer sind eine Plage«, hatte Mr. Bird immer gesagt, »sie neigen zu Wutausbrüchen, um ihren Mut unter Beweis zu stellen. Ich hab noch nie einen kleinen Mann gekannt, der mir etwas bedeutete, Mr. Scribbin. Schöpfen Sie Mut. Stellen Sie sich vor, Gott hätte Sie stattdessen zu einem Zwerg gemacht.« Doch Mr. Scribbin hatte bloß gesagt: »Ein Zwerg?«, und hatte sich die Sache durch den Kopf gehen lassen, hatte an andere Zwerge, an weibliche Zwerge gedacht, mit denen er einen gemeinsamen Hausstand hätte gründen können. »Halten Sie sich nicht so gerade«, hatte Mr. Bird gesagt. »Entspannen Sie sich, Mr. Scribbin, Sie sehen aus, als hätten Sie einen Besenstiel verschluckt.«

»Ich meine ...«, sagte Mr. Scribbin, doch keiner hörte ihm zu. Der Ton des Fernsehers war laut. Er ließ den Satz in der Schwebe.

»Miss Clerricots Zitate«, sagte Rose Cave. »Die Verse von Pope. Zu lang, würde ich sagen. Oder? Vielleicht habe ich Unrecht.«

»Meinen Sie, zu teuer? Zu lang aus finanziellen Gründen?« Miss Clerricot beugte sich vor, der Körper gebogen wie ein Bumerang, das Kinn vorgestreckt. »Ich übernehme die zusätzlichen Kosten«, sagte sie. »Wie steht's mit dem Grabstein? Steuern wir alle etwas dazu bei? Wie steht's mit der Beerdigung?«

»Der Beerdigung?«, sagte Mr. Obd, der nicht gewusst hatte, dass er sich an irgendwelchen Kosten beteiligen musste.

»Wer bezahlt das?«, fragte Miss Clerricot. »Das Bestattungsunternehmen wird eine Rechnung schicken. Ein paarhundert Pfund, schätze ich.«

Mr. Obds Lippen bewegten sich, während er seinen Anteil ausrechnete. Er leckte sich die Lippen und begann, nervös um sich zu blicken. »Wir müssen bezahlen?«, fragte er. »Für die Beerdigung und den Grabstein? Ist das so üblich? Ich hatte keine Ahnung.«

Miss Clerricot fragte noch einmal: »Meint Miss Cave, dass die Pope-Zitate die Rechnung des Steinmetzes erheblich verteuern würden? Ich zahle etwas mehr, ich habe ein bisschen Geld auf der hohen Kante: Die Toten gehen vor.«

»Ich hab das nicht gewusst«, sagte Mr. Obd, stand auf und verließ das Zimmer.

»Sie haben ihn völlig aus der Fassung gebracht«, rief Schwester Clock. »Was für eine Schande, dieses ganze Gerede über Geld. Armer Kerl ...«

»Wie die Geizkragen«, sagte Major Eele. »Sie sparen ihr Geld für die Aufständischen.«

»Tun Sie uns den Gefallen, den Ton leiser zu drehen«, sagte Schwester Clock. Sie wandte sich zu Venables und Mr. Scribbin um. »Was meinen die Herren?«

»Es ist noch zu früh für einen Grabstein«, sagte Venables. »Ich dachte, den stellt man erst ein Jahr nach dem Tod auf.«

»Wir müssen eine Entscheidung treffen«, fauchte Schwester Clock. Sie hielt nicht viel von Venables; sie hielt ihn für einen fetten Trottel und hatte den Verdacht, dass er sich nicht regelmäßig wusch.

»Ha«, sagte Venables. »Wir können uns ein ganzes Jahr lang Zeit lassen.«

»Unsinn«, sagte Schwester Clock verächtlich. »Wer sagt denn so was? Was für ein Gedanke, dass wir ein Jahr lang über ein so schauerliches Thema sprechen sollen. Ja, der Tod ist schauerlich, Mr. Venables; das können Sie nicht bestreiten.«

Venables bekam wieder seine Magenschmerzen. Er tastete in der Tasche seiner Flanellhose nach einer Tablette. »Das will ich gar nicht bestreiten«, sagte er und steckte sich die Tablette heimlich in den Mund.

»Warum dann so unentschlossen, Mr. Venables? Wir sind heute Abend hier; wir können uns doch bestimmt einigen?«

»Aber es ist besser, wenn man sich Zeit lässt ...«

»Ach, Unsinn!«

Venables rauchte unablässig. Er saß immer bis tief in die Nacht da und rauchte, und wenn er aufstand, waren seine Kleider voller Asche. Dann versuchte er halbherzig, die Asche mit der Hand abzuwischen, und rieb sie in den Stoff.

»In meinem Beruf«, begann Venables, doch Schwester Clock fiel ihm erneut ins Wort. Sie gab bloß einen schrillen Ton von sich, doch damit deutete sie unmissverständlich an, dass das, was Venables sagen wollte, unpassend und langweilig sein würde. Schwester Clock wollte die Sache mit dem Grabstein auf der Stelle zu Ende bringen, weil Studdy nicht da war und sie ihn später vor vollendete Tatsachen stellen wollte. Studdy hatte sie überrumpelt und die Kränze auf eigene Faust besorgt. Sie wollte verhindern, dass so etwas noch einmal vorkam.

Auf dem Bildschirm bot ein Mann in einem weißen Kittel einer bedrückten Frau eine Packung Waschmittel an. Die Frau, die so tat, als ob sie misstrauisch wäre, nahm die Packung zögernd an. »Sehr witzig«, sagte Major Eele und fing an zu lachen.

»Wir sollten keine Entscheidung treffen«, sagte Mr. Scribbin. »Wir sind nicht vollzählig.« Studdy kam abends nur selten, um fernzusehen. Ab und zu kam er zu später Stunde, um sich einen Boxkampf anzuschauen.

»Das ist auch unnötig«, sagte Schwester Clock. »Was wollen Sie denn vorschlagen, Mr. Scribbin: dass wir eine Versammlung einberufen sollten? Wollen Sie etwa, dass wir einen Grabstein-Ausschuss bilden?«

»Mr. Studdy sollte dabei sein. Er war Mr. Birds rechte Hand.«

»Was für ein Unsinn! Dass Studdy von irgendwem die rechte Hand sein könnte! Sie machen Witze, Mr. Scribbin!« Sie lachte und sah gut gelaunt aus. Sie lachte erneut und versuchte den Eindruck zu erwecken, als hätte Mr. Scribbin mit trockenem Humor einen guten Witz erzählt.

»Wir wissen, wo Mr. Studdy sich aufhält«, sagte Rose Cave und lachte ebenfalls, weil man über jemanden, der in einem Pub saß, herzlich oder wissend lachte.

Miss Clerricot lächelte und dachte daran, wie Studdy einmal nach Hause gekommen, in diesem Zimmer über die Füße von Mr. Obd gestolpert und polternd zu Boden gestürzt war. Als sie sich diesen Vorfall und die Belustigung, die er ausgelöst hatte, ins Gedächtnis rief, musste auch sie lachen.

Jetzt lachten alle außer Mr. Scribbin: Schwester Clock über den angeblichen Witz von Mr. Scribbin, Major Eele über die bedrückte Frau und den weiß gekleideten Mann, der ihr das Waschmittel gab, Rose Cave über Studdys Schwäche und Miss Clerricot über das Bild, wie Studdy zu Boden gestürzt war. Venables lachte aus Nervosität. Mr. Scribbin war von dem Anblick ganz verwirrt. »Ha, ha, ha«, rief Schwester Clock und wischte sich mit einer Hand die imaginären Tränen aus den Augen. Mr. Scribbin dachte schließlich, dass alle über seinen angeblichen Witz lachten. Er überlegte, ob er unbewusst ein Wortspiel gemacht hatte, aber es sah nicht so aus. Er schaute die anderen an, und da er zeigen wollte, dass er nicht gekränkt war, stimmte er in das allgemeine Gelächter ein. Schwester Clock beobachtete ihn, noch immer lächelnd. Sie ließ ein letztes Jauchzen hören und sah, wie er dasselbe tat, und da wusste sie, dass sie gewonnen hatte.

»Er ist doch nie da«, sagte sie. »Er hat kein Interesse. Das ist alles, was ich gemeint hab, Mr. Scribbin. Verstehen Sie?«

Mr. Obd kehrte zurück und sagte, er finde, dass man die Kosten niedrig halten solle. Man sprach noch lange über den Grabstein, und für die Inschrift wurden weitere Vorschläge gemacht. Schwester Clock kannte in der Nähe einen Steinmetz, der die ganze Sache für einen etwas geringeren Arbeitslohn erledigen würde, da er ihr noch etwas schuldig war. Sie sagte, er sei sehr tüchtig und sie könnten von Glück sagen, dass sie die Angelegenheit in die Hände eines so tüchtigen Mannes legten: Er habe für seine Grabsteine schon mehrere Preise gewonnen. So wurde die Diskussion beendet, und alle Anwesenden außer Major Eele hatten das Gefühl, wie der Steinmetz in Schwester Clocks Schuld zu stehen. Sie hatte sich als zuverlässiger Mensch erwiesen, der Leute kannte, die gute Arbeit leisteten und trotzdem weniger Lohn forderten, der ein Gespräch leiten und es zu einem guten Ende bringen konnte.

Rose Cave malte sich einen eleganten Grabstein aus, schmal und schön geschnitten, auf dem Mr. Birds Name zusammen mit seinem Geburts- und Todesdatum und einem Vers aus den Paulusbriefen stand. Miss Clerricot sah einen ähnlichen Stein vor sich, ebenfalls elegant, doch etwas kleiner, auf dem Popes tröstende Worte *Oh, der Schmerz, die Wonne des Sterbens* standen. Auf Mr. Scribbins Grabstein lautete die Inschrift *Stets ein väterlicher Freund*; und bei Venables stand nichts außer dem Namen und den beiden Daten. Mit einem dezenten Nicken oder Zwinkern hatte sich Schwester Clock heimlich mit allen verständigt, selbst mit Mr. Obd, der aus finanziellen Gründen auf die Idee verfallen war, etwas ganz Schlichtes zu nehmen: einen jungfräulichen Stein, wie er sich ausgedrückt hatte, völlig unbeschriftet.

Spät an jenem Abend, um neun Uhr zweiundvierzig, klingelte es an der Haustür der Pension, ein betrunkener Mann trat in die Diele und wurde von Gallelty ins Fernsehzimmer geführt. Der kleine, schon etwas ältere Mann, der nach außen gute Laune versprühte, aber eigentlich schwermütig zu sein schien, nannte seinen Namen und den Grund seines Kommens. Er sprach ganz allgemein, zu den versammelten Bewohnern, denn er behauptete, die Angelegenheit gehe sie alle an. Er sei der Anwalt, bei dem Mr. Bird sein Testament aufgesetzt habe. Er komme so spät, da er sie alle antreffen und das Testament der ganzen Versammlung vorlesen wolle. Studdy erzählte später, dass der Anwalt nicht die volle Wahrheit gesagt habe, dass er so spät gekommen sei, weil er bloß abends als Anwalt arbeite und tagsüber einer anderen Beschäftigung nachgehe. Das Äußere des Mannes ließ Studdys Behauptung durchaus glaubwürdig erscheinen: Seine Kleider und sein Gesicht hatten etwas Kümmerliches; man hatte zwar nicht den Eindruck, dass er ein ausschweifendes Leben geführt hatte, doch irgendwann war bei ihm etwas schief gelaufen. Studdy, der den Mann nicht leiden konnte, obwohl es dazu keinen Grund gab, da der Mann darauf bestanden hatte, seine Rückkehr abzuwarten, bevor er das Testament verlas, setzte das Gerücht in Umlauf, der Mann arbeite tagsüber als Postbeamter.

»Möchten Sie einen Kakao, Sir«, fragte Major Eele, »während wir auf Mr. Studdy warten?«

Im Fernsehzimmer herrschte helle Aufregung; das konnte man an den Gesichtern ablesen. Es hatte nichts mit persönlichen Erwartungen zu tun, sondern lag daran, dass alle wissen wollten, was aus der Pension wurde.

»Kakao!« sagte der Mann. »Das meinen Sie doch nicht ernst?«

»Wir trinken jeden Abend um diese Uhrzeit Kakao«, erklärte Rose Cave.

Der Mann lachte, da er das witzig fand, doch schließlich trank auch er eine Tasse Kakao und aß ein paar Kekse, während sie auf Studdys Rückkehr warteten.

4

Mr. Bird war ein massiger Mann gewesen, groß gewachsen und ziemlich breitschultrig. Sein Schädel kahl, bis auf einen Kranz aus weißem Flaum, der sich von einem Ohr zum anderen gezogen hatte. Er hatte im Haus und im Freien zu jeder Jahreszeit einen Panamahut getragen, und auf seinen Spaziergängen hatte er stets einen Stock mit einer silbernen Spitze dabeigehabt, den er zwanzig Jahre vor seinem Tod eines Tages in einer öffentlichen Toilette gefunden hatte. Auf all diesen Spaziergängen, ja schon sein ganzes Leben lang, hatte Mr. Bird seinen linken Fuß nachgezogen, und der Stock mit der silbernen Spitze hatte ihm das Gehen erleichtert.

Mr. Birds Gesicht war blass und rund gewesen, was auch nach seinem Tod noch eine Weile so blieb, und das einzig Bemerkenswerte waren seine farblosen Augen gewesen. Doch in siebenundsechzig Jahren, seit er in der Wiege gelegen hatte, war die Farbe seiner Augen weder jemandem aufgefallen, noch hatte sich jemand daran erinnert, obwohl die Leute normalerweise auf so etwas achteten.

Was für ein Vergnügen sie mir bereiten!

hatte Mr. Bird in seinen Notizen über die Bewohner geschrieben.

Jetzt, wo mein Haus voll ist, ist meine Vorstadtwelt vollkommen. Sobald ich abends höre, dass sich der erste Schlüssel im Schloss dreht, erhebe ich mich von meinem Bett und gehe im oberen Flur in Stellung. Weit unten steigt etwas die Treppe herauf, das zuerst wie eine Kiefer aussieht: Es sind der spitze Kopf und der schlaksige Körper von unserem Mr. Scribbin, der eine Schallplatte mit Zuggeräuschen unterm Arm trägt. Er geht schnell und schnauft ein bisschen, seine Haare stehen zu Berge, und seine Kleider schlackern an seinem Körper. »Guten Abend, Mr. Scribbin«, flüstere ich über das Treppengeländer, doch er hört mich nicht, und ich lächle, denn ich weiß, dass ihm etwas anderes durch den Kopf geht. Als Nächstes kommt Rose Cave. Sie betritt das Haus mit forschem Schritt, um ihre Müdigkeit zu verbergen. Sie hat eine tiefe Abneigung gegen die Arbeit, der sie nachgeht, doch sie ist immer freundlich, fest entschlossen, die Welt, die ihr nichts geschenkt hat, zu lieben. Dann kommt entweder Venables oder Miss Clerricot. Wie ich es liebe, wenn der kleinen Miss Clerricot das Blut in den Kopf steigt, sie sieht so niedlich aus, wenn sie völlig verschämt in unserem Fernsehzimmer sitzt. Dann bedauert sie, dass sie geboren wurde, und niemand auf der ganzen Welt kann sie trösten. Nun, zumindest habe ich etwas Gutes getan – ich habe sie alle zusammengebracht; und obwohl sie Einzelgänger sind, haben sie in meiner Pension gesehen, dass es von ihrem Schlag noch andere gibt. Ich behaupte, dass ihnen das etwas Trost spendet. Mr. Obd und Major Eele, Schwester Clock und der arme Studdy: Sie alle brauchen Trost, genau wie meine Bediensteten. Ich habe ihren Herzen Trost gegeben; ich habe im Südwesten Londons eine wichtige Einrichtung geschaffen. Das wurde mir von Unserem Himmlischen Vater als mein Werk und meine Berufung offenbart. O Herr, ich bin Dein Diener; Du hast mich geschaffen. Dass ich mich damit tröste, anderen Trost zu spenden, dass ich aus demselben Fluss getrunken habe, kommt mir nicht sündhaft vor. Ich habe gebetet, und Du hast mir kein Zeichen gegeben, dass meine Taten und Gedanken falsch sind. Ich halte mich an den schmalen geraden Pfad: Ich fürchte mich nicht vor dem Bösen.

Ein paar Stunden, bevor der Anwalt in die Pension kam, saß Studdy allein in dem Pub, in dem er Stammgast war.

»Ein Shilling acht Pence«, sagte Studdy und legte das Geld auf einen der kleinen Tische in der Bar. »Was kann ich dafür kriegen, mein Junge?«

»Ein großes Bier«, sagte der Barkeeper schnell. »Oder ein

Guinness oder ein Helles.« Er nahm einen Aschenbecher und leerte ihn auf ein Blechtablett.

»Nichts Alkoholisches? Keinen Whisky?«

»Keinen Whisky, Mr. Studdy. Ein Whisky kostet zwei Shilling.«

»Na«, sagte Studdy, »benutz mal deinen Verstand. Schenk mir einfach ein bisschen weniger ein. Ein Shilling acht Pence sind dreiundachtzig Prozent von zwei Shilling. Also schenk mir dreiundachtzig Prozent von einem normalen Whisky ein. Sei so freundlich, mein Junge. Tu mir den Gefallen.«

Der Barkeeper schüttelte den Kopf. Er wusste, dass Studdy mehr Geld dabeihatte. Es war Studdys liebster Zeitvertreib, die Geduld der Leute derart auf die Probe zu stellen und zu hoffen, dass er seinen Drink schließlich billiger bekommen würde.

»Das verstößt gegen das Gesetz, Mr. Studdy«, sagte der Barkeeper. »Was soll ich Ihnen jetzt bringen?«

»Kann ich die vier Pence anschreiben lassen? Ich bin hier Stammgast. Mr. Studdy ist schließlich kein Zechpreller, den du nie wieder zu Gesicht kriegst. Wie wär's mit einem Schuldschein?« Studdy zog seine Schuldscheine aus der Tasche und schrieb rasch *4 Pence* auf einen. Er fügte den Namen des Wirtes hinzu und unterschrieb dann schwungvoll. »Hier, bitte«, sagte er, betrachtete die Sache als erledigt und nahm eine Zeitung, die jemand liegen gelassen hatte.

»Den kann ich nicht akzeptieren«, sagte der Barkeeper. »Wir nehmen nur Bargeld. Das wissen Sie doch, Mr. Studdy.«

Studdy saß hinter der Zeitung und schenkte ihm keine Beachtung. Dann, nach einem weiteren Protest des Barkeepers, seufzte er und sagte:

»Ich hab den Schuldschein geschrieben, ich stehe jetzt mit vier Pence bei dir in der Schuld. Das kann ich nicht rückgängig machen. Wenn du damit sagen willst, dass ich den Schuldschein vergeblich ausgefüllt hab, warum hast du mich dann nicht davon abgehalten? Warum hast du's dir jetzt anders überlegt? Vielleicht sollte ich mal mit dem Wirt sprechen, mein Junge.«

»Ich gebe Ihnen Ihren Schuldschein zurück, Mr. Studdy. Ich kann ihn nicht akzeptieren. Wie hätte ich Sie vom Schreiben abhalten sollen, wo Sie wie der Blitz losgelegt haben? Seien Sie doch vernünftig.«

»Vernünftig? Wer ist denn hier unvernünftig? Denk noch mal drüber nach, dann wirst du schnell sehen, dass die Vernunft auf meiner Seite liegt. Ich muss schon sagen, ich kenne niemanden, der so eigensinnig ist. Wenn man bedenkt, dass es bloß um vier Pennys geht.«

»Sie kennen doch das Gesetz, Mr. Studdy; Sie kennen die Regeln des Hauses ...«

»Zum Donnerwetter! Hör jetzt auf. Gib mir einen Scotch Whisky und lass es gut sein.«

»Zwei Shilling, Mr. Studdy.«

Studdy gab dem Mann einen Zehn-Shilling-Schein und murrte über die Dummheit des Barkeepers. Es ärgerte ihn, dass im Lauf der Jahre immer öfter so ein Getue gemacht wurde; wenn er heutzutage jemanden um einen Gefallen bat, wurde jedes Mal ein Riesenwirbel gemacht.

»Acht Shilling Wechselgeld«, sagte der Barkeeper und reichte ihm das Glas.

Studdy hatte den Schein nicht anbrechen wollen. Er konnte es nicht leiden, wenn er einen Schein gegen klimpernde Münzen eintauschen musste.

»Wo ist mein Schuldschein?«, fragte er den Barkeeper.

»Den hab ich Ihnen zurückgegeben, Mr. Studdy.«

»Zurückgegeben? Zum Donnerwetter, das stimmt doch nicht. Gib mir jetzt sofort den Schuldschein.«

»Ich hab ihn nicht. Sie haben ihn in Ihre Westentasche gesteckt.«

»Du weißt, dass das nicht stimmt. Ich hab ihn dir gegeben, und du hast ihn dir geschickt unter den Nagel gerissen und mich obendrein bezahlen lassen. Dieser Whisky hat mich zwei Shilling vier Pence gekostet.«

»Ich kann hier nicht länger stehen bleiben, Mr. Studdy. Ich muss meine Arbeit erledigen. Ich hab Ihren Schuldschein nicht.«

»Dann musst du ihn in die Kasse gelegt haben. Ich werde mit dem Wirt sprechen. Ich hab ihn nicht gekriegt. Warum auch? Warum sollte ich einen Schuldschein schreiben und dann in meine Westentasche stecken? Das ergibt doch keinen Sinn. Wenn du willst, kannst du mich durchsuchen.«

»Ich muss meine Arbeit erledigen.«

»Und ich mache mir meine Gedanken. Ich stelle fest, dass du dich nicht durchsuchen lassen willst. Ich bin offen dafür, du aber nicht. Wo würde für einen neutralen Beobachter wohl die Schuld liegen?«

»Sie irren sich schon wieder, Mr. Studdy.«

»Ich irre mich überhaupt nicht. Ich warne dich, du kannst dich nicht aus deiner üblen Lage befreien, indem du sagst, dass ich mich irre. Der Verdacht gegen dich verdichtet sich. Denk gut nach, bevor du was sagst. Wenn du jetzt alles glatt abstreitest, verrätst du dich. Ich kann's in deinen Augen sehen: jede Menge kleine Diebstähle und die Schuldgefühle, die du deshalb hast. Du wirst rot wie ein Schulmädchen; deine Hand greift ständig in die Kasse.«

»Na, Mr. Studdy, was reden Sie denn da? Sie wissen doch, dass ich Ihnen den Schuldschein zurückgegeben hab.«

»Mein Junge, es geht nicht mehr bloß um den Schuldschein. Was sind schon vier Pence? Eine unbedeutende Summe, für die man bloß einen schlechten Schokoriegel kriegt. Doch selbst da konntest du nicht widerstehen. Du hast dich bei den knisternden Fünf-Pfund-Scheinen in der Kasse bedient, und trotzdem musstest du mit deinen Tricks einen einfachen Mann bestehlen. Du konntest dir die Gelegenheit nicht entgehen lassen. Mit Speck fängt man Mäuse, das hast du nicht begriffen. Ihr Iren seid einer wie der andere.«

»Sie sind hier der Ire, Mr. Studdy. In meinen Adern fließt kein Tropfen irisches Blut.«

»Irisches Blut fließt überall, und wenn ich knallhart wäre, würde ich die Polizei rufen, dann würde bei deiner Verhaftung irisches Blut spritzen wie bei einer Fontäne.«

Der Barkeeper zuckte mit den Achseln und ging. Studdy las die Zeitung durch; dann warf er einen Blick auf die Uhr und verabschiedete sich.

Studdy war ein rothaariger Mann von dreiundfünfzig Jahren. Er war groß und schwer und trug, Sommer wie Winter, einen dicken schwarzen, zweireihigen Mantel mit einer großen Gürtelschnalle. Auf der linken Seite des Revers steckte ein kleines religiöses Abzeichen, das Herz-Jesu-Emblem.

Er entfernte sich langsam von dem Pub. Seine großen Hände steckten tief in den Manteltaschen, da er keine Handschuhe besaß. Er dachte, was für eine Schande es selbst im August war, dass er keine Handschuhe hatte; er überlegte, wie er sich mühelos ein Paar beschaffen konnte. Dann stieg er die Treppe zu Mrs. Maylams Zweizimmerwohnung hinauf und überdachte das Problem.

»Frostbeulen«, sagte Studdy zu Mrs. Maylam. »Im Winter '46 hatte ich Glück, dass ich meine rechte Hand nicht verloren hab.«

»Gegen Frostbeulen hilft Kräutersalbe. Ich hab einen Sohn gehabt, der Frostbeulen hatte.«

»Ich hab alles ausprobiert, Mrs. Maylam. Es gibt nichts in der modernen Medizin, was an meinen Händen nicht ausprobiert wurde. Wenn's Februar wird, kann ich nichts mehr mit ihnen anfangen. Ist das nicht seltsam für einen Arbeiter? Lange Risse von den Fingerspitzen bis zum Handgelenk. Ich schwöre bei Gott, es würde Ihnen den Magen umdrehen.«

»Das hab ich nicht gewusst«, sagte Mrs. Maylam, die ihn nicht richtig verstanden hatte. »Ich dachte, Sie hätten bloß an Händen und Füßen Frostbeulen.«

»Bei Gott, sie sind überall. Könnten Sie mir vierzig Shilling für ein gutes Paar Handschuhe leihen?«

»Soll ich das Radio einschalten?«, fragte Mrs. Maylam. »Da kommt eine Sendung mit Unterhaltungsmusik.«

»Wie Sie wollen. Ich muss los. Ich glaube, Mrs. Fitz gibt Samstagnachmittag eine Party. Sie hat gefragt, ob ich gern kommen würde. Klar, warum nicht?«

»Die verdammte alte Ziege. Sie würden doch nicht wirklich dort hingehen, Mr. Studdy?«

»Entschuldigen Sie mich, Mrs. Maylam, ich geh kurz rüber und sag ihr, sie soll noch eine Tasse mehr auf den Tisch stellen. Ich gehe nicht gern auf Partys, aber ich will die alte Mrs. Fitz nicht enttäuschen. Ich glaube, sie würde mir die kleine Summe für die Handschuhe leihen.«

»Wenn je eine Frau voller Bosheit war, dann Mrs. Fitzgerald. Sie und diese verdammte Schlampe, die immer das Mittagessen bringt. ›Haben Sie das Bett gemacht?‹ hat sie mich gefragt. Die stecken ihre Nase überall rein.«

»Kennen Sie den Barkeeper drüben im Arms? Ich hatte gerade eine Auseinandersetzung mit dem Burschen. Oh, der passt genau in ihr Verbrecheralbum.«

»Vielleicht finde ich irgendwo die vierzig Shilling für die Handschuhe, Mr. Studdy. Das Klima hier ist unser aller Fluch.«

»Ich wäre Ihnen sehr verbunden, Mrs. Maylam. Ich bin bloß ein bisschen knapp bei Kasse. Das ist keine Jahreszeit für einen Arbeiter.«

Mrs. Maylam erhob sich langsam aus ihrem Sessel und nahm in der Küche zwei Pfund aus einer Dose. Während ihrer Abwesenheit griff Studdy von hinten in ihr Radio und löste ein Kabel.

»Sie sind die Güte in Person, Mrs. Maylam.« Er steckte das Geld in die Tasche und schniefte, um die Nase freizubekommen. »Wollen wir jetzt das Radio einschalten?«

Mrs. Maylam drehte an einem Knopf, doch das Licht ging nicht an. »Das verdammte Ding spielt schon wieder verrückt. Ich muss mir mal ein neues kaufen.«

»Lassen Sie mal sehen«, sagte Studdy, stand auf und schaute von hinten ins Innere des Geräts.

Er fummelte kurz daran herum und sagte: »Mit elektrischen Geräten kenne ich mich nicht aus. Soll ich es zur Reparatur bringen, Mrs. Maylam?«

»Ohne das Radio bin ich aufgeschmissen. Können die es morgen reparieren? Und können Sie es mir morgen Abend wieder vorbeibringen?«

»Ich weiß nicht genau. Ich hab morgen Abend viel zu tun. Na, mal sehen, was ich tun kann. Erinnern Sie mich noch mal dran, wenn ich gehe.«

»Wenn ich Ihnen sechs Shilling gebe, würden Sie dann für uns zwei Koteletts zum Abendessen mitbringen?«

»Klar. So, und jetzt erzählen Sie mir von der Frau mit dem Mittagessen.«

Mrs. Maylam, eine große Frau mit hochgesteckten grauen, immer noch langen Haaren, nickte. Ihre Hände mit den kurzen, breiten Fingern lagen leicht auf ihrer bunt gemusterten Kittelschürze. Sie nickte noch einmal und begann kreischend zu lachen. Dann hielt sie inne und sagte:

»Was haben Sie gesagt?«

»Die Frau, die immer das Mittagessen bringt.«

»Essen auf Rädern. Ein aufreizendes Flittchen.«

»Das hab ich mir gedacht«, sagte Studdy.

Die Frau hieß Mrs. Rush. Mrs. Maylam sagte, sie bringe ihr nie Eis mit. »Ich hätte gern eine Portion Walls. Die kleine Schlampe weiß das ganz genau. Sie ist kein netter Mensch, Mr. Studdy.«

Sie sprachen über etwas anderes. Studdy kochte sich eine Dose Tomatensuppe und rührte einen Schuss Milch unter. Nachdem er alles aufgegessen hatte, kehrte er mit Mrs. Maylams Radio unterm Arm in den Pub zurück.

Er hatte die Frau von Essen auf Rädern ein paar Wochen lang beobachtet. »Mit dem Essen sollten Sie vorsichtig sein«, hatte er Mrs. Maylam schon einmal gewarnt. »Wenn ich an Ihrer Stelle wäre, würde ich es wegschütten.«

Der Barkeeper, der mit Schrecken daran dachte, diesen Kunden erneut bedienen zu müssen, kam näher.

»Was möchten Sie trinken, Mr. Studdy?«

Studdy dachte an die vierzig Shilling. Er sah den Barkeeper streng an.

»Zwei Scotch Whisky«, sagte er.

»Zwei, Mr. Studdy?«

»Zwei. Mein Freund Mr. O'Brien schaut später noch herein.«

Noch nie hatte hier jemand Studdy abends Gesellschaft geleistet, doch der Barkeeper war noch neu und wusste das nicht. »Ich durchschaue deine Tricks«, sagte Studdy und musterte ihn.

Der Mann brachte den Whisky, und Studdy bezahlte, ohne zu feilschen. Er dachte wieder an die Frau von Essen auf Rädern. Er trank ein Glas Whisky und rief dann den Barkeeper.

»Bring mir das Telefonbuch«, forderte er, doch der Mann weigerte sich, da vielleicht auch jemand anders eine Nummer nachschlagen wolle.

»L bis R«, sagte Studdy.

Der Barkeeper beharrte auf seinem Standpunkt und sagte, die Telefonbücher seien für alle da.

»Du wirst hier nicht alt«, sagte Studdy zu ihm, stand auf und ging zum Telefon. Er notierte Mrs. Rushs Adresse und kehrte an seinen Platz zurück. Dann saß er eine weitere Stunde an seinem Whisky und überlegte.

Als es Zeit war zu gehen, kam Studdy an die Theke und fragte nach dem Wirt.

»Ein Schuldschein hat unter unglückseligen Umständen den Besitzer gewechselt«, erklärte er. »Ihr neuer Barkeeper hat ihn mir durch einen Trick abgeluchst. Ich hätte ihn gern zurück, Mr. Horney.«

»Haben Sie den Jungen gefragt? Was soll das für ein Trick gewesen sein?«

»Ich war kurz in Geldverlegenheit oder hab gedacht, es

wär so, und hab ihm auf seinen Vorschlag einen Schuldschein über vier Pence gegeben. Dann hab ich in meiner Innentasche einen Zehn-Shilling-Schein entdeckt und damit meine Rechnung bezahlt. *Ich hab meinen Schuldschein nicht zurückgekriegt, Mr. Horney.* Sir, haben Sie verstanden, was ich sage?«

»Natürlich, Mr. Studdy. Na, das lässt sich leicht beheben.« Mr. Horney nahm vier Pennys aus der Kasse und gab sie Studdy.

»Danke«, sagte Studdy. »Eine Hand wäscht die andere, deshalb möchte ich Sie vor Ihrem Barkeeper warnen. Er greift ständig in die Kasse. Ich hab gesehen, wie er einen Fünfer geklaut hat.«

»Das muss ein Irrtum sein, Mr. Studdy. Er ist ein guter Mann. Er bleibt bis Mitternacht da, um Gläser zu spülen.«

»Passen Sie auf die Kasse auf, Mr. Horney. Sie wollen doch bestimmt nicht, dass die Brauerei davon erfährt.«

»Danke, Mr. Studdy. Ich werd's mir merken.«

»Würde es Ihnen was ausmachen, dieses Radio für mich aufzubewahren? Ich hol's morgen Abend wieder ab.«

»Kein Problem, Mr. Studdy. Hier ist es sicher aufgehoben.«

Studdy hielt inne und rieb sich die Nase. »Ich frag nur wegen dem Barkeeper: Würde es Ihnen was ausmachen, mir eine Quittung zu geben? Es ist mir peinlich, aber ich glaube, wenn er einen Fünfer klaut, dann klaut er auch ein altes Radio. Ist das nicht einleuchtend?«

»Ach, kommen Sie, Mr. Studdy. Ich bin doch da, bis der Junge die Bar verlässt. Ihrem Radio wird nichts passieren.«

»Ich würde ruhiger schlafen, Mr. Horney. So eine kleine Quittung ist doch im Handumdrehen geschrieben. *Erhalten von Mr. Studdy, ein Radio.* Ich hol's morgen um sechs wieder ab.«

Er reichte Mr. Horney einen Zettel, auf dem er diese Worte bereits aufgeschrieben hatte. Wortlos unterschrieb Mr. Horney.

Als Studdy zur Pension zurückging, hatte er die wässrigen Augen wegen des von seiner Zigarette aufsteigenden Rauchs halb geschlossen. Er spitzte die Lippen, ließ die Unterlippe hängen und enthüllte eine Reihe schiefe braune Zähne. »Ich glaube«, sagte er sich, wobei die Zigarette auf seiner Unterlippe auf und ab hüpfte, »dass ich Mrs. Rush vielleicht eine kurze Nachricht schicken sollte.« Im Gehen überlegte er sich, was er schreiben sollte.

Meine sehr geehrte Frau,

geben Sie zu, dass die Organisation, in deren Auftrag Sie den Alten und Bettlägerigen das Mittagessen bringen, Ihnen als Deckmantel für gewisse Aktivitäten dient. Madam, geben Sie zu, dass Sie die Arbeit nur als Vorwand benutzen, um aus dem Haus zu kommen, um eine Erklärung für die gefahrenen Meilen und den Benzinverbrauch beim Auto Ihres Mannes zu haben, und so weiter, und so weiter. Geben Sie zu, dass Ihr Mann, Martin Henry Rush, an dem umfassenden Dossier interessiert wäre, das ich und meine Mitarbeiter über Ihr nachmittägliches Treiben angelegt haben.

Hochachtungsvoll,

Ein Freund von Sitte und Moral.

PS: Falls Sie verhindern wollen, dass besagtes Dossier in die Hände Ihres Mannes fällt, öffnen Sie bitte sofort die Motorhaube Ihres Wagens, wenn Sie nächsten Donnerstag vor Mrs. Maylams Wohnung halten. Dort erhalten Sie weitere Anweisungen.

Studdy betrat die Pension um halb elf.

»Es ist ein Mann da, der Sie sprechen will«, sagte Gallelty in der Diele. Sie erhob sich von einem Stuhl mit einer harten, mit Schnitzereien verzierten Rückenlehne, strich den Rock ihrer Dienstmädchentracht glatt und zog sich die Schürze zurecht. Mr. Bird hatte immer auf der Tracht bestanden: Schwarz für nachmittags und abends, ein salopperes Rosa für den Morgen.

»Ein Mann?« Studdy blieb stehen und war sofort misstrauisch. »Was für ein Mann denn?«

Gallelty hatte geschlafen. Sie blinzelte und dachte an ihr Bett.

»Keine Ahnung, Mr. Studdy. Ein Anwalt, er will uns alle sprechen. Es geht um Mr. Birds Testament.«

So betrat Studdy mit Gallelty im Schlepptau um zehn Uhr einunddreißig das Fernsehzimmer. Er betrachtete die erwartungsvollen Gesichter der Bewohner mit Missfallen und setzte sich.

»Das ist Mr. Studdy. Jetzt sind wir vollzählig«, sagte Rose Cave zu dem Anwalt; der schnäuzte sich, zog Blätter aus seiner Tasche, die unbeschrieben waren, und entdeckte dann das Testament in der Innentasche seiner Jacke.

»Ha, ha«, rief Venables, als er hörte, dass Mr. Scribbin ein Paar Bücherstützen aus Porzellan und eine Uhr geerbt hatte.

»An Major Eele«, sagte der Anwalt nach einer Pause, *»Astronomie leicht gemacht*. Der Titel eines Buches«, fügte er hinzu, denn er befürchtete, sie könnten glauben, dass er Unsinn erzählte.

Und als er fertig war, als er die unbeschriebenen Blätter wieder eingesammelt und das Testament herumgereicht hatte, damit alle es sich ansehen konnten, stand er auf und sagte, er müsse gehen. Er brach auf, und Schwester Clock und Studdy sahen sich nicht an, sondern saßen bloß da, er mit finsterem Gesicht und sie lächelnd, beide mit ihren eigenen Gedanken beschäftigt, auch wenn sie in dieselbe Richtung gingen. Die Pension gehörte den beiden gemeinsam, vorausgesetzt, dass sie sie weiterführten, dass sie bei den Bewohnern und beim Personal keine Veränderungen vornahmen, es sei denn, jemand starb oder wollte aus unerfindlichen Gründen das Haus verlassen.

5

Über Rose Cave hatte Mr. Bird in seinen *Notizen über die Bewohner* geschrieben:

Miss Cave (52) bin ich am 22. April 1954 in einer Schlange vor einem Kino begegnet. Es war ein Remake des berühmten Musikfilms Broadway-Melodie *aus den Dreißigern. Wegen des großen Andrangs kamen wir beide nicht mehr hinein und mussten unverrichteter Dinge wieder abziehen. Ich sprach Miss Cave an und sagte bloß, wie schade und erstaunlich ich das fände, da man heutzutage nicht damit rechne, an der Kinokasse wieder weggeschickt zu werden. »So ist das nun mal«, sagte Miss Cave ein bisschen misstrauisch und reserviert, doch wer könnte ihr das zum Vorwurf machen? »Ich habe Sie schon mal in der St. Joseph's Church gesehen«, sagte ich als Nächstes, was aber nicht stimmte. Ich nahm an, dass sie in der Nähe wohnte, und aus ihrer Kleidung und ihrem Auftreten (ich hatte die Dame in der Schlange eine Stunde lang genau beobachtet) schloss ich, dass sie eine eifrige Kirchgängerin war. Sie hätte natürlich auch Methodistin, Baptistin oder Zeugin Jehovas sein können, und dann hätte sie mich zweifellos wie einen begossenen Pudel abziehen lassen. Doch ich kenne mich in solchen Angelegenheiten aus und entschied mich für die Anglikanische Kirche. »Ich gehe nicht regelmäßig zum Gottesdienst«, sagte Miss Cave. »Ich auch nicht«, erwiderte ich, froh, die Wahrheit sagen zu können. »In den letzten Jahren bin ich dazu übergegangen, den Sonntag in aller Ruhe in meinem Zimmer zu begehen. Mein Bein« – ich schlug auf meinen linken Oberschenkel – »macht mir manchmal einen Strich durch die Rechnung. Es überrascht mich schon«, fügte ich hastig hinzu, »dass ich heute so lange auf der Straße stehen konnte.« »Ihr Bein?«, fragte Miss Cave, und ich erklärte sogleich, dass es nicht in Ordnung sei, und ging ein paar Schritte, um ihr zu zeigen, was ich meinte. »Mein Name ist Bird. William Wagner*

Bird.« Ich versuchte, einen kleinen Scherz zu machen: »Sir William, wie man mich damals nannte, als ich noch für mein täglich Brot arbeiten musste.« Bei diesen Worten blühte die Dame auf, und ich dachte sofort, dass sie vielleicht in Betracht kam. Ich drängte sie, eine Tasse Kaffee mit mir zu trinken, und erwähnte später ganz beiläufig, dass in der Pension gerade ein Zimmer frei geworden war.

Miss Rose Cave ist aus bestimmten Gründen bekümmert. Ich habe an ihrer Tür gehorcht und gehört, wie sie im Schlaf geschrien hat.

An dem warmen, milden, vielversprechenden Morgen des 20. August ging Rose Cave die Jubilee Road entlang und dachte über den Besuch des Anwalts und die Erklärung nach, die er abgegeben hatte. Sie hatte sich an das Viertel, an das Haus und ihre Mitbewohner gewöhnt. Ihr Zimmer mit dem Blick auf die Bäume und andere Häuser, auf den Kirchturm in der Ferne und den näher gelegenen verwilderten Garten gefiel ihr. Sie dachte, dass es noch andere Pensionen gab; doch dann glaubte sie, dass dort bestimmt nicht die nötige Ordnung herrschte. Pensionen gehörten langsam der Vergangenheit an: Einzimmerwohnungen und Wohngemeinschaften waren heutzutage in London der letzte Schrei.

Seit Rose Cave in SW17 lebte, hatte sich bereits vieles verändert. Die großen spätviktorianischen Häuser wurden abgerissen, und an ihrer Stelle wurden rechteckige Gebäude mit vielen Fenstern gebaut. Straße für Straße, Allee für Allee liefen allmählich überall die Mietverträge aus. Doch die Jubilee Road und die Peterloo Avenue bildeten zusammen mit der Crimea Road, der Mantle Lane und dem Lisbon Drive ein kleines Widerstandsnest. Dort waren die Mietverträge noch gültig, und die Straßenzüge behaupteten sich hartnäckig wie Soldaten einer längst vergangenen Zeit. Solche Widerstandsnester gab es überall in SW17: Die alte Ordnung dauerte fort, während an den

Fensterrahmen und Türen die Farbe abblätterte und die schadhaften Gartenzwerge jedes Jahr im Frühling frisch lackiert wurden.

An der Kreuzung von Jubilee Road und Peterloo Avenue kam Rose Cave an St. Dominic's, einem Haus der Christlichen Brüder, vorbei. Einer der Brüder, der gerade die Milch hereinholte, wünschte ihr einen guten Morgen. Er sagte ein paar freundliche Worte. »Wir werden die vertraute Gestalt vermissen«, fügte er hinzu und schüttelte traurig den Kopf.

In jenem August gab es in der vornehmen Gesellschaft Londons Proteste gegen Hunde, denen man das Bellen weggezüchtet hatte. Ein Friseur vertraute sich einer Sonntagszeitung an und schrieb seine zur Veröffentlichung bestimmten Bekenntnisse nieder; in Bahnhöfen und auf Werbeflächen am Straßenrand wurden diese Neuigkeiten auf riesigen Plakaten verkündet. Die Regenbogenmänner reisten in Autos mit Wohnwagen durch ganz England und überreichten den Hausfrauen Geschenke. Am selben Tag, als Rose Cave zur Bushaltestelle ging und an den Besuch des Anwalts dachte, wurde ein siebzehn Jahre alter rötlicher Kater, der am vorhergehenden Freitag entführt worden war und nur gegen ein Lösegeld von tausend Pfund wieder freigelassen werden sollte, unversehrt an seinen ältlichen Besitzer zurückgegeben. Während Rose Cave an der Bushaltestelle wartete, las sie im *Daily Express,* dass man irgendwo in den ausgehöhlten Griffen von Tennisschlägern Marihuana entdeckt hatte. Es sollte ein schöner, warmer Tag werden.

Rose Cave, die ihr kurzes graues Haar eng anliegend trug, hatte ein Gesicht, das im Profil einmal schön ausgesehen hatte, obwohl es von vorn kantig war. Ihre scharfen Züge täuschten über ihre wahre Natur hinweg; sie deuteten eher auf ein ehrgeiziges Wesen, ja sogar eine gewisse Habgier und Rücksichtslosigkeit. Doch Rose Cave war ganz anders. Schärfe zeigte sie nur, wenn sie irgendwo eine Ungerechtigkeit erkannte oder zu erkennen glaubte.

Sie stieg in den Bus und setzte sich in die zweite Reihe,

neben einen breitschultrigen Mann, der ihr nicht genug Platz ließ. Doch sie machte sich nichts daraus: Sie erkannte, dass der Mann nichts für seine breiten Schultern konnte, und als Alternative hätte sie nur stehen bleiben können, da kein anderer Platz mehr frei war. Sie las die Titelseite ihrer Zeitung, löste ihren Fahrschein, und als sie sich der Bushaltestelle näherte, wo sie tagtäglich ausstieg, schloss sie halb die Augen und dachte wie jeden Tag auf der Busfahrt an den Tod ihrer Mutter.

»Sie sind spät dran«, sagte ein Mann mit Schnurrbart, dessen Aufgabe darin bestand, die Pünktlichkeit des Personals zu kontrollieren, zu Venables.

»Der Verkehr wird von Tag zu Tag schlimmer.« Venables lächelte, doch der Mann schaute verdrießlich drein und bemerkte, dass die Schultern von Venables' blauem Blazer voller Schuppen waren. Auch darauf wies er ihn hin, und Venables errötete und zog den Blazer aus. »Nicht hier, alter Junge«, knurrte der Mann mit dem Schnurrbart.

Venables ging mit dem Blazer in die Herrentoilette und wischte die Schuppen mit der Hand ab. Es verletzte ihn tief, dass der Mann diese persönliche Bemerkung über seine Kleidung in aller Öffentlichkeit gemacht und damit angedeutet hatte, dass Venables sein Haar schlecht pflegte. Er begann zu zittern und spürte, wie ihm die Tränen in die Augen stiegen. Mit dem Blazer über dem Arm, schloss er sich in einer der Toiletten ein, um sich zu beruhigen.

»Was würde ich bloß ohne Sie anfangen?«, fragte Mr. Sellwood, der einmal den britischen Verdienstorden bekommen hatte. »Haben Sie in Ihrem Leben je etwas vergessen, Miss Clerricot?«

Miss Clerricot blieb auf dem Weg von Mr. Sellwoods Schreibtisch zu der Tür, die in ihr kleines Büro führte, kurz stehen. Soweit sie sich erinnern konnte, hatte Mr. Sellwood noch nie so zu ihr gesprochen, hatte er noch nie ihr Gedächtnis gelobt oder sie als unentbehrlich bezeichnet.

Er hatte sich oft bei ihr bedankt und gesagt, sie habe gute Arbeit geleistet, doch das war zu erwarten, war eine Höflichkeitsfloskel, die sie aufmuntern und bei der Stange halten sollte, wenn die Arbeit beschwerlich war.

»Danke«, sagte Miss Clerricot. »Vielen Dank, Mr. Sellwood.«

Sellwood, dachte Miss Clerricot und betrachtete den Mann; Sellwood war vermutlich einmal der Name eines Mannes oder einer Familie gewesen, die in kleinen Mengen Holz verkauft hatte. Vermutlich hatte einmal ein Mann in einer kleinen Stadt in den Midlands von einem Karren gebündeltes Holz verkauft, hatte seine Ware in den Straßen feilgeboten und schließlich diesen Namen erhalten, während er vorher bloß Jack oder Thomas geheißen hatte. Sie betrachtete kurz Mr. Sellwoods Gesicht, da sie Angst hatte, taktlos zu wirken. Es war ein seltsamer Gedanke, den schmalen Schnurrbart, die Bifokalbrille und den kahlen Schädel mit jemandem in Verbindung zu bringen, der rittlings auf einem Karren voll gebündeltem Holz saß. Sie unterdrückte das Lachen, das in ihr aufstieg. Noch einmal blickte sie in das Gesicht des Mannes, der nie auf einer Wagenladung Holz sitzen würde. Der schmale Schnurrbart bewegte sich. Die grauen Lippen öffneten und schlossen sich wieder, ohne dass seine Zähne zu sehen waren. Mr. Sellwood sagte etwas.

»Nein, nein, Miss Clerricot, das meine ich ernst. Ich glaube, dass meine geschäftlichen Angelegenheiten ein völliges Durcheinander wären – ohne Sie wäre mein Schreibtisch ein einziges Tollhaus!«

Miss Clerricot fand es ausgesprochen seltsam, dass er Tollhaus sagte. Warum hatte er diesen Ausdruck benutzt? Warum verglich er einen ungeordneten Schreibtisch mit einem Tollhaus? Das ergab keinen großen Sinn, doch sie begriff, was er meinte. Sie kannte ihn natürlich, das erklärte alles; sie wusste, wie sein Verstand arbeitete; in den Briefen, die sie tippte, veränderte sie oft bestimmte Formulierungen. Es schien ihm nie aufzufallen. Oder wenn doch, dann hielt er inne und beglückwünschte sich zu seiner eleganten Ausdrucksweise.

»Gehen Sie nicht«, sagte Mr. Sellwood.

Sie stand an der Tür, die sie erreicht hatte, während sie noch über die seltsame Formulierung nachgedacht hatte. Sie drehte sich zu Mr. Sellwood um, der hinter seinem ordentlichen Schreibtisch saß und sie anblickte. Diese Ordnung war in Wirklichkeit nicht so sehr ihren Bemühungen zu verdanken, sondern eher dem geringen Arbeitspensum, das Mr. Sellwood tagtäglich erledigte. Miss Clerricot dachte, dass es monatelang dauern würde, bis sich Mr. Sellwoods Schreibtisch in so etwas wie ein Tollhaus verwandeln würde.

»Hmm«, sagte Mr. Sellwood. Er war fünfundfünfzig Jahre alt, lebte seit dreiundzwanzig Jahren in Sevenoaks und kam jeden Tag mit dem Zug nach London; das gefiel ihm, da er ein begeisterter Eisenbahnfan war. Mr. Scribbin aus der Pension war ebenfalls ein begeisterter Eisenbahnfan, wie Miss Clerricot aus bitterer Erfahrung wusste, doch der war wirklich nicht mit Mr. Sellwood zu vergleichen. Mr. Sellwood schwärmte vom britischen Eisenbahnnetz genauso wie von den Gas- und Elektrizitätswerken des Landes. Die Pearl Assurance Company und ein paar andere, kleinere Versicherungsgesellschaften versetzten ihn in Begeisterung. »Das Bankwesen«, erklärte Mr. Sellwood, »ist eine interessante Sache. Wissen Sie, wie eine Bank arbeitet, Miss Clerricot?« Dann lächelte Miss Clerricot immer bloß, da sie sich mit Banken gut auskannte. »Eine Bank bietet Ihnen einen so genannten Dispositionskredit. Also, ein Dispositionskredit…« Mr. Sellwood sprach von Zügen, Strom, Gas, Versicherungen und Banken als Dienstleistungsunternehmen. All das interessierte ihn.

Miss Clerricot war nicht besonders groß. Sie wog an diesem Tag im August achtundvierzig Kilo, die sich größtenteils auf die untere Hälfte ihres Körpers, auf ihre Hüften und Schenkel, beschränkten, obwohl diese Körperpartie unter ihrem grauen, mit Münzen bedruckten Sommerkleid nicht sonderlich unförmig aussah.

»Möchten Sie vielleicht ...«, begann Mr. Sellwood, blickte Miss Clerricot an und sah den Menschen, den er schon seit mehreren Jahren sah: eine schwarzhaarige Frau mit einem Gesicht, das wirkungsvoll ihre Brille mit dem schwarzen Gestell einrahmte. Er beendete seinen Satz und lud sie zum Mittagessen ein.

Rose Cave dachte an die Beerdigung ihrer Mutter, bis der Bus an ihrer Haltestelle eintraf. Ihr ganzes Leben lang, bis zum Tod ihrer Mutter, hatte sie mit ihr weit draußen in Ewell gewohnt und war an fünf Tagen in der Woche zur Arbeit gefahren. Ihren Vater hatte sie nicht gekannt, da sie, wie ihre Mutter ihr mit vierzehn erzählt hatte, ein »Kind der Liebe« war. Die beiden, Mutter und Tochter, hatten in einem gemieteten Bungalow gewohnt und nicht oft von ihrem Vater gesprochen, obwohl ab und zu ein Blick in die Augen ihrer Mutter getreten war, der Rose gesagt hatte, dass sie an ihn dachte; dass sie vermutlich an ein kurzes und heftiges Begehren dachte, denn der Mann war, soweit sie wusste, von den Eltern ihrer Mutter beauftragt worden, Tapeten aufzuhängen. »Verzeih uns«, hatte ihre Mutter sie auf dem Sterbebett gebeten, und Rose hatte ihre Hand gedrückt und die Tränen zurückgehalten. Ihre Mutter war ihre beste Freundin gewesen. Sie war mit zweiundsechzig Jahren gestorben; damals war Rose einundvierzig gewesen.

Die Einäscherung war so schnell, geradezu beiläufig, vonstatten gegangen, wie die ärztliche Behandlung einer leichten Unpässlichkeit, die wirksam beseitigt werden muss und auch beseitigt wird. Danach hatte sie weinend in dem Bungalow gesessen, hatte sich umgeblickt und nicht mehr dort leben wollen. Das Unglück, in das ihre Geburt ihre Mutter gestürzt hatte, die Herablassung, die sie in der Familie ihrer Mutter ausgelöst hatte, die Schwierigkeiten, in die sie sie als ledige Mutter gebracht hatte: All das hatte die beiden zusammengeschweißt. Rose Cave hatte das Unglück mit ihrer Mutter teilen oder es zumindest lindern wollen. Bis in ihr zweiundvierzigstes Lebensjahr, bis zum Todestag ihrer Mutter, hatte sie ein selbstloses Leben geführt. Und als sie danach näher nach London, näher zu ihrer Arbeit zog, hatte sie immer das Gefühl, allein zu sein. Sie trat mehreren Vereinen und Gesellschaften bei, um eine Aufgabe zu haben, doch als sie sich eines Abends umblickte, kam es ihr vor, als ob sie ein bisschen älter wäre als die anderen Anwesenden und als ob man das auch sehen könnte.

»Diese Katze ist wieder zurückgebracht worden, die entführte Katze. Ein Rentner bekommt eine hohe Belohnung. Stellen Sie sich das vor, Miss Cave.« Die Frau, die den Tee vorbeibrachte, lächelte sie auf der Treppe verzückt wegen der Katze an. Rose Cave erwiderte ihr Lächeln; und im selben Augenblick lächelte auch Miss Clerricot und sagte zu Mr. Sellwood, ja, sie nehme seine Einladung zum Mittagessen gern an.

Venables weinte auf der Toilette. Er hatte versucht, die Tränen zurückzuhalten, doch gerade als er gedacht hatte, dass alles in Ordnung war, waren sie ihm in die Augen geschossen. Er setzte sich auf den Toilettensitz, stützte die Stirn in die linke Hand und hielt seinen Blazer in der rechten. Er versuchte, an etwas anderes zu denken, versuchte, das Gesicht des taktlosen Mannes aus seinen Gedanken zu verscheuchen, doch ihm fiel nur ein, wie der Anwalt am vorhergehenden Abend im Fernsehzimmer gesagt hatte, die Pension sei in den Besitz von Studdy und Schwester Clock übergegangen. Bekümmert dachte er, dass keiner von ihnen Mr. Bird je gebührend geschätzt hatte. Mr. Bird war zu ihm wie ein Vater gewesen; doch warum hatte er diese seltsame Entscheidung getroffen und die Pension diesen beiden vermacht? Venables konnte es nicht begreifen; er verstand nicht, wie ein so kluger und verständiger Mann wie Mr.

Bird ein so törichtes Testament hatte aufsetzen können. Und warum hatte Mr. Bird ihm zwei seidenartige Stoffe vererbt, die ursprünglich aus Australien stammten und vermutlich als Sesselschoner dienen sollten? Venables konnte es nicht begreifen.

»Ich kann Sie hören, Venables. Venables, wissen Sie eigentlich, wie spät es ist?«

Der Mann mit dem Schnurrbart, der die Pünktlichkeit des Personals kontrollierte, rüttelte an der Toilettentür.

»Kommen Sie jetzt. Auf geht's.«

Venables wartete auf das Geräusch sich entfernender Schritte, hörte aber nichts. Er erinnerte sich, wie sein Vater, genau wie der Mann, gegen die Toilettentür gehämmert und ihm etwas zugebrüllt hatte, als er noch ein kleiner Junge war. Venables seufzte und wischte sich mit einem Stück Toilettenpapier die Tränen ab. Er fragte sich, ob er den Menschen, die an seine verschlossene Tür hämmerten und ihn aufforderten herauszukommen, je entrinnen würde. Das große, grübelnde Gesicht seines Vaters fiel ihm ein, mit einem Schnurrbart, der achtmal so groß war wie der des Mannes vor der Tür. Er konnte wieder seine Stimme hören: »Was treibst du da drin, du kleiner Wicht? Komm sofort raus oder du kriegst den Streichriemen zu spüren.« Doch er hatte, wie er sich jetzt erinnerte, den Streichriemen in jedem Fall zu spüren bekommen. Er hatte ihn in seiner Kindheit fast jeden Tag zu spüren bekommen, entweder weil er in der Nase gebohrt oder auf den Außenkanten seiner Füße gestanden oder zu lange auf der Toilette gesessen hatte. Sein Vater, der vor kurzem den Adventisten vom Siebenten Tag beigetreten war, lebte jetzt irgendwo in Wales.

Er ist 1940 hergekommen, hatte Mr. Bird geschrieben,

ist während des Krieges geblieben und wohnt immer noch hier. Thomas Orpen Venables (49), psychisch zu labil, um in den Feindseligkeiten eine Rolle zu spielen, ist ein einsamer Mensch, dem leicht die Tränen kommen. Ich kann mich nicht mehr genau an seine Ankunft erinnern, doch ich glaube, er wurde von einem Bewohner empfohlen, der sich schon lange aus der Pension und der Welt verabschiedet hat. Er hat mich auf den Gedanken gebracht, all die Einzelgänger um mich zu versammeln, und dafür bin ich ihm immer dankbar gewesen. Venables lebt in ständiger Furcht, da er auf der Flucht ist vor Mr. und Mrs. Flatrup, einem Paar von zweifellos ausländischer Herkunft, dessen Tochter er geschwängert und dann sitzen gelassen hat. Er leidet, vermutlich als Folge seiner Angst, an Magenschmerzen. Ich glaube, dass Venables bald stirbt.

Er hörte, wie sich der Mann mit dem Schnurrbart die Hände wusch. Er betätigte die Spülung und zog seinen Blazer wieder an.

»Sie sollten darauf achten, bevor Sie morgens das Haus verlassen«, sagte der Mann. »Sie sollten ein Beispiel geben, alter Junge.«

Schwester Clocks Fahrrad, das wegen ihrer vielen Fahrten mit einem Hilfsmotor ausgestattet war, ächzte den Athens Hill hinauf.

»Es mag keine Steigungen«, sagte Schwester Clock zu Mrs. Maylam. »Es mag einfach keine Steigungen!«

Sie lächelte vergnügt und legte ihre kleine schwarze Tasche auf den Tisch neben Mrs. Maylams Sessel. Dann zog sie ihren Mantel aus, und es kamen eine frisch gestärkte Schürze und das blaue Kleid ihrer Schwesterntracht zum Vorschein.

Mrs. Maylam fragte: »Was mag keine Steigungen? Ich verstehe Sie nicht.«

»Natürlich nicht. Na, na, wir dürfen uns deswegen keine Sorgen machen. Ich spreche bloß von meinem kleinen Fahrrad.«

»Das haben Sie nicht gesagt. Wir können doch nicht Gedanken lesen.«

»Natürlich nicht«, rief Schwester Clock. »Und man kann auch nicht erwarten, dass wir Schwester Clocks erste Worte mit dem Stottern ihres Hilfsmotors in Verbindung bringen. Kein Grund, sich Sorgen zu machen. Selbst in der Blüte unserer Jahre haben wir wohl kaum eine so rasche Auffassungsgabe.«

Vor vielen Jahren war Schwester Clock einmal in *Welt der Krankenpflege* auf eine kleine Anzeige gestoßen; sie hatte mit der Überschrift *Was würden Sie tun, wenn die Queen anruft?* ihre Aufmerksamkeit erregt. In der Anzeige hatte etwas von einem Paar, einem gewissen Sir James und einer Lady Lord-Blood, gestanden, das einen Benimmkurs mit Erfolgsgarantie organisierte und gerade Anmeldungen für die Sommermonate entgegennahm. Schwester Clock hatte zwar nicht geglaubt, dass die Queen sie anrufen würde, hatte aber gedacht, dass der Kurs ihr bei der Arbeit von Nutzen sein könnte. Sie hatte eine Anzahlung gemacht und sich in der Gemeindehalle gemeldet, wo der Benimmkurs immer morgens stattfinden sollte.

Lady Lord-Blood hatte von Übergewicht, raschem Erröten und von Schönheit durch Ausstrahlung gesprochen. Sie hatte sich über Vokale ausgelassen, doch Schwester Clock hatte mit einigen anderen Kursteilnehmerinnen die Meinung vertreten, dass Lady Lord-Bloods eigene Vokale nicht völlig über jegliche Kritik erhaben waren. Sir James, ein hagerer Mann, hatte nur ganz selten sein Schweigen gebrochen und sich darauf beschränkt, die Gebühr zu kassieren und weitere Anzeigen aufzusetzen. Eine der anderen Teilnehmerinnen, eine Frau namens Cheek, die behauptet hatte, noch nie in ihrem ganzen Leben ein Gesicht vergessen zu haben, hatte das Gerücht verbreitet, dass Lady Lord-Blood sie ungefähr zehn Jahre vorher mehrmals in einem Kino in Hammersmith zu ihrem Platz geführt hatte. Genau genommen hatte Mrs. Cheek gesagt, dass die Lord-Bloods in Wirklichkeit Haines hießen.

Die Kursgebühr und alle zusätzlichen Kosten, zum Beispiel für die Benutzung des Hüftgeräts, waren im Voraus fällig gewesen. Deshalb hatte man es als glatten Vertragsbruch angesehen, als die Lord-Bloods am Donnerstag der zweiten Woche nicht in der Gemeindehalle erschienen waren. Dieses Versäumnis und die fehlende Erklärung hatten Schwester Clock und Mrs. Cheek, die zu den scharfsinnigeren Kursteilnehmerinnen gehört hatten, so erzürnt, dass sie sich sofort zur Privatadresse der Lord-Bloods, einer trostlosen Mietskaserne gut zwei Meilen östlich, begeben hatten. Sie hatten laut an die Tür gehämmert, und schließlich hatte ihnen ein leicht bekleideter Inder geöffnet. Ihre Frage nach Sir James und Lady Lord-Blood hatte den Mann eindeutig verblüfft. »Versuchen Sie's mal mit Haines«, hatte Mrs. Cheek gesagt. »Haines«, hatte Schwester Clock gesagt. »Haines«, hatte der Inder wiederholt. »Haines, aber natürlich. Verzeihen Sie bitte, meine Damen. Ich dachte, Sie hätten einen anderen Namen genannt.« Er hatte sie hereingelassen und ihnen den Weg ins Kellergeschoss gezeigt. Als sie an der angegebenen Tür geklopft hatten, hatte Lady Lord-Blood mit gebieterischer Stimme gerufen, sie sollten hereinkommen. Das hatten sie auch getan und waren dann stehen geblieben. Sie hatten die Lord-Bloods vor sich gehabt, Sir James ungekämmt und noch im Schlafanzug und seine Frau, falls die beiden wirklich verheiratet waren, in einem altmodischen blauen Kimono; sie hatte gerade ein Stück Spiegelei zum Mund geführt.

»Ja?«, hatte Lady Lord-Blood misstrauisch gefragt und die Gabel mit dem Ei weggelegt. »Ja?«

»Wir sind gekommen, weil wir eine Erklärung fordern«, hatte Mrs. Cheek mit schriller Stimme gesagt. »Wir sind höchst unzufrieden.«

Sir James hatte eine Scheibe Brot mit Butter bestrichen. »Also, meine Damen«, hatte er in einem Ton gesagt, den Mrs. Cheek später als »Arbeiterjargon« bezeichnet hatte.

»Häh?«, hatte Lady Lord-Blood gesagt.

»Es hat überhaupt kein Kurs stattgefunden«, hatte Mrs.

Cheek erklärt, »da war bloß die leere Gemeindehalle. Wir haben Ihnen Geld gegeben. Sie haben in der Anzeige geschrieben, dass Sie einen Kurs geben. Schwester Clock und ich, wir wollen unser Geld zurück.«

»Sie wollen Ihr Geld zurück«, hatte Lady Lord-Blood wiederholt.

»Dann muss die Not Ihr Lehrmeister sein«, hatte Sir James lachend gesagt und sein Brot gegessen. »Verschwinden Sie«, hatte er hinzugefügt. »Sie haben hier keine Ansprüche zu stellen.«

Mrs. Cheek hatte begonnen, die beiden zu beschimpfen, und hatte im Zimmer herumgepoltert. Schwester Clock hatte reglos dagestanden, da ihr Zorn sich anders äußerte. »Machen Sie sich zurück in Ihr Kino«, hatte Mrs. Cheek geschrien. »Sie haben mich in Hammersmith im Kino zu meinem Platz geführt.« Sie hatte mit dem Zeigefinger auf Lady Lord-Blood gedeutet. »Ihr Name ist Haines.«

»Ich bin in gutem Glauben gekommen«, hatte Schwester Clock leise gesagt, »doch Sie haben mir nichts beigebracht. Sie haben sich vor Beginn des Kurses aus dem Staub gemacht. Mrs. Cheek und ich sind natürlich betrübt.«

»Wir fühlen uns heute nicht wohl«, hatte Sir James erklärt. »Wir sind nicht imstande, vor die Tür zu gehen. Und was die Tatsache betrifft, dass wir Ihnen nichts beigebracht haben – tja, Mrs. Clock, da gab es nicht viel, was wir tun konnten.« Er hatte geseufzt. Er hatte seine Worte anscheinend ernst gemeint, und das hatte Schwester Clock noch mehr gekränkt. Darüber hatte sie nachgedacht, als Mrs. Cheek ohne große Vorwarnung ein Glas Marmelade mit voller Wucht an die Wand geworfen hatte. Es hatte ein heilloses Durcheinander gegeben, zu dem auch der Inder mit seiner Beschwerde beigetragen hatte, dass er bei dem Lärm nicht lernen könne. Er hatte zu Schwester Clock gesagt, er mache eine Ausbildung als Buchhalter und werde bald nach Dakka in Ostbengalen zurückkehren. »Wo das Musselin herkommt«, hatte er gesagt.

»Geben Sie Schwester Clock ihr Geld zurück«, hatte Mrs. Cheek gefordert. »Seien Sie so anständig, da sie sonst rettungslos verloren ist. Krankenschwestern verdienen nicht viel.«

»Leider unmöglich«, hatte Sir James erwidert und sich dann in Schweigen gehüllt.

»Es muss schon ein gewisser Charme vorhanden sein, den wir hervorkitzeln können«, hatte Lady Lord-Blood gesagt. »Wenn Schwester Clock keinen Charme hat, ist das nicht unsere Schuld. Davon hat sie nichts geschrieben. Wir sind die Gelackmeierten.«

»Wir können für Schwester Clock nichts tun«, hatte Sir James lächelnd gesagt, um den Schlag abzumildern.

»Zumindest hören sich ihre Vokale schon besser an«, hatte seine Frau eingeworfen.

»Ja, ja«, hatte Sir James mit einem noch strahlenderen Lächeln gesagt.

Die ganze Geschichte mit dem Benimmkurs hatte eine tief gehende Wirkung auf Schwester Clock ausgeübt. Sie war damals achtunddreißig gewesen und hatte in jenem Augenblick, im Beisein der scheinheiligen Lord-Bloods und des Inders und Mrs. Cheeks, beschlossen, dass sie so war, wie Gott sie sich gedacht hatte. Damals war sie zu der Frau geworden, die sie heute war; sie hatte sich mit ihrem Wesen abgefunden und die Rolle begriffen, die sie zu spielen hatte. »Ich bin E. A. Clock, staatlich anerkannte Krankenschwester, geboren im Zeichen der Zwillinge.« Diese Worte waren ihr durch den Kopf gegangen, während sie im Beisein eines Dunkelhäutigen aus Dakka in Ostbengalen verlegen vor den Lord-Bloods und Mrs. Cheek gestanden hatte.

Im nächsten Moment hatte sie sich umgedreht und das Haus verlassen. Sie war durch die unbelebten Straßen der Vorstadt gelaufen und hatte über sich nachgedacht. Dort, in der Stille eines englischen Sommermorgens, hatte sie sich endgültig mit dem Urteil von Sir James und Lady Lord-

Blood abgefunden, obwohl den beiden so ein Urteil eigentlich nicht zustand. Von jenem Tag an hatte sie von bestimmten Wünschen und Plänen Abschied genommen. In ihrem neununddreißigsten Lebensjahr hatte Schwester Clock durch eine absurde Behauptung die Wahrheit gefunden.

»Ein Piekser«, sagte sie zu Mrs. Maylam. »Sie werden nur einen kleinen Piekser spüren.«

Sie hielt die Spritze ins Licht.

»Ich werde gar nichts spüren«, schrie Mrs. Maylam. »Verschwinden Sie mit Ihren kleinen Pieksern aus meiner Wohnung.«

Schwester Clock seufzte. Langsam packte sie ihre Sachen zusammen. Sie sagte:

»Haben Sie Stuhlgang gehabt?«

Schweigend erwiderte Mrs. Maylam ihren Blick. Hinter der Brille mit dem Metallgestell wirkten Schwester Clocks Augen seltsam glanzlos; milchig blau, verschleiert.

»Ziehen Sie Leine«, sagte Mrs. Maylam.

Am Nachmittag jenes Tages verließ Major Eele die Pension und machte sich mit forschem Schritt auf den Weg in die Innenstadt. Er würde wie immer anderthalb Meilen zu Fuß gehen und dann in einen Bus steigen. Er wollte sich einen Film mit dem Titel *Die Insel der unbefleckten Frauen* ansehen, ein Werk mit rein weiblicher, rein afrikanischer Besetzung.

Der Film (von dem Major Eele völlig enttäuscht war, was er auch hinterher an der Kasse sagte) hätte dem Anschein nach eher Mr. Obd ansprechen müssen. Doch Mr. Obd hatte kein Interesse an solchen Produktionen. Er hatte die Ausbeutung schwarzer Frauen durch das Großkapital sogar oft kritisiert, besonders die Beschäftigung seiner weiblichen Landsleute in den Stripteaseclubs, in die Mr. Bird den Major eingeführt hatte. In seiner Jugend, als Jurastudent, hatte Mr. Obd häufiger gegen so etwas protestiert. Obwohl er weit davon entfernt war, all das einfach als Teil der Gesellschaft zu betrachten, erhob er heutzutage nur noch die Stimme, wenn er es unbedingt nötig fand, was nur selten vorkam.

Am Abend jenes Augusttages, zu der Zeit, als Major Eele *Die Insel der unbefleckten Frauen* unzulänglich fand und bereits seine anschließende Beschimpfung des Kassenpersonals plante, stand Mr. Obd nach getaner Arbeit in einem Blumengeschäft. In dem Laden kannte man ihn gut, denn er kaufte dort oft Blumen: im Winter Myrtenastern und Ehrenpreis, im Sommer Rosen und Nelken und Dahlien und Astern in der Saison. Er selbst liebte Astern über alles und hätte nichts anderes gekauft, doch Miss Annabel Tonks bedeuteten diese Blumen nicht viel, das hatte sie schon oft gesagt. Trotzdem brachte er ihr gelegentlich einen Strauß Astern mit ein paar vereinzelten späten Rosen.

»Zwei Dutzend rosa Nelken«, sagte Mr. Obd.

»Was für ein Wetter!« sagte der Verkäufer, der froh war, dass endlich jemand die welkenden Nelken kaufte. »Die sind jetzt ganz hervorragend, richtig erstklassig.«

»Ich liebe rosa Nelken«, sagte Mr. Obd. »Die sind wirklich schön.«

»Es ist erfreulich zu sehen, dass sie den Laden in so gutem Zustand verlassen. Die halten sich noch einen Monat. Ein Pfund sechzehn. Achtzehn Pence das Stück.«

Mr. Obd bezahlte, und der Verkäufer schloss den Laden und steckte zwölf Shilling ein, denn die Nelken kosteten genau genommen nur einen Shilling pro Stück. Mr. Obd hatte die Blumen fest umklammert und hielt sie in Schulterhöhe, als er davonging. Einige Passanten dachten, was für ein farbenfroher Anblick es war, wie der Mann aus Afrika die rosa Nelken so feierlich vor sich her trug.

Mr. Obd klingelte viermal an Annabels Tür. Er glaubte, drinnen gedämpfte Stimmen zu hören. Er glaubte auch, gehört zu haben, dass ein Radio lief, als er an die Tür gekommen war, dass dann aber jemand den Ton abgedreht hatte. Aber er war sich nicht sicher. Annabel wohnte mit einer anderen jungen Frau zusammen: Vielleicht erwartete diese andere Frau jemanden, den sie nicht sehen wollte. Mr. Obd hatte sich in England an so etwas gewöhnt. »Ich bin's«, rief er und klingelte noch einmal. »Ich bin's, Tome Obd.« Doch die Tür blieb verschlossen.

Es war schon öfter vorgekommen, dass Annabel nicht da war, wenn er vorbeikam. Deshalb hatte er es sich zur Gewohnheit gemacht, ihr im Voraus einen ziemlich langen Brief zu schreiben, den er im Fall ihrer Abwesenheit zusammen mit den Blumen vor ihrer Wohnungstür zurücklassen würde. Ein- oder zweimal hatte er sich sogar mit ihr unterhalten und ihr dann auch noch den Brief gegeben.

Er legte die Blumen vor die Tür und schrieb auf den Umschlag des Briefes, den er vorbereitet hatte: »Liebe Annabel, ich sehe, dass Du nicht zu Hause bist, also hab ich Dir diesen kleinen Brief geschrieben. Bewahr dir Deine gute Laune und lass uns demnächst mal wieder ins Kino gehen. Dein Tome.«

Trübsinnig stieg er die drei Steintreppen hinab und machte sich wieder auf den Weg zur Pension.

6

Studdy war in die Küche hinuntergegangen, um zu sehen, ob alles reibungslos lief, und eine Anweisung zu geben. Er trug ein altes Paar Hausschuhe, das er an jenem Morgen in einem von Mr. Birds Schränken entdeckt hatte. Es war Spätnachmittag, die ruhigste Zeit im Haus.

Er rief nach Mrs. Slape und dann nach Gallelty. Letztere kam kurz darauf und teilte ihm mit, dass Mrs. Slape sich ausruhte. »Dann weck sie«, befahl er. Seine Zigarette klebte an seiner Lippe und hüpfte auf und ab.

»Eine schöne, saubere Küche«, sagte Studdy, als Mrs. Slape erschien. »Ich hab es gern, wenn die Küche sauber und anständig aussieht: Lassen Sie uns das beibehalten. Mrs. Slape, ich hätte gern, dass es in diesem Haus mehr Fisch gibt. Mehr sag ich nicht, das ist alles. Ich würde mich nie einmischen. Aber etwas mehr Fisch, seien Sie so nett.«

»Fisch schmeckt nicht allen, Mr. Studdy. Das weiß ich aus Erfahrung.«

»Oh, mir schon«, rief Gallelty. »Kabeljaufilet und Weißfisch. Und Lachsforelle. Haben Sie schon mal Lachsforelle gegessen, Sir?«

»Natürlich«, sagte Studdy. »Natürlich hab ich schon Lachsforelle gegessen. Jede Menge.«

»Das ist unerschwinglich.« Mrs. Slape sprach in entschiedenem Ton, da sie sich in Hauswirtschaft auskannte.

»Nicht jeder Fisch.« Studdy war sofort auf der Hut und versuchte einzuschätzen, ob Mrs. Slape sich ihm widersetzte oder nicht, ob sie sich quer stellte oder hilfsbereit war. »Fisch ist eins der billigsten Nahrungsmittel. Was die Fish-and-Chip-Läden bezeugen.«

»Ich habe von Lachsforellen gesprochen. Ich kenne die Fischpreise, Mr. Studdy. Ich hab von der delikaten Lachsforelle, einer Kreuzung zweier Fische, gesprochen ...«

»Du lieber Himmel, Mrs. Slape, ich hab doch nicht vorgeschlagen, dass es Lachsforelle geben soll. Nicht mal sonntags. Das Mädchen hier isst gern Lachsforelle, aber wenn sie so was haben will, muss sie es an ihrem freien Abend in einem Café essen. Ist das jetzt klar, Gallelty? In diesem Haus wird es keine Lachsforelle geben, das kann ich Ihnen versichern.«

»Das Mädchen muss lernen, den Mund zu halten, Mr. Studdy. Gallelty, mit deiner Bemerkung über Lachsforelle hast du bloß Verwirrung gestiftet. Mr. Studdy hat mit mir gesprochen.«

Gallelty entschuldigte sich. Sie wusste nicht, was sie von Studdy halten sollte. Sie hatte Mrs. Slape gefragt, wie es sein würde, wenn er und die Schwester die Pension leiteten, und Mrs. Slape hatte erwidert, dass sich in der Küche kaum etwas ändern werde. Doch Gallelty konnte weder Mr. Bird noch das Gespräch vergessen, das er mit ihr an jenem Morgen geführt hatte, als sie mit einem Brotbeutel auf dem Rücken geklingelt und gesagt hatte, sie müsse dringend auf die Toilette.

»Kommen Sie nach oben in mein kleines Zimmer«, hatte Mr. Bird gesagt und unterwegs hinzugefügt: »Mein Name ist William Bird, ich bin der Besitzer dieses Hauses.« Dann hatte sie ihm gesagt, wer sie war, hatte ihm als erstes ihren Namen genannt und dann ein bisschen von sich erzählt. »Ich bin auf dem Weg nach Plymouth«, hatte sie gesagt, »um eine geeignete Arbeit zu finden. Ich stamme eigentlich von der Isle of Man. England ist nicht das Richtige für mich.« »Plymouth ist kein Ort für Sie«, hatte Mr. Bird eingeworfen. »Eine Hafenstadt. Nichts für ein junges Mädchen.« »Ich war in Schwierigkeiten; ich bin ein bisschen rumgezogen. Ist Ihnen mein Gang aufgefallen? Ich hab eine Ausbildung bei der Polizei gemacht. Sie glauben mir nicht?« »Ich würde Ihnen alles glauben. Wissen Sie was? Das hier ist eine Pension; ich hab all das selbst geschaffen. Alle Bewohner sind Einzelgänger. Ohne Ausnahme. Allein. Können Sie mir folgen?« »Ich bin auch allein«, hatte Gallelty gerufen. »Ich bin allein, mein Hab und Gut ist in diesem Brotbeutel. Ich wurde von Nonnen großgezogen und bin unterwegs nach Plymouth.« »Sie müssen hier bleiben«, hatte Mr. Bird gesagt. »Sie müssen hier bleiben, es wird Ihnen gefallen. In dieser alten Pension hat in den letzten fünfzehn Jahren niemand die ungeschminkte Wahrheit gesagt. Ich hab manchen Reinfall erlebt: Männer und Frauen, die seriös wirkten, aber in Wirklichkeit Betrüger waren. Verstehen Sie mich jetzt? Begreifen Sie?« Mr. Bird hatte sie in die Küche geführt, hatte unterwegs von ihrem Lohn gesprochen, sich dann mit Fieber ins Bett gelegt und bei voll belegtem Haus dem Tod ins Auge geblickt.

»Ich hätte gern, dass es mehr Fisch gibt«, sagte Studdy noch einmal und stapfte davon. Er fragte sich, wo Schwester

Clock war, und überlegte, wie er ihr einen Strich durch die Rechnung machen oder sie ganz loswerden konnte.

Später an jenem Abend, als Studdy nicht da war, kam Mrs. le Tor vorbei.

»Ich bin Mrs. le Tor«, sagte sie im Fernsehzimmer, nachdem Gallelty sie dort hingeführt hatte. »Ich habe einen Brief von jemandem namens Moran bekommen, der hier wohnt. Es geht darin um den verstorbenen Mr. Bird, der ebenfalls hier gewohnt hat. Kann irgendjemand etwas damit anfangen?«

Nachdem Mrs. le Tor sich vorgestellt hatte, herrschte Schweigen.

»Ich kann Ihnen den Brief vorlesen«, sagte Mrs. le Tor, zog ihn aus ihrer Handtasche und las vor.

»Er hat bei seinem Tod keinen Esel in der Hand gehabt«, sagte Schwester Clock in scharfem Ton. »Ich würde nicht erlauben, dass ein Patient einen Holzesel im Bett hat.«

»In diesem Haus gibt es niemand namens Moran«, sagte Major Eele. »Hat es zu meiner Zeit auch nicht gegeben. Venables, gab's hier mal jemanden namens Moran? Venables wohnt schon am längsten hier.«

Venables schüttelte den Kopf. »Ich glaube nicht. Ich kann mich an keinen Moran erinnern. Kurz nach dem Krieg gab es hier mal eine Miss Beatrice Bowen. Sie musste das Haus verlassen; Mr. Bird kam nicht mit ihr aus.«

»Sehen Sie, Mr. Bird war ein strenger Mensch.« Major Eele machte sich Gedanken über diese Frau, die auf geheimnisvolle Weise im Fernsehzimmer aufgetaucht war, über ihre lackierten Fingernägel und ihre Körperfülle. Warum war sie hier? Worauf war sie aus? Sie hatte den Brief eindeutig selbst geschrieben, um vorgelassen zu werden. War sie eine Prostituierte? Die ließen sich alles Mögliche einfallen, seit die Polizei sie von der Straße vertrieben hatte.

»Sie sagten, Ihr Name ist Mrs. le Tor? Setzen Sie sich, Mrs. le Tor, damit wir weiterreden können. Mr. Obd, geben Sie Mrs. le Tor einen Stuhl. Der Mann da wird Ihnen einen

Stuhl geben, Madam. Ich finde diesen Brief höchst interessant. Eele ist mein Name. Major Eele.«

Mr. Obd stand auf und setzte sich auf den Klavierhocker.

»Ich glaube nicht«, begann Rose Cave und hielt dann inne, da ihr die fremde Frau einfiel und sie schlecht sagen konnte, Mr. Obd solle ihr seinen Stuhl nicht anbieten.

Miss Clerricot saß reglos da und war ganz verwirrt, doch nicht wegen Mrs. le Tor. Noch nie hatte Mr. Sellwood sie zum Mittagessen eingeladen; noch nie in all den Jahren, in denen sie sich um seine Büroangelegenheiten kümmerte, hatte er so offen mit ihr gesprochen oder so viele Worte mit ihr gewechselt. »Martin's ist eine interessante Bank«, hatte er gesagt. »Ich habe ein geschichtliches Interesse an Martin's Bank, ich weiß auch nicht, warum, ich finde sie einfach interessant. Sie wurde 1563 gegründet.«

»Ich war wie vom Donner gerührt«, sagte Mrs. le Tor, »dass ich so einen Brief bekomme. Ich wusste gar nicht, was ich tun sollte.«

»Ist das Ihr Werk, Venables?«, fragte Major Eele streng.

»Entschuldigung?«

»Na, das war's dann wohl«, sagte Major Eele. »Venables hat Sie auf den Arm genommen, Mrs. le Tor. Ich weiß zwar nicht, warum, aber wenigstens entschuldigt er sich. Sie werden es kaum glauben, gnädige Frau, aber auf der Beerdigung jenes Mr. Bird hielt dieser Mann hier es für angebracht, auf dem Friedhof zu tanzen und herumzugrölen …«

»Ich verstehe nicht. Womit hab ich Mrs. le Tor auf den Arm genommen? Ich hab sie noch nie gesehen.«

»Sie haben ihr diesen Brief geschrieben. Sie haben sich doch dafür entschuldigt.«

»Nein, nein, ich hab mich nicht entschuldigt. Ich hab keinen Brief geschrieben. Ich kenne Mrs. le Tor nicht …«

»Sehen Sie, Madam? Das könnte den ganzen Abend so weitergehen. Erst entschuldigt er sich, und dann streitet er alles ab. Um die Wahrheit zu sagen, ich weiß nicht, was ich noch von England halten soll.«

Schwester Clock sagte: »Mr. Venables hat den Brief an Mrs. le Tor nicht geschrieben. Er hat *Entschuldigung* im Sinne von *Wie bitte* gesagt.«

Major Eele amüsierte sich und begann zu lachen.

»Venables drückt sich sehr gewählt aus, Mrs. le Tor. Man versteht kaum die Hälfte von dem, was er sagt. Er hat ein Grammophon in seinem Zimmer…«

»Mrs. le Tor will nicht wissen, was sich in Mr. Venables' Zimmer befindet«, sagte Schwester Clock.

»Man kann nie wissen.«

»Mrs. le Tor, hätten Sie gern eine Tasse Kakao? Wir trinken abends gewöhnlich Kakao und essen Kekse dazu.«

»Wir sitzen alle herum«, sagte Major Eele, »knabbern Kekse und sehen fern. Wir können uns gut leiden.«

»Ich verstehe überhaupt nicht«, sagte Venables, der ganz rot im Gesicht war. »Ich hab kein Grammophon in meinem Zimmer…«

»Verzeihung«, rief Major Eele. »Ich muss mich bei diesem Burschen entschuldigen, Mrs. le Tor. Der andere Mann, unser Mr. Scribbin hier, hat das Grammophon. Er spielt Geräusche von fahrenden Zügen ab.«

Mr. Scribbin schien etwas sagen zu wollen, vielleicht wollte er bei Mrs. le Tor Interesse für die erwähnten Aufnahmen wecken. Doch er sagte nichts.

»Kümmern Sie sich gar nicht darum«, sagte Schwester Clock. »Wie wär's mit einer Tasse Tee?«

Mrs. le Tor lehnte ab und fragte noch einmal, ob jemand für den Brief, den sie erhalten hatte, eine Erklärung habe.

»Schade, dass Mr. Studdy nicht da ist«, sagte Rose Cave. »Er könnte Bescheid wissen.«

Miss Clerricot stand auf und schlich davon. Sie hatte das Gefühl, dass der Brief an Mrs. le Tor sie nichts anging. Sie wollte allein sein, um sich das, was an jenem Tag passiert war, noch einmal durch den Kopf gehen zu lassen. Drei Uhr war es gewesen, als sie mit Mr. Sellwood vom Mittagessen zurückgekehrt war; und sie hatte gespürt, dass ihr

Gesicht von dem Wein, den er ihr eingeschenkt hatte, ganz gerötet war.

Über Miss Clerricot hatte Mr. Bird in den *Notizen über die Bewohner* geschrieben:

Die kleine Miss Clerricot (39), die ich leider nur unter diesem Namen kenne, kam 1956 in die Pension. Wie sie von dem Haus erfahren oder warum sie es sich ausgesucht hat, bleibt ein Rätsel. Damals war kein Zimmer frei, doch ich habe einen Mann namens Fortune hinausgeworfen, der größenwahnsinnig geworden und augenscheinlich ein Betrüger war. Vom ersten Augenblick an fand ich Miss Clerricot hinreißend. Wenn ich ihr im Haus begegne, zitiere ich stets ein paar Verse des Dichters Pope; das ist interessanter, als übers Wetter zu reden, und auch viel lohnenswerter. Miss Clerricot errötet ganz reizend und hebt die Hand, um einen Teil ihres Gesichts zu verdecken. Es ist ein Jammer, dass Miss Clerricot solche Probleme mit ihrem Gesicht hat.

In ihrem Zimmer zog sie die Vorhänge zu und schaltete das Licht an. Sie betrachtete sich im Spiegel ihrer Frisierkommode und sah dieselbe Frau, die Mr. Sellwood zum Mittagessen ausgeführt hatte, sah das Gesicht, das Mr. Bird gemeint hatte, und erkannte erneut, dass es unansehnlich, zu rot um die Wangen und nicht zu retten war. Sie nahm an, dass es an ihrem Mund lag, schob die Lippen vor und zurück, verzog den Mund, spitzte die Lippen und legte schließlich zwei Finger auf ihre Mundwinkel. Ihr Mund war zu breit: Er zog sich durch das ganze Gesicht und schnitt es in zwei Hälften. Miss Clerricot seufzte vor dem Spiegel, betrachtete sich und dachte, dass sie das in der Öffentlichkeit nicht zu oft tun sollte. Mit acht Jahren hatte man ihr eine Brille aufgesetzt, was natürlich das I-Tüpfelchen des unbarmherzigen Streichs gewesen war, den Gott ihr gespielt hatte. Mit acht Jahren war sie sich gerade erst über ihr Gesicht klar geworden, hatte begriffen, dass es kein Glücksfall war. Die Brille hatte ihr Gesicht noch auffälliger gemacht, hatte im Klassenzimmer die Aufmerksamkeit angezogen, so dass alle es sich genau angesehen hatten. Es war für sie zu einer fixen Idee geworden. In ihrer Jugend hatte sie nicht ertragen können, es im Spiegel oder einer Schaufensterscheibe zu betrachten. Wenn sie daran gedacht hatte, dass ihr Gesicht bloß ein paar Zentimeter von ihrem Verstand entfernt war, hatte sie sich oft mutlos gefühlt und zu zittern begonnen. Wenn sie durch die Straßen gegangen war, hatte sie sich andere Gesichter angesehen, hübsche, schlichte, offene Gesichter, vielleicht mit kleinen Makeln: krumme Nasen, zu kleine, zu schräggestellte, zu dicht zusammenliegende Augen. Sie hatte Gesichter mit zusammengedrückten Nasenlöchern und mit Haaren auf der Oberlippe gesehen, Gesichter mit schmalen Stirnen oder solchen, die besonders breit oder hoch waren, mit Haaren, die tief in die Stirn hingen, oder mit spitzem Haaransatz. Sie hatte Gesichter ohne Augenbrauen oder Wimpern gesehen, mit spitzem Kinn oder Doppelkinn, mit einem fliehenden oder einem formlosen Kinn, das überhaupt nicht zu sehen war. Wenn sie so einen Ausflug gemacht und sich umgeschaut hatte, war sie mit besserer Laune vor ihren Spiegel zurückgekehrt, war zu dem Schluss gekommen, dass es unsinnig war, sich nicht zu betrachten, hatte sich mit geschlossenen Augen hingesetzt und sie dann, wenn sie bereit gewesen war, ganz plötzlich wieder aufgeschlagen. Aber es hatte nie geklappt: Stets hatten ihre eigenen trübsinnigen Augen sie verächtlich angestarrt.

Und doch hatte Mr. Sellwood, der zweifellos mit einer Frau mit makellosem Gesicht verheiratet war, diesen fürchterlichen Anblick anscheinend zweieinhalb Stunden lang mühelos ertragen. Natürlich war er daran gewöhnt, hatte ihr Gesicht schon oft gesehen und oft die Gelegenheit gehabt, es zu mustern und darüber nachzudenken, sich Schönheitskorrekturen einfallen zu lassen, sich zu fragen, was schief gegangen war, und zu bedauern, dass sie so ein

Kreuz zu tragen hatte. Doch da sie sehr sensibel war, hatte sie sich klar gemacht, dass Mr. Sellwood an diesem Tag zum ersten Mal die Gelegenheit gehabt hatte, sie so oft und so lange zu betrachten.

»Wo ist sie denn hingegangen?«, fragte Major Eele im Fernsehzimmer. »Ich finde es verdächtig, sich einfach so davonzuschleichen, während wir versuchen, dieses Rätsel zu lösen.«

Mrs. le Tor wirkte bestürzt, dass diese Sache, die sie bloß für ein Missverständnis gehalten hatte, plötzlich einen ganz anderen Anstrich bekam. Zuerst hatte es so ausgesehen, als ob der Mann in dem blauen Blazer unter Verdacht stände, doch jetzt verdächtigte man die Frau, die gerade das Zimmer verlassen hatte.

»Ich wollte ganz und gar nicht sagen, dass irgendein ...«

»Betrug vorliegt?«, sagte Major Eele. »Zu höflich von Ihnen, Mrs. le Tor. In Wirklichkeit meinen Sie, dass ein Betrug vorliegt, und sind nur zu liebenswürdig, um es offen auszusprechen. Was meinen Sie dazu, Schwester Clock, Miss Cave, Venables, Scribbin? Liegt hier ein Betrug vor? Haben wir's hier mit einem Kriminalfall zu tun? Soll einer von uns umgebracht werden? Obd hier? Der Herr auf dem Klavierhocker, Mrs. le Tor, stammt vom Schwarzen Kontinent und ist unter dem Namen Obd bekannt. Er arbeitet für die Aufständischen: Der Brief, den Sie bekommen haben, könnte eine verschlüsselte Anweisung sein, die Ihnen versehentlich in die Hände gefallen ist ...«

Mr. Obd sagte: »Ich verstehe Sie nicht, Major Eele. Ich bin ein Mensch mit sehr liberalen Ansichten. Ich muss an vieles denken ...«

»Durchaus. Beruhigen Sie sich. Mrs. le Tor, erlauben Sie mir, Ihnen die anderen vorzustellen. Die Dame in der Tracht ist Schwester Clock, die man, wenn sie den Kranken Trost und Medikamente bringt, oft auf einem Fahrrad mit Hilfsmotor auf den Straßen unserer Vorstadt sehen kann. Daneben haben wir Venables, den ich bereits als unseren ältesten Bewohner bezeichnet habe, dann kommt Scribbin, dem das Grammophon gehört, und schließlich Miss Cave, Miss Rose Cave, ein reizender Name, wie ich immer wieder finde, obwohl ich befürchte, dass die Dame sich aus einem alten Sünder wie mir nicht viel macht. Also, was meinen Sie zu diesem Brief?«

Rose Cave sagte: »Für mich ist er das Werk eines Geisteskranken, der von Mr. Birds Tod gehört hat; jemand von außerhalb, ein Fremder, den wir nicht kennen.«

Major Eele spitzte die Lippen. »Tja, das ist zumindest eine Theorie. Jemand namens Moran, glauben Sie? Na ja ...«

»In der Nachbarschaft gibt es keinen Geisteskranken, der so heißt«, sagte Schwester Clock. »Durch meine Arbeit bin ich auf dem Laufenden. Es gibt hier nirgends einen Geisteskranken namens Moran.«

»Der nächstgelegene Ort für einen geisteskranken Moran wäre wohl Hampstead, oder?«, sagte der Major.

»Ha, ha«, sagte Venables, und Major Eele starrte ihn zornig an.

»Worüber lachen Sie denn? Doch nicht über Schwester Clock, oder? Sie wird Sie vor die Tür setzen. Er hat vergessen, dass Sie jetzt die Pension führen, Schwester.«

Venables protestierte, und Mrs. le Tor sagte, sie gehe jetzt wohl besser.

Rose Cave sagte: »All das tut mir sehr Leid, Mrs. le Tor. Das ist eine unglückselige Angelegenheit, und es scheint keine Erklärung zu geben. Ich glaube, wir sollten uns alle bei Ihnen entschuldigen, wie Mr. Bird es bestimmt getan hätte. Es ist ein Jammer, dass nicht einmal die Figur existiert, von der in dem Brief die Rede ist.«

Mrs. le Tor stand auf und zog ihre weißen Handschuhe an. Major Eele fragte:

»Würden Sie gern eine Figur haben, Mrs. le Tor? Hier gibt's jede Menge, ein paar hat der Tote den einzelnen Bewohnern hinterlassen, andere sind Besitz der Pension. Sie können ein Buch über Astronomie bekommen, das ich geerbt habe. Würde Sie so was interessieren? Ich hab bei meinem täglichen Trott kaum Zeit für Astronomie.«

Doch Mrs. le Tor lehnte ab, bedankte sich bei den einzelnen Bewohnern der Pension und verabschiedete sich dann.

»Die Sache ist völlig klar«, sagte Major Eele. »Sie hat den Brief geschrieben, um ins Haus zu gelangen. Sie hat ein Auge auf Scribbin geworfen.«

Niemand erwiderte etwas. Schwester Clock las eine Zeitschrift und wurde später zu einem Patienten gerufen. Rose Cave las ein Buch, das sie in der Bücherei ausgeliehen hatte. Die anderen sahen sich ein Fernsehspiel an, in dem es um Liebe ging.

Als Studdy um Viertel vor elf zurückkehrte, saß Major Eele ganz allein im Fernsehzimmer.

»Kommen Sie rein, Mr. Studdy. Haben Sie einen Augenblick Zeit?«

Studdy trat ins Fernsehzimmer und setzte sich. Major Eele drehte den Fernseher leiser.

»Eine gewisse Mrs. le Tor war da. Eine groß gewachsene Weiße, offensichtlich eine Prostituierte. Vor den Frauen hab ich nichts gesagt, aber ich hab mich gefragt, ob Sie so was in unserer Gegend vielleicht schon mal gehört haben. Frauen, die an die Tür kommen, und ganz offen ihre Dienste anbieten? Ich hab mich gefragt, ob wir da was unternehmen sollten.«

»Eine Mrs. le Tor? Was hat sie denn erzählt?«

»Oh, eine völlig unglaubwürdige Geschichte; das Übliche. Sie hatte einen Brief, der von jemandem namens Moran unterzeichnet war und worin stand, dass Bird ihr in seinem Testament einen Esel hinterlassen hätte. Der offenkundigste Vorwand, den ich je gehört habe.«

»Ein Esel? Mr. Bird hat doch gar keinen Esel. Ist Ihre Bekannte Reiterin?«

»Sie ist nicht meine Bekannte; verleumden Sie mich nicht, Sir. Keine Ahnung, ob sie Reiterin ist. Wir haben nicht über Pferde gesprochen. Sie wurde von dem Dienstmädchen ins Zimmer geführt und stand dann da und reichte diesen Brief herum. Interessant war, dass die kleine Clerricot sich sofort aus dem Staub machte. Verstehen Sie, worauf ich hinauswill? Die Clerricot war knallrot im Gesicht. Ich behaupte, dass die beiden unter einer Decke stecken.«

»Du lieber Himmel, Major, Sie wollen mir doch nicht sagen, dass Miss Clerricot auf den Strich geht?«

»Niemand geht auf den Strich, Studdy. Wissen Sie denn nicht, dass die Polizei das geregelt hat? Sie hat die ganzen Frauen von der Straße vertrieben. Der Hyde Park ist gesäubert. Alles läuft heimlich ab, wenn die Pfundscheine in die Hände der Zuhälter gleiten. Ich behaupte, das florierende Geschäft liegt völlig in den Händen unserer farbigen Freunde.«

»Ich finde es interessant, dass Miss Clerricot sich einfach davongeschlichen hat«, sagte Studdy. »Ich frage mich, warum sie das getan hat. War sie verlegen? Sie haben gesagt, sie war rot im Gesicht, aber das ist doch immer so.«

Studdy streckte die Beine aus und öffnete den obersten Hosenknopf. Auf seiner Stirn und seiner Nase standen Schweißperlen. Er ließ die Hände leicht aufeinanderklappen, denn so konnte er sich besser konzentrieren.

Major Eele sagte: »Sie war eindeutig verlegen. Außer sich. Ich hab sie genau beobachtet. So wie sie durchs Zimmer eilte, gab es keinen Zweifel, dass sie so schnell wie möglich wegwollte.«

»Wahrlich«, sagte Studdy, und Major Eele sagte: »Ja?«, da er glaubte, er habe »neulich« gesagt und wolle irgendeine Anekdote zum Besten geben. Einen Augenblick lang herrschte Schweigen. Beide waren verwirrt, Major Eele, weil Studdy seinen Satz nicht beenden wollte, und Studdy wegen Miss Clerricots Verhalten. Warum, fragte er sich, sollte sie überhaupt auf die Anwesenheit einer Frau reagieren, die ihr mit Sicherheit unbekannt war, da er ihren Namen willkürlich aus dem Telefonbuch ausgewählt hatte?

»Ich weiß nicht, was ich davon halten soll«, meinte Studdy schließlich. »Sagen Sie, Major, war die Schwester auch dabei? Wie heißt sie noch, Clock?«

»Schwester Clock war die ganze Zeit anwesend.«

Major Eele beobachtete, wie Studdy grübelte. Er witterte eine Gelegenheit, Unfrieden zu stiften, und ergriff sie sofort.

»Schwester Clock hat das Gespräch an sich gerissen, hat gesagt, sie würde jetzt im Haus bestimmen, und hat der Nutte erklärt, dass Bird ihr das Haus mit den Bewohnern hinterlassen hat. Von Ihnen keine Rede. ›Und was ist mit Mr. Studdy?‹, hab ich gefragt, doch die Clock hat kein Wort gesagt. Sie hat meine Frage überhaupt nicht beachtet. So wie sie weitergeredet hat, hätten Sie auch tot sein können. Um die Wahrheit zu sagen, ich hab mich ein bisschen geschämt.«

»Geschämt, Major?«

»So vor dieser Frau und mir zu reden, wo ich doch wusste, dass alles gelogen war.«

»Waren denn die anderen nicht da? Mr. Scribbin, Mr. Venables ...«

»Nicht, als die Schwester das gesagt hat. Da waren wir drei allein. Vielleicht haben wir vor der Tür gestanden. Ich weiß es nicht mehr genau.«

Studdy seufzte tief. »So ein gut gehendes Haus ist eine große Verantwortung, wenn die ganze Angelegenheit mit so einer kauzigen Schwester verknüpft ist.«

Major Eele schüttelte den Kopf, um sein Mitgefühl auszudrücken. Er empfand aber kein Mitgefühl. Er empfand gar nichts. Er war weder auf Studdys noch auf Schwester Clocks Seite und war bloß enttäuscht, dass Mr. Bird es in seiner Weisheit nicht für richtig gehalten hatte, ihm bei der Leitung der Pension wenigstens eine kleine Rolle zu überlassen. Er war älter als Studdy; er fand, dass er immer sehr gut mit Mr. Bird ausgekommen war.

»Es wird Änderungen geben?«, fragte Major Eele. »Änderungen im Tagesablauf und beim Personal höchstwahrscheinlich?«

»Ach?«, sagte Studdy, der überlegte, wie er Schwester Clock loswerden konnte.

»Sie führen doch bestimmt Veränderungen ein?«

»So wie die Sache aussieht, hat der verstorbene Besitzer jegliche Veränderung verboten. Ich kümmere mich darum, dass sich ein Jurist die Sache mal ansieht.«

Der Major lachte und erhob sich aus seinem Sessel. Er wusste, dass Studdy, was den Juristen betraf, gelogen hatte. Es war ein schöner Abend gewesen, mit dem Besuch der Prostituierten und dem Zwist, den er zwischen Studdy und Schwester Clock ausgelöst hatte. Hochzufrieden ging er ins Bett.

Mr. Obd konnte nicht schlafen. Er musste an Annabel Tonks' Gesicht denken, das ihn anlächelte und Verständnis und Großmut ausstrahlte. Ihm fiel ein, wie sie immer Pingpong gespielt hatten. Er schloss die Augen und hörte deutlich ihr leises Lachen und das harte Knallen des Tischtennisballs. Er versuchte einzuschlafen, indem er an die Farbe Blau, an eine große blaue Fläche, etwas Unnatürliches, wie eine Wüste voll blauem Sand, dachte. Er begann zu zählen.

Er zählte alle Weihnachtsfeste, die er in London verbracht hatte; er blickte auf eine Reihe alljährlicher Feiertage zurück; er versuchte nachzuzählen, wie oft er schon mit Annabel Tonks in Restaurants und Cafés gesessen hatte. Er sah vor sich, wie ihnen jemand Kaffee, Cappuccino brachte, der zu drei Vierteln aus Schaum bestand; er sah, wie Annabel ihr schiefes Lächeln zeigte und sich zurücklehnte, wie sie es sich auf ihrem Stuhl bequem machte, rauchte und ihm zuhörte. Er fragte sich, was schief gelaufen war; und er erinnerte sich schmerzlich an die Zeit, als sie aufgehört hatte, Pingpong zu spielen, und dann anscheinend auch das Kaffeetrinken aufgegeben hatte. Das war vor zwölf Jahren gewesen. Er stand auf und schaltete das Licht an. Seiner Gewohnheit entsprechend schrieb er einen Brief an Annabel Tonks.

Studdy schrieb an Mrs. le Tor. Er benutzte eine nach links geneigte Schrift mit verschnörkelten Großbuchstaben.

Liebe Mrs. le Tor,

ich muss Ihnen sagen, dass gewisse Leute sehr an Ihren derzeitigen Aktivitäten interessiert wären. Ich muss Ihnen sagen, dass Sie, wenn Sie weiter so unverhohlen Häuser voller Männer aufsuchen, in dieser Gegend bald Anlass zum Gerede geben werden. Meine Mitarbeiter und ich haben ein umfassendes Dossier angelegt, das nichts als die reinen Fakten enthält. Ich muss ihnen sagen, dass es mehrere Zeugen gibt, doch ich bin in der Lage, Ihnen in dieser Angelegenheit zu helfen, da ich verhindern möchte, dass Ihr guter Name befleckt wird. Ich schlage vor, dass Sie in Dewars Tabakladen eine Ansichtskarte aufhängen, auf der Sie eine Kellerwohnung anbieten. Ich werde das als ein Zeichen Ihres guten Willens betrachten, und danach können wir in aller Ruhe die Verhandlungen aufnehmen. Ihre Interessen liegen mir am Herzen. Ich habe le Tor zu seinen Lebzeiten gut gekannt.

Hochachtungsvoll,

Ein Freund von Sitte und Moral.

Rose Cave träumte von dem Bungalow in Ewell. Sie saß mitten in der kleinen Diele auf einem Stuhl und las einen Roman von Francis Brett Young.

»Warum sitzt du da?«, rief ihre Mutter mit schriller, missmutiger Stimme. Sie konnte ihre Mutter nicht sehen. Die Stimme kam von hinten.

»Ich lese bloß«, sagte Rose Cave, auch wenn das vielleicht nicht der genaue Wortlaut war: Sie wusste, was sie hatte sagen wollen, aber nicht, wie sie sich genau ausgedrückt hatte.

»Warum sitzt du in der Diele?«, fragte Rose Caves Mutter; und sie selbst fragte, warum sie nicht dort sitzen und ein Buch lesen sollte, und fügte hinzu:

»Warum bist du denn noch am Leben, Mutter? So wie du ausgesehen hast, war ich mir sicher, dass du tot bist. Ich habe alles arrangiert und schon einen Platz im Krematorium reservieren lassen. Ich war zum ersten Mal in meinem ganzen Leben in einem Beerdigungsinstitut.«

»Ich bin noch am Leben«, sagte die ältere Miss Cave und schwebte lautlos an ihrer Tochter vorbei.

»Ich bin noch am Leben«, wiederholte sie, diesmal in der Einzimmerwohnung, in die Rose Cave von Ewell gezogen war. »Arme, arme Rose, das Leben ist an ihr vorübergegangen, weil ihre Mama mit dem Tapezierer unartig war. Die Sünden der Väter... Liebes, soll ich's dir erzählen? Wie's passiert ist? Um vier Uhr nachmittags?«

»Nein, nein, nein«, schrie Rose und hielt sich die Ohren zu. Sie stöhnte auf und versuchte, wach zu werden, bevor ihre Mutter die näheren Einzelheiten erzählen konnte.

Mr. Scribbin, der einen grünen Schlafanzug trug, stand aus dem Bett auf. Er durchquerte sein Zimmer auf bloßen Füßen, die, genau wie er selbst, lang und schmal waren. Vorsichtig legte er eine Schallplatte auf den Plattenteller seines Grammophons. Der Class A4 Pacific 60014 verließ zischend Grantham Station und bereitete sich auf den Anstieg zum Stoke Summit vor.

Schwester Clock schlief. Auf dem Stuhl am Fuß ihres Bettes lag ihre Schwesterntracht und darunter unauffällig ihre Unterwäsche. Ihre schwarzen Alltagsschuhe, die sie vor dem Schlafengehen noch geputzt hatte, standen in der Nähe. Neben dem Bett wartete ein Paar weiche Hausschuhe auf Schwester Clocks Füße, wenn sie erwachte. Das Zimmer war ordentlich und spiegelte Schwester Clocks regen Geist wider. Sie wischte jeden Tag Staub, da sie weder Gallelty noch den Putzfrauen traute, die jede Woche kamen, um in der Pension sauber zu machen. Auf dem Kaminsims lag unter Glas ein kleiner Steinbrocken aus dem Garten von Gethsemane, den ein Soldat bei seiner Rückkehr aus dem Krieg Schwester Clocks Mutter mitgebracht hatte, dazu ein Farbfoto der Queen und ein Bierkrug, den Schwester Clock von einem dankbaren Patienten geschenkt bekommen hatte. Der Patient war zwei Tage, nachdem er ihr das Geschenk gemacht hatte, ganz unerwartet gestorben, denn der Krug hatte in einer Atmosphäre der Genesung und der Freude, überlebt zu haben, den Besitzer gewechselt. Schwester Clock wurde oft ein bisschen traurig, wenn sie den Bierkrug im Vorbeigehen betrachtete und über das Leben, über Krankheit und Tod nachdachte. Doch sie hatte keinen Hang zu düsteren Gedanken und konnte sich schnell wieder zusammenreißen. Eine von Schwester Clocks Theorien lautete, dass eine Schwester andere Menschen aufrichten sollte. »Warum nicht auch sich selbst?«, fragte sie sich und vergaß den Bierkrug und die Umstände, unter denen er den Weg in ihr Zimmer gefunden hatte.

Schwester Clock hatte in ihrem ganzen Leben noch nie geträumt. Jetzt, in der Nacht des 22. August, lag sie da und lächelte im Schlaf, ohne etwas mitzubekommen. Als sie vor dem Zubettgehen ihre schwarzen Schuhe geputzt hatte, hatte sie an die Geschehnisse des Abends gedacht: an den Besuch von Mrs. le Tor und den Brief, den jemand aus der Pension abgeschickt haben sollte. Schwester Clock hatte sich noch keinen Plan ausgedacht; sie hatte sich noch nicht entschieden, wie sie in Hinsicht auf das gemeinsame Erbe vorgehen wollte. »Ich bin wie vom Donner gerührt«, hatte sie einer gewissen Mrs. Corry, einer ihrer Patientinnen, gestanden, der sie an jenem Morgen den ganzen Lauf der Dinge erzählt hatte. »Jetzt müssen Sie nicht mehr als Schwester arbeiten«, hatte Mrs. Corry gesagt, doch Schwester Clock hatte rasch erklärt, sie könne ohne ihren Beruf nicht leben. Und dann war ihr eingefallen, dass in der Pension ein Zimmer zu vermieten war, da Mr. Bird tot war und sein Zimmer leer stand. »Ein freundliches Zimmer«, hatte sie zu Mrs. Corry gesagt, »wenn auch nicht besonders groß. Warum ziehen Sie nicht ein? Sie haben schon oft gesagt, dass Ihre Wohnung nicht das Richtige ist.« »Ich habe ein hartes Leben gehabt«, hatte Mrs. Corry erwidert, als ob sie Schwester Clock bitten würde, sie nicht zu drängen, als ob sie sagen wollte, dass sie nicht mehr viel aushalten konnte. »Die Pension gehört zu den angenehmsten in der ganzen Gegend«, hatte Schwester Clock entgegnet und sich gedacht, dass sie das Zimmer genauso gut vermieten konnte. »Bei uns wohnen nette Leute beiderlei Geschlechts, und das Essen ist ganz hervorragend.« So hatte Mrs. Corry, eine Admiralswitwe, die vom Pech verfolgt war, dem Umzug schließlich zugestimmt, doch Schwester Clock war später zu ihr zurückgekehrt und hatte gesagt, sie habe sich entschieden, das Zimmer im Augenblick doch noch nicht zu vermieten, worauf Mrs. Corry sie traurig angesehen hatte.

Schwester Clock schnarchte im Schlaf, wenn auch nur ganz leise. Sie wachte auf und drehte sich auf die Seite. Unter ihr schnarchte Studdy laut, ohne aufzuwachen; und in dem Zimmer, das dem von Studdy gegenüberlag, träumte Miss Clerricot von einem weiteren Mittagessen mit Mr. Sellwood. »Verheiratet?«, rief Mr. Sellwood und zeigte ein strahlendes Lächeln. »Wer sagt, dass ich verheiratet bin?« Er sprach wieder von Banken. Von Barclay's, Lloyd's und der National Provincial, und unterm Tisch lag rein zufällig sein Fuß ganz leicht auf dem Fuß der träumenden Miss Clerricot.

Mr. Obd war in einen leichten Schlaf gesunken, aus dem er jede Stunde aufwachte. Dann stand er jedes Mal auf und schrieb weiter an seinem Brief. Venables träumte, dass die Queen ihn gebeten hatte, mit Prince Charles in die Nachmittagsvorstellung eines Kinos zu gehen. Es war ein angenehmer Traum, denn normalerweise träumte er von den Flatrups, der Mutter, dem Vater und der spindeldürren Tochter, die sich ihm vor nunmehr zwanzig Jahren hingegeben hatte. Die Flatrups führten ein Zigeunerleben, zogen von einem Hotel zum anderen und arbeiteten zu dritt in der Küche. Der alte Mr. Flatrup hatte von vielen Adressen an Venables geschrieben und von ihm fünfzig Pfund für

Miss Flatrups Abtreibung gefordert. In seinen Träumen fielen sie mit scharfen Instrumenten über ihn her, brüllten ihn an, beschimpften ihn und führten gotteslästerliche Reden.

Rose Cave träumte weiter von ihrer Mutter. »Dein Dad war ein gewisser Mr. Bird«, sagte ihre Mutter. »Der Mr. Bird, der gestorben ist, zu dessen Beerdigung du gegangen bist, Liebes, zu dessen Kränzen du zwei Shilling beigesteuert hast. Hab ich dir nie erzählt, dass er ein Zimmer im ersten Stock tapezieren sollte und mich stattdessen flachgelegt hat?«

Major Eele spürte das kalte Linoleum unter seinen Füßen, da er vergessen hatte, die Hausschuhe anzuziehen, und tappte zur Toilette. Er betätigte die Spülung und hämmerte auf dem Rückweg an Mr. Scribbins Tür. Das Dröhnen des mit zwei Schornsteinen ausgestatteten *Lord Faringdon* brach unvermittelt ab, und der Abendschnellzug von Peterborough North nach King's Cross kam zum Stehen.

Um drei Uhr morgens glaubte Mr. Obd, der zum fünften Mal aufstand, um an seinem Brief weiterzuschreiben, dass er ein Geräusch hörte, und er spitzte die Ohren, um es besser hören zu können. Er glaubte, es sei das Schlurfen, das Mr. Bird zu seinen Lebzeiten mit seinem verkrüppelten Fuß gemacht hatte, wenn er auf der Treppe von einer Stufe zur nächsten gestiegen war. Er lauschte erneut und glaubte, das Schlurfen noch einmal zu hören, zusammen mit einem unterdrückten Lachen, das dem schuldbewussten Gekicher eines Kindes im Klassenzimmer glich. Dann schüttelte er den Kopf und schrieb weiter, denn er wusste ganz genau, dass Mr. Bird mitsamt seinem Fuß tot war und mitten in der Nacht weder durchs Haus schlurfen noch seltsam kichern konnte.

7

»Tja«, sagte Schwester Clock, »wir müssen eine Vereinbarung treffen.«

Wenn ich eine Stecknadel hätte, dachte Studdy, würde ich ihr damit ins Knie stechen. Das war nur eine Phrase, denn er wusste, dass die Nadel noch an der linken Spitze seines Revers steckte.

»Es gibt viel zu tun«, sagte Schwester Clock. »Also, was meinen Sie?«

Studdy spürte, wie seine Füße in den Schuhen hin und her rutschten. Er merkte, dass eine seiner Socken ein Loch hatte, und notierte sich, dass er sich später die Fußnägel schneiden musste. Er sagte: »Ich weiß nicht recht.«

Schwester Clock fühlte, wie Ärger in ihr aufwallte. Sie lächelte freundlich. »Wir müssen uns unterhalten«, sagte sie. »Es gibt so viel zu besprechen.«

Studdy gab keine Antwort. Schwester Clock hatte ihn auf dem Weg nach draußen abgefangen. Er konnte es kaum erwarten aufzubrechen, gegenüber von Mrs. Maylams Wohnung Posten zu beziehen und Mrs. Rushs Ankunft abzuwarten.

»Um die Wahrheit zu sagen, ich bin furchtbar in Eile, gnädige Frau.« Studdy war dreist, denn er wusste, dass ihr diese Anrede nicht gefiel. Als sie sich all das klar gemacht hatte, lächelte sie wieder.

»In diesem Fall vereinbaren wir besser einen Termin«, sagte sie. »Wir können die Bewohner nicht im Stich lassen. So ein Haus muss gut geführt werden.«

»Was?«, fragte Studdy.

»Wir müssen an einem Strang ziehen, Mr. Studdy, und unsere früheren Differenzen beilegen. Was meinen Sie dazu? Mr. Bird hat ein Gespann aus uns gemacht.«

Studdy zuckte zusammen. Er stellte sich begriffsstutzig und sagte: »Mr. Bird ist tot.«

»Stimmt. ›Sie haben mich hervorragend gepflegt‹, hat er gesagt und sich auf den Weg zu seinem Schöpfer gemacht. Ich sage ›auf den Weg gemacht‹, weil er noch einmal Halt gemacht und mir etwas zugerufen hat. ›Legen Sie Ihre kühle Hand auf meine Stirn‹, hat er mit letzter Kraft gesagt, und weg war er und nahm den Abdruck meiner Hand mit ins Jenseits. Das war der rührendste Moment meines Lebens, Mr. Studdy, obwohl ich schon manches Mal gesehen habe, wie der Tod seine Hand ausgestreckt hat.«

»Da bin ich mir sicher, gnädige Frau.«

»Mr. Studdy, ich will nicht, dass Sie mich gnädige Frau nennen. Wie Sie genau wissen, bin ich nicht verheiratet und war es auch nie.«

»Entschuldigung, Schwester Clock. Ich dachte, Sie hätten in den dreißiger Jahren geheiratet.« Studdy betrachtete ihr Gesicht. Er hatte die Angewohnheit, fast alles auszusprechen, was ihm in den Kopf kam, um zu sehen, ob es eine Reaktion auslöste. »Ich dachte, das hätte ich in der Nachbarschaft gehört.«

»Das haben Sie nie in der Nachbarschaft gehört. Das wissen Sie ganz genau.«

»Dann muss ich Sie mit jemandem verwechselt haben. Mit einer anderen Krankenschwester.

»Ich verzeihe Ihnen, Mr. Studdy.« Sie heuchelte gute Laune und entblößte erneut ihre Zähne. »›Sorgen Sie dafür, dass man mich wäscht‹, hat Mr. Bird gesagt, ›und meine armen, alten Wangen rasiert. Ein ungepflegter Mann in einem Sarg gibt ein furchtbares Bild ab.‹ Natürlich bin ich seinen Wünschen nachgekommen. Ich bin natürlich an solche Bitten in letzter Minute eher gewöhnt als andere. Sie wissen, dass Bischof Hode von uns gegangen ist?«

»Von uns gegangen? Sie meinen, er war hier?«

»Mr. Studdy, Sie sind zum Schreien! Wir werden prima miteinander auskommen, Sie und ich. Bischof Hode hat letzte Nacht um elf Uhr den Geist aufgegeben. Ich wurde zu ihm gerufen.«

»Ich hab den Bischof nicht gekannt.«

»Sie werden ihn auch nicht mehr kennen lernen. Wenn man die Neunzig überschritten hat, hat das Leben keinen großen Sinn mehr. Bischof Hode hat den größten Teil des Tages im Trockenschrank verbracht.«

Studdy wusste davon. Er wusste, dass der alte Bischof Hode, der allein gelebt hatte und nur von einer Putzfrau versorgt worden war, in seinen letzten Jahren die seltsame Gewohnheit entwickelt hatte, sich in seinem Trockenschrank einzuschließen. Das hatte Studdy sehr interessiert; er hatte oft daran gedacht, ihm einen Brief zu schreiben.

»Ich hab gehört, wie die Leute von dem Bischof erzählt haben. Ich hab ein, zwei witzige Geschichten gehört.«

»Witzig?«

Studdy nickte, um zum Ausdruck zu bringen, dass das, was er gehört hatte, seltsam, ja geradezu unheimlich gewesen war. »Es ging das Gerücht, dass der alte Bursche in den Schrank kletterte, um der Frau zu entkommen, die ihm Spritzen in die Beine gab.«

Er musterte ihr Gesicht. Er glaube zu sehen, dass sie errötete. Hab ich da einen wunden Punkt berührt?, fragte er sich; und sofort kamen ihm Stift und Papier in den Sinn.

»Der Bischof brauchte seine Spritzen«, sagte Schwester Clock. »Er war in ärztlicher Behandlung, und wegen der Spritzen in die Beine gab es strikte Anweisungen. Er wäre noch am Leben – oh, Mr. Studdy, ich wollte mal mit Ihnen sprechen: Ich habe gehört, Sie haben Mrs. Maylam eine Kartoffel gegeben.«

»Ich mache oft Besorgungen für die alte Dame.«

»Sie haben ihr eine Kartoffel gegeben, die sie an einer Schnur um die Taille tragen soll. Als eine Art Schutz gegen Rheumatismus.«

»Mein Gott, das ist jetzt wirklich nicht der richtige Augenblick. Wiedersehen, gnädige Frau ...«

»Mr. Studdy, ich habe Ihnen eine Frage gestellt.«

»Klar, was schadet das der Alten schon? Was für einen Schaden kann eine gewöhnliche Kartoffel …«

»Ich habe meine Aufgabe, Mr. Studdy. Sie führen die alte Frau mit abergläubischem Unsinn hinters Licht. Ich habe vor, mich in dieser Sache an den Doktor zu wenden.«

Studdy sagte nichts. Er knöpfte den untersten Knopf seines Mantels zu und strich sich mit der Hand übers Gesicht, betastete mit Daumen und Zeigefinger seine Züge.

»Ich werde heute Morgen mit dem Doktor sprechen.«

Studdy fasste sich an die Nasenspitze und atmete durch die Nasenlöcher tief ein. Das war ziemlich geräuschvoll. Es schauderte Schwester Clock; sie hatte ihn schon öfter bei dieser Beschäftigung erlebt.

»Ich werde mit ihm sprechen«, sagte sie noch einmal, »und ich finde, es ist meine Pflicht und Schuldigkeit, die Information an ihn …«

»Der Doktor ist ein prima Kerl«, sagte Studdy und nickte bewundernd. Er wusste nicht, welchen Arzt sie meinte, und er wusste auch, dass sie das wusste und dass seine beiläufige Bemerkung über einen ihm unbekannten Arzt sie maßlos ärgern würde.

»Er wird es nicht hinnehmen, dass jemand die Behandlung seiner Patienten behindert«, warnte ihn Schwester Clock mit schneidender Stimme. »Ich bin mir sicher, dass er sagt, ich soll die Kartoffel sofort in den Abfall werfen. So ein Theater könnte Mrs. Maylam das Leben kosten. Wenn sie nicht bettlägerig werden will, ist sie auf diese Spritzen angewiesen. Das wissen Sie doch, Mr. Studdy.«

»Klar, die Ärmste …«

»Neulich hat sie eine Zigarette geraucht. Ich habe gehört, dass Sie ihr auch die gegeben haben. Wollen Sie sie denn ins Grab bringen?«

»Sie sind sehr hart zu der alten Dame. Was schadet ihr schon ein Glimmstängel? Die Frau hat Schmerzen, Schwester.«

»Genau darum geht es. Zigaretten und Kartoffeln werden

die Schmerzen kaum lindern, oder? Während eine medizinische Behandlung ...«

»Mrs. Maylam isst die Kartoffel doch nicht. Haben Sie gedacht, sie würde die rohe Kartoffel essen? Sie wird auf eine Schnur gezogen und muss am Körper getragen werden. Ein ganz bekanntes Heilmittel gegen Rheuma. Ich bin überrascht, dass Sie noch nichts davon gehört haben.«

»Es gibt nicht viel, wovon man in meinem Beruf nichts hört, Mr. Studdy. Kartoffeln an einer Schnur, Dachsöl, Rhabarber – es gibt kein Mittelchen, von dem ich noch nichts gehört habe.«

Schwester Clock sprach weiter, von Heilmitteln, die die Leute an sich oder anderen ausprobierten oder nicht, doch Studdy hörte nicht zu. Er sah die Frau, die nur einen halben Meter von ihm entfernt saß, hörte, wie sie ihre Stimme hob und senkte und so ihre Verwunderung und Ungläubigkeit über die Torheiten ihrer Mitmenschen zum Ausdruck brachte. Jetzt hätte er die Hand ausstrecken und mit der Stecknadel in ihr dickes Knie stechen können, das blass durch ihren schwarzen Strumpf schimmerte. Er hätte das Knie streicheln und sich noch größere Freiheiten herausnehmen können. Studdy hatte das Gefühl, dass die Schwester in diesem Moment nichts, was er mit ihrem Knie anstellte, wahrnehmen würde. Und während sie weitersprach, vertiefte auch er sich in seine Gedanken. Sie saßen sich im Fernsehzimmer gegenüber, zwei völlig gegensätzliche Menschen, die diesen Gegensatz jedoch einen Augenblick lang vergessen hatten, die fast alles vergessen hatten, bis auf das, was jedem von ihnen durch den Kopf ging. Schwester Clock sprach von einer Zwiebelkur gegen Taubheit und von einem alten Mann, der seiner Frau kochende Brühe in die Ohren gegossen und später wegen Totschlags vor Gericht gestanden hatte. Studdy dachte an das, was Major Eele am vorhergehenden Abend über Miss Clerricot und ihre Reaktion auf Mrs. le Tor gesagt hatte. Er hatte Miss Clerricot am Morgen beim Frühstück beobachtet und glaubte, ein gewisses Unbehagen bei ihr gespürt zu haben. Sie war ziemlich oft auf ihrem Stuhl hin und her gerutscht und ihm nervös vorgekommen. Als sie aufgestanden war, hatte sie, ohne es zu merken, etwas umgestoßen. Wenn er nicht schon mit Mrs. Rush verabredet gewesen wäre, wäre er Miss Clerricot zu ihrem Arbeitsplatz gefolgt und hätte sie in der Mittagspause und um halb sechs im Auge behalten. Studdy seufzte. Das Ganze war sehr schwer: Manchmal hatte er das Gefühl, dass sich nichts davon lohnte, weder, dass er endlose Briefe schrieb, noch, dass er durch die Straßen zog oder in Hauseingängen herumlungerte. Man hatte nur einmal im Leben richtig Erfolg, wie damals in South Wimbledon, als ihm ein Mann sechzehn Pfund geschenkt hatte. Doch das war vorbei, und Studdy wusste, dass man dieselbe Quelle nicht zweimal anzapfen durfte: Die Leute wurden hysterisch, wenn man zu weit ging. Er hatte sogar schon von Leuten gehört, die zur Polizei gegangen waren.

»Ich hab mal einen Mann gekannt, der Teer gegessen hat«, sagte Schwester Clock gerade, und irgendetwas, das sie vor einem Augenblick gesagt hatte, erregte Studdys Interesse. »Es gibt kaum etwas, wovon ich in meinem Beruf noch nichts gehört habe, Mr. Studdy.« Studdy lehnte sich zurück, berührte mit den Fingern seine Zähne und sein Zahnfleisch und ließ sie dann zu seinen Nasenlöchern gleiten. Er dachte: Schwestern kommen in die Häuser der Leute. Sie sitzen an Betten und hören, was die Leute im Fieberwahn sagen. Sie kochen in den Küchen der Alten und Verkrüppelten Tee. In Schubladen schnüffeln sie in Blechschachteln voller Kordeln und Briefe herum. Schwestern werden oft ins Vertrauen gezogen; sie erfahren Familiengeheimnisse; sie beugen sich herab, um die letzten Worte sterbender Männer und Frauen zu hören. Wenn sie wollen, sind sie bei Geburten dabei. Sie hören von der Schuld einer Mutter, wenn sie in den Wehen stöhnt, und zwischen den einzelnen Wellen erfahren sie viel Interessantes. Schwestern kümmern sich um Menschen in geschwächtem Zustand. Sie können sich kleine Dienste bezahlen lassen, können Uhren anhalten und Barometer verstellen und dann anbieten, sie schnell reparieren zu lassen. Sie können sagen, dass im Bad neue Schwämme erforderlich sind, dass ein kleiner elektrischer Heizofen das Schlafzimmer wohnlicher machen würde. Schwestern können am Ende eines langen Monats für solche Besorgungen eine Rechnung aufstellen und sie dem Patienten freundlich überreichen, können die steigenden Preise beklagen. Studdy hob den Blick und betrachtete Schwester Clocks Gesicht. Sie entblößte ihre Zähne, zwinkerte, um eine Bemerkung zu unterstreichen. Schwester Clock sprach ins Leere, über Fälle, die sie erlebt hatte.

Er sah vor sich, wie gut sie das beherrschte, wie sie eine Rechnung aushändigte und, den Blick auf eine Zimmerecke gerichtet, ein Lächeln im Gesicht, weiterschwatzte. Studdy war ganz aufgeregt. Er spürte, wie sich eine Hitzewelle von seinem Nacken über den ganzen Kopf ausbreitete. Er spürte, wie sein Bauch ganz warm wurde und dann zu zittern begann. Die Innenflächen seiner Hände waren schweißnass.

»Bei Gott, Schwester, Sie haben mich überzeugt«, sagte er. »Wollen Sie wissen, wo ich ich jetzt hingehe?«

Schwester Clock, die von dieser Kehrtwendung ihres Partners und Widersachers ziemlich überrascht war, bat ihn, es ihr zu sagen.

»Ich gehe zu Mrs. Maylam, um sie von der Kartoffel zu befreien. Wissen Sie was, sie könnte im Schlaf drauf liegen und sich verletzen.«

Studdy ging, und Schwester Clock saß einen Augenblick lang allein da. Mr. Birds Testament war alles andere als präzise gewesen. Sie dachte, dass sie mit der Zeit bestimmt etwas finden würde, was sie bemäkeln konnte. Es würde ihr gefallen, Studdy vor die Tür zu setzen und das Haus in ein schickes Altersheim zu verwandeln.

8

Studdy stand in einem Hauseingang und wartete auf den grauen Morris Minor von Mrs. Rush. Er vertrieb sich die Zeit damit, ein Streichholz in zwei Teile zu brechen, die beiden Teile erneut durchzubrechen und dann alles in den Fingern zu zerquetschen, bis es nur noch eine Masse grauer Splitter war.

Er nahm ein zweites Streichholz aus der Schachtel. Es war kein so genanntes Sicherheitszündholz: Es war kurz, hatte eine rosa Spitze und konnte an jeder Reibungsfläche angezündet werden. »Das Raucherstreichholz«, zitierte Studdy einen Werbeslogan, den er an einem Bus gesehen hatte. Er fragte sich, was es bedeutete, dass ein Streichholz ein Raucherstreichholz war. Er fragte sich, ob sich Zigaretten damit besser anzünden ließen.

Studdy fasste das Streichholz an der rosa Spitze und steckte es in den Mund. Er arbeitete sich am Unterkiefer Zahn um Zahn vor und pulte die Essensreste hervor. Seine Zunge schnappte sich die kleinen Stücke.

Als er ein neues Streichholz aus der Schachtel nahm, sah er, wie Schwester Clock sich langsam auf ihrem Fahrrad näherte. Er fluchte leise: Er vermutete, dass sie Mrs. Maylam besuchen wollte. Hastig schlug er seinen Mantelkragen hoch, hob eine Hand, um sein Gesicht zu verdecken, und tat so, als ob er sich eine Zigarette anzündete. Er beobachtete sie aus dem Augenwinkel. Sie brachte ihr Fahrrad zum Stehen, stellte es am Bordstein ab, blickte sich um, bemerkte ihn sofort und winkte freudig. Studdy reagierte nicht. Einen Augenblick lang dachte er, dass das vielleicht ein Fehler war, dass sie sich jetzt nicht ganz sicher sein würde, ob sie den gebückten Mann wirklich kannte, und vielleicht die Straße überqueren würde, um die Angelegenheit zu klären. Glücklicherweise schien sie daran kein Interesse zu haben. Sie schnallte ihre schwarze Schwesterntasche vom Gepäckträger ihres Fahrrads und betrat sofort das große rote Backsteingebäude, in dem Mrs. Maylams Zweizimmerwohnung untergebracht war. Kurz darauf hielt Mrs. Rushs grauer Morris Minor und klemmte Schwester Clocks Fahrrad ein.

»Es ist meine Pflicht und Schuldigkeit«, sagte Schwester Clock mit einem strahlenden Lächeln im Gesicht, während ihre kleinen Finger in ihrer Schwesterntasche herumkramten.

Der Fußboden knarrte, als sie darüber ging, und bei dem Geräusch wanderte Mrs. Maylams Blick vom Gesicht der Schwester zu ihren schwarz bestrumpften Waden, die ihren zerschlissenen Teppich überquerten und mit den Auslösern der Ruhestörung in Verbindung standen. »Es ist meine Pflicht und Schuldigkeit«, wiederholte Schwester Clock, »mich darum zu kümmern, dass Sie das Ziel erreichen, das Gott Ihnen gesetzt hat. Erinnern Sie sich, es ist Sein Leben. Weder Ihres noch meins; es wurde uns bloß geliehen ...«

Mrs. Maylam stieß einen Schrei aus und behauptete, die Schwester sei geistesschwach. Doch Schwester Clock lachte nur mit sanftem Spott über die Worte der alten Frau.

Mrs. Maylam lachte ebenfalls, und ihr Lachen verschmolz mit dem von Schwester Clock; dann hörte sie unvermittelt auf und fauchte:

»Ich kenne Ihre Tricks.«

»Tricks?«

»Erinnern Sie sich noch an die alte Mrs. Fishon?«

»Ja.«

»Sie ist mitten in der Nacht gestorben, ohne dass ihr etwas gefehlt hätte.«

»Sie ist im Schlaf gestorben, Mrs. Maylam. Ein friedlicher Tod. Es war besser so. Sie wissen schon, ihr Verstand.«

»Ihr Verstand war genauso klar wie Ihrer. Sie konnten ihren Willen nicht brechen.«

»Der Tod beunruhigt Sie, Mrs. Maylam. Sie haben Ihre

Familie verloren, und wir müssen aufpassen, dass Sie sich deswegen nicht aufregen. Versuchen Sie, sich Ihre gute Laune zu bewahren.«

Mrs. Maylam schwieg einen Augenblick und fing dann an zu fluchen. Schließlich sagte sie:

»Geben Sie das krankhafte Schwesterngeschwätz woanders zum Besten. Verschwinden Sie, Schwester Clock.«

Wortlos ging Schwester Clock zum Fenster, denn sie war leicht gekränkt und wollte das auch zum Ausdruck bringen. Doch die Szene, die sie unten auf der Straße sah, heiterte sie außerordentlich auf und zog sie in ihren Bann.

Janice Rush, die einmal Janice Brownlow geheißen hatte und bei vielen Tanzveranstaltungen die größte Schönheit gewesen war, war jetzt in mittleren Jahren, etwas älter als vierundvierzig. Sie hatte schon Falten im Gesicht, nicht viele, aber eindeutig die Vorboten von weiteren. Am Hals bekam sie, wenn das Licht direkt darauf fiel, eine Art Gänsehaut. Martin Henry Rush, ihr Mann, hatte sie vor neunzehn Jahren an einem heißen Augusttag in der Kirche von St. Cyril, der Kirche einer Vorstadt im Südwesten Londons, geheiratet. Den Gottesdienst hatte Pfarrer Hamblin gehalten, und ein gewisser Mr. Pryse, der Organist von St. Cyril, hatte *Jesu, meine Freude* gespielt, als sie am Arm ihres Vaters den Gang entlanggeschritten war. Janice Rush dachte ständig an ihren Hochzeitstag, das war ein Tick.

Davon wusste Studdy nichts. Er sah, wie eine Frau den Fahrersitz des Wagens verließ und zur Motorhaube ging. Er sah, wie sie an der Verriegelung herumfummelte, als ob sie nicht genau wüsste, wie man sie löste.

Beunruhigt über Studdys Brief und die quälenden Gedanken daran, dachte Janice Rush, während sie vor ihrem Auto stand und die Verriegelung zu lösen versuchte, wieder an ihren Hochzeitstag. Es war eine Erinnerung, die ihr stets Trost spendete: Sie dachte dann gern daran, wie sie an jenem Tag vor dem Altar von St. Cyril und später auf dem Rasen des Hotels gestanden hatte, denn sie sah dieses Ereignis als die volle Blüte ihrer Unschuld und das Ende ihres jugendlichen Optimismus an; sie sah die Lupinen, die in den Blumenbeeten gerade ihre größte Schönheit erlangt hatten, und in ihrer schönsten Erinnerung stand sie auf die Bitte ihrer Mutter hin vor den Lupinen, während ein bärtiger Fotograf aus mehreren Blickwinkeln Aufnahmen von ihr machte. Später an jenem Tag, als Janice und Martin Henry im Flugzeug gesessen hatten, hatten die Lupinen zu welken begonnen, und am folgenden Morgen hatten sie ihre beste Zeit bereits hinter sich gehabt. Für Janice hatte sich die Sache länger hingezogen; doch sie hatte schon bald gewusst, dass sie bis zu ihrem Hochzeitstag gelebt und dann zu sterben begonnen hatte.

An jenem Tag hatte Janice im Sonnenschein auf dem Hotelrasen Hände geschüttelt; sie hatte sich die Reden angehört und mit der Hilfe ihres Gatten die Hochzeitstorte angeschnitten. Sie war über den Hotelrasen geschlendert und hatte sich unterhalten und den Blick schweifen lassen. Sie hatte die Farben und Muster der Satin- und Seidenkleider betrachtet. Sie hatte Frauen gesehen und erkannt, die wie Festungen, wie schlichte Monolithen mit grauem Haar dagestanden hatten, das blau gefärbt oder in strenge Wellen gelegt war. Sie hatte sich als eine von ihnen gesehen, wenn die Jahre sie verändert haben würden, und da hatte sie sich geschworen, dass die Jahre sie stattdessen auszehren, ihr das Fleisch von den Knochen zerren und sie in eine Bohnenstange verwandeln sollten. Lieber eine Bohnenstange, dachte sie, als sich in eine so mächtige Festung zu verwandeln.

Sie löste die Verriegelung, hob die Motorhaube an und stützte sie auf den Metallstab. Sie starrte den Motorblock an, ohne das Geringste davon zu verstehen, und fragte sich, was jetzt passieren würde. Sie erinnerte sich wieder, dass Pfarrer Hamblin in der Kirche müde und zerknittert ausgesehen hatte, als sie ihren Schwur geleistet hatten, und sie fragte sich, ob das etwas geändert hatte. Damals hatte sie gedacht, dass seine Wangen nicht gut genug rasiert waren oder er sich zur Feier des Tages zumindest etwas später hätte rasieren können. Sie hatte die Rostflecken auf seinem Chorhemd gezählt und ihm auch das verübelt. Janice Rush hatte kein Kind bekommen, und in ihrer Ehe gab es schon seit langem keine Liebe mehr.

Studdy warf sein Streichholz weg und überquerte gemächlich die Straße. Sein Blick war auf die Frau und die offene Motorhaube gerichtet; den Mann auf dem Beifahrersitz bemerkte er nicht.

»Probleme, gnädige Frau?«, fragte Studdy.

»Nein, nein.« Sie blickte ihn kurz an und war nervös. Sie begann an dem Metallstab zu zerren, der die Motorhaube stützte.

»Mrs. Rush, geborene Brownlow, verheiratet mit Martin Hen ...«

Der Mann aus dem Auto stand neben Studdy. Er ballte die Hand zur Faust und schlug ihn fest auf die Wange. Studdy zitterte. Er verlor das Gleichgewicht, ging aber nicht zu Boden. Er spürte, dass ein Zahn wackelte.

Der Mann, der nicht Mrs. Rushs Ehemann war, schlug Studdy noch einmal auf dieselbe Stelle. Dann hob er die linke Faust und boxte Studdy auf die Nase. Mrs. Rush ließ die Motorhaube zuschnappen. Sie sagte einmal mit schwacher Stimme »Nicht« und setzte sich dann hinters Lenkrad. »Versuch das nie wieder«, sagte eine andere Stimme zu Studdy, doch der konnte es kaum hören. Er verspürte ein Hämmern in den Ohren. Er dachte, seine Augen müssten blutverschmiert, ja sein ganzes Gesicht müsse voller Blut sein. Er hatte das Gefühl, einen Stein im Mund zu haben. Noch völlig benommen stellte er sich vor, wie der Mann ihn geschlagen und ihm dann einen kleinen Stein in den Mund gesteckt hatte. Er spuckte ihn aus und sah nicht, dass es der größere Teil eines Zahns war.

Der Motor des Morris Minor heulte kurz auf, und der Wagen brauste davon. Mrs. Rush schaltete vom zweiten in den dritten Gang, ohne den Mann neben sich anzusehen. Sie hätte sich bedanken sollen, weil er ihr Schwierigkeiten erspart hatte. Doch sie sagte kein Wort. Sie spürte, wie Hitze in ihrem Körper aufwallte, als wäre sie in ihrem Innern erzeugt worden. Sie wusste, dass sie schwach und ängstlich gewesen war: Wie viel besser wäre es gewesen, wenn sie sich einfach geweigert hätte, dem Mann Geld zu bezahlen. Das Auto überquerte die Themse und fuhr nach Osten, in Richtung Innenstadt.

Für Studdy, der verdutzt auf dem Gehsteig stand, war die Sache gelaufen; Mrs. Rush, die scheinbar eine gute Gelegenheit zur Verbesserung seiner finanziellen Lage geboten hatte, verschwand für immer aus seinem Leben. Er hatte bloß über sie gewusst, dass sie Mrs. Maylam einmal in der Woche ein Tablett mit warmem Essen brachte und dass die alte Frau sich regelmäßig über seine Qualität beklagte. Es stimmte, dass Studdy gern noch ein paar brauchbare Einzelheiten gekannt hätte, aber mehr hätte ihn nicht interessiert. Mr. Bird, der unermüdliche Sammler menschlicher Schicksale, wäre von Mrs. Rushs Zustand in ihrem fünfundvierzigsten Lebensjahr erschüttert gewesen.

Studdy lag auf dem unbequemen Rosshaarsofa in Mrs. Maylams Wohnzimmer.

»Machen Sie den Mund auf«, befahl Schwester Clock. »Soll ich die Polizei verständigen?«

Er öffnete den Mund und versuchte zu sprechen, um zu verhindern, dass die Polizei kam, doch Schwester Clock hatte ihm eine Pinzette in den Mund gesteckt und tastete alles ab. Als sie sie herauszog, sagte Studdy:

»Der Kerl wollte mir einen Stein in den Hals stecken.«

»Einen Stein? Sind Sie sicher? Haben Sie den Stein verschluckt, Mr. Studdy?«

Studdy sagte, er habe ihn ausgespuckt.

»Er war in eine Schlägerei verwickelt«, sagte Mrs. Maylam.

»Die Nase ist völlig in Ordnung. Sie haben Glück gehabt,

Mr. Studdy. So ein Schlag hätte sie für den Rest Ihres Lebens entstellen können. Es hätte etwas gebrochen sein können, hab ich alles schon erlebt. Sie haben einen halben Backenzahn eingebüßt.«

»Backenzahn? Einen halben ...«

»Einen halben Backenzahn, Mr. Studdy, unten, ganz hinten: Sie können es mit den Fingern fühlen.«

Studdy tastete mit den Fingern herum und machte die scharfen Kanten des abgebrochenen Zahns ausfindig.

»Lassen Sie die Wurzel ziehen«, empfahl Schwester Clock. »Klammern Sie sich nicht dran. Der Zahn war schon vorher angeknackst. Von einem Schlag auf die Wange bricht kein Zahn ab.«

Schwester Clock tupfte Studdy mit einem Stück Watte das Gesicht ab. Sie wischte das getrocknete Blut unter der Nase ab.

»Hat auf ihn eingeprügelt wie ein Verrückter«, sagte Mrs. Maylam.

Studdy spürte, wie sich ihm der Magen umdrehte. Er bat Schwester Clock, eine ihrer Flaschen zu verkorken, da der Geruch ihm Übelkeit bereite.

»Ist ja gut«, sagte Schwester Clock.

Die Schande des ganzen würdelosen Vorfalls schnitt ihm bereits ins Herz. Er versuchte, sich aufzusetzen. Er sah Schwester Clocks strahlendes Gesicht dicht vor sich. Er spürte, wie ihre Hand ihn zurückhielt.

»Seltsam«, sagte sie. »Am helllichten Tag.«

»Sie hatten es auf meine Brieftasche abgesehen.« Er tätschelte die Stelle, an der seine Brieftasche steckte. »Ich hab sie in die Flucht geschlagen.«

Schwester Clock, die von Mrs. Maylams Fenster aus alles mit angesehen hatte, war überrascht, dass er log. Sie fragte sich, warum er nicht sagte, was passiert war: dass er mit einer Frau gesprochen hatte, die mit ihrem Auto Probleme gehabt hatte, und dass ein anderer Mann ihn geschlagen hatte.

»Haben sie überhaupt nichts gestohlen?«, erkundigte sie sich amüsiert.

Studdy griff in eine seiner Hosentaschen und holte eine Hand voll Münzen hervor. Er zählte sie und sagte dann:

»Mir fehlen sechs Pence. Sie haben mir ein Sixpencestück gestohlen.«

Schwester Clock beruhigte ihn. Sie sagte, er müsse noch ein paar Minuten stillliegen, da sie größere Nachwirkungen befürchte. »Darf ich eine Tasse Tee machen, Mrs. Maylam?«

»Mit mir ist alles in Ordnung«, sagte Studdy.

Mrs. Maylam sagte: »Man kann nicht genug aufpassen«, und Schwester Clock ging in die Küche, um Tee zu machen.

Über Studdy hatte Mr. Bird Folgendes geschrieben:

S.J. Studdy (53) hat 1952 auf eine Anzeige im Evening Standard *geantwortet. Er ist ohne Gepäck gekommen, hat sich aber inzwischen einiges angeschafft. Er ist ein Kleinkrimineller, hat ein großes rotes Gesicht und ist überall voller Haaröl. Doch wer würde ihm nicht mitleidsvoll die Hand entgegenstrecken? Jeder kann sehen, dass der arme alte Studdy in seinem ganzen Leben noch nie einen Freund hatte.*

»Eine schöne Tasse Tee«, sagte Schwester Clock.

Studdy nahm ihr die Tasse aus der Hand und nippte an der siedend heißen gelbbraunen Flüssigkeit.

»Jetzt, wo Mr. Studdy da ist«, sagte Schwester Clock, »können wir über die alte Kartoffel sprechen.«

»Unglaublich«, sagte Mrs. Maylam. »Mr. Studdy steht an der Schwelle des Todes.«

Er begann, auf seinen Tee zu pusten. Er blies zu fest, und der Tee spritzte auf Schwester Clocks Rock. Sie sah es und sah ihn durchdringend an. Dann wandte sie sich Mrs. Maylam zu und sagte:

»Mrs. Maylam, Mr. Studdy hat erkannt, dass die Kartoffel, die Sie am Körper tragen, nutzlos ist. Er sagt, dass sie überhaupt nicht hilft. Mr. Studdy hat sich geirrt.«

»Was?«, fragte Mrs. Maylam.

»Die Kartoffel, die Sie um die Hüfte gebunden haben, ist völlig nutzlos. Das hat mir Mr. Studdy gesagt. Es ist ein großer Irrtum.«

»Die Kartoffel ist ein Heilmittel. Für mich. Spritzen gehören der Vergangenheit an, Schwester.«

»Mr. Studdy hat sich geirrt. Mr. Studdy, sagen Sie es Mrs. Maylam.«

»Tja, die Sache ist die ...«

»Die Kartoffel hat mir geholfen, Mr. Studdy. Das schwöre ich bei Gott.«

Schwester Clock schüttelte den Kopf. Sie sagte: »Nein, Mrs. Maylam.«

»Ich hab mich in meinem ganzen Leben noch nie besser gefühlt. Ich hüpfe auf meinen alten Knochen durch die Wohnung wie eine Zweijährige.«

»Tja, die Sache ist die«, erklärte Studdy, »das, was die Schwester sagt, ist nicht ganz falsch. Ich befürchte bloß, dass Sie vielleicht mal flach auf der Kartoffel liegen, dass sie sich in Ihr Fleisch drückt und Sie sich einen Organschaden zuziehen. Verstehen Sie, was ich meine, gnädige Frau?«

»Sie haben mir gesagt, dass ich die Kartoffel umbinden soll, Mr. Studdy. Die Worte sind über Ihre Lippen gekommen. Befestigen Sie eine geschälte Kartoffel an einem Stück Schnur, das haben Sie eindeutig gesagt. Ich werde nächsten Frühling neunzig, Mr. Studdy, vergessen Sie das nicht.«

»Das ist es ja«, sagte Studdy. »Genau das. Wollen wir nicht die Kartoffel wegpacken und die ganze Sache vergessen? Sie könnten sich eine Rippe brechen. Dafür möchte ich nicht verantwortlich gemacht werden. Die Schwester sagt, die Ärztekammer könnte mich zur Rechenschaft ziehen, wenn sich eine alte Dame wegen mir die Rippen bricht. Können Sie mir folgen?«

»Nein«, sagte Mrs. Maylam. »Wie könnte ich mir denn durch eine Kartoffel die Rippen brechen? Das ist doch völliger Unsinn, Mr. Studdy.«

»So etwas kommt vor«, sagte Schwester Clock. »Eine Frau in Kew ist mit einem Magnet im Bett gestorben, der sie von ihren Krämpfen befreien sollte.«

»Ist das wahr?«, fragte Studdy, trank seinen Tee aus und schwang seine Beine vom Sofa auf den Fußboden. »Haben Sie das gehört, Mrs. Maylam? Eine Frau, die einen Magnet im Bett hatte.«

»Ho, ho«, rief Mrs. Maylam und lachte lauthals über irgendetwas.

»Diese Kartoffel ist längst faul«, sagte Schwester Clock zu Studdy. »Sie hat sie schon vor vierzehn Tagen umgebunden.« Sie erhob die Stimme. »Es ist unhygienisch, eine Kartoffel bei Tag und Nacht am Körper zu tragen.«

»Solange es hilft, macht mir das nichts aus. Falls der Schmutz Ihnen Sorgen macht, vergeuden Sie Ihre Zeit nicht damit. Mein Bauch ist sowieso schmutzig, das wissen Sie genau. Ist Ihnen das peinlich, Mr. Studdy?«

Das Gespräch ging weiter. Studdy war an Schwester Clocks Geschichte über die Frau interessiert, die mit dem Magneten im Bett gestorben war. Er äußerte seine Zweifel und wollte nähere Einzelheiten wissen. Mrs. Maylam zog sich in ihre eigene Welt zurück, beantwortete keine Fragen mehr und weigerte sich, weiter über die Kartoffel zu sprechen.

»Worker's Playtime«, sagte Mrs. Maylam nach einer Weile. »Seien Sie so gut, Mr. Studdy, und stellen Sie das Radio an.«

Studdy stand vom Sofa auf. Sein Mantel war aufgeknöpft, und der Gürtel hing auf beiden Seiten lose herab. Er drehte an den Knöpfen des Radios, und kurz darauf war das Zimmer von Beifall und Gelächter erfüllt. Mrs. Maylam warf den Kopf zurück und lachte ebenfalls herzlich.

9

Major Eele war einmal verheiratet gewesen. Vor zehn Jahren, mit neunundfünfzig, hatte er auf einer Party in einem Hotel in Amesbury eine Frau namens Mrs. Andrews kennen gelernt. »Wer ist dieser schlafende Soldat?«, hatte er jemanden rufen hören, denn er war in einem Sessel eingeschlafen und hatte dann einen Druck auf dem Kopf gespürt, der, wie sich herausstellte, von Mrs. Andrews Hand ausging. Er hatte ihr kurz den Hof gemacht, doch im Rückblick war ihm die ganze Sache völlig unerklärlich. Die Ehe hatte nur bis zum Ende der Flitterwochen gehalten.

»Ich bin noch einmal gekommen«, sagte Mrs. le Tor, und Major Eele musste sofort an Mrs. Andrews denken. Er dachte, dass die beiden Frauen ganz ähnlich sprachen: Sie hatten denselben Tonfall und benutzten dieselbe Wortstellung.

»Mrs. le Tor«, sagte Major Eele, der gerade das Haus verlassen und sich im West End den Film *Heiße Stunden* ansehen wollte. »Sie haben heute leider kein Glück. Im Moment ist kaum jemand im Haus. Nachmittags ist es ungünstig. Normalerweise sind um diese Zeit bloß Studdy und ich da, und Studdy muss sich schonen. Er war zu meinem Erstaunen in eine Schlägerei verwickelt.«

»Ach, du liebe Zeit!« sagte Mrs. le Tor interessiert.

»Wie's aussieht, wurde Studdy am helllichten Tag von irgendwelchen Halbstarken überfallen, während er seinen Geschäften nachging. Doch ganz im Vertrauen, da steckt bestimmt mehr dahinter.«

Mrs. le Tor trug ihre weißen Handschuhe und eine sorgfältig gebügelte weiße Bluse. Darüber trug sie ein Kostüm in einer Farbe, die der Hersteller blattgrün nannte. Ihre Fingernägel waren poliert und rosa lackiert. Sie waren lang und spitz, wie die Fingernägel von Mrs. Andrews, die ihn oft ermahnt hatte, er solle sie ihr in seiner Erregung nicht ruinieren. Der Major fragte sich, ob Mrs. le Tor ihn ebenso ermahnen würde, und lächelte. Sie sagte:

»Ich glaube nicht, dass ich diesen Studdy kennen gelernt habe. Was für ein seltsamer Name! Ist er der Hausdiener?«

Major Eele kicherte in sich hinein, hatte seine Freude an dem Missverständnis und überlegte, wie er die Geschichte am besten am Abend im Fernsehzimmer erzählen und sie vielleicht noch ein bisschen ausschmücken konnte. »Mrs. le Tor hat gedacht, Studdy wäre der Hausdiener und Schwester Clock das Dienstmädchen.« Er lachte lauthals.

»Mrs. le Tor, ich muss Ihnen leider mitteilen, dass wir hier keinen Hausdiener haben. Die Bewohner kümmern sich selbst um ihre Kleider. In unserer Pension wird keiner verhätschelt.«

»Meinen Sie etwa, dass all diese Leute, Männer und Frauen, ihre Kleider selbst in Ordnung halten?«

»So ist es, Mrs. le Tor.«

In diesem Augenblick sah es so aus, als wäre das Gespräch beendet, wenn sie es nicht sofort wieder in Gang brächten. Beide lächelten. Major Eele, dem ständig der Beginn der Kinovorstellung durch den Kopf ging, begann die Stufen vor der Haustür hinabzusteigen. Mrs. le Tor schloss sich ihm an.

»In welche Richtung gehen Sie, Major Eele? Anscheinend bin ich vergeblich hergekommen.«

Der Major dachte: Sie will mich begleiten. Es wird peinlich, wenn ich mir mit ihr zusammen *Heiße Stunden* ansehe.

»Ich gehe zum West End«, sagte er.

»Aber teuerster Major, das sind ja acht Meilen.«

»Für das letzte Stück nehme ich im Allgemeinen den Bus.« Es war ihm egal, wie die Frau ihn angeredet hatte. Ihm fiel Mrs. Andrews' Hand auf seinem Kopf ein, wie er aufgewacht war und die Hand dort gelegen hatte, wie Mrs. Andrews gerufen hatte: »Wer ist dieser schlafende Soldat?«

»Was für ein herrlicher Tag«, sagte Mrs. le Tor, und der Major fand, es war an der Zeit, offen und ehrlich zu sein. Er blieb unvermittelt stehen, während sie noch ein, zwei Schritte weiterging. Sie drehte sich um und blickte ihn mit hochgezogenen Augenbrauen an.

»Madam«, sagte Major Eele unumwunden, »ich muss Ihnen sagen, dass ich nicht interessiert bin.«

»Oh«, sagte Mrs. le Tor. »Woran sind Sie denn nicht interessiert?«

»Ich bin nicht an der Sache interessiert, die Sie heute Nachmittag anbieten. Ich bin unterwegs, um mir ein filmisches Kunstwerk anzusehen; meine Zeit ist begrenzt. Entschuldigen Sie mich, Madam, Sie sind nicht mein Typ.«

Mrs. le Tor, die zweimal verheiratet gewesen war und in ihrem Leben schon manchen Rückschlag erlitten und manchen Schrecken bekommen hatte, sah den Mann, der behauptete, Major beim Militär gewesen zu sein, scharf an. Sie fragte sich einen Augenblick lang, ob diese Pension vielleicht eine Irrenanstalt war. Sie hatte zwei Briefe erhalten, einen mit der Aufforderung, einen aus Sumpfeichenholz geschnitzten Esel abzuholen, und danach noch einen völlig unverständlichen. Und jetzt sagte dieser Mann mit seinem Sommerhut, sie sei nicht sein Typ und er sei nicht interessiert.

»Da muss ein Missverständnis vorliegen«, sagte Mrs. le Tor und hatte das Gefühl, dass ihre Worte zu schwach waren, doch ihr fiel nichts ein, was ihre Verwirrung besser ausgedrückt hätte.

»Kein Missverständnis«, rief Major Eele und ging mit schnellen Schritten davon. »Wiedersehen, Mrs. le Tor.«

»Oh, nein, Major, gehen Sie nicht. Sie haben es mir nicht erklärt. Ich finde, Sie sind mir eine Erklärung, irgendeine kurze Erklärung schuldig ...«

»Ich will, dass Sie mich in Ruhe lassen, Madam. Ich will allein sein. Versuchen Sie es heute Nachmittag mal woanders. In der Jubilee Road stehen noch jede Menge andere Häuser. An einem warmen Tag wie heute ...«

Mrs. le Tor hatte jetzt ihre rechte Hand auf Major Eeles

Arm gelegt und hielt ihn zurück. Sie fiel ihm ins Wort, stieß aber bloß unverständliche Laute aus.

»Geben Sie mich frei, Madam«, rief der Major, der diese Formulierung schon seit langem einmal benutzen wollte. »Geben Sie mich frei«, wiederholte er. »Lassen Sie mich in Ruhe.«

Es herrschte strahlender Sonnenschein. Der hellblaue Himmel war wolkenlos. An jenem Nachmittag waren die Schwimmbäder in London überfüllt.

Mrs. le Tor hielt Major Eele an der Jacke fest und sagte erneut etwas. Im starken Sonnenlicht blitzten ihre Zähne dicht vor seinem Gesicht auf. Er hörte ihre Stimme und sah, wie sich ihre leuchtend roten Lippen öffneten und schlossen. Doch er wusste nicht, was sie sagte.

Während er auf dem Gehsteig stand, erschienen vor seinem geistigen Auge entsetzliche Szenen aus seiner schrecklichen Ehe und türmten sich vor ihm auf. Bilder schossen ihm durch den Kopf, und er hatte nicht die Kraft, sie abzuwehren.

In einem Kino, in das er Mrs. Andrews begleitet hatte, hatte sich eine Frau über den Rauch aus seiner Pfeife beklagt. Bei Dickens and Jones hatte man ihn erneut gebeten, seine Pfeife zu löschen, und er war von einer Frau beschimpft worden, die behauptet hatte, er habe mit dem Fuß ihren Strumpf zerrissen. Es hatte zwischen ihnen einen Wortwechsel gegeben, und als Mrs. Andrews aus der Strickwarenabteilung zurückgekehrt war, hatte die Frau mit lauter Stimme Geld gefordert, und die Leute hatten Major Eele angestarrt. Er hatte seine Pfeife wieder angezündet, da er inzwischen vergessen hatte, dass man dort nicht rauchen durfte. »Rauchen verboten«, hatte ein schwarz gekleideter Angestellter gerufen. »Was ist denn passiert?«, hatte Mrs. Andrews gefragt, die damals schon Mrs. Eele gewesen, dem Major aber nie so vorgekommen war: Er betrachtete sie noch immer als Mrs. Andrews und hatte sie noch nie mit dem Vornamen angeredet, obwohl sie ihm erzählt hatte, dass sie Grace hieß. »Was ist los?«, hatte Mrs. Andrews gesagt, der die ganze Szene ein Rätsel war. »Er hat mich getreten«, hatte die Frau mit dem zerrissenen Strumpf gesagt. »Unsinn«, hatte Mrs. Andrews gesagt. »Liebling, gib ihr zehn Shilling.« Aber er war nicht bereit gewesen, der Frau zehn Shilling zu geben, und hatte es empörend gefunden, dass sie ihn beschuldigte, sie getreten zu haben. »Regeln Sie das bitte auf der Straße«, hatte der Angestellte gesagt und alle nach draußen gedrängt, als ob es sich bei dem Vorfall um einen privaten Streit gehandelt hätte, den sie in einem Laden austragen wollten. »Die Strümpfe kosten sechzehn Shilling elf Pence«, hatte die Frau gesagt, und Mrs. Andrews hatte ihr ein Pfund gegeben und auf das Wechselgeld verzichtet. »Pass auf, wo du hintrittst«, hatte sie zu ihrem Mann gesagt, als sie ihn weggeführt hatte. »Ich hasse solche peinlichen Situationen.«

Die Bilder hatten etwas Alptraumhaftes. Bei den geselligen Abenden, die Mrs. Andrews über alles geliebt hatte, hatten einem große Frauen mit Hornbrillen ihre Cocktails über die Kleider gegossen, ohne sich zu entschuldigen. In einem Keller in Chelsea, den Mrs. Andrews als portugiesisches Restaurant bezeichnet hatte, hatte er einen Bissen auf den Fußboden gespuckt. Anschließend hatte er erklärt, in seinem Mund habe sich etwas bewegt. »Du isst nicht gern in Restaurants«, hatte Mrs. Andrews ihm vorgeworfen. »Die Speisekarte hier ist berühmt in ganz London.« Doch Major Eele war unnachgiebig geblieben. »Ich esse nichts, was noch am Leben ist«, hatte er gesagt.

Er war damals erst seit kurzem in London gewesen, und es hatte ihm dort nicht gefallen. Ihm hatten weder der starke Verkehr noch die U-Bahnen gefallen, wo es nach Schweiß stank und die Leute sich Filterzigaretten anzündeten und mit den Ellbogen stießen. Als die Flitterwochen vorbei gewesen waren und er und seine Frau sich getrennt hatten, war er aufs Land zurückgekehrt, doch später, als er in den Ruhestand getreten war, war er wieder nach London gezogen und hatte sich in der Pension eingemietet. Er hatte das Pfeiferauchen aufgegeben und hatte weltstädtische Interessen entwickelt.

»Mein Mann«, hatte Mrs. Andrews gesagt, als sie ihn einem Barkeeper im Berkeley vorgestellt hatte. »Was willst du trinken, Liebling?« »Was war das für ein Zeug, das ich gestern Abend getrunken hab?« »Sherry, Liebling?« Doch er hatte gesagt, es sei kein Sherry gewesen, sondern irgendwas Rotes. Es war eine Diskussion gefolgt, die in gewisser Hinsicht ergebnislos geblieben war, da er ihr hatte klarmachen wollen, dass er den roten Drink nicht noch einmal haben wolle. »Ich hab davon Dünnschiss gekriegt«, hatte er dem Barkeeper erzählt, und Mrs. Andrews hatte lauthals gelacht und im Spaß gesagt, er solle dieses Wort nicht in einer bunt zusammengewürfelten Gesellschaft benutzen.

Es schauderte Major Eele.

»Geht es Ihnen gut?«, fragte Mrs. le Tor. »Es sieht nicht so aus.«

Mrs. Andrews hat sich verkleidet, dachte Major Eele und schaute sie an; und dann fiel ihm ein, dass es Mrs. le Tor, eine hiesige Prostituierte, war.

»Ich hab heute nichts vor«, sagte Major Eele, den die Erinnerung an Mrs. Andrews völlig mitgenommen hatte. Er hatte sie nur aus einem einzigen Trieb heraus geheiratet. »Liebling, ich hab mir gerade erst die Haare frisieren lassen«, hatte Mrs. Andrews nachts immer gesagt. Es schauderte Major Eele.

»Sie haben einen Anfall gehabt«, sagte Mrs. le Tor. »Soll ich Ihnen ein Glas Wasser holen? Das liegt an der Hitze.«

Major Eele schüttelte den Kopf.

»Sollen wir in Ihre nette Pension zurückkehren, damit ich eine Tasse Tee für Sie auftreibe? Nichts ist so gut wie eine Tasse Tee …«

Er konnte sich gegen die Hand auf seinem Arm und die unerbittlich schwatzende Stimme nicht zur Wehr setzen.

»Ich gehe ins Kino. Tut mir Leid, ich hab im Moment nur sehr wenig Geld.«

»Sie armer, lieber Mann. Hier, ich leihe Ihnen ein Pfund. Kommen Sie schon, nehmen Sie das Geld. Sie können es mir zurückzahlen, wenn Sie wieder bei Kasse sind.«

»Ich will Ihr Geld nicht. Warum sollte ich von einer fremden Frau Geld annehmen? Warum drängen Sie mir das alles auf?«

»Ich versuche Ihnen bloß zu helfen, Major Eele.«

»Ich bin auf dem Weg ins Kino. Tut mir Leid, aber ich will keine Hilfe. Ich will weder Ihr Geld noch Ihre Hilfe. Ich bin zur Haustür gekommen und wollte gerade gehen, da haben Sie dagestanden. Sie haben sich an mich gehängt wie eine Klette, obwohl ich klargestellt habe, dass ich Ihre Dienste nicht benötige. Wiedersehen, Mrs. le Tor.«

»Oh, Major Eele, Sie hatten einen Anfall. Hier auf der Straße, und ich habe Sie fest gehalten. Ich versichere Ihnen, Sie sind nicht imstande, acht Meilen zu laufen. Aber wie Sie wollen. Wissen Sie, Sie waren ziemlich unhöflich.«

»Entschuldigung ...«

»Warum haben Sie gesagt, ich hätte mich an Sie gehängt wie eine Klette? Das stimmt doch gar nicht. Ich wollte bloß über einen mir zugesandten Brief sprechen, der sich auf meinen Besuch in Ihrer Pension zu beziehen scheint. Ich bin es nicht gewohnt, anonyme Briefe zu erhalten.«

Sie drückte ihm einen Brief in die Hand, und er betrachtete ihn.

Liebe Mrs. le Tor,
ich muss Ihnen sagen ...

Er las den Brief, und da wurde ihm aus irgendeinem Grund klar, dass Mrs. le Tor eine aufrichtige und ehrbare Frau war. »Großer Gott«, sagte Major Eele laut und dachte an die Worte, die er ihr gegenüber benutzt hatte, daran, wie er sie darauf aufmerksam gemacht hatte, dass er nur wenig Geld habe, und ihr geraten hatte, es mal an den Türen der anderen Häuser in der Straße zu versuchen. Er hatte gesagt, sie habe sich an ihn gehängt wie eine Klette.

»Ich habe von der Pension oder dem toten Mr. Bird vorher noch nie etwas gehört«, sagte Mrs. le Tor. »Und dann bin ich zu Ihnen gekommen, um nach einer Erklärung zu suchen. Und dann dieser andere Brief. Und dann treffe ich Sie, und Sie sind furchtbar unhöflich. Sind Sie der Schuldige, Major Eele? Ist das Ihr Werk?«

»Nein, ich bin nicht der Schuldige, aber ich muss um Entschuldigung bitten: Ich fürchte, es handelt sich bei der ganzen Sache um ein Missverständnis. Ich hab Sie für einen anderen Menschen gehalten. Das ist mir furchtbar peinlich, Mrs. le Tor. Ich kann Ihnen nur einen guten Tag wünschen.«

Der Major fühlte sich nicht wohl. Die Bilder aus seinem Leben mit Mrs. Andrews, die brennende Sonne, die unbarmherzig auf seinen Rücken schien, während er dastand und redete, das Gesicht der Frau mit den glänzenden Zähnen: All das machte ihn verlegen und betrübte ihn zugleich.

»Ich mache mir Sorgen um Sie. Kann ich Sie an so einem Nachmittag acht Meilen in der Sonne laufen lassen? Sie sind kein junger Mann mehr, Major Eele.«

Er hatte lange nach der Trennung von Mrs. Andrews ein Paar Socken entdeckt, das mit dem Namen von Mrs. Andrews' früherem Mann gekennzeichnet war. Es hatte ihn auch da noch gekränkt, dass sie die Socken ungebeten zu seinen Sachen gelegt und gedacht hatte, es würde ihm nicht auffallen.

»Wollen Sie irgendwann mal mit mir Tee trinken?«, fragte er Mrs. le Tor. Seine Worte kamen spontan, aber ganz bewusst, und er stand aufrecht und entschlossen auf dem Gehsteig. »Irgendwann nächste Woche.« Und er nannte den Namen einer Teestube, die ganz in der Nähe an einer großen Straße lag.

»Nun, das ist nett ...«

»Ich kann Sie heute nicht zum Tee einladen, da ich schon

etwas anderes vorhabe. Aber es wäre eine große Ehre für mich, wenn Sie mir nächste Woche Gesellschaft leisten würden. Ich würde mich sehr freuen. Dann können wir über die Briefe sprechen. Ich bin mir sicher, dass wir eine Erklärung finden.«

Sie sieht besser aus als Mrs. Andrews, dachte er; sie hat einen stärkeren Knochenbau und kräftigere Waden.

Er hat mich zum Tee eingeladen, weil ich gesagt habe, er sei kein junger Mann mehr, dachte Mrs. le Tor: wie reizend!

»Also abgemacht«, sagte Major Eele und machte sich insgeheim Komplimente für seine ausgesuchte Höflichkeit. Die würde mir ziemlich gefallen, dachte er, mehr als die Andrews damals.

»Wie nett«, murmelte Mrs. le Tor.

Sie trafen eine Verabredung und trennten sich, und Major Eele versicherte mehrmals, er sei bei guter Gesundheit und habe noch nie in seinem Leben einen Anfall gehabt.

Ein bisschen schäkern, dachte Major Eele gut gelaunt: kein Grund, in irgendwas hineingezogen zu werden, kein Grund für Hochzeitsglocken. Ihm fielen wieder die Socken ein, die einmal Mr. Andrews gehört hatten; ihm fiel der Moment ein, als er die Socken aus der Schublade genommen, sie auseinander gezogen und das Wäschezeichen bemerkt hatte. Er konnte vor sich sehen, wie sie sie zufällig irgendwo in ihrer Wohnung gefunden und zu seinen Sachen gelegt hatte, da sie glaubte, es würde ihn nicht stören.

»Junge, Junge«, sagte Major Eele, als er die Jubilee Road entlangging, »was für eine Frau.« In der letzten Nacht, der zehnten, hatte er geglaubt, sie habe einen Anschlag auf sein Leben verübt. Sie hatte nur selten gekocht, doch an jenem Abend hatte sie ihm, obwohl er zu Hause essen wollte, etwas zubereitet, das sie in einer Dose entdeckt hatte, die, wie sie später zugab, von den Vormietern in der Wohnung zurückgelassen worden war. Kurz nach Mitternacht war er mit Magenschmerzen aufgewacht. Er hatte versucht, Mrs. Andrews zu wecken, um ihr davon zu erzählen, doch nachdem sie ihm bereits erklärt hatte, dass ihr Haar frisch frisiert war, hatte sie ihn mit einem Ausdruck zurückgewiesen, den er noch nicht gekannt hatte. Er hatte im Dunkeln gelegen und überlegt; und dann, um drei Uhr morgens, hatte er sich aufgesetzt und das Licht angeschaltet. Er hatte seine Pfeife gestopft und dann mehrere Streichhölzer anzünden müssen, bis sie gebrannt hatte. »Was ist denn hier los?«, hatte Mrs. Andrews gefragt, nachdem sie von dem Gestank erwacht war und das Laken unter sich abgetastet hatte. »Um Gottes willen, das Bett ist voll abgebrannter Streichhölzer.« Er hatte erklärt, er habe Magenschmerzen und habe gedacht, es würde ihm gut tun, eine Pfeife zu rauchen. »Eine Pfeife? Um Gottes willen, sieh dir doch bloß mein Laken an.« Es war ein frühmorgendlicher Streit gefolgt, in dessen Verlauf ihm Mrs. Andrews zu seinem Schrecken gestanden hatte, dass das Essen, das sie ihm am vorhergehenden Abend vorgesetzt hatte, in Wirklichkeit Katzenfutter gewesen sei. Er war vom Bett aufgesprungen, hatte seine Kleider angezogen und später die Wohnung für immer verlassen.

Major Eele ging langsam, obwohl er wusste, dass er dann umso früher einen Bus nehmen musste. In der Ferne hörte er aus einer Gegend, in der mehr Autos, Lastwagen und Busse fuhren, den Lärm des Verkehrs. Dort, wo er ging, war es still; aus den offenen Fenstern der Häuser drang kein Laut: Die Kinder hielten Mittagsschlaf, die Mütter ruhten sich aus. Nur in ein Haus in der Jubilee Road kam jemand: ein Mann, der seine Geliebte besuchte. Er schloss lautlos die Haustür auf, und als die beiden sich trafen, flüsterten sie nur miteinander, denn es war ein totenstiller Nachmittag, an dem nur Major Eele unterwegs war.

In seinen *Notizen über die Bewohner* hatte Mr. Bird geschrieben:

Major Eele (69) kam erst vor sieben Jahren her. Er hatte das Pech, eine Ehe mit einer ein paarundvierzig Jahre alten Frau einzugehen, eine Ehe, aus der er mir manche Anekdote erzählt hat. Er unterhält sich gern, doch wie die meisten Leute hier nimmt er es mit der Wahrheit nicht allzu genau. Doch das geht mir selbst auch nicht anders: Ungenauigkeit ist wohl charakteristisch für uns, und ich nehme dem alten Major seine kleinen Ausschmückungen nicht übel. Major Eele hat sich nachmittags oft mit mir unterhalten und mich als einen Mann von Welt bezeichnet. Daraus folgere ich, dass er auf der Suche nach Informationen ist. Ich habe dem Major praktischen Anschauungsunterricht erteilt und hoffe, dass er mich in Zukunft in Ruhe lässt, da ich es ganz und gar nicht leiden kann, wenn jemand ständig an meine Tür kommt, auch wenn ich immer sage, dass es mir nichts ausmacht. Ich würde den Major nur ungern bitten, sich eine andere Bleibe zu suchen.

»Ich würde gern mit Mrs. le Tor am Arm in die Bar im Berkeley gehen und nach Mrs. Andrews Ausschau halten.« Das sprach er laut aus, und bei dem Gedanken musste er lachen: wie er jetzt, zehn Jahre später, ganz kultiviert zur Theke gehen, zwei Camparis bestellen und sie zu dem kleinen Tisch bringen würde, wo Mrs. le Tor ihn schon mit einem Lächeln erwarten würde. Er dachte, dass sie eine kluge Frau war, wesentlich klüger als Mrs. Andrews. Mrs. Andrews würde auf einem hohen Barhocker an der Theke sitzen, wo sich außer dem Barkeeper niemand mit ihr unterhalten würde, und eine weiße Perlzwiebel essen. »Lieber Himmel«, würde er Mrs. le Tor zuflüstern, »sehen Sie die Frau da drüben, die mit den dünnen Waden? Wissen Sie, wer das ist? Das ist Mrs. Andrews, meine frühere Frau.« Major Eele blieb stehen, um sich die Szene in allen Einzelheiten auszumalen. »Na so was, meine liebe Mrs. Andrews, Ihnen hier über den Weg zu laufen.« Auch das sprach er laut aus, doch niemand hörte es, denn in der Hitze des Tages war der Gehsteig immer noch menschenleer.

10

An bestimmten Tagen schlichen die Lieferwagen der großen Kaufhäuser durch den Stadtteil SW17 und stellten den Leuten alles zu, was man sich erhoffen konnte: die grünen Lieferwagen von Selfridge's, die gestreiften von Barker's und Harrod's, das ein auffälliges Wappen hatte und königlicher Hoflieferant war. Sie hatten verschiedene Fleischsorten und Kleider, Lebensmittel, Möbel, Haushaltswaren und Kurzwaren dabei. Es war ein besonderer Lieferdienst für treue Kunden oder für die älteren Familien des Viertels, und außerdem brachten sie bestimmte Dosen mit Pfeifentabak, bestimmte Teemischungen und bereits geschlachtete Farmhofhühner. Die Fahrer der Lieferwagen kannten sich in dem Stadtteil aus und genossen es, da sie es interessant fanden, sich an einem Ort auszukennen und sich von Woche zu Woche an bestimmte Einzelheiten zu erinnern. Sie wussten, wo sie ihre Pakete abstellen mussten, wenn niemand zu Hause war: hinter dem Haus, wie man es vor ungefähr einem Jahr festgelegt und seither zur Regel gemacht hatte, auf der Fensterbank eines Kellerfensters oder in einem Gartenschuppen. Die Fahrer konnten einem das eine oder andere erzählen, doch das würden sie wahrscheinlich nie tun. Sie behielten ihr Wissen für sich, da es keinen anderen etwas anging.

Auf den ruhigen Straßen wurden tagtäglich Fahrstunden gegeben. Die Fahrer der Lieferwagen kannten die Fahrlehrer vom Sehen und beneideten sie nicht um ihre Aufgabe. Sie sahen die Autos mit den Fahrschulschildern und den Adressen der Fahrschulen holpernd von den Boulevards auf die Alleen und aus den Gassen auf die halbkreisförmigen Straßen fahren. Oft blieben sie kurz stehen, wenn sie ihre Waren an einer Tür abgeliefert hatten, und beobachteten, wie jemand übte, den Rückwärtsgang einzulegen, oder wie ein Wagen rückwärts um eine Kurve fuhr und die Reifen an der Bordsteinkante entlangschleiften.

Bis zu seinem Tod hatte Mr. Bird jeden Morgen um elf Uhr die Tür der Pension hinter sich zugeschlagen und war zu einem einstündigen Spaziergang in der Nachbarschaft aufgebrochen. Für die Fahrlehrer und die Lieferwagenfahrer war er eine vertraute Gestalt geworden, jemand, der mit seinem Stock allein spazieren ging und wegen seiner Größe und seines verkrüppelten Fußes nur langsam vorankam. Oft hatten sie ihm zugewinkt, und ebenso oft hatte er zurückgewinkt. »Der Besitzer einer Pension. Jubilee Road 2.« Oft hatte das ein Fahrlehrer dem anderen mitgeteilt. Die Männer, die die Mülltonnen leerten, hatten ihm einen guten Tag gewünscht, wenn er vorbeigegangen war, hatten ihn ohne großen Respekt, aber auch ohne Feindseligkeit angesprochen. Und die Brüder von St. Dominic's hatten ihn angelächelt und waren im Gegenzug mit einer besonderen Handbewegung bedacht worden, die allein der Geistlichkeit vorbehalten war.

Mr. Bird hatte die Haustiere der ganzen Gegend kennen gelernt, die Hunde und Katzen der Jubilee Road und Peterloo Avenue, der Mantel Lane, der Crimea Road und des Lisbon Drive und vieler anderer Orte. Er hatte die Tiere vom Sehen gekannt und war oft stehen geblieben, um sie zu streicheln, obwohl er kein Tierfreund gewesen war und selbst nie ein Haustier gehabt hatte. Er hatte gewusst, hinter welchen Fenstern sich ein Aquarium mit Goldfischen oder ein Käfig mit Vögeln, hinter welchem sich Kanarienvögel, Wellensittiche oder der Papagei befanden, der behauptete, sein Name sei Hamish. Gern hatte er die Brauereipferde betrachtet; überflüssig im Maschinenzeitalter, hatte er gedacht, aber schön anzusehen: eine Art Reklametrick. Vor dem Tor des Hauses Nr. 14 in der Jubilee Road war eine Sammelbüchse in der Form eines großen Hundes aufgestellt, mit dem Schild des Tierschutzvereins, auf dem um Spenden gebeten wurde. Mr. Bird hatte nie etwas hineingeworfen und sich immer gefragt, ob schon einmal jemand anders etwas gespendet hatte. Oft hatte er gedacht, dass eine Vorstadtstraße kein günstiger Platz für einen bettelnden künstlichen Hund war.

Morgens, wenn Mr. Bird seinen Spaziergang gemacht hatte, war es in der Jubilee Road am stillsten. In der Frühe, wenn die Leute zur Arbeit gingen und Fahrräder und ein paar Autos fuhren, herrschte ein bisschen Leben. Dann polierten Frauen das Messing an den Haustüren, und vielleicht fegte irgendjemand die Stufen; Vorhänge wurden zurückgezogen und Springrollos mit einem frühmorgendlichen Schnarren hochgelassen. Doch um elf Uhr war all das vorbei. Am Himmel dröhnten Düsenflugzeuge, doch ansonsten war es in der Jubilee Road ruhig und friedlich; außer dienstags, wenn die Müllmänner herumbrüllten und mit den Tonnen klapperten, aber das war später am Morgen, schon kurz vor Mittag.

Manchmal hatten ihm Frauen mit Kinderwagen oder Einkaufskörben zugenickt, wenn sie ihm begegnet waren; die Kinder hatten so laut auf sein Hinken oder seinen langsamen Gang hingewiesen, dass selbst Mr. Bird es hören konnte, und dann hatten ihn die Mütter in der Hoffnung, dass er es verstehen würde, entschuldigend angelächelt. Ein paar von den Frauen hatten seinen Namen gekannt und ihn angesprochen, hatten eine Bemerkung über das Wetter, den Lärm der Düsenflugzeuge oder über einen Verkehrsunfall gemacht.

Major Eele, Studdy und Schwester Clock, die drei Bewohner, die morgens regelmäßig unterwegs waren, waren ihm ab und zu begegnet, wenn er spazieren gegangen oder aus dem Laden gekommen war, wo er sich immer eine Rolle Rowntrees Fruchtgummis, seine Lieblingsbonbons, gekauft hatte. Schwester Clock saß immer reglos im Sattel, während ihr Fahrrad durch die Straßen rollte, nur ihre Lippen bewegten sich und murmelten die Verse eines Kirchenlieds. Sie hatte den Hilfsmotor auf Mr. Birds Vorschlag montieren lassen, denn er hatte oft gesehen, wie sie gegen den Wind angekämpft oder sich einen langen Anstieg hinaufgequält hatte. Es hatte ihm gefallen, das vertraute Geräusch des Zweitakters zu hören, und gelegentlich hatte er sich danach erkundigt und sie darin erinnert, dass sie den Motor ab und zu ölen müsse.

Nach Mr. Birds Tod hatte sich auch Studdy angewöhnt, morgens einen Spaziergang zu machen, hatte die Tür um elf Uhr zugeschlagen und sich den Mantel zugeknöpft und den Gürtel umgeschnallt, während er die Jubilee Road entlanggegangen war. Studdy war von Natur aus kein großer Arbeiter, und es gefiel ihm gut, in Mr. Birds Rolle zu schlüpfen und sich zu festgesetzter Stunde in aller Ruhe hinauszuwagen, die Müllmänner und die Lieferwagenfahrer zu grüßen, ein paar Worte mit den Brüdern von St. Dominic's zu wechseln und sich mit den Haustieren in der Gegend vertraut zu machen. Im Lauf der Zeit spazierte Studdy wie ein König durch die Straßen und Alleen, blickte verstohlen nach den Fenstern und merkte sich alles. Er spürte, dass er die Gegend so gut kennen lernen konnte wie Mr. Bird, was solchen Menschen vorbehalten blieb, die an den Häusern interessiert waren, die gern beobachteten und neugierig waren.

Doch nach seiner Auseinandersetzung mit dem Mann in Mrs. Rushs Morris Minor verzichtete Studdy ein paar Tage lang auf seinen Spaziergang und ließ sich auch nicht in den Gemeinschaftsräumen der Pension blicken. Schwester Clock gab ihm Kodein und warnte ihn, dass sein Gesicht heftig schmerzen werde, wenn er das Medikament nicht regelmäßig nehme. »Ein bisschen Ruhe kann nicht schaden«, verkündete Schwester Clock und nahm sein Handgelenk, um den Puls zu fühlen, und ihm fiel die Stecknadel in seinem Revers wieder ein.

Studdy lag auf seinem Bett und tat gar nichts. Es war das erste Mal, dass so etwas passiert war, dass ein Unternehmen so schief gegangen war. Er begriff, dass er in Zukunft vorsichtiger sein musste, obwohl er nicht glaubte, unüberlegt gehandelt zu haben. Er fand es ziemlich raffiniert, die Frau zu fragen, ob sie Probleme mit ihrem Wagen habe, als ob er ihr helfen wollte, und dann zur Sache zu kommen. In Zukunft würde er aufpassen müssen, dass keine Männer da waren, die sich in Autos versteckten oder in der Nähe herumlungerten.

In letzter Zeit hatte Studdy Miss Clerricot beobachtet, und er bedauerte die Unterbrechung, diese drei Tage, in denen er sich in seinem Zimmer versteckte. Seit dem Abend, an dem Major Eele ihm mitgeteilt hatte, sie sei völlig aufgeregt gewesen, als Mrs. le Tor im Fernsehzimmer erschienen sei, hatte Miss Clerricot zunehmend sein Interesse erregt. Schon vor seinem Missgeschick hatte er begonnen, sie genau zu beobachten, und er hatte den Eindruck, dass ihre Augen eine neue Lebhaftigkeit ausstrahlten. »Diese Frau führt was im Schilde«, sagte sich Studdy, und an dem Tag, als er sich zum ersten Mal wieder in der Öffentlichkeit blicken ließ, folgte er ihr zu ihrem Arbeitsplatz.

Studdy war es gewohnt, Leute zu verfolgen. Oft fiel ihm auf der Straße ein Mann oder eine Frau mit schuldbewusstem Blick auf, und dann folgte er der verdächtigen Person ungefähr eine Stunde lang in Läden oder Busse und manchmal sogar bis in eine ferne Vorstadt. Einmal war er einem Mann gefolgt, der dicht an den Schaufenstern entlangschlich, hinter Briefkästen hervorspähte und abwechselnd schnell und langsam ging. Dieser Mann war, wie sich herausgestellt hatte, einem anderen Mann gefolgt, und am Ende hatten die drei in einem Aktualitätenkino nebeneinander gesessen.

Miss Clerricot betrat ein großes Gebäude, und Studdy blieb draußen stehen. Er stand eine Weile herum und beobachtete, wie andere Angestellte eintrafen. Ein paar von ihnen starrten ihn an, da er für einen heißen Augusttag auffällig gekleidet war: Er trug einen Mantel mit hochgeschlagenem Kragen, einen Hut und einen Schal, der einen Teil seines Kinns verdeckte. Er schaute ständig auf seine Armbanduhr, als würde er auf jemanden warten, und nach ein paar Minuten ging er in einem nahe gelegenen Café eine Tasse Tee trinken. Er bezahlte mit einem Zwei-Shilling-Stück und behauptete dann, es wäre eine Halbkronenmünze gewesen. Am Ende bezahlte er für die Tasse Tee, die sieben Pence kostete, nur einen Penny. »Tut mir Leid«, sagte er beim Gehen, doch das Mädchen hinter der Theke sagte, keine Ursache, es sei ihr Fehler gewesen. Sie schien so von ihrem Irrtum überzeugt zu sein und lächelte so freundlich, dass er einen Augenblick lang überlegte, ob er den Trick nicht noch einmal ausprobieren sollte. Doch er begnügte sich damit, die hohe Qualität des Tees zu loben, und fügte hinzu, er werde bestimmt wieder kommen. »Das freut uns«, sagte das Mädchen, und Studdy verließ das Café.

Er ging eine Weile spazieren und überlegte sich einen Schlachtplan. Um halb zwölf ging er zum Empfang des Gebäudes, das Miss Clerricot betreten hatte. »Arbeitet hier eine gewisse Miss Clerricot?«, fragte er mit gedämpfter Stimme, für den Fall, dass die Frau plötzlich auftauchen sollte.

»Ja, Sir«, sagte die Empfangsdame ohne Zögern. »Haben Sie einen Termin?«

»Nein, nein. Nein, ich will sie heute nicht sprechen; ich wollte bloß sehen, wo sie arbeitet.«

»Kann ich Ihnen helfen, Sir?«

»Ach nein. Es handelt sich bloß um eine kleine Überraschung, die wir für Miss Clerricots Geburtstag vorbereiten. Verstehen Sie, was ich meine?«

Die Empfangsdame zog die dunklen Augenbrauen hoch und hörte auf zu lächeln. Sie sagte, sie wisse nicht, was Studdy meine.

»Miss Clerricot verlässt doch in der Mittagspause das Gebäude, oder?«

»Warum sollte sie nicht?«

»Keine Ahnung, gnädige Frau ...«

»Entschuldigung, Sir, wenn Sie Miss Clerricot sehen oder sprechen wollen, kann ich anrufen. Ansonsten ...«

»Ach nein. Nein, es handelt sich um eine kleine Überraschung, die wir alle zusammen für Miss Clerricots Geburtstag besorgt haben. Verstehen Sie, ich bin bloß hergekommen, um die Lage zu peilen. An dem großen Tag werden wir alle draußen vor dem Eingang auf sie warten. In zwei Taxis ...«

»Da wird sich Miss Clerricot freuen. Also, Sir ...«

Studdy legte die geöffnete Hand blitzschnell an die Stirn und salutierte. Den Rest des Morgens verbrachte er damit, von der gegenüberliegenden Straßenseite den Eingang zu beobachten.

Um ein Uhr erschien Miss Clerricot in Begleitung eines Mannes in fortgeschrittenem mittleren Alter. Der Mann winkte ein Taxi herbei. Studdy, der ihnen nur hätte folgen können, wenn er selbst ein Taxi genommen hätte, beobachtete, wie sie davonfuhren, und notierte sich unwillkürlich die Nummer. Er überquerte die Straße und erkundigte sich bei der Empfangsdame, ob Miss Clerricot das Gebäude schon verlassen habe. »Ich dachte, ich hätte sie gesehen«, erklärte er, »aber ich war mir nicht ganz sicher. Ich hab dem Taxi nachgerufen. War der Mann bei ihr nicht Sir John?«

»Sir John?«

»Der Herr, der Miss Clerricot begleitet hat. Ich hab gedacht, er sieht aus wie Sir John.«

»Tut mir Leid, Sir, ich kenne keinen Sir John.«

»Ach nein, das behaupte ich doch gar nicht. Nur dass der Herr, der Miss Clerricot begleitet hat ...«

»Das war Mr. Sellwood, Sir.«

»Sellwood. Mr. Sellwood. Ach, natürlich. Auf Wiedersehen.«

Studdy eilte davon.

»Die Pearl Assurance Company«, sagte Mr. Sellwood, »hat Filialen im ganzen Land, und doch ist ihre Organisation völlig unkompliziert und effizient.«

Miss Clerricot dachte darüber nach, fand es aber schwierig, etwas zu erwidern. Schließlich sagte sie:

»Aha.«

»Also, was wollen Sie essen? Minestrone, Huhn nach Art des Hauses? Ich werde Fisch nehmen. Mit frischen Erbsen und neuen Kartoffeln. Ja, ich glaube, das reicht. Was wollen Sie, Miss Clerricot? Das Huhn? So, das wäre erledigt. Melone? Gut. Oh, bei der Pearl weiß man genau, was man tut.«

Einen Augenblick lang herrschte Schweigen. Mr. Sellwood rechnete im Kopf etwas aus. Miss Clerricot hatte zwölf Jahre lang immer wieder gesehen, wie er solche Berechnungen anstellte. Sie beobachtete, wie er bei der Endsumme anlangte.

»Wissen Sie, wie die Pearl Assurance Company funktioniert?«, fragte Mr. Sellwood.

»Sie meinen, wie sie ihre Policen plant und über Prämien entscheidet?«

Mr. Sellwood stach mit seiner Gabel tief in eine Melonenscheibe.

»Über Prämien entscheidet? Ich glaube, Sie wissen, dass das ein Geheimnis ist. Ja, ich glaube eher, dass sie sich da nicht in die Karten gucken lassen. So ist das in der Geschäftswelt, verstehen Sie? Man darf seine Geheimnisse nicht verraten. Geschäfte sind darauf aufgebaut, dass der andere nicht Bescheid weiß. Verstehen Sie?«

Miss Clerricot dachte an sein Leben in Sevenoaks, versuchte es sich auszumalen, sah ihn im Wohnzimmer in einem Sessel sitzen, während seine Frau im selben Zimmer eine Tischdecke nähte und seine beiden Söhne Jugendzeitschriften lasen. Sie fragte sich, worüber sich die Familie unterhielt: was Mrs. Sellwood zu Mr. Sellwood sagte, was die Jungen sagten und was für Interessen sie hatten. Sie fragte sich, ob sich die Gespräche je um die Pearl Assurance Company drehten.

»Ja«, sagte sie, »ich kann Ihnen folgen.«

»Die freie Wirtschaft gleicht einem militärischen Feldzug.«

Sie stellte sich die beiden Jungen vor, vor vielen Jahren, als sie noch klein waren und Geschichten darüber zu hören bekamen, dass die freie Wirtschaft militärischen Feldzügen gleiche. Lloyd's und Barclay's, die Westminster und die Midland und die National Provincial. Vor kurzem hatte sie irgendwo gelesen, dass der Sportverein der National Provincial sich bei einem Wettrudern gut geschlagen hatte. Vielleicht konnten die Jungen dazu etwas sagen: Vielleicht waren sie am Rudersport interessiert und hatten den Sieg der National Provincial verfolgt. Sie begann, sich Sorgen über die Jungen zu machen: Was, wenn sie am Rudern kein Interesse hatten, was dann? Wie würden sie sich die ganzen Jahre draußen in Sevenoaks mit ihrem Vater die Zeit vertreiben? Wie konnte sich zwischen ihnen eine gute Beziehung entwickeln?

»Die Pearl Assurance Company«, sagte Mr. Sellwood, »hat in allen größeren Provinzstädten im Land Filialen. Die Gesellschaft ist überall vertreten.« Er hielt kurz inne und redete dann weiter: »Ich muss nächste Woche nach Leeds fahren. Vielleicht hätten Sie Lust mitzukommen? Das Essen in Leeds ist hervorragend; es gibt dort eine gute regionale Küche. Was meinen Sie, Miss Clerricot?«

Sie wusste nicht, was sie sagen sollte. Sie spürte, wie sich eine Stimme in ihrem Kopf bemühte, die Oberhand zu gewinnen, wie sie ihr heiser zuflüsterte, dass es dumm war, über den Vorschlag nachzudenken, auch nur hier zu sein und mit ihrem Chef zu Mittag zu essen. Es war die tote, schwermütige Stimme von Mr. Bird, die ihr befahl, nein zu sagen, und Verse von Pope zitierte.

»Oh, aber«, sagte Miss Clerricot, hielt dann aber inne und hoffte, dass jemand sie unterbrechen würde. Doch Mr. Sellwood aß seine Forelle und verzog das Gesicht, während er das Fleisch von den Gräten löste. Deshalb aß auch sie von ihrem Huhn und ließ den unvollendeten Satz kraftlos in der Schwebe.

»Ich könnte Sie in Leeds gut gebrauchen«, sagte Mr. Sellwood, dem eine Gräte zwischen den Zähnen steckte. Er ließ ein nervöses Lachen hören, das sie an Venables erinnerte. Miss Clerricot dachte, dass es nicht fair war, das Gelächter mit seinem Vorschlag in Verbindung zu bringen. Sie ging davon aus, dass er nicht über den Gedanken lachte, dass er sie in Leeds gut gebrauchen konnte. Später, beim Kaffee, sagte er noch einmal:

»Miss Clerricot, ich glaube wirklich, dass ich Sie in Leeds gut gebrauchen könnte.«

Miss Clerricot überließ sich ihren Gedanken. Sie fragte sich: Was meint er mit »gut gebrauchen können«? Er bat sie, ein oder zwei Nächte mit ihm in Leeds zu verbringen. Sie wusste nicht, was Mr. Sellwood durch den Kopf ging, doch sie wusste oder ahnte, woran er unbewusst dachte. Das war unmöglich; sie konnte es nicht zulassen. Sie könnte einer Frau und einer Familie nicht den Mann wegnehmen: Das lag ihr nicht. Doch Mr. Sellwood hatte den Vorschlag gemacht: Er hatte eine Einladung ausgesprochen, und sie hatte in ihrem ganzen Leben noch nie eine so geschickt formulierte Einladung bekommen.

»Ich habe mich mit dem Thema beschäftigt«, hatte Mr. Bird gesagt. »Ich weiß, was ich tue. Man kann das kritisieren, das gebe ich zu, aber zumindest bin ich völlig ehrlich.« Mr. Bird hatte gesagt, er habe sich mit dem Thema Einsamkeit beschäftigt, er habe sich Menschen angesehen, die aus dem einen oder anderen Grund einsam seien, so wie man ein Objekt oder ein Insekt unter dem Mikroskop betrachtet. Die Erinnerung an Mr. Bird war in jenem Augenblick schmerzlich, und die Worte, die er in ihren Gedanken aussprach, waren unwillkommen, denn sie waren in ihrer Weisheit grausam.

»Ich war noch nie in Leeds«, sagte Miss Clerricot.

»Dann müssen Sie nächste Woche mitkommen. Wir können im Zug arbeiten.«

»Ja«, sagte Miss Clerricot.

»Sie haben sich vor die Tür gewagt?«, erkundigte sich Schwester Clock lächelnd. »Sie fühlen sich wieder gut, Mr. Studdy?«

Studdy erwiderte, er habe sich noch nie besser gefühlt.

»Ich hatte einen erfolgreichen Tag«, erzählte Schwester Clock redselig. »Nach meinen Krankenbesuchen habe ich Mr. Birds Zimmer aufgeräumt.«

Studdy, der mit den Fingern über seine verletzte Wange gestrichen hatte, hielt inne. »Aufgeräumt«, sagte er.

»Schuhe und Kleider für Flüchtlinge, alte Zeitschriften, Hosenpressen – so einen Haufen Sachen haben Sie noch nie gesehen. Gallelty und ich haben uns Tücher um die Haare gebunden und alles gründlich sauber gemacht.«

Mr. Bird hatte zwei Anzüge besessen, die Studdy unbedingt haben wollte; zwei gestreifte Kammgarnanzüge und mehrere Paar Schuhe in ausgezeichnetem Zustand. Er hatte sie zu seinen Lebzeiten oft an ihm gesehen, und später waren sie ihm wieder eingefallen. Sie würden Studdy nicht passen, und er hätte sie auch schlecht in der Pension tragen können, doch er wusste, wo er so etwas für eine angemessene Summe verkaufen konnte. Er blieb ruhig und sagte:

»Sie haben die ganzen alten Sachen auf einen Haufen gelegt, oder? Ich kann Ihnen einen Handwagen leihen, mit dem Sie alles wegbringen können. Sie haben doch nichts verbrannt? Ein paar von den alten Zeitschriften könnten durchaus interessant sein.«

»Die Zeitschriften gehen an Krankenhäuser, Mr. Studdy. Ich habe alles organisiert. Mrs. Trine kommt heute Abend wegen der Kleider vorbei.«

Studdy nickte. Er fingerte an der Spitze seines Revers herum und sagte:

»Eine ehrbare Frau, diese Mrs. Trine. Entschuldigen Sie mich jetzt bitte, Schwester.«

Es war fünf Uhr. In der Pension befanden sich nur Schwester Clock, Studdy und die beiden Frauen in der Küche. Studdy stieg die Treppe hinauf und betrat die Dachkammer des verstorbenen Mr. Bird. Das Bett war voller Kleider: Anzüge und Socken, Krawatten, Hemden, Unterwäsche. Auf dem Fußboden lagen gebündelte Zeitschriften. Als Studdy all das sah, fluchte er unflätig. Er zündete sich eine Zigarette an, um sich zu beruhigen. Zwischen den Seiten eines alten Exemplars von *Rund um die Welt*, das an ein Krankenhaus gehen sollte, lagen Mr. Birds *Notizen über die Bewohner*.

Studdy suchte die Anzüge heraus, auf die er es abgesehen hatte, und sah sich nach den Schuhen um. Er fand sie, alle mit Schuhspannern versehen, in einem großen Pappkarton. Er klemmte sich drei Paar unter den Arm, nahm zwei Anzüge mitsamt den Kleiderbügeln, mehrere Paar Socken und vier Hemden. Dann ging er vorsichtig in sein Zimmer.

Er wickelte die Kleider in Zeitungspapier ein und stopfte sie hinten in seinen Kleiderschrank. Die Schuhe stellte er in eine Schublade seiner Frisierkommode. Dann legte er sich einen Augenblick lang aufs Bett und überlegte, was er stattdessen auf den Kleiderhaufen in Mr. Birds Zimmer legen sollte. Er brauchte vierzehn Minuten, um auf eine brauchbare Lösung zu kommen.

Studdy fand schon immer, dass Mr. Scribbin jede Menge Kleider besaß. Er war sich sicher, dass Schwester Clock keine Liste der Sachen angelegt hatte: Er brauchte bloß ein paar Hemden und einen Anzug von Mr. Scribbin dazuzulegen, um den Eindruck zu erwecken, dass niemand den Haufen auf Mr. Birds Bett angerührt hatte.

Das Zimmer von Mr. Scribbin lag auf derselben Etage wie das von Studdy. Mit leisen Schritten durchquerte er den Flur. Er klopfte für den Fall, dass der Mann in seinem Zimmer war, erhielt aber keine Antwort. Er drehte den Türgriff und trat ein. Es war ein ordentliches Zimmer. Das große Grammophon stand nah am Fenster, und die Schallplatten waren zu beiden Seiten in Regalen aufgereiht. An den Wänden hingen viele ungerahmte Fotos von Lokomotiven. Studdy war noch nie in diesem Zimmer gewesen; er fand es interessant, doch er war auf seine Aufgabe konzentriert und begab sich sofort zum Kleiderschrank.

Er entschied sich für einen langen blauen Anzug mit weißen Streifen, der aussah, als müsste er an manchen Stellen geflickt werden. Studdy fragte sich, ob Mrs. Trine sich um so etwas kümmerte, bevor sie die Kleider an die Flüchtlinge weitergab. Er wählte zwei Hemden aus und schlüpfte danach in Venables' Zimmer, um noch ein Paar Socken und drei Krawatten zu holen. Er brauchte nicht einmal eine Minute, um alles in Mr. Birds Zimmer zu bringen und sich ein paar Zeitschriften zu nehmen. Dann streckte er sich auf seinem Bett aus und las eine Kinozeitschrift, die im Februar 1937 erschienen war.

11

»Ich bin am Dienstagabend nicht da«, sagte Miss Clerricot. »Am Mittwoch vielleicht auch nicht. Ich fahre geschäftlich nach Leeds.«

Studdys geschultes Ohr schnappte die Worte auf, und seine grauen Zellen begannen sofort zu arbeiten. »Leeds, soso«, murmelte er vor sich hin.

»Na, das ist mal eine schöne Abwechslung für Sie«, hörte er Schwester Clock sagen, und dann hustete er und stieg die Treppe hinab.

»Miss Clerricot fährt am Dienstag nach Leeds«, sagte Schwester Clock. »Das wird bestimmt eine schöne Abwechslung für sie.«

Studdy lächelte träge. »Eine schöne Stadt«, sagte er. »Besser als manche andere. Viel Spaß, Miss Clerricot.«

Er sah, dass Miss Clerricots Gesicht knallrot geworden war.

»Ich war noch nie in Leeds«, sagte sie, griff nach dem Treppengeländer und ging rasch nach oben.

Aus dem Fernsehzimmer drangen laute Stimmen und das gelegentliche Kichern Major Eeles. Die Tür stand halb offen: Studdy konnte sehen, dass Mr. Obd in Hemdsärmeln dasaß und Rose Cave aus einem Knäuel grauer Wolle etwas Rechteckiges strickte.

»Ein schönes Creme vom Fußboden bis zur Decke«, sagte Schwester Clock.

Studdy blickte nicht mehr auf die halb offene Tür des Fernsehzimmers; er fuhr mit dem Daumennagel seiner rechten Hand unter einen Fingernagel seiner linken. Er entfernte einen kleinen Schmutzkeil, der sich unter dem Daumennagel festsetzte. Von dort schabte er ihn mit dem kleinen Finger seiner rechten Hand.

»Ein schönes Creme«, sagte Schwester Clock noch einmal und beobachtete, wie der Schmutz von einem Finger zum anderen wanderte.

»Creme?«, fragte Studdy.

»Ich will sagen, dass wir das Haus herrichten lassen, es in einer schönen, klaren Farbe streichen lassen sollten. Verstehen Sie?«

»Aber das kostet doch ein Vermögen. Klar, das alte Haus...«

»Na, na, Mr. Studdy.«

»Ah, es ist mir eine Freude, Ihnen auf halbem Weg entgegenzukommen. Ich bin ein zuvorkommender Mensch, Schwester Clock. Aber haben wir für so was auch genug Geld in der Kasse? Ich meine, wir sollten jetzt vorsichtig sein. Es bringt doch nichts, den zweiten Schritt vor dem ersten zu tun.«

»Wir haben jetzt ein freies Zimmer, Mr. Studdy.«

»Das müssen wir uns durch den Kopf gehen lassen.«

»Wir brennen dort morgen eine Kerze ab; das tut man, wenn jemand gestorben ist; eine Räucherkerze, damit die Luft gereinigt wird. Danach kann eine Putzfrau das Zimmer sauber machen. Im Nu ist es wieder eine gemütliche kleine Kammer.«

»Nach der ganzen Mühe, die Sie sich machen, könnten wir etwas mehr Geld verlangen. Es ist doch nur gerecht, es zu einem Preis zu vermieten, der die Kosten für die Kerzen und alles abdeckt.«

»Um ehrlich zu sein, ich habe gedacht, wir könnten es an irgendeine arme Seele, irgendeinen meiner Patienten vermieten.«

Als Studdy das hörte, erschrak er. Allem Anschein nach wollte Schwester Clock aus dem Haus eine Wohltätigkeitseinrichtung machen. Er begann sie sofort auszufragen.

»Wir würden eine angemessene Miete nehmen«, erklärte Schwester Clock. »Ich denke durchaus auch an die geschäftliche Seite. Wir würden einen Betrag verlangen, den Sie und ich als angemessen betrachten. Mr. Studdy, ich sage doch bloß, dass das Zimmer für einen Kranken genau richtig wäre.«

»Auch ich kenne ein paar Leute«, sagte Studdy, »die sich darüber freuen würden. Ich muss ein paar Erkundigungen einziehen.«

Schwester Clock, die Schwierigkeiten auf sich zukommen sah, lächelte, um die Situation zu entspannen. Sie sagte, noch immer lächelnd:

»Wir müssen aufpassen, dass wir das Zimmer nicht zweimal vermieten. Stellen Sie sich vor, Sie bringen eines Abends einen Ihrer Freunde her und stellen fest, dass oben bereits irgendeine arme Seele im Bett liegt!«

Sie malte ein Bild von Studdy, auf dem er umringt von guten Freunden in gemütlicher Atmosphäre saß und sich plötzlich einem von ihnen zuwandte, der gerade eine neue Bleibe suchte, um ihm großzügig das Zimmer anzubieten. Er hatte keinen Sinn für Ironie; er sagte, das gehe auf keinen Fall, und stimmte ihr zu, dass sie so ein Missgeschick vermeiden müssten.

»Sie müssen doch alle möglichen Leute kennen«, sagte er.

»Das kann man wohl sagen. Der Umgang mit Kranken ist sehr abwechslungsreich, und eine Schwester, die ihre

Patienten mit dem Fahrrad besucht, kommt mit allen möglichen Menschen in Berührung.«

»Mit Arm und Reich«, sagte Studdy. »Und mit älteren Leuten?«

»Oh, mit vielen älteren Leuten.«

»Sind viele von ihnen nicht hilflos? An ihr Bett gefesselt?«

»Nicht alle. Sie wären überrascht zu sehen, wie viele von ihnen aufstehen, obwohl sie den Rest ihres Lebens im Bett verbringen sollten.«

»Ist bestimmt nicht leicht, mit all dem fertig zu werden, Schwester.«

Schwester Clock erwiderte, das sei ihre Berufung, sie habe sich freiwillig für diese Arbeit entschieden.

»Neben Ihren Pflichten müssen Sie noch manches andere erledigen, oder? In der Küche eine Tasse Tee machen, das Geschirr abtrocknen und so was? Das hab ich von Mrs. Maylam gehört.«

»Man tut sein Bestes, Mr. Studdy.«

Es erstaunte Schwester Clock, dass Studdy anscheinend ein Interesse für Krankenpflege entwickelt hatte. Sie hörte ihm verwundert zu.

»Übernehmen Sie manchmal auch den Frühjahrsputz? Ich glaube, ich könnte Ihnen dabei helfen. Wissen Sie, ich würde gern ab und zu für einen wohltätigen Zweck arbeiten. So wie ich immer mal bei Mrs. Maylam reinschaue.«

Schwester Clock beschloss, nichts zu erwidern. Sie lächelte und gab ihm die Möglichkeit, weiterzureden.

»Sie müssen viele kostbare Sachen zu Gesicht bekommen. Sachen, die in den Schubladen liegen. Fotos. Briefe. Ist es nicht erstaunlich, wie die Leute ihre Sachen aufbewahren? Finden Sie nicht?«

Schwester Clock sagte wahrheitsgemäß, dass sie nicht wisse, was sie davon halten solle.

»Also, bis später, Schwester.« Er richtete sich zu seiner vollen Größe auf und salutierte. Sie dachte, dass er wahrscheinlich den Verstand verloren hatte, da er bei dieser Temperatur seinen schweren Mantel trug und behauptete, er würde gern für einen wohltätigen Zweck arbeiten.

Im Fernsehzimmer sah sich Mr. Obd einen Mann an, der mit einem langen Bogen Pfeile auf ein Mädchen abschoss, das mit den Zähnen Luftballons fest hielt. Da keiner der Pfeile sein Ziel verfehlte, sagte Major Eele, alles sei nur Bluff. Musik ertönte, und das Publikum applaudierte. Rose Cave zählte die grauen Maschen ihrer Strickarbeit.

»Jetzt kommen Radartisten«, sagte Mr. Scribbin und las die näheren Einzelheiten in der Fernsehzeitung. Er nickte Venables zu. »Radartisten«, wiederholte er.

Major Eele fragte:

»Hat schon mal jemand eine Frau namens Hammond gesehen, die mit einer Schar tanzender Vögel auftritt?«

Niemand kannte die Nummer. Mr. Obd schaltete um. Ein gut aussehender Mann bohrte ein Loch in eine Straße. Als er sah, dass die Kamera auf ihn gerichtet war, legte er den Bohrer hin und sprach von dem Frühstück, das seine Frau ihm am Morgen zubereitet hatte. Dann machte er sich lächelnd wieder an die Arbeit.

»Was hat das denn mit Straßenbau zu tun?«, fragte Major Eele, doch erneut konnte ihm niemand eine Antwort geben. Er war leicht gereizt. Er hatte das Gefühl gehabt, Mrs. le Tor zum Tee einzuladen, war das Geringste, was er tun konnte, da er sich ihr gegenüber so schlecht benommen hatte: Doch jetzt war er sich nicht mehr sicher, ob er nicht einen Fehler begangen hatte. Er ärgerte sich über seine eigene Dummheit, doch dann verspürte er eine leichte Aufregung und so etwas wie Stolz.

»Hammond, wie die Orgel?«, erkundigte sich Rose Cave, die sich erinnerte, dass niemand die Frage beantwortet hatte, und es für unfreundlich hielt, keinerlei Interesse zu zeigen.

Venables schaute auf den Bildschirm. Ihm gefielen die Werbefilme, besonders die elegante Reklame für Zigaretten und Pfeifentabak. Er versuchte, nicht an das zu denken, was ihn am meisten beschäftigte: dass die Pension jetzt, da Schwester Clock und Studdy sie führten, vielleicht schließen würde. Die Aussicht auf größere Veränderungen gefiel ihm nicht. Er hatte vorher in einem Haus gewohnt, wo ihm junge Männer aus einem Maklerbüro jeden Samstagabend Sirup auf den Türgriff gegossen hatten; ein anderes Haus hatte er verlassen müssen, weil ihm die Vermieterin eines Tages im Rausch mit einem Suppenlöffel auf den Kopf geschlagen hatte. Venables glaubte, dass Schwester Clock und Studdy sich irgendwann zerstreiten würden. Was würde dann passieren? Er verspürte weit unten, auf der linken Seite, einen stechenden Schmerz im Bauch.

»Genau wie die Orgel«, sagte Major Eele. »Eine Amerikanerin. Es ist eine ganz außergewöhnliche Nummer. Wenn ich mich nicht täusche, bringt sie die Vögel dazu, eine Burg zu stürmen und zu erobern.«

»Eine Burg?«, fragte Mr. Scribbin plötzlich interessiert. »Sie meinen doch keine richtige Burg?«

»Als Nächstes kommt ein Bauchredner«, sagte Mr. Obd.

»Sie haben umgeschaltet«, sagte Major Eele. »Gerade als unser Interesse geweckt wird, schaltet der Bimbo um.«

»Major Eele!« brüllte Rose Cave, da sie entrüstet war und es auch zeigen wollte. »Major Eele, so etwas können Sie doch nicht sagen.«

»Warum denn nicht? Er hat umgeschaltet. Warum kann ich das nicht sagen? Gerade als unser Interesse geweckt wurde ...«

»Major Eele, so können Sie Mr. Obd nicht anreden.«

»Ich hab ihn nicht angeredet. Ich hab gesagt, er hat umgeschaltet. Wir sehen uns gerade Radartisten an, und im nächsten Moment läuft Werbung für Cornflakes.«

»Ich hab wieder zurückgeschaltet«, erklärte Mr. Obd. Es war ihm ziemlich egal, wie Major Eele ihn nannte. Er hatte sich inzwischen an ihn gewöhnt; er erwartete nichts anderes von ihm. Er bemühte sich, gute Laune zu versprühen, sein strahlendes Lächeln zu zeigen und die Knöpfe am Fernseher zu betätigen. Am Nachmittag hatte er ein Dutzend Rosen gekauft und war damit zur Wohnung von Annabel Tonks gegangen, doch als er geklingelt hatte, hatte niemand geöffnet, und er hatte die Blumen wieder einmal zusammen mit dem Brief, den er abgefasst hatte, vor die Tür legen müssen.

»Sie können Mr. Obd nicht mit Schimpfnamen belegen.«

Mr. Obd betrachtete den Teppich. Der Flor war ganz ausgetreten. Wie bei der Tapete in der Diele war das Muster völlig verblasst; das Ergebnis war ein fleckiges, schmuddeliges Braun.

»Tut mir Leid«, sagte Major Eele.

Mr. Obd zuckte mit den Achseln, lächelte den Teppich an und stellte fest, dass einer der größeren Flecken wie eine Cancantänzerin aussah. Mr. Bird hatte ausführlich über ihn geschrieben:

Tome Obd (44) ist vor fünfundzwanzig Jahren als jugendlicher Nigerianer nach London gekommen, um die Geheimnisse unseres Rechtssystems zu erkunden und danach mit seinem Wissen in sein Vaterland zurückzukehren. Nun, es sollte nicht sein. Mr. Obd studierte gewissenhaft Jura, konnte aber die Prüfungskommission am College nicht überzeugen. Viele Jahre lang versuchte er sich auf dem vorgegebenen Kurs, doch schließlich sah er sich gezwungen, seine akademischen Ambitionen aufzugeben. Er hatte sein Land mit einem Versprechen auf den Lippen verlassen, doch da er das Handwerkszeug nicht erlangt hatte, um sein Versprechen einlösen zu können, hatte er nicht den Mut, zurückzukehren. Ich glaube behaupten zu können, dass Tome Obd sich zu Tode geschämt hat. Er empfand die Schande, unverrichteter Dinge zurückkehren zu müssen, als zu groß. Er sagte, er würde sich in England niederlassen, und schrieb seiner Familie, er sei bereits ein erfolgreicher Anwalt. Wie er sich vor ihnen rechtfertigte, weiß ich nicht, nur dass er vielleicht von seiner neuen Lebensweise, von der Angst gesprochen hat, dass sich sein Leben nicht mehr mit Afrika vereinbaren ließ; oder vielleicht hat er auch gesagt, dass er mit einer Weißen verheiratet sei, die man in seiner Heimat nicht akzeptieren würde. Wie auch immer, Tome Obd fand sich mit seiner Lage ab, nahm eine Stelle in einem Büro an und wies das Geld, das seine Familie für seine lange Ausbildung beiseite gelegt hatte, notgedrungen zurück. Wer weiß, vielleicht haben diese einfachen Menschen sich ihr ganzes Leben lang abgeschuftet und jeden Penny für den Jungen gespart, damit er einmal Anwalt werden konnte. Wer kann Tome Obd zum Vorwurf machen, dass er nicht zurückgekehrt ist?

Vor elf Jahren, 1953, besorgte eine gewisse Miss Tonks Mr. Obd ein Zimmer in meiner Pension. Diese Dame, die mir vorher völlig unbekannt war, rief an, um sich für einen Freund nach einem Zimmer zu erkundigen, und erzählte mir Mr. Obds Geschichte, wie ich sie oben wiedergegeben habe. Ich war sofort misstrauisch. Die Stimme am Telefon gefiel mir nicht, und ich wusste nicht genau, wo sie von uns gehört hatte. Als Inhaber einer Pension kann man nicht vorsichtig genug sein; man weiß nie, was die Leute aus dem Haus machen wollen, und ich muss gestehen, dass ich im ersten Augenblick natürlich keinen Schwarzen im Haus haben wollte. In letzter Zeit waren solche Elemente bis in unsere Nachbarschaft vorgedrungen, und das habe ich stets verurteilt, obwohl ich natürlich keine Persönlichkeit des öffentlichen Lebens bin. Als Miss Tonks mir ihre Bitte in Worten, die eindeutig an meine Menschlichkeit appellierten, und in einem Akzent vortrug, der bezeugte, dass Miss Tonks früher einmal in einer Stadt in den Midlands gelebt hatte, wollte ich eigentlich nichts mehr mit ihr zu tun haben. Eigentlich. Doch ich war gerührt, muss von irgendetwas, das diese Dame beiläufig erwähnt hatte, ergriffen gewesen sein. Im Rückblick kommt es mir so vor, als könnte es etwas mit ihrer Bemerkung zu tun gehabt haben, dass Mr. Obd sich für Tischtennis interessiere, einen Sport, dessen Regeln er, wenn man Miss Tonks Glauben schenken darf, nie völlig beherrschte. Ich fand die Vorstellung herzergreifend, wie Tome Obd auf der einen Seite eines Pingpongtisches herumflitzte und den kleinen weißen Ball zurückschlug. Vielleicht rührte mich die Verwirrung, die ich in seinem Denken spürte, und das brachte mich dazu, der jetzt nicht mehr zu bremsenden Miss Tonks weiter zuzuhören. Ich verwende das Wort »Verwirrung« ganz bewusst; denn was kann der Mann, der in unserem Land ein Fremder war, anderes empfunden haben, als sich ein paar Frauen aus Birmingham oder irgendwo in der Nähe seiner annahmen, ihn an eine Tischtennisplatte stellten und ihm sagten, er solle einen leichten Ball von drei Zentimetern Durchmesser über ein gespanntes Netz schlagen? Muss er sich nicht nach dem Grund für diese Zeremonie gefragt haben? Müssen ihn nicht die lauten Schreie, die jeden seiner Patzer begleiteten, die Zahlen, die ausgerufen wurden, und die wichtige Nachricht, dass ihm der Sieg erneut entgangen war, völlig verwirrt haben? Wusste er überhaupt, von was für einem Sieg sie sprachen? Dachte er nicht vielleicht insgeheim, dass man ihn wegen seiner Hautfarbe verhöhnte, dass das Spiel eine Züchtigung der afrikanischen Seele war?

Wie dem auch sei, Tatsache ist, dass ich am Telefon zu Miss Tonks sagte: »Schicken Sie Ihren Mr. Obd vorbei.«

»Willkommen in unserem Land, Mr. Obd«, sagte ich und streckte die Hand aus. Ich habe ihn willkommen geheißen, weil ich es als ein Gebot der Höflichkeit betrachtete. Ich wusste, dass er schon seit vielen Jahren in England war, doch ich glaube, irgendetwas sagte mir, dass noch niemand diesen schlichten Gedanken in Worte gefasst hatte.

Ich muss leider sagen, dass Mr. Tome Obd meine Begrüßung nicht erwiderte. Er zeigte kein freundliches Lächeln, und er bedankte sich auch nicht mit Worten. Stattdessen sagte er, als ob es die unbedeutendste Sache der Welt wäre:

»Mir wurde gesagt, dass Sie bestimmt ein Zimmer haben.«

Er gab der seltsamen Satzkonstruktion keinen fragenden Unterton. Er machte einfach eine Feststellung. Ich sagte nichts.

»Ich habe die Information aus verlässlicher Quelle«, fügte Mr. Tome Obd hinzu.

Ich setzte eine strenge Miene auf. Ich musterte Mr. Obd. Sein ebenholzschwarzes Gesicht wirkte in meinem kleinen Zimmer fremd und unnahbar. Ich sagte mit leiser Stimme:

»Ich freue mich immer, einen Vetter aus dem Empire begrüßen zu können.«

»Einen Vetter aus dem Empire?« Er fragte nach, als ob ich in Rätseln gesprochen hätte, als ob er unsere Sprache nicht verstände. Ich redete langsamer:

»In diesem Haus gibt es keine Rassenvorurteile.«

Er wiederholte die Worte, als ob das seine starke Seite wäre.

»Rassenvorurteile?«

»Aber ich muss hinzufügen«, sagte ich, »dass alle Leute, die herkommen, von höchster Seite empfohlen wurden. Ich gestehe es gleich, Mr. Obd, wir haben hier schon manchen Ausländer gehabt. Weder ausländische Botschafter noch die Herrschenden der Welt, Ölmagnaten, religiöse Führer, Mystiker, Politiker oder die Angehörigen der Königshäuser sind uns in diesen heiligen Hallen fremd. Aus allen vier Himmelsrichtungen hat es die Kleinen und die Großen, die Guten und die Bösen in unsere Pension verschlagen ...«

»Heilige Hallen?«, fragte Mr. Obd.

»Das ist schwer zu erklären«, sagte ich. »Wo sind Sie zur Schule gegangen, Mr. Obd?«

In diesem Stil unterhielten wir uns noch eine Weile, denn es macht mir Spaß, so zu reden. Ich entlockte Mr. Obd noch ein paar nützliche Informationen, und schließlich bot ich ihm ein Zimmer an und beschloss, eine gewisse Miss Bedge vor die Tür zu setzen. Ich hatte Miss Bedge immer nur als Notlösung betrachtet und war ziemlich froh über die Gelegenheit, sie loszuwerden. Inzwischen teilte ich Mr. Obd mit, dass es in meiner Pension Toiletten und Waschgelegenheiten gebe, und zeigte ihm beides sofort. Schließlich kann man sich nicht ganz sicher sein, was für Sitten in diesen fernen Gegenden herrschen. Um ihm klar zu machen, was ich meinte, sagte ich leise, während ich die Kette der Toilettenspülung zog: »Man muss sich den Sitten eines Landes anpassen.«

An jenem Tag erklärte ich Mr. Obd bloß noch, dass ich einmal in der Reisebranche gearbeitet hätte und deshalb mit der Schönheit seines Landes vertraut sei.

Vierzehn Tage später zog er ein und wohnt seitdem bei mir. Im Lauf der Jahre ist seine Miene noch trübsinniger geworden, und er hat weder viel getan noch viel gesagt, abgesehen davon, dass er lange Briefe an jene Miss Tonks schreibt, von denen ich viele unvollendete in seinem Zimmer gelesen habe. Er führt einen aussichtslosen Kampf, aber das begreift er nicht, und natürlich hat er mir gegenüber nichts davon erwähnt. Ich bin immer ganz deprimiert, wenn ich ihm begegne, und wenn ich kann, sage ich ein paar mitfühlende Worte. Ich befürchte, dass er ins Verderben rennt.

»Sie meinen doch keine richtige Burg?«, fragte Mr. Scribbin noch einmal und beugte sich in seinem Sessel vor. Major Eele erwiderte: »Eine Spielzeugburg, glaube ich. Aber wer weiß?«

»Vor kurzem ist ein Film gelaufen«, sagte Venables, »in dem Vögel die Macht ergriffen haben.«

Major Eele dachte, dass es keine lange Angelegenheit werden musste: Sie würden sich ins Cadena setzen und gemeinsam eine Tasse Tee trinken, und nach neun oder zehn Minuten würde er behaupten, dass er noch eine Verabredung hätte, und würde einfach gehen.

»Mrs. Hammonds Vögel?«, fragte er. »Mrs. Hammonds Vögel haben die Macht ergriffen? Nun, das überrascht mich kein bisschen.«

Venables spürte, wie sich ein warmer, ernst zu nehmender Schmerz in seinem Bauch ausbreitete. Schweiß trat ihm auf die Stirn. »Frei herumfliegende Vögel«, sagte er. »Irgendwelche Vögel. Die hatten nichts mit Mrs. Hammond zu tun. Einfach alle möglichen Vögel – frei herumfliegende Vögel.«

»Und die waren nicht dressiert?«, fragte Major Eele. »Das

ist aber seltsam. Sind Sie sicher, dass Sie da nichts durcheinander bringen, Venables?«

»Ich glaube, es waren Trickaufnahmen. Die Vögel haben Menschen angegriffen. Das war wirklich ein bisschen übertrieben.« Venables saß ganz still und spürte, wie sich sein Magen zusammenkrampfte. Er schien übersäuert zu sein, und der Schmerz zog sich von seinem Unterleib bis zur Lunge. Er hatte es nie über sich gebracht, zum Arzt zu gehen. Er dachte an lange Krankenhausbetten, an Männer mit weißen Gesichtsmasken und schroffe junge Schwestern in gestärktem Leinen. Er sah, wie eine Klinge in sein Fleisch schnitt und die stählernen Instrumente in seinen Körper eindrangen.

Major Eele sagte: »Keine Sittiche? Ich glaube, Mrs. Hammond arbeitet mit Sittichen.«

»Sittiche?«, wiederholte Mr. Scribbin.

»Das sind Vögel, Scribbin, eine Vogelart.«

»Ich weiß...« Mr. Scribbin war von der Vorstellung fasziniert, wie die dressierten Sittiche unter der Leitung von Mrs. Hammond aus Amerika eine Burg stürmten und eroberten. Er wollte ihnen zu verstehen geben, dass er wusste, was Sittiche waren, und wollte dann Major Eele noch ein paar Fragen stellen, da der sich in dieser Sache auskannte. Doch Major Eele fiel ihm ins Wort und sprach mit Venables.

»Sind Sie sicher, dass es Trickaufnahmen waren? Kann es nicht irgendein anderer Trick gewesen sein? Mrs. Hammonds Sittiche zum Beispiel, die als ganz alltägliche Vögel verkleidet waren: Möwen, Krähen, Tauben oder so was Ähnliches? Wäre das nicht möglich, Venables?«

Venables sagte, das wisse er nicht, Major Eele seufzte, und Scribbin nahm einen neuen Anlauf.

Rose Cave strickte weiter, warf ab und zu einen Blick auf den Bildschirm und sagte gelegentlich etwas. Im Zimmer war es warm und ziemlich düster. Die langen, an Messingstangen hängenden Vorhänge ließen kein Tageslicht herein. Im Fernsehzimmer gab es drei Fenster mit dreißig Ellen

Tüll. Es gab auch noch andere Vorhänge aus braunem Samt, die nur zum Schmuck dienten und nicht zugezogen werden konnten. Wenn das Licht eingeschaltet wurde, benutzte man Springrollos, um zu verhindern, dass jemand von draußen hereinschaute.

Rose Cave hatte sich an das Zimmer gewöhnt, obwohl sie es, wenn man ihr freie Hand gelassen hätte, anders gestaltet hätte. Als sie eingezogen war, war ihr in dem Zimmer manches aufgefallen: die Wedgwood-Teller an der Wand, die Porzellanfiguren, die Aschenbecher, die vorgaben, etwas anderes zu sein, und die, die früher einmal Muscheln gewesen waren. In einem Glaskasten befand sich ein ausgestopfter Specht, und es gab einen Schreibtisch, den niemand benutzte und der mit Reiseliteratur übersät war. Ihr waren die bunten Sesselschoner, die abgesprungene, körnige Farbe der Fußleisten und Fensterrahmen und der mit einem Blumenmuster verzierte Sims aufgefallen, der in einer Höhe von drei Metern alle vier Wände entlanglief. Außer der Reiseliteratur stammte fast alles im Zimmer noch aus der Zeit, bevor Mr. Bird die Pension geerbt hatte. Die Tapete und die Farbe waren seit dreiundvierzig Jahren nicht mehr erneuert worden; im selben Zeitraum hatte sich auch die Anordnung der Gegenstände auf dem Kaminsims nur wenig verändert: vier Meerjungfrauen aus Porzellan, ein ebenholzschwarzer Elefant, eine Uhr, zwei Aschenbecher, die wie Boote geformt waren, zwei Messingvasen und noch ein paar Kleinigkeiten. Mr. Bird hatte keinen Grund gesehen, etwas zu verändern; er war ein sehr konservativer Mensch gewesen.

»Ich kann mich erinnern, dass ich als Kind einmal eine Nummer mit Fischen gesehen habe«, sagte Mr. Scribbin.

Rose Cave, deren Finger sich schnell bewegten, während ihre Strickarbeit langsam Formen annahm, erinnerte sich, wie sie mit ihrer Mutter im Krieg eines Sonntagnachmittags von Ewell nach Dorking geradelt war. Sie hatten sich irgendetwas ansehen wollen, doch es hatte nichts mit Fischen zu tun gehabt. Sie fragte sich, warum Mr. Scribbin das mit den Fischen gesagt hatte, und dann fiel ihr wieder ein, dass die Männer vorher von dressierten Vögeln gesprochen hatten, und da bestand natürlich ein offenkundiger Zusammenhang. Jetzt erinnerte sie sich, dass es sich um Blumengestecke aus Japan gehandelt hatte. »Hör mal«, hatte ihre Mutter gesagt, als sie in der Lokalzeitung die Ankündigung gelesen hatte, »in Dorking ist am Sonntag eine Ausstellung japanischer Blumengestecke.« Sie hatten eine Thermosflasche mit Tee gefüllt, hatten Sandwiches und Scones eingepackt, ein bisschen Milch in eine Milk of Magnesia-Flasche gegossen und waren mit ihren Fahrrädern losgefahren. Zehn Meilen: Sie hatten Stunden gebraucht.

»Scribbin redet jetzt schon von Fischen«, sagte Major Eele. »Hat jemand schon mal einen Film gesehen, in dem Fische die Macht ergreifen? Wale und Schellfische, die durchs Land watscheln, Krebse und Muscheln in den Ohren von Königen und Kaisern?«

Venables erwiderte nichts, obwohl der Major ihn ansah und eine Antwort, ein Gespräch erwartete.

»Das ist ein interessantes Thema«, sagte Mr. Scribbin.

Venables, dessen Bauchschmerzen langsam nachließen, spürte, wie ein Lachen in ihm aufstieg. Er versuchte, es zu unterdrücken.

»Was?«, fragte Major Eele.

»Dass die Fische wie Mr. Venables' Vögel die Macht übernehmen.«

»Achten Sie auf die Regenbogenmänner«, sagte eine fröhliche Stimme im Fernsehen.

»Ha, ha«, sagte Venables, und Major Eele fragte ihn, was los sei.

»Kakao«, sagte Gallelty, die mit einem Tablett voller Tassen und einer Kanne Kakao in der Tür stand. Es gab gemischte Kekse, von denen ein paar mit Zuckerguss überzogen waren.

Rose Cave legte ihre Stricknadeln beiseite, steckte sie in

ihre Strickarbeit und dann in das graue Wollknäuel. Sie nahm sich eine Tasse und eine Untertasse vom Tablett.

»Wer noch?«, fragte Gallelty.

Alle tranken eine Tasse und aßen ein paar Kekse; dann gingen sie einer nach dem anderen ins Bett.

12

»Ich nehme an, Sie können in den Häusern ein und aus gehen, ohne dass es jemanden stört?«, sagte Studdy. »Eine Schwester hat doch bestimmt die Wohnungsschlüssel? Das muss faszinierend sein.« Er nickte und erweckte die Vorstellung, dass er ihre Arbeit insgeheim bewunderte.

»Was für ein Zufall, dass wir beide die alten Leute so mögen«, sagte Schwester Clock. »Da haben wir etwas gemeinsam.«

»Oh, das stimmt.«

»Wirklich komisch, dass wir beide uns über Mrs. Maylam kennen gelernt haben. Lesen Sie ihr manchmal etwas vor? Ich habe ein paar Bücher, die sie interessieren könnten ...«

»Ach, um die Wahrheit zu sagen, ich lese der alten Dame nicht oft vor. Den einen oder anderen Bibelvers, nichts Aufregendes. Nein, ich mache ihr lieber eine Tasse Tee oder brate ihr ein Kotelett – ich bin eher ein Mann der Praxis.«

»Wir haben Mr. Birds Plan vereitelt«, sagte Schwester Clock. »Ist Ihnen das klar?«

Studdy zündete sich am Stummel seiner alten Zigarette eine neue an.

»Wie meinen Sie das?«

Sie beobachtete, wie er versuchte, den Zigarettenstummel heimlich auf dem Teppich auszudrücken, und machte ihn sofort darauf aufmerksam. Dann sagte sie:

»Mr. Bird wollte Zwietracht säen. Er dachte, dass Sie und ich wie Hund und Katze sein würden, Mr. Studdy, und dass alle in der Pension darunter leiden würden. Mr. Bird war ein verbitterter Mensch.«

»Donnerwetter«, sagte Studdy. Der Hass zwischen ihnen bestand immer noch, aber er war nicht mehr so stark; er drohte nicht mehr in Gewalt zu münden, da etwas Stärkeres, etwas wie Eigennutz, Habgier oder Ehrgeiz ihn abgeschwächt hatten.

Sie sahen sich an: Ausnahmsweise trafen sich ihre Blicke einmal, und sie erkannten den Hass, den sie zurückgedrängt hatten, und spürten, dass Mr. Bird sich verrechnet hatte.

»Das sind meine Kleider«, sagte Mr. Scribbin.

Mrs. Trine und Schwester Clock blieben stehen und blickten ihn an.

»Wieso schaffen Sie meine Kleider weg?«, wollte Mr. Scribbin wissen.

Mrs. Trine sah Schwester Clock an und vermutete, dass sie in ihrem Eifer etwas zu weit gegangen war. Doch Schwester Clock sagte:

»Das sind Mr. Birds Kleider. Die hat er in seinem Zimmer hinterlassen. Wie könnten die Ihnen gehören, Mr. Scribbin?«

»Das ist mein Anzug.« Mr. Scribbin hatte das Hosenbein gepackt und zog daran. Ein paar Kleider fielen zu Boden.

»Oh, Mr. Scribbin, Mr. Scribbin.« Schwester Clock krabbelte wütend auf allen vieren über den Boden und brachte Ordnung in das Durcheinander. Es war ihr peinlich, dass sich Mr. Scribbin in der Diele der Pension so vor Mrs. Trine aufgeführt hatte. Sie fragte sich, ob er vielleicht eine Vorliebe für Leichen hatte; sie hatte schon von Leuten gehört, die sich für die Kleider frisch Verstorbener interessierten. »Sie haben ihr Geschenk von Mr. Bird schon bekommen«, erinnerte sie ihn. Dann wandte sie sich Mrs. Trine zu. »Mr. Scribbin hat eine hübsche kleine Messinguhr geerbt.« Das stimmte nicht ganz. Die Uhr, die in Mr. Scribbins Besitz übergegangen war, war groß und schwarz und hatte die Form eines Tempels, und auf einem daran befestigten Messingschild stand: *Für Charles Edward Burrows zur Pensionierung, von seinen Freunden bei Walter and Peacock. 24. Februar 1931.*

Mr. Scribbin hatte einen schmalen Schnurrbart, ein Büschel fransiger, aber deutlich sichtbarer Haare auf seiner Oberlippe. Sein Kiefer war ebenfalls schmal, so dass seine vorstehenden Zähne einen ziemlich engen Halbkreis bildeten. Der Schnurrbart hätte diesen Anblick nur mildern können, wenn er üppiger und breiter gewesen wäre, doch darauf hatte man Mr. Scribbin noch nie hingewiesen, und er hatte es auch nie ausprobiert. Auch die Haare auf seinem Kopf waren struppig und schwer zu bändigen. Sie standen schon seit seiner Kindheit in alle Richtungen ab. Dadurch sah er stets ungepflegt aus, obwohl er ansonsten ein ordentlicher Mensch war.

»Meine Hemden. Das sind meine Hemden. Schwester Clock, was geht hier eigentlich vor? Warum schafft diese Frau meine Kleider weg?«

»Ich habe es Ihnen schon gesagt, Mr. Scribbin. Diese Kleider haben Mr. Bird gehört und gehören jetzt Mr. Studdy und mir, und wir haben es für richtig gehalten, sie an die Flüchtlinge weiterzugeben.«

»An Flüchtlinge?«

»Wir schicken sie in die ganze Welt«, sagte Mrs. Trine. In den Osten und nach Afrika, auf den Kontinent, nach Südamerika und in den Mittleren Osten. Im Mittleren Osten ist die Lage ziemlich ernst.«

»Schwester Clock, ich habe nicht erlaubt, dass meine Kleider weggeschickt werden. Warum reden Sie die ganze Zeit von Mr. Bird? Ich habe ihm meine Kleider nicht gegeben. Ihm haben doch nicht die Kleider der ganzen Bewohner gehört. Hier haben Sie Socken, die Venables gehören. Sehen Sie, sein Name steht drauf. T. O. Venables. Genauso wie auf meinen J. Scribbin steht.«

»Großer Gott«, sagte Schwester Clock.

»Da ist ein Fehler unterlaufen, oder?«, erkundigte sich Mrs. Trine und versuchte weiter, gut gelaunt zu wirken. Sie war extra wegen dieser Kleider hergekommen, und jetzt stellte sich anscheinend heraus, dass sie nicht dem Toten, sondern den Pensionsbewohnern gehörten. Mrs. Trine sagte sich, dass Schwester Clock unzuverlässig war.

Schwester Clock befürchtete, dass sich die restlichen Bewohner über den Lärm wundern und jeden Moment in der Diele versammeln würden. Alle würden sich Kleider von dem Stapel in Mrs. Trines Armen nehmen, und es würde wie in einem Tuchgeschäft zugehen. Die ganze Sache war ihr äußerst peinlich, und ihr fiel ein, wie Mrs. Cheek in der Kellerwohnung der Lord-Bloods das Marmeladenglas geworfen und der Inder sich über den Lärm beklagt hatte.

»Mir fehlen die Worte«, sagte Schwester Clock. »Irgendetwas ist schief gelaufen.«

»Haben wir den falschen Stapel genommen?«, fragte Mrs. Trine. »Waren die Sachen hier vielleicht für die Wäscherei oder die Reinigung bestimmt?«

»Meine Hemden sind sauber«, rief Mr. Scribbin und hielt sie sich vor die Brust. »Meine Hemden müssen nicht in die Wäscherei. Wovon redet diese Frau?«

Dann spielte sich folgende Szene ab: Major Eele, der ein Gespür für Scherereien hatte, betrat die Bühne. Hinter ihm, im Fernsehzimmer, konnte Schwester Clock Miss Clerricot und Mr. Obd sehen. Mr. Obd tat etwas, das noch nie jemand getan hatte: Er saß mit einem Füller in der Hand an dem großen Schreibtisch. Auf der Schreibtischplatte lag kein Papier; der Füller verharrte in der Luft; Mr. Obd hatte den Kopf schief gelegt und die Augen zum Himmel gerichtet, was darauf schließen ließ, dass er nachdachte.

»Ihre Hemden sind sauber?«, sagte Major Eele. »Sauber?«

Die Kleider, die Mrs. Trine im Arm gehalten hatte, lagen jetzt auf dem Tisch in der Diele. Da Mr. Scribbin ständig in dem Haufen herumgewühlt hatte, herrschte ein ziemliches Durcheinander. Kleider waren von den Bügeln gerutscht; Ärmel hingen herab, Kragen waren verdreht.

»Was ist denn das?«, fragte Major Eele und nahm etwas, das tatsächlich Mr. Bird gehört hatte.

Schwester Clock nahm es ihm aus der Hand und sagte, es sei etwas Medizinisches.

»Was ist hier los?«, fragte Major Eele. Ein Lächeln huschte über seine Lippen, und er sah weder Schwester Clock noch Mr. Scribbin oder Mrs. Trine, sondern die Kleider an, die auf der Marmortischplatte lagen. »Kauft hier jemand gebrauchte Kleider?«

Mrs. Trine wollte alles erklären und sagte, sie vertrete eine Flüchtlingsorganisation. Sie sei wegen der Kleider von Mr. Bird vorbeigekommen, und es sei irgendein Fehler unterlaufen.

»Ich habe verschiedene Sachen«, sagte Major Eele. »Krawatten, die ich noch nie getragen habe, Unterwäsche, ein Paar Knickerbocker. Wie wär's damit, Madam? Sind Sie daran interessiert? Soll ich die Sachen holen?«

»Mrs. Trine, das ist Major Eele«, sagte Schwester Clock. Sie sah die Kleider durch und versuchte festzustellen, was wem gehörte. Mr. Scribbin hatte sich seine Sachen genommen. Sie legte die Krawatten und Socken von Venables und einen offenbar weiblichen Handschuh beiseite. Die Sache war ihr immer noch sehr peinlich.

»Wie nett«, sagte Mrs. Trine zu Major Eele und zeigte ein Lächeln, das sie sich für solche Gelegenheiten aufsparte.

Major Eele ging rasch davon. Schwester Clock sagte:

»Die ganze Sache tut mir Leid. Ich weiß wirklich nicht, was passiert ist.«

Sie wusste nicht, wie die Kleider, die sie aus Mr. Birds Zimmer geholt hatte, mit den Kleidern von Venables und Mr. Scribbin durcheinander geraten konnten. Sie hatte alles selbst sortiert: Sie hatte die Anzüge, die Hemden und die anderen Sachen aufs Bett gelegt, während Gallelty alles sauber gemacht und den Fußboden mit Ajax und heißem Wasser aufgewischt hatte.

»Venables«, rief Mr. Scribbin an der Tür zum Fernsehzimmer, »man schafft gerade Ihre Kleider weg.«

Mr. Obd, der den Füller nicht mehr in die Luft hielt, aber noch immer am Schreibtisch saß, hörte, wie Mr. Scribbins durchdringende Stimme Venables zurief, dass man gerade seine Kleider wegschaffte. Auch Rose Cave, Miss Clerricot und Venables hörten es. Es kam ihnen ungewöhnlich vor, so etwas um diese oder irgendeine andere Uhrzeit in der Pension zu hören. Ihre Aufmerksamkeit war geweckt; sie hoben die Köpfe, um weiter zu lauschen; Venables stand auf, durchquerte das Zimmer und betrat die Diele.

»Was?«, fragte er.

»Da liegen Socken und Krawatten von Ihnen«, sagte Mr. Scribbin, »mit denen sich diese Frau gerade in den Mittleren Osten davonmachen wollte. Von mir waren auch ein Anzug und ein paar Hemden dabei. Alles dient einem wohltätigen Zweck, aber vielleicht wollen Sie ihre Socken und Krawatten nicht in den Mittleren Osten geben.«

»Wie wär's hiermit?«, rief Major Eele, der völlig atemlos mit einem weiteren Arm voll Kleider eintraf, obwohl von einer solchen Menge gar nicht die Rede gewesen war. Er legte alles auf den Kleiderhaufen auf dem Tisch und hielt ein Stück nach dem anderen hoch.

»Was ist denn hier los?«, fragte Venables.

Mr. Obd war an die Tür des Fernsehzimmers gekommen und beobachtete, was in der Diele vor sich ging. »Alle bringen Kleider runter«, berichtete er Miss Clerricot und Rose Cave. »Die ganze Diele ist voller Kleider.«

Miss Clerricot und Rose Cave gesellten sich zu ihm. Venables durchwühlte den Kleiderhaufen und suchte nach seinen Sachen.

»Das ist mein Handschuh«, sagte Miss Clerricot, als sie den grauen Handschuh sah, der auf der Marmortischplatte beiseite gelegt worden war.

»Können Sie damit was anfangen?«, fragte Major Eele und hielt ein Paar Knickerbocker hoch.

Schwester Clock klatschte in die Hände.

»Es ist ein Fehler unterlaufen. Irgendwie sind ein paar Kleider mit Mr. Birds alten Sachen durcheinander geraten, die Mrs. Trine freundlicherweise für die Flüchtlinge mitnehmen wollte. Keiner weiß, wie das passieren konnte. Aber wir brauchen uns keine Sorgen zu machen. Major Eele, lassen Sie uns rasch alles durchsehen, bevor Sie Ihre Sachen dazulegen. Mr. Scribbin, Sie haben alles, was Ihnen gehört?«

Doch Mr. Scribbin sagte, das wisse er nicht. Er erklärte, dass die Sachen, die er auf dem Arm habe, ihm gehörten, doch er wisse nicht, ob nicht noch mehr Kleider aus seinem Zimmer entwendet worden seien oder wie oft Mrs. Trine schon in der Pension vorbeigekommen sei.

»Das hier war ein guter gebügelter Anzug«, beklagte er sich und deutete auf den zerknitterten Stoff.

»Können Sie damit was anfangen?«, fragte Major Eele und hielt eine Hand voll Krawatten hoch. »Die hab ich noch nie getragen. Damit sieht man richtig schneidig aus.«

Schwester Clock hatte einen Haufen Kleider zusammengelegt, die zweifelsfrei Mr. Bird gehört hatten. »Hier ist nichts von Ihnen dabei, Mr. Scribbin.«

Mr. Scribbin nickte.

»Und Mrs. Trine war noch nie hier, also kann sonst nichts an die Flüchtlinge gegangen sein. Mr. Venables, sind Sie auch zufrieden?«

Venables zuckte mit den Achseln; dann kam ihm der Gedanke, dass das unhöflich war, und er lächelte.

»Also, Mrs. Trine«, sagte Major Eele, »wie viel bieten Sie dafür?«

Major Eele hielt erneut seine Knickerbocker hoch. Sie schienen in gutem Zustand zu sein, und es waren Hosenträger daran befestigt.

Mrs. Trine lachte. Das hielt sie für das Beste, da sie nicht genau wusste, ob der Major nicht einen Scherz machte.

Doch Schwester Clock wusste, dass er die Frage ernst gemeint hatte. Sie sagte: »Mrs. Trine sammelt Kleider für die Flüchtlinge auf der ganzen Welt, Major. Sie bezahlt nichts für unsere Kleider.«

»Wer bezahlt denn dann? Ist Mrs. Trine nicht befugt, einen Preis zu nennen?«

»Die Kleider sind eine Spende. Wir spenden sie den Mittellosen im Mittleren Osten. Das ist ein Akt der Nächstenliebe.«

Major Eele lachte schrill.

»*Ich* verschenke meine Kleider nicht«, sagte er. »Kommen Sie schon, Mrs. Trine, das sind erstklassige Sachen. Die Krawatten wurden noch nie getragen, die Hose nur einoder zweimal.«

»Die Dame ist gekommen, um alte Kleider zu kaufen«, sagte Mr. Obd, der noch immer an der Tür des Fernsehzimmers stand.

»Nein, nein, nein«, rief Rose Cave, denn Mr. Obd stieg bereits die Treppe hinauf, um in sein Zimmer zu gehen.

»Was macht mein Handschuh hier?«, fragte Miss Clerricot noch einmal.

Rose Cave erkannte, dass Mrs. Trine gekommen war, um Mr. Birds Kleider für die Flüchtlinge abzuholen. Sie begriff, dass seine Sachen irgendwie mit den Kleidern der anderen Bewohner durcheinander geraten waren und dass Major Eele Mrs. Trine missverstanden hatte und ihr jetzt seine Garderobe zum Kauf anbot. Über Miss Clerricots Handschuh wusste sie Bescheid, denn sie hatte ihn am frühen Abend auf dem Fußboden der Diele gefunden und auf den Tisch gelegt.

»Tut mir wirklich Leid«, sagte sie jetzt. »Ich wollte es Ihnen sagen. Ich habe mir gedacht, dass er Ihnen gehört. Wahrscheinlich hat jemand die Kleider darauf gelegt.«

Miss Clerricot trat vor und ließ sich ihren Handschuh geben.

»Fünfzig Shilling«, sagte Major Eele.

Schwester Clock sah ihn streng an. Sie hatte in ihrer Rocktasche ein Stück Schnur entdeckt und band das Bündel zusammen.

»Ich bin mit diesen Sachen nach England gekommen«, sagte Mr. Obd am Fuß der Treppe. »Der Stoff ist ganz hervorragend. Er riecht allerdings ein bisschen nach Mottenkugeln.«

Mr. Obd stand in seiner Stammestracht da. Sie war weiß, mit aufgestickten Verzierungen in Rot und Schwarz. Er hob die Arme, um die Fülle des Stoffes zu zeigen.

»Bravo! Bravo!« rief Major Eele.

Schwester Clock hatte das Bündel zugebunden und eine Hand auf Mrs. Trines Arm gelegt, um sie zur Tür zu geleiten.

»Diese Tracht ist hochwillkommen«, sagte Mrs. Trine mit leiser Stimme zu Schwester Clock, denn sie fand, dass die Schwester ihre Meinung als Erste hören sollte, da ihr die Pension gehörte.

»Spenden Sie sie für die Flüchtlinge?«, fragte Schwester Clock Mr. Obd.

Mr. Obd streifte sich die Tracht über den Kopf und stand in Hemd und Hose da.

»Ich habe gedacht, die Dame würde Kleider kaufen. Doch die Flüchtlinge können die Tracht haben. Ich habe keine Verwendung mehr dafür.«

»Mr. Obd hat Knochenstücke für die Nase«, sagte Major Eele. »Sehr kostbar.«

Mr. Scribbin schrie auf. Er näherte sich dem zugebundenen Bündel auf Mrs. Trines Armen und zog ein Hemd heraus.

»Noch ein Hemd«, rief er.

Die Schnur riss, und die Kleider fielen zu Boden. Major Eele, von der Dramatik der Situation überwältigt, warf die Hände in die Luft und ließ seine Knickerbocker und Krawatten fallen.

»Packen Sie alles in Bimbos Tracht«, rief er und hob bereits ein paar Sachen auf und verstreute sie überall. Mr. Scribbin legte seine Kleider in sicherer Entfernung ab und durchsuchte den Kleiderhaufen erneut.

»Kakao«, sagte Gallelty, die gerade mit ihrem Tablett aus dem Keller kam.

»Mrs. Trine, nehmen Sie doch einen Kakao und ein paar Kekse«, sagte Schwester Clock. »Kommen Sie und setzen Sie sich, während wir Ordnung in dieses furchtbare Chaos bringen.«

Sie führte Mrs. Trine ins Fernsehzimmer, wo gerade ein Werbefilm für Margarine lief.

»Was ist bloß aus unserem Land geworden?«, murmelte Mrs. Trine, blickte empört auf den Bildschirm und hörte sich die Lügen im Fernsehen an.

»Es ist nicht immer so«, sagte Schwester Clock, denn sie dachte, ihr Gast spreche von den Vorfällen in der Diele. »Mr. Scribbin war ziemlich aufgebracht. Der Major macht gern Scherze.«

»Nein, nein«, sagte Mrs. Trine. »Ich meine ...« Sie deutete auf den Bildschirm, sprach ihren Satz aber nicht zu Ende.

»Zucker?«, fragte Schwester Clock.

In der Diele hatte Major Eele Mr. Obds Tracht auf den Fußboden gelegt und warf die Kleider darauf. Miss Clerricot und Rose Cave waren ins Fernsehzimmer zurückgekehrt und tranken mit Mrs. Trine Kakao.

»Mrs. Trine, Miss Cave, Miss Clerricot«, stellte Schwester Clock sie einander vor.

Mr. Scribbin und Venables waren zufrieden, dass von ihren Sachen nichts mehr bei den Kleidern für die Flüchtlinge lag, und kehrten ebenfalls ins Fernsehzimmer zurück. Mr. Obd und Major Eele packten alles in Mr. Obds Tracht.

»Das geht vielleicht alles in Ihre Heimat«, sagte Major Eele und legte seine Knickerbocker beiseite; und Mr. Obd fragte sich, wer in Afrika wohl Mr. Birds große, ausgebeulte Anzüge tragen würde, und dann dachte er, was für eine

Überraschung es auslösen würde, dass seine Tracht zurückkam.

Major Eele legte seine Knickerbocker zur Sicherheit auf die Treppe. Dabei sah er etwas weiter oben einen anderen Kleiderhaufen liegen. Er griff danach, warf ihn Mr. Obd zu und sagte, die Sachen müssten heruntergefallen sein.

»Kekse, Mrs. Trine?«, fragte Schwester Clock.

»Das muss eine interessante Arbeit sein«, sagte Rose Cave und nahm sich einen Keks. »Ich nehme an, die Kleider gehen in die ganze Welt?«

Mrs. Trine sagte erneut, dass sie überallhin verschickt würden: in den Fernen Osten, nach Afrika, Südamerika, auf den Kontinent und in die Länder des Mittleren Ostens.

Mr. Scribbin sagte: »Nichts für ungut, Mrs. Trine. Aber ich kann meinen Anzug und meine Hemden leider nicht entbehren. Soweit ich sehen kann, hat jemand mein Zimmer geplündert.«

Schwester Clock lachte, und Venables, der seine Socken und Krawatten zusammengefaltet auf dem Knie liegen hatte, stimmte mit ein. Vorhin in der Diele hatte sich Mr. Scribbin zu ihm umgedreht und gefragt: »Was meinen Sie, was die beiden vorhaben? Es gibt dafür keine normale Erklärung.«

»Die afrikanische Tracht ist hochwillkommen«, sagte Mrs. Trine.

In der Diele packte Major Eele die Enden der Tracht, schlang eine Schnur darum und band das Bündel zu. Er machte einen festen Knoten.

»Das sollte reichen«, sagte er zu Mr. Obd. »Ich fürchte, alles ist völlig durcheinander«, warnte er Mrs. Trine, als sie aus dem Fernsehzimmer kam. »Die Sachen sind ein bisschen ramponiert, aber das macht den Hungernden bestimmt nichts aus.«

Mrs. Trine sagte, es sei großartig, so viele Kleider zu bekommen, und Schwester Clock entschuldigte sich noch einmal für die Verzögerung und das Durcheinander.

»Wo sind meine Kleider?«, schrie Mr. Scribbin, als er auf die Treppe starrte, wo er sie in Sicherheit gebracht hatte.

Schwester Clock hörte ihn und konnte es kaum glauben. Sie wollte Mrs. Trine, eine angesehene Frau aus dem Viertel, jetzt aus dem Haus und in ihr Auto bugsieren. Sie führte sie hinaus; und Major Eele und Mr. Obd hoben auf Betreiben des Majors das Bündel auf und gingen zur Haustür.

»Wohin sind meine Kleider verschwunden?«, schrie Mr. Scribbin auf der Straße.

»Mr. Scribbin, Sie hatten doch Ihre Kleider«, erklärte Schwester Clock. »Das haben wir doch schon geklärt.« Doch Mrs. Trine, einen Fuß auf dem Gehsteig und einen in ihrem kleinen Wagen, blieb stehen, denn sie wollte nicht dafür verantwortlich sein, dass irgendwem Kleider gestohlen wurden.

»Meine Kleider sind von der Treppe verschwunden«, sagte Mr. Scribbin. »Irgendwie sind meine Kleider in Mr. Obds Tracht geraten.« Er ging zu der Tracht und zog ein Taschenmesser aus der Hosentasche. Damit schnitt er die Schnur durch. Das Bündel, das Mr. Obd und Major Eele hielten, öffnete sich, und erneut fielen die Kleider zu Boden.

Schwester Clock schrie auf. Major Eele lachte. Mr. Obd sah verdutzt aus. Mrs. Trine sagte oder wollte sagen, dass sie vielleicht an einem anderen Tag vorbeikommen sollte. Venables war zur Haustür gekommen: Jetzt rief er Miss Clerricot und Rose Cave zu, dass es schon wieder Ärger gab. Mr. Scribbin riss seine Kleider an sich.

Studdy, der gerade in die Jubilee Road biegen wollte, schaute aus der Ferne zu und hielt sich im Schatten eines Baumes. Er hörte Mr. Scribbins Schrei, Major Eeles Gelächter und Schwester Clocks Proteste. Er schaute fünf Minuten lang zu, während Mr. Scribbin sich davon überzeugte, dass alles in Ordnung oder zumindest fast in Ordnung war, denn ab jetzt würde er auf seine Kleider aufpassen müssen. Dann sah er Mrs. Trine mit Mr. Obds bunter nigerianischer Tracht im Kofferraum davonfahren. Er hörte, wie die

Haustür der Pension zuschlug, und schlenderte die Jubilee Road entlang.

So verließen Mr. Birds Kleider, seine persönlichsten Sachen, am Abend des 26. August in Chaos und heller Aufregung die Pension.

13

Jener lange warme Sommer war in London eine Zeit der Träume. Vor einem Schiedsgericht behauptete ein Mann, der des Löffeldiebstahls bei Woolworth beschuldigt wurde, durch einen Traum zu der Tat verleitet worden zu sein; er sagte, der Traum habe ihn dazu getrieben, er habe tagelang Todesangst gehabt – denn wenn er die Löffel nicht gestohlen hätte, hätte ihn der Tod erwartet.

An dem Abend, als Mrs. Trine in der Pension vorbeikam, träumten in Wimbledon zwei alte Männer von ihrer Schulzeit und sprachen am nächsten Morgen beim Frühstück darüber; denn auch sie wohnten zusammen in einer Pension, auch wenn sie völlig anders war als die, die einmal Mr. Bird gehört hatte. Sie unterhielten sich lange über ihre Träume, tauschten ihre Gedanken aus und merkten sich diesen seltsamen Zufall; und obwohl sie es nicht sagten, hofften sie, dass es ihnen vergönnt sein würde, in der folgenden Nacht noch einmal von ihrer Schulzeit zu träumen.

Nicht weit von der Pension, in Wimbledon, träumte Janice Rush, die einmal Janice Brownlow geheißen hatte, von Studdy. Sie sah, dass sein Gesicht von dem Schlag, den ihr Freund ihm verpasst hatte, völlig angeschwollen war. Sie sah, wie er durch Krankenhausflure zu einem Operationssaal geschoben wurde, der von den Figuren aus einer Fernsehserie bevölkert war. »Sein Herz macht das nicht mit«, sagte eine von ihnen und gab einer Schwester unwirsch eine Anweisung. Der Mann stirbt, dachte Janice

Rush und wachte verwirrt auf. Doch dann wurde ihr klar, dass das höchst unwahrscheinlich war. Sie schaltete das Licht an, schlüpfte aus dem Bett und sah die Gestalt ihres schlummernden Mannes, ohne etwas dabei zu empfinden. In der Küche rauchte sie eine Zigarette und dachte an ihren Hochzeitstag, stellte sich vor, dass sie nicht ihren schlummernden Mann, sondern einen anderen geheiratet hatte, jemanden, den sie nicht kannte und auch nicht kennen lernen konnte. Sie verspürte eine Einsamkeit, die Mr. Bird begeistert hätte, und sie seufzte; denn sie, die früher bei vielen Tanzveranstaltungen die größte Schönheit, die hübsch und beliebt gewesen war, hatte sich nicht mit ihrer Einsamkeit abgefunden und würde es auch nie tun. Sie hatte sich nicht daran gewöhnt, wie die Bewohner seiner Pension es getan hatten oder im Lauf der Zeit tun würden.

Studdy träumte, dass er in die Politik gegangen war und man ihn bat, Bürgermeister von SW17 zu werden. »Schon wieder wir beide«, rief Schwester Clock, die neben ihm im Amtszimmer saß, denn sie war ebenfalls Bürgermeisterin. In seinem Traum begrüßte er sie und berührte ihre Schulter, schmiedete aber einen furchtbaren Racheplan.

Mr. Scribbin träumte, dass er einmal ein Wilder gewesen war, der barfuß durch die Straßen lief. Er, dessen Abend es in gewisser Hinsicht gewesen war, da er sich in der Kleiderangelegenheit nicht hatte unterkriegen lassen, träumte, dass er der Lokomotivführer des mit zwei Schornsteinen ausgestatteten *Lord Faringdon* war. Neben ihm stand Mrs. Trine, die an seiner Arbeitshose zog und ihn um seine Krawatte bat. »Wir sind spät dran«, rief er. »Wir sind spät dran, Mrs. Trine.« Er sprach im Rhythmus der Räder, versuchte ihr klar zu machen, dass er unter Zeitdruck stand, doch sie lachte nur und bat ihn um seine Krawatte. »Wir sind auf dem Weg nach King's Cross«, schrie Mr. Scribbin und versuchte, sie hinunterzustoßen. »Ich kann Sie nicht verstehen«, sagte Mrs. Trine lachend, und dann war der Führerstand plötzlich voller Leute: Venables und Major Eele,

Schwester Clock und Mr. Obd. Die beiden Männer hielten ihn fest, während Schwester Clock und Mrs. Trine die Feuerluke öffneten und seine Kleider hineinwarfen. Er wurde von seinem verzweifelten Stöhnen wach, und da er nicht wieder einschlafen konnte, stand er auf und hörte sich die Schmalspurbahn an der Costa Brava an. Über ihn hatte Mr. Bird geschrieben:

Joseph Scribbin (55) ist das Musterbeispiel eines einsamen Menschen. Ich stelle mir vor, dass er als Kind zugleich seine Mitschüler und seine Lehrer überragt haben muss. Vermutlich konnte sich seine Kraft mit seiner Größe nicht messen, da sie bereits für sein Wachstum aufgebraucht wurde. Man kann sich vorstellen, wie der schlaksige Scribbin von kleineren Jungen gequält wurde, wie sie ihm das Bein stellten und ihn zu Boden stießen, wie seine Lehrer ihn beschimpften, weil sie erwarteten, dass ein so groß gewachsener Bursche auch intelligent war. Ich schätze, er gehörte zu den Jungen mit frühem Bartwuchs, die jahrelang am Kinn und auf der Oberlippe einen dichten, filzigen Flaum tragen, in dem alle möglichen Essensreste hängen bleiben. Er geht heute einer im Sitzen ausgeübten Tätigkeit nach, da das für ihn von entscheidender Bedeutung ist. Ich habe unablässig versucht, ihm seine fixe Idee auszureden, ihm genau wie Major Eele praktische, aber natürlich anders geartete Tipps zu geben. Ich habe ihm vorgeschlagen, er solle sich einen geduckten Gang angewöhnen. Ich behaupte, dass seine ungeheure Größe dann nicht so auffallen würde, wenn auch vielleicht der geduckte Gang. Doch er hört sowieso nicht auf mich, blickt mich nur stumm an und geht weg, um seine Grammophonplatten zu spielen. Wenn ich an die Leere in Joseph Scribbins Leben denke, kommen mir die Tränen.

Rose Caves Mutter saß auf einem Stuhl mitten im Fernsehzimmer und aß ein Sandwich. »Ich wollte Hühnerpastetchen haben«, rief sie. »Rose, Kleines, ich wollte Pastetchen haben, und du hast mir ein Zungensandwich gebracht. Was ist denn los mit dir?« »Tut mir Leid«, sagte Rose Cave, nahm ihrer Mutter das Sandwich aus der Hand und aß es selbst. »Es ist unhöflich«, rief ihre Mutter, »der eigenen Mutter das Brot wegzunehmen. Was ist los mit dir? Bist du krank? Bist du in die Wechseljahre gekommen?« »Ja, ich bin in die Wechseljahre gekommen«, sagte Rose Cave und weinte vor allen Leuten.

Venables erzählte Mr. Bird wie schon so oft von seiner Stelle als Verkehrskontrolleur in einer ausgezeichneten Firma; er versuchte zu erklären, was ein Verkehrskontrolleur war, ohne den Klang des Titels zu sehr zu beeinträchtigen, und Mr. Bird war wie immer taktvoll und geduldig.

»›Nur Narren trauen sich zu«, murmelte Mr. Bird Miss Clerricot ins Ohr, »was nicht einmal ein Engel wagt.‹ Das ist von Alexander Pope, Miss Clerricot.« Sie sah ihn an und sagte, sie habe nicht gewusst, dass jene Worte von Alexander Pope stammten. Sie wollte nicht über die Sache reden, auf die Mr. Bird anspielte, und in dem Schweigen, das eintrat, spürte sie, wie im Traum ihr Gesicht rot anlief. »Irren ist menschlich« murmelte Mr. Bird und lächelte, bevor er starb.

»Sie haben meine letzten Worte nicht aufgeschrieben«, sagte er zu Schwester Clock im einzigen Traum ihres Lebens. »Sie haben keiner Zeitung mitgeteilt, dass William Bird schrittweise gestorben ist und alles bei den Füßen begonnen hat. Ich habe in der britischen Presse nachgelesen und nichts darüber gefunden. Das finde ich herzlos, Schwester Clock; schließlich habe ich Ihnen meine Pension hinterlassen.«

»Mir und Studdy! Was sollte das? Für diese verwerfliche Tat werden Sie in der Hölle schmoren, Sir. Ich finde das boshaft, Mr. Bird: Sie haben uns allen einen Streich gespielt.«

»Schwester Clock, ich habe Sie aufgenommen, als die Lord-Bloods Sie in den Staub geworfen hatten. Ich habe mein Haus den bedeutendsten Bewohnern hinterlassen.

Wie konnte ich es Ihnen allein hinterlassen? Sie würden es in ein Altenheim verwandeln.«

Doch Schwester Clock, die plötzlich im Sterbezimmer ihres verstorbenen Vermieters saß, schenkte ihm keine Beachtung und las ihre Zeitschrift.

Major Eele sah Mr. Bird in der Ferne auf einer Parkbank sitzen, wo er sein schlimmes Bein ausgestreckt hatte. Mr. Bird schien zu dösen, doch Major Eele vermutete, dass er sehen wollte, ob Mrs. le Tor vorbeikam.

In jener Nacht und auch danach lebte Mr. Bird in den Köpfen von ihnen allen weiter, besonders im Kopf von Mr. Obd, der träumte, dass Mr. Bird von den Toten auferstanden war.

Tome Obd, der an dem Schreibtisch im Fernsehzimmer gesessen hatte, was vor ihm noch nie jemand getan hatte, und jetzt von dem auferstandenen Mr. Bird träumte, war erneut mit Blumen zu Annabel Tonks' Wohnung gegangen. Miss Tonks war jedoch anscheinend nicht da gewesen, und so hatte er wieder einmal deprimiert mit den Blumen auf dem Treppenabsatz vor ihrer Wohnungstür gestanden. Er hatte geklingelt und die Klingel gehört. Er hatte mit dem Messingtürklopfer an die Tür gepocht und dann in seinem Kummer laut gerufen: »Ach, Annabel, warum kreuzen sich unsere Wege nicht?« Wenn er sie anrief, schienen sie immer aneinander vorbeizureden. »Die Nummer hat sich geändert«, hatte ihm vor kurzem ein Angestellter der Telefongesellschaft mitgeteilt, doch als er sich nach der neuen Nummer erkundigt hatte, hatte die Stimme geantwortet: »Das darf ich Ihnen nicht sagen«, und hatte dann »Sir« hinzugefügt. Es war schon lange her, dass er das Mädchen, mit dem er früher Pingpong gespielt hatte, zum letzten Mal zu Gesicht bekommen hatte. Doch jedes Mal, wenn er vorbeigekommen war, waren seine Blumen vom letzten Mal verschwunden gewesen, nicht nur die Blumen, sondern auch der Begleitbrief. »Weißt du nicht, dass du eine Wohnung in meinem Herzen hast?«, hatte Mr. Obd gerufen und damit den Vers eines wunderbaren Gedichts nicht ganz richtig zitiert. »Annabel, Annabel, hier ist Tome Obd.«

Es war Mr. Obd nie in den Sinn gekommen, dass Annabel Tonks umgezogen sein könnte. Es war ihm nicht in den Sinn gekommen, dass sie in aller Stille ausgezogen sein und ihrer Nachmieterin erzählt haben könnte, dass sie einem Afrikaner, der mit Blumen vorbeikommen würde, ihre neue Adresse nicht verraten solle. Es war ihm nicht eingefallen, dass vielleicht eine andere Frau jedes Mal seine Blumen nahm und in eine Vase stellte, dass eine andere Frau seine mit schwarzer Tinte geschriebenen Briefe las oder ungelesen wegwarf.

»Mach die Tür auf«, hatte Mr. Obd gerufen und mit beiden Händen dagegen geschlagen. »Annabel, Annabel.«

»Sind Sie Mr. Obd?«, hatte eine junge Frau mit blondem Haar gefragt, nicht seine Miss Tonks, aber immerhin eine junge Frau, die die Wohnungstür von innen geöffnet hatte.

»Ja, ja. Ich bin Tome Obd. Ich möchte Annabel sprechen. Sehen Sie, ich habe ihr einen Strauß Dahlien mitgebracht.«

»Wie schön«, hatte die junge Frau gerufen und ihr Gesicht in den Blumen vergraben. »Was für herrliche Blumen! Tut mir Leid, Mr. Obd, aber Miss Tonks ist weggezogen.«

»Wie meinen Sie das? Weggezogen? Sie ist nicht da? Ich kann warten. Sind Sie eine Mitbewohnerin? Ich habe schon andere kennen gelernt. Guten Tag; mein Name ist Tome Obd.«

Mr. Obd hatte lächelnd die Hand ausgestreckt.

»Nein«, hatte die junge Frau gesagt, »Annabel Tonks ist in eine andere Wohnung umgezogen. Sie wohnt jetzt irgendwo anders in London. Die Adresse kenne ich nicht.«

Mr. Obd hatte den Kopf geschüttelt. »Nein, nein, Sie können das nicht verstehen. Ich bin ein langjähriger Freund von Annabel. Sie würde nicht umziehen, ohne Tome Obd davon zu erzählen. Wie heißen Sie? Zwischen Annabel

Tonks und mir bestehen enge Bande, wie sie Ihnen bestimmt erzählt hat.«

Die junge Frau, die Josephine Tonks hieß und Annabels Schwester war, hatte mit Interesse gesehen, dass Mr. Obd künstliche Zähne hatte. Afrikaner hatte sie noch nie mit einem Gebiss in Zusammenhang gebracht, was vielleicht ganz natürlich war. Sie redete sich ein, dass sie, ohne sich näher mit der Angelegenheit befasst zu haben, vorausgesetzt hatte, dass das Lächeln eines Afrikaners von Grund auf natürlich war. Wie sie später berichtet hatte, hatte das rosafarbene Plastikzahnfleisch in Mr. Obds Mund sie ziemlich überrascht.

»Leider weiß ich nur wenig über Miss Tonks' Leben«, hatte Josephine Tonks gesagt. »Ich kann nicht für sie sprechen.«

Mr. Obd hatte in einer Zeitschrift gelesen, dass junge Frauen, die sich eine Wohnung teilten, oft auf den Freund ihrer Mitbewohnerin eifersüchtig waren. Das hatte er auch in diesem Fall vermutet. Er hatte gewusst, dass Annabel Tonks noch immer dort wohnte, da er in der Diele einen ihrer Mäntel gesehen hatte.

»Sie haben oft Blumen dagelassen, oder?«, hatte die junge Frau unbekümmert gefragt. »Bestimmt hat sie der Hausmeister manchmal mitgenommen. Keiner weiß, wohin es Miss Tonks verschlagen hat. Sie hat sich einfach in Luft aufgelöst.«

»Das ist nicht wahr«, hatte Tome Obd gerufen. »Das entspricht ganz und gar nicht der Wahrheit, und das wissen Sie auch. Was ist das da? Da hängt der Mantel meiner Annabel an einem Haken. Annabel, Annabel, du hast eine Wohnung in meinem Herzen.« Mr. Obd hatte beim letzten Satz die Stimme erhoben, und Annabel Tonks, die mit einem Schönheitspräparat auf dem Gesicht vorm Spiegel gesessen hatte, hatte tief geseufzt und sich gewünscht, dass er wegging. Ihrer Schwester, die einige Jahre jünger war, hatte die dramatische Szene gut gefallen, und sie hatte es ziemlich romantisch gefunden, dass ein Schwarzer sagte, er habe eine Wohnung in seinem Herzen. Doch Annabel, die nie wusste, wann sie gefahrlos die Tür öffnen konnte, hatte sich inzwischen gelangweilt. Es war zwölf Jahre her, dass sie Tome Obd zum letzten Mal ins Kino begleitet hatte, und vor zwei Jahren hatten sie zum letzten Mal Tischtennis gespielt. Das konnte er doch bestimmt verstehen, da sie sich bei der Gesellschaft zur Förderung der Freundschaft zwischen den Commonwealth-Völkern kennen gelernt hatten? Inzwischen hatte er doch bestimmt begriffen, dass sie nur die Freundschaft zwischen den Commonwealth-Völkern gefördert hatte und sonst nichts?

»Es hat gar keinen Zweck«, hatte Mr. Obd erklärt und den Strauß Dahlien geschwenkt. »Notfalls muss ich hier die ganze Nacht stehen. Wann hab ich Annabel zum letzten Mal gesehen? Vor einem halben Jahr. Wir haben den Kontakt verloren; das ist ein jämmerlicher Zustand.«

»Vielleicht«, hatte Annabel Tonks' Schwester gesagt. »Vielleicht stimmt das, aber was können wir schon tun? Ich bin bloß ihre Nachmieterin. Sie müssen Ihre Probleme woanders besprechen.«

»Sie sind eifersüchtig«, hatte Mr. Obd gerufen. »Sie sind ein eifersüchtiges junges Mädchen.«

»Das stimmt«, hatte sie gesagt. »Ich bin von Natur aus eifersüchtig, das steht in meinem Horoskop. Aber was hat das mit dieser ganzen Sache zu tun?«

»Sie sind neidisch auf meine Freundschaft mit Miss Annabel Tonks. Sie sind ihre Mitbewohnerin und sind neidisch. Ich weiß, dass es so ist.«

»Das stimmt überhaupt nicht. Ich sehe keinen Grund, neidisch auf Sie zu sein. Offen gesagt, die Hälfte der Zeit verstehe ich nicht mal, was Sie sagen wollen.«

»Jetzt kränken Sie mich«, hatte Mr. Obd gerufen. »Sie haben Tome Obd mit Ihren grausamen Worten gekränkt, und Sie wollen mir nicht einmal Ihren Namen nennen.«

»Gehen Sie, bitte«, hatte ihn Annabel Tonks' Schwester

aufgefordert und mit einer schnellen Bewegung die Tür geschlossen.

»Er wird wiederkommen«, hatte Annabel Tonks gesagt, »und dann werde ich ihn selbst empfangen. Ich habe ihm ins Gesicht gesagt, dass er aufdringlich ist. Nächstes Mal sage ich, dass die Polizei ihn verhaften wird. Das kann man veranlassen, wenn einen jemand ständig belästigt.«

Mr. Obd hatte das nicht gehört, denn sie hatte die Worte im Innern der Wohnung, weit weg von der geschlossenen Wohnungstür ausgesprochen. Er hatte auf dem Treppenabsatz geweint, und die Tränen waren über seine Wangen gerollt und auf seinen steifen weißen Kragen getropft.

»Es ist ein großes Haus«, sagte Schwester Clock. »Ich hab mir oft gedacht, es könnte mehr abwerfen.«

Studdy betrachtete sie, ließ den Zigarettenrauch durch die Nase strömen und lauschte mit Interesse ihren Worten.

»Klar, es ist groß.« Er beobachtete, wie die Asche auf den dunklen Stoff seines Mantels fiel, und blickte dann wieder das Gesicht der Schwester an.

Einen Augenblick lang trat Schweigen ein, und es herrschte eine Stille, die nur von Studdys Geräuschen beim Rauchen unterbrochen wurde. Schließlich sagte er:

»Haben Sie Pläne?«

Sie wusste, dass sie auf die Mitarbeit dieses Mannes angewiesen war. Sie begriff, was Mr. Bird vorgehabt hatte. Sie nickte, und nach einem weiteren kurzen Schweigen beantwortete sie seine Frage.

14

»Ich hab neue Verpflichtungen«, sagte Studdy. »Ich kann wahrscheinlich nicht mehr so oft vorbeikommen, gnädige Frau.«

»Was soll das heißen, Mr. Studdy?«

»Ich sage, dass ich wahrscheinlich nicht mehr so oft vorbeikommen kann. Ich muss neue Felder bestellen …«

»Was soll das heißen?«

Studdy drehte das Radio leiser.

»Ich muss neue Felder bestellen. Die Pension nimmt viel Zeit in Anspruch. Wir müssen uns ziemlich nach der Decke strecken.«

»Ich hab kein Geld mehr, Mr. Studdy.«

»Darum geht's nicht, gnädige Frau. Aber ich hab nicht mehr so viel Zeit, Sie zu besuchen. Ich glaube …«

»Kommen Sie nicht mehr wieder, Mr. Studdy? Wollen Sie mich im Stich lassen, ist es das?«

»Ah, ganz und gar nicht, Mrs. Maylam.«

»Es kommt jetzt niemand mehr vorbei, haben Sie das gewusst? Die Frau mit dem Mittagessen war seit letzter Woche nicht mehr da. Mein Bett ist schmutzig. Haben Sie das gehört, Mr. Studdy? Wollen Sie mich im Stich lassen?«

»Schwester Clock kommt, um Ihnen die Spritzen zu geben, gnädige Frau. Lassen Sie sich die Spritzen geben, dann werden Sie Ihre Beschwerden los.«

»Sie waren immer auf meiner Seite, Mr. Studdy. Sie lassen eine alte Frau im Stich.«

»Ah nein, ganz und gar nicht.«

»Zurück aufs Land, was? Sie wollen wieder die Felder bestellen, oder?«

»Ah nein, Mrs. Maylam, das ist doch bloß eine Redensart. Werden Sie klarkommen?«

»Sie haben mich völlig ausgesaugt, Mr. Studdy. Ich hab

keinen Penny mehr. Kein Wunder, dass Sie gehen. Scheren Sie sich zum Teufel.«

»So redet man nicht mit einem Freund. War ich Ihnen nicht immer eine Hilfe?«

»Stellen Sie mein altes Radio an, Mr. Studdy. Sie sind ein echter Windhund.«

Später sagte Schwester Clock:

»Kein Unsinn mehr, Mrs. Maylam: Werfen wir diese dreckige alte Kartoffel weg. Seien Sie ein braves Mädchen und heben Sie Ihren Rock hoch, und dann gebe ich Ihnen diese kleine Spritze.« Und dann betupfte sie, deren größte Freude es war, dafür zu sorgen, dass die alten Leute gesund und munter waren, das Bein der neunundachtzigjährigen Mrs. Maylam mit jodgetränkter Watte und stieß ihre Nadel hinein.

An ruhigen Nachmittagen schien er überall in der Pension zu sein: in den oberen Räumen, in den Zimmern der Bewohner, in den Gemeinschaftsräumen und im Keller; in der Diele, die durch die braune Farbe ziemlich düster wirkte, und auf der Treppe mit dem Teppich, der einmal ein Lichtschein gewesen war und jetzt wie eine dunkle Soße aussah. In der Kühle der Diele konnte man, wenn man eintrat und die Watts-Drucke und die Scharen von Porzellangänsen sah, die Anwesenheit des verstorbenen Mr. Bird besonders deutlich spüren. Im Haus ging nicht der Geist eines Toten um, sondern es herrschte die quälende Erinnerung an einen Lebenden. Ein Fremder hätte in der Diele vielleicht eine Leere oder eher eine Abwesenheit gespürt, und ein Fremder, der in Eile war, vielleicht gar nichts.

In der Diele hing ein Spiegel, der Miss Clerricot ihr Gesicht zeigte und die ganze Länge von Mr. Scribbin einfing, wenn er daran vorbeiging. Im Fernsehzimmer stand ein Hochzeitsfoto, das Mr. Bird gekauft hatte, weil er es passend fand. Das hatte er gesagt, als er eines Abends spät ins Fernsehzimmer gekommen war und es auf einen Beistelltisch gestellt hatte, und er hatte hinzugefügt, dass er nicht wisse, wer die Leute seien, aber dass er es mitsamt dem Rahmen für einen Shilling sechs Pence erstanden habe. Der Rahmen sei ein Vermögen wert. Seitdem hatte es dort gestanden und Rose Cave daran erinnert, dass für sie oder ihre Mutter die Hochzeitsglocken nie geläutet hatten. Major Eele erinnerte es an seine Hochzeitsnacht und die neun folgenden Nächte, obwohl er nicht mit solchem Gepränge geheiratet hatte.

»Könnte ich bitte mit Major Eele sprechen?«

»Ich glaube, er ist da«, sagte Studdy und legte voll Interesse den Hörer hin. »Major, eine Frau möchte Sie sprechen.«

»Eine Frau?«

»Sie hat ihren Namen nicht genannt, Sir.«

Während Major Eele durchs Fernsehzimmer eilte, überschlugen sich seine Gedanken, und er fragte sich, ob Mrs. Andrews ihn aus irgendeinem Grund sehen wollte und ihn in der Pension ausfindig gemacht hatte. Er blieb in der Diele stehen und winkte Studdy mit dem Zeigefinger heran. Dann flüsterte er ihm zu:

»Fragen Sie bitte, wer dran ist.«

Studdy ließ seine dicke Zunge durch den Mund gleiten. Er schluckte ein paar Krümel angebratenes Brot hinunter. Dann sagte er:

»Der Major möchte wissen, wer am Apparat ist, Madam.«

»Mrs. le Tor«, sagte Mrs. le Tor.

»Eine gewisse Mrs. le Tor«, sagte Studdy.

»Hallo, Mrs. le Tor«, sagte Major Eele.

»Ich habe mich bloß gefragt, Major, ob es nicht besser wäre, sich zum Mittagessen zu treffen. Sie wissen schon, besser als zum Tee. Ein Mittagessen wäre doch schöner, oder? Das heißt, wenn Sie so viel Zeit erübrigen können.«

Studdy stand dicht neben Major Eele und versuchte zu verstehen, was die Stimme sagte. »Wollen Sie irgendwas?«, fragte Major Eele.

»Sie erinnern sich doch, dass wir zum Tee verabredet sind. Sie waren so freundlich, mich einzuladen.«

»Nein, nein. Ich habe mit jemand anders gesprochen. Mr. Studdy steht neben mir; ihm hab ich die Frage gestellt.«

Studdy ging davon. Er betastete die Blätter des Gummibaums, nahm sie der Reihe nach zwischen Daumen und Zeigefinger. Um seinem Tun mehr Gewicht zu verleihen, führte er mit leiser Stimme ein Selbstgespräch.

»Das wäre schön. Wenn Sie lieber zu Mittag essen, Mrs. le Tor, dann tun wir das.«

»Im Jasmine gibt es ein Mittagsmenü für fünf Shilling sechs Penny. Das ist sehr preisgünstig. Kennen Sie das Jasmine, Major Eele?«

»Im West End«, sagte Major Eele in Studdys Richtung, doch er wusste, dass das Jasmine ein nahe gelegenes Café war, das von den Schwestern Gregory geführt wurde.

Mrs. le Tor lachte und sagte, das Jasmine liege nicht im West End, sondern ganz in der Nähe und werde von den Schwestern Gregory geführt, die gute Bekannte von ihr seien. Sie erklärte ihm, wie man dort hingelangte, und Major Eele nickte und sah ihre langen Beine und ihre grauenhaften roten Fingernägel vor sich. Als sie fertig war, sagte er:

»Wo wir schon vom Teetrinken abgekommen sind, warum gehen wir da nicht gleich aufs Ganze und verabreden uns zum Abendessen? Eine Verabredung zum Abendessen ist heutzutage der letzte Schrei.«

Mrs. le Tor ließ kurz Schweigen eintreten.

»Wie nett von Ihnen, Major Eele. Aber im Jasmine wird leider kein Abendessen serviert.«

»Na, dann eben ein anderes Restaurant. Irgendwo in der Jermyn Street«, fügte er hinzu und hielt die Hand über die Sprechmuschel. »Oder in der Gegend um die Curzon Street. Da kenne ich ein, zwei Lokale.«

»Hier in der Gegend gibt es keine anderen Restaurants«, sagte Mrs. le Tor. »Es sei denn, wir fahren nach London rein. Vielleicht nach Chelsea?«

»Darauf hab ich keine Lust.« Er dachte, dass sie langsam wieder Mrs. Andrews glich: Ihm fiel das Kellerrestaurant ein, wo er das portugiesische Essen ausgespuckt hatte. Er ließ seine Hand wieder auf die Sprechmuschel gleiten. »Wie wär's mit dem Colony am Berkeley Square? Da gehen alle großen Geschäftsleute hin. Würde Ihnen das gefallen?«

»Ich hab's«, sagte Mrs. le Tor. »Die Schwestern Gregory werden uns ein Abendessen zubereiten, wenn ich mit ihnen rede. Ganz bestimmt. Sie sind die Freundlichkeit in Person. Stellen Sie sich vor, wir würden ein schönes ruhiges Abendessen im Jasmine einnehmen, nur wir beide. Ich telefoniere mit ihnen und rufe Sie dann zurück. Wiedersehen, Major Eele.«

Mrs. le Tor legte auf, und Major Eele sagte in die tote Leitung: »Vielleicht ist der junge Armstrong-Jones da.«

Er ging an Studdy vorbei und schrieb eifrig etwas in ein Tagebuch, das er schon seit vielen Jahren führte.

»Ein Altenheim«, sagte Studdy. »Das ist das, woran Sie denken, Schwester. Liege ich da richtig?«

Sie nickte.

Studdy zündete sich eine selbst gedrehte Zigarette an. Er lächelte und zeigte eine Reihe Zähne, die dringend gerichtet werden mussten. Er sagte:

»Mich können Sie nicht reinlegen.«

Schwester Clock, die noch mit dem unangenehmen Anblick seiner Zähne beschäftigt war, kniff die Augen zu, so dass sie nichts mehr sah. Mit geschlossenen Augen wandte sie den Kopf ab und sprach.

»Ich wollte Sie nicht reinlegen, Mr. Studdy.«

»Ah nein, wir arbeiten zusammen.«

»Sie haben oft von den alten Leuten gesprochen. In einem Altenheim wären Sie mit Ihrer praktischen Veranlagung eine große Hilfe für mich. Und das Haus führen wir gemeinsam.«

»Oh, auf jeden Fall.«

»Wir würden damit ein bisschen Geld verdienen, und wenn Ihnen die Arbeit nicht gefällt, könnte ich Sie auszahlen.«

»Ah nein, diese Arbeit ist genau das Richtige für mich.«

»Ein gepflegtes Äußeres wäre unerlässlich, Mr. Studdy.«

»Ah, wir müssten auf jeden Fall mehr Wert darauf legen.«

»Sauberkeit ist bei so etwas ganz wichtig.«

»Oh, natürlich.«

Schwester Clock summte zwei Takte des Kirchenlieds Nr. 13.

»Alles neu streichen, wie Sie schon gesagt haben, Schwester.«

»Ich hab eigentlich die Körperpflege gemeint.«

»Körperpflege. Ah ja. Sie haben völlig Recht.«

Schwester Clock summte erneut. »Das Lieblingslied des verstorbenen Königs«, sagte sie.

»Wie bitte?«

»*Abide With Me*, das Lieblingslied des verstorbenen Königs.«

»Natürlich«, sagte Studdy. »Das werden wir hier sonntagmorgens singen, Schwester, und abends noch mal, und alle Alten werden mitsingen. Klar, es wird das glücklichste ...«

»Mr. Studdy, wenn Sie sich ab und zu die Zähne putzen würden, würde das wesentlich zur allgemeinen Sauberkeit und Adrettheit beitragen.«

Es trat eine Pause ein, und dann fragte Studdy:

»Zähne?«

»Seien Sie nicht gekränkt, Mr. Studdy. Erinnern Sie sich, es ist eine reine Geschäftsbeziehung. Wir sind Geschäftspartner. Wir dürfen nichts außer Acht lassen, das uns beiden hilft. Ich möchte, dass es ein elegantes Haus wird.«

Studdy kratzte mit dem Nagel seines rechten Zeigefingers an seinen Zähnen.

»Ich werde mir die Zähne mit einer Zahnbürste putzen«, sagte er und salutierte vor ihr; und er spürte, wie es ihn reizte, die Stecknadel zu berühren. Er fragte sich, ob die Belohnung groß genug sein würde, und tröstete sich mit einer Reihe von Bildern: wie seine Hände alte Keksdosen voller belastender Briefe öffneten, wie er durchtrieben mit einem ganzen Haus voll reicher Mrs. Maylams über die eine oder andere Formulierung in einem Testament sprach. Er nickte und begann zu lächeln. Dann fiel ihm ein, was Schwester Clock über seine Zähne gesagt hatte, und er schloss den Mund, um sie zu verbergen.

»Sie müssen alle raus«, sagte Studdy.

»Oh, nein, ich bin mir sicher, dass das nicht nötig ist. Wie gesagt, putzen Sie sie oft. Und gehen Sie vielleicht mal zum Zahnarzt.«

»Wie bitte?«

»Es ist bestimmt nicht nötig, dass Sie sich die Zähne ziehen lassen. So hab ich das nicht gemeint, Mr. Studdy.«

»Ich werde mir die Zähne mit einer Zahnbürste putzen. Das hab ich versprochen.«

»Gut.«

»Ich hab von den Bewohnern gesprochen. Ich hab gemeint, dass sie gehen müssen.«

»Oh, natürlich, Mr. Studdy.«

15

Miss Clerricot und Mr. Sellwood nahmen den 7.45 Uhr-Zug nach Leeds.

»Frühstück?«, schlug Mr. Sellwood vor.

Miss Clerricot hatte schon in der Pension gefrühstückt. Sie war um halb sechs aufgestanden, weil sie nicht schlafen konnte.

Sie wollte bloß einen Kaffee trinken, doch es gab Probleme, weil Frühstück serviert wurde und eine Tasse Kaffee noch kein Frühstück war. Sie kehrte in ihr Abteil zurück, während Mr. Sellwood Zeitung las und auf einen Teller Speck mit Eiern wartete.

Studdy, der Miss Clerricot von der Pension nach King's Cross verfolgt hatte, sah, wie der Zug abfuhr, und ging in einer der großen Cafeterias eine Tasse Tee trinken. Er hatte keine Zeit zum Rasieren gehabt, bevor er die Pension verlassen hatte, und als er seinen Tee zu einem freien Tisch trug, öffnete sich sein Mantel und enthüllte, dass er sich in großer Eile angezogen hatte. Dann saß er eine Weile gedankenversunken da und zog schließlich seinen linierten Notizblock und einen Bleistift aus der Innentasche. Er schrieb:

Lieber Mr. Sellwood,

ich muss Ihnen sagen, dass Ihre Frau bestimmt daran interessiert wäre zu erfahren, dass man am Morgen des 28. August um Punkt 7.33 Uhr gesehen hat, wie Sie in Begleitung einer Frau in einen Zug nach Leeds gestiegen sind. Ich muss Ihnen sagen, dass Sie anschließend mit dieser Frau wie vermutlich schon mit anderen zwei Nächte in Leeds verbracht haben und dass Ihr lasterhaftes Verhalten von vereideten Zeugen beobachtet wurde. Meine Mitarbeiter und ich haben ein Dossier angelegt, dessen Veröffentlichung Sie zwingen würde, das Land zu verlassen. Wenn Sie das verhindern wollen, hinterlegen Sie bitte am 7. September am Empfang Ihres Bürogebäudes zwei Pfund in einem an M. Moran adressierten Umschlag. Das Geld wird einer kirchlichen Organisation gespendet.

Hochachtungsvoll,

Ein Freund von Sitte und Moral.

Er klebte den Umschlag zu, schrieb *Persönlicher Eilbrief* darauf und warf ihn ohne Briefmarke in einen Briefkasten. Trotz seines erst kurz zurückliegenden Misserfolgs bei Mrs. Rush zweifelte Studdy nicht daran, dass Mr. Sellwood, wenn er diese Nachricht erhielt, sofort zwei Pfund in einen Umschlag stecken und ihn rasch wie angegeben adressieren würde.

»Unser Eisenbahnwesen liegt immer noch an der Spitze«, sagte Mr. Sellwood. »Eier, Speck, Würstchen, Bratkartoffeln, gebratene Tomaten, Kaffee, Toast, Butter, Marmelade. Wo auf der Welt würde man etwas Vergleichbares bekommen?«

»In den Vereinigten Staaten von Amerika«, erwiderte ein Mann, der ihnen gegenübersaß und dem Tonfall nach aus jenem Land stammte. »Die Vereinigten Staaten sind durch persönlichen Service zu einer Weltmacht geworden.«

Mr. Sellwood war überrascht und sagte, er sei schon in den Vereinigten Staaten gewesen.

»Mein Name ist Bone«, sagte der Mann und gab weitere Einzelheiten. Freut mich, Sie kennen zu lernen, Sir.«

»Ich finde es interessant, dass Sie von Service sprechen«, sagte Mr. Sellwood. »Freie Wirtschaft ...«

»Persönlicher Service bei Fluggesellschaften«, sagte der Mann namens Bone. »Trans World Airlines. Sind Sie schon mal mit Trans World Airlines geflogen, Sir?«

»Nein«, gestand Mr. Sellwood.

»Eine der wirklich großen Fluggesellschaften«, sagte der Mann.

»Machen Sie hier Urlaub?«, fragte Miss Clerricot, da sie sich verpflichtet fühlte, etwas zu dem Gespräch beizutragen.

»Urlaub!« rief Mr. Bone, ein kleiner, rundlicher Mann mit Brille. »Urlaub!«, rief er noch einmal.

»Mich interessieren besonders die Dienstleistungsunternehmen«, sagte Mr. Sellwood. »Unser Bankwesen ist zum Beispiel ziemlich interessant: Vielleicht hatten Sie Zeit, sich damit zu befassen?«

»Arbeiten Sie in der Branche?«, fragte Mr. Bone.

»Oh, nein, ganz und gar nicht. Das Bankwesen beschäftigt mich bloß als Dienstleistung für unser Volk. Wir haben hier die so genannten Großen Fünf: Lloyd's, Barclay's, die National Provincial, die Westminster und die Midland. Das soll keine Reihenfolge sein, sie bieten alle einen gut funktionierenden Service.«

»Ich«, sagte Mr. Bone, »bin bei der Chase Manhattan. Die hat mich noch nie im Stich gelassen.«

»Wir haben auch noch die Martin's Bank«, sagte Mr. Sellwood, »ein äußerst interessantes Unternehmen, das schon 1563 gegründet wurde; und Coutts and Cox's. Aber es ist nicht die große Zahl unserer Banken, auf die ich Sie aufmerksam machen möchte, sondern ihr guter Service. Ganz gleich, Mr. Bone, ob Sie sich in unserer Hauptstadt oder in irgendeinem Marktflecken befinden.«

Miss Clerricot schwieg, bis der Zug in Leeds einfuhr. Da sie das Gefühl hatte, Mr. Sellwood an ihre Anwesenheit im Zug erinnern zu müssen, sagte sie dann:

»Was für eine angenehme Fahrt!«

»Das mit der Chase Manhattan ist interessant«, sagte Mr. Sellwood.

Major Eele holte seinen dunklen Flanellanzug aus der Tipp-Top-Reinigung und kaufte sich eine kleine Rosenknospe. Er ging langsam zur Jubilee Road zurück und malte sich den Abend aus, der vor ihm lag. Er lachte in sich hinein, weil er Mrs. le Tor irrtümlich für eine Prostituierte gehalten hatte. Sein Gedankengang führte ihn weit in die Vergangenheit, und ihm fiel Bicey-Jones ein, der vor vielen Jahren im Schlafsaal mit seinen Geschichten über eine mütterliche französische Prostituierte, die er angeblich eines Nachmittags am Piccadilly Circus aufgegabelt hatte, für große Aufregung gesorgt hatte. Bicey-Jones hatte berichtet, sie habe einen großen Teil ihrer Unterwäsche anbehalten, doch noch interessanter fand Major Eele immer, dass diese ältere Französin ihm während ihrer Liebesdienste die Mitesser im Gesicht ausgedrückt habe. Seit Major Eele in London lebte, quälte ihn diese Geschichte immer wieder, und er konnte sich nicht entscheiden, ob er sie glauben sollte oder nicht. Wenn er Bicey-Jones am nächsten Tag begegnen würde, würde er ihn ohne Umschweife fragen, ob die Frau wirklich seine Mitesser entfernt habe, und wenn ja, ob sie es auf seine Aufforderung hin getan habe.

An jenem Nachmittag ruhte sich der Major aus und las im Fernsehzimmer eine Ausgabe von *Lust*. Er hatte sie in die grüne Plastikhülle eingeschlagen, die in der Pension für die Fernsehzeitschrift benutzt wurde. Gegen vier Uhr nickte er ein, und als er eine halbe Stunde später aufwachte, erlitt er einen leichten Schock, da er einen Augenblick lang glaubte, dass er noch mit Mrs. Andrews verheiratet war. »Wir treffen uns in unserer Bar am Berkeley Square«, hatte sie gesagt und war zum Friseur gegangen; doch dann fiel ihm ein, dass er sich am Abend mit Mrs. le Tor treffen wollte, und seufzte erleichtert.

»Miss Clerricot, hätten Sie gern einen Cocktail?«

Miss Clerricot bejahte. Sie war am Nachmittag durch Leeds geschlendert, während Mr. Sellwood seinen Geschäften nachgegangen war.

»Ein Gin Tonic, Miss Clerricot? Oder ein Gin mit Bitter Lemon? Oder ein Gin mit ... Was hätten Sie gern?«

Sie sagte, sie hätte gern einen Sherry. Mr. Sellwood sagte, das sei eine hervorragende Wahl. Er hielt inne, bevor er die Bestellung aufgab: Er sagte, er habe während eines Familienurlaubs in Spanien gesehen, wie Sherry gemacht werde. Er erzählte Miss Clerricot davon.

Auch Mr. Sellwood trank Sherry. »Ein guter Sherry«, sagte er anerkennend, nachdem er einen Schluck getrunken hatte. »Ein guter Sherry«, sagte er noch einmal zu einem vorbeikommenden Kellner, und der Kellner verbeugte sich.

In einem riesigen, kunstvoll gerahmten Spiegel sah Miss Clerricot sich und Mr. Sellwood. Der Spiegel war ein Stück entfernt, und im ersten Moment hatte sie die Frau in dem schwarzen Kostüm und den dünnen, leicht gebeugten, kahlköpfigen Mann nicht erkannt. Doch dann bewegte sich der Kopf der Frau, und Miss Clerricot sah ihr eigenes, lächelndes Gesicht und wandte schnell den Blick ab.

»Was für ein angenehmes Hotel«, sagte sie.

»Es gehört zu einer riesigen Kette«, erklärte Mr. Sellwood. »Eine Kette, die meiner Meinung nach ganz hervorragend geleitet wird. Interessieren Sie sich für Hotels, Miss Clerricot?«

Sie fand es schwierig, diese Frage zu beantworten. Sie hatte nie viel über Hotels nachgedacht: Sie übernachtete nur selten in einem.

»Die Organisation eines großen Hotels«, sagte Mr. Sellwood und zündete sich eine Zigarette an, »ist völlig faszinierend.«

Sie fragte sich, ob er je ins Kino, ins Theater oder in eine Kunstausstellung ging. Sie fragte sich, was er im Familienurlaub unternahm, wenn er sich einmal nicht zeigen ließ, wie Sherry gemacht wurde. Sie stellte sich vor, dass er dann in Hotels herumsaß und sich notierte, wie sie organisiert waren, während seine Frau, die sie stumm neben ihm sitzen sah, vielleicht große Mengen Gin trank.

»Das Herz jedes Hotels«, sagte Mr. Sellwood, »ist die Küche. Unter welche Kategorie es fällt, das hängt davon ab, was in der Küche passiert, was aus der Küche kommt und wie schnell es kommt. Ich will damit allerdings nicht sagen, dass die Bar und das Schreibzimmer nicht auch gut ausgestattet sein müssen.« Mr. Sellwood redete weiter und fragte nach fünf Minuten: »Was haben wir getrunken?«

Miss Clerricot dachte, dass man unter veränderten Umständen erwarten würde, eine neue Seite an einem Menschen kennen zu lernen; zum Beispiel, wenn Mr. Sellwood hinter seinem Schreibtisch hervorkam und sie mehrmals zum Mittagessen einlud oder wenn er sie nach Leeds mitnahm und ihr ein Glas Sherry nach dem anderen spendierte. Doch mit Mr. Sellwood ging fast keine Veränderung vor sich. Miss Clerricot dachte, das ist ein Fall von Jekyll und Hyde: Jeden Moment würde sich Schaum vor seinem Mund bilden, seine Augen würden ganz glasig und der Griff seiner Hände hart wie Stahl werden. Sie dachte, dass er vielleicht ganz blass werden und sie in den glasigen Augen kleine Blutspritzer sehen würde.

»Noch zwei Sherrys«, sagte Mr. Sellwood zum Kellner. »Ich stoppe mal die Zeit«, sagte er zu Miss Clerricot, »um zu sehen, wie lange es dauert.«

Miss Clerricot dachte: Er wird sich betrinken und in Gelächter ausbrechen, und dann wird eins zum anderen führen; ich werde sehen, wie seine Hände kalt werden und sich anspannen, ich werde warten, bis sich Schaum vor seinem Mund bildet und die Augen glasig werden, und dann kommen die Blutspritzer.

»Dreißig Sekunden«, sagte Mr. Sellwood und dann, zum Kellner gewandt: »Gut gemacht, Sir.«

Der Kellner war erstaunt und eilte mit Mr. Sellwoods Zehn-Shilling-Schein davon. Er erwartete ein ansehnliches Trinkgeld, wurde aber enttäuscht, als es so weit war.

Miss Clerricot lachte leise über das Bild, das sie in Gedanken von Mr. Sellwood entworfen hatte: Sie wusste, dass das Ganze ein Witz war, sie hatte nicht einen Augenblick lang geglaubt, dass Mr. Sellwood sich in jemand anderen verwandeln würde. Sie fragte sich, wie er wohl als kleiner Junge gewesen war.

»Das mit der Chase Manhattan ist interessant«, sagte Mr. Sellwood. »Ich hatte nicht die geringste Ahnung. In Zügen lernt man interessante Leute kennen.«

»Ja«, sagte Miss Clerricot. »War der Nachmittag zu Ihrer Zufriedenheit?«

»Wie meinen Sie das?«

»Ist heute Nachmittag alles gut gelaufen?«

»Ich hab im Zug mal einen Mann kennen gelernt«, sagte Mr. Sellwood, »dessen Bruder die Geschichte einer unserer kleineren Versicherungsgesellschaften geschrieben hatte. Zufällig las der Mann das Buch gerade; so sind wir ins Gespräch gekommen. Später, als ich das Buch selbst gelesen hatte, schrieb ich seinem Bruder, wie gut es mir gefallen habe, und fügte in einem Postskriptum hinzu, dass ich auf der

Fahrt von Aylesbury nach London seinen Bruder kennen gelernt hätte.«

Miss Clerricot lächelte aufmunternd.

»Ich erhielt einen sehr höflichen Antwortbrief, doch zu meinem größten Erstaunen schrieb der Bursche, er habe gar keinen Bruder, sondern sei ein Einzelkind. Ich antwortete sofort, um mich zu entschuldigen, erklärte, was vorgefallen war, und beschrieb den Mann im Zug. Ich erinnere mich, dass es ein ziemlich kleiner Mann mit rötlichen Augenbrauen und einem ganz roten Gesicht war. Er hatte eine Regenhaut, eins von diesen Plastikdingern, an. Ich fand es damals seltsam, dass er in einem Abteil der ersten Klasse einen Plastikmantel trug, aber ich sagte natürlich nichts. Na ja, dieser andere Bursche, der Autor des Buches, schrieb mir eine Ansichtskarte, auf der er sich für meinen Brief bedankte und irgendeinen Scherz machte, ich weiß nicht mehr, was.«

»Äußerst seltsam«, sagte Miss Clerricot.

»Fand ich auch. Ehrlich gesagt, die Sache ließ mir keine Ruhe, und ungefähr einen Monat später schrieb ich dem Burschen noch einmal, bloß um zu fragen, ob sich irgendwas ergeben habe. Ich dachte, dass man den Mann aus dem Zug vielleicht verhaftet hatte, weil er sich als Bruder des Autors ausgegeben hatte – na ja, vielleicht nicht verhaftet, aber wenigstens zur Rede gestellt …«

»Was ist dann passiert?«

Mr. Sellwood gab keine Antwort. Er schien in Gedanken vertieft zu sein. Sein Blick war in die Ferne gerichtet, er hatte den Mund fest geschlossen und die Augen verdreht.

Mein Gott, dachte Miss Clerricot, sie werden ganz glasig.

»Ich habe auf den Brief keine Antwort erhalten«, sagte Mr. Sellwood. »Ich habe von der Sache nichts mehr gehört.«

»Wie seltsam.«

»Fand ich auch. Besonders, da der Mann vorher sehr höflich gewesen war. Ja, ich fand es äußerst seltsam. Sind Sie hungrig? Wollen wir etwas essen, Miss Clerricot?« Seine

Frage klang, als ob er sich nicht im Klaren sei, ob sie überhaupt etwas essen sollten. Sie hatte das Gefühl, dass er vielleicht daran dachte, den ganzen Abend in der Bar zu sitzen, Sherry zu bestellen und die Schnelligkeit des Kellners zu überprüfen.

»Ich bin hungrig«, sagte Miss Clerricot. »Ich meine, ziemlich hungrig.«

»Man isst hier sehr gut«, sagte er, stand aber nicht auf. »Stellen wir den Burschen noch mal auf die Probe. Würden Sie bitte bestellen, während ich den Rest erledige?«

Sie nahm an, dass ihm das schon zur Gewohnheit geworden war. Sie bestellte die Getränke, während er das Gesicht über sein Handgelenk beugte. Der Kellner, dem das auffiel, schien die Beherrschung zu verlieren. Sie glaubte zu sehen, dass er zitterte, als er mit seinem Tablett aus echtem oder falschem Silber dastand und die leeren Gläser und den Aschenbecher nahm. Sie fragte sich, was er wohl dachte; was konnte ein Mann unter solchen Umständen schon denken? Doch Mr. Sellwood war kein Randalierer; er war in seinem Wahnsinn völlig ruhig. Sie beobachtete, wie der Kellner den Raum durchquerte und die paar Stufen zur Theke hinaufeilte. Während er auf die Getränke wartete, sprach er mit einem Mann, der dort stand. Das ist der Hoteldirektor, dachte Miss Clerricot; er ist gekleidet wie ein Hoteldirektor; der Kellner beschwert sich, er ist völlig bedrückt.

Sie betrachtete Mr. Sellwood und sah ein Gesicht, das sie sehr gut kannte. Sie schloss die Augen und spielte ein Spiel: Sie überlegte, ob Mr. Sellwood einen Schnurrbart hatte oder nicht. Er hatte ein Mal auf der Oberlippe, da war sie sich sicher. Sie versuchte, sich einen schmalen grauen Schnurrbart vorzustellen, aber irgendwie schien er nicht dort hinzupassen. Dann dachte sie, dass er schwarz sein musste, ein dünner Streifen schwarzer Stoppeln. Auch das war anscheinend nicht richtig. Schließlich ging die Phantasie mit Miss Clerricot durch, und sie stellte sich Mr. Sellwood mit einem wild wuchernden Schnurrbart mit gewichsten und gefährlich aussehenden spitzen Enden vor. Sie dachte wieder ernsthaft nach und kniff die Augen zu: Irgendwas befand sich auf Mr. Sellwoods Oberlippe, das wusste sie genau; irgendwas war dort, etwas, das einem so selbstverständlich vorkam wie eine Nase.

Der Kellner, der mit zwei Gläsern Sherry zurückkehrte, sah, dass der Mann die Zeit stoppte und die Frau mit geschlossenen Augen dasaß. Er hatte den Eindruck, dass sie hin und her schaukelte, und fragte sich, ob die beiden irgendeinem Kult huldigten. Wortlos stellte er die Gläser und einen frischen Aschenbecher zwischen ihnen auf den Tisch.

»Zwei Minuten vierunddreißig«, sagte Mr. Sellwood. »Da ist irgendwas schief gelaufen.«

Miss Clerricot schlug die Augen auf und sah den vertrauten grauen Schnurrbart mit ein paar dunkleren Sprenkeln. Sie sah, dass der Kellner in der Nähe stand und so tat, als ob sein Interesse einem anderen Tisch gelten würde. Mr. Sellwood sagte:

»Der Bursche ist mal schnell und mal langsam.«

In der Pension schaltete Mr. Scribbin in jenem Moment den Fernseher an. Rose Cave setzte sich mit ihrem Strickzeug hinter ihn, und Mr. Obd stand innerlich seufzend und stöhnend an der Tür. Im Speisesaal wischte Gallelty gedankenlos die Krümel von den Tischen. Venables, dem schlecht war und der noch leichenblass im Speisesaal saß, spielte mit der rechten Hand an dem Plastikring für seine Serviette herum. Seine Bauchschmerzen verursachten ihm Schweißausbrüche. Er konnte sich nicht bewegen, doch er wusste, dass die Schmerzen in ein oder zwei Minuten aufhören würden, dass er dann aufstehen konnte und zu dem Dienstmädchen eine Bemerkung übers Wetter machen würde.

Mr. Sellwood lehnte sich auf seinem Stuhl zurück und führte das Sherryglas an die Lippen. »Was für eine angenehme Art, den Abend zu verbringen«, sagte er.

Die Schwestern Gregory hatten im Jasmine Café wahre

Wunder vollbracht. Sie hatten Blumen aus ihrem eigenen Garten hübsch auf dem Tisch arrangiert, der für Major Eele und Mrs. le Tor bestimmt war. Sie kannten Mrs. le Tor von früher; sie war ein gern gesehener Gast, und es kam nicht oft vor, dass jemand ein Abendessen für zwei bestellte. Die beiden Schwestern fanden das sehr romantisch und waren äußerst neugierig.

»Das ist ja entzückend«, sagte Mrs. le Tor und ließ den Blick über zwölf freie Tische schweifen, die schon fürs Frühstück gedeckt waren. Auf den Tischen lagen rot-weiß karierte Decken, doch ihr eigener Tisch hatte ihnen zur Ehre eine schlichte gestärkte Decke aus reinem Leinen, die die Schwestern Gregory 1955 von ihrer Mutter geerbt hatten.

»Haben Sie den Wein mitgebracht, Major Eele? Das gefällt mir. Sehen Sie nur, sie haben extra eine Speisekarte geschrieben.«

Auf dem Tisch brannten zwei schlanke rote Kerzen, die Major Eele ganz und gar nicht an die Kerzen in dem Kellerrestaurant erinnerten. Er dachte, dass Mrs. le Tor strahlend schön aussah. Ihre Wangen waren rosiger als gewöhnlich; er fand, dass ihr das stand, und fragte sich, ob er es ihr sagen sollte. Er betrachtete ihre schimmernden Beine, die knisterten, wenn sie sie bewegte. Dann sagte er:

»Wein?«

»Oh, hab ich das nicht gesagt? Das muss ich vergessen haben. Wo war ich bloß mit meinen Gedanken? Das Jasmine hat keine Schankerlaubnis. Wir müssen unseren Wein selbst mitbringen.«

Major Eele knirschte mit den Zähnen. »Haben wir aber nicht.«

»Könnten Sie nicht rasch in das Lokal an der Ecke gehen? Sauternes, Chablis oder irgendetwas. Ich bezahle die Hälfte.«

Doch der Major lehnte das Angebot ab und machte sich auf den Weg.

»Er holt nur rasch eine Flasche Wein«, sagte Mrs. le Tor zu der einen Schwester, die in der Nähe stand. »Er ist gleich wieder da.«

»Ein charmanter Mann«, erwiderte die andere. »Was für ein aufrechter und stattlicher Gang.«

»Die alte Schule«, sagte Mrs. le Tor und sah sich die Speisekarte an. »Ein Brigadegeneral.«

»Ich habe einen Bruder«, sagte Mr. Sellwood, »der in der Hotelbranche tätig ist. Ich sehe ihn nicht oft.«

Sie gingen von der Bar in Richtung Speisesaal. »Entschuldigen Sie mich kurz«, sagte Miss Clerricot in der Halle.

Mr. Sellwood, der die Bedeutung von Miss Clerricots Worten nicht erfasst hatte, drehte sich wenig später um und stellte fest, dass sie nicht mehr da war. Ein Kellner führte ihn gerade durch den Speisesaal.

»Wo ist sie denn?«, fragte Mr. Sellwood und blieb unvermittelt stehen. »Wo ist die Dame?«

Der Kellner zeigte sein höfliches Kellnerlächeln.

»Wo?«, fragte Mr. Sellwood noch einmal und blickte sich um.

Der Kellner deutete auf den Tisch, den er reserviert hatte. »Ein Tisch für zwei«, sagte er. »Kommt Ihre Bekannte noch, Sir?«

»Wo ist meine Bekannte denn?«

»Sie sind allein hereingekommen, Sir.«

»Ich bin mit Miss Clerricot hereingekommen. Ganz bestimmt. Ich suche besser nach ihr.« Und Mr. Sellwood ging davon und ließ den Kellner stehen, der mit ausgestrecktem Arm auf einen Tisch für zwei deutete. Später an jenem Abend sagte derselbe Kellner: »Wir haben einen Verrückten im Haus.«

»Ich suche die Dame, die eben noch bei mir war«, sagte Mr. Sellwood in der Bar. »Ich dachte, wir hätten vereinbart, zusammen in den Speisesaal zu gehen, doch als ich dort ankomme, ist sie nicht mehr an meiner Seite. Ich dachte, sie müsste noch hier sein.«

Doch der Kellner, dessen Schnelligkeit Mr. Sellwood vorher überprüft hatte, schüttelte den Kopf, ohne wie der andere Kellner zu lächeln. »Ich bin nicht hier, um mich von den Gästen kontrollieren zu lassen«, hatte er sich bereits beschwert, wenn auch nicht bei Mr. Sellwood.

Jetzt wurde Miss Clerricot zu dem Tisch geführt, den Mr. Sellwood hatte reservieren lassen.

»Wo ist denn Mr. Sellwood?«, fragte sie, als sie sah, dass niemand an dem Tisch saß. Der Mann machte eine geübte Handbewegung, die andeutete, dass Mr. Sellwood unterwegs war. Miss Clerricot dachte, er sei auf der Toilette.

»Such den Herrn«, sagte der Kellner leise zu einem Pagen. »Er lungert bestimmt in der Halle herum.«

Mr. Sellwood saß jedoch noch immer ziemlich verärgert in der Bar, wo er ein weiteres Glas Sherry bestellt hatte. Er warf den Arm in die Luft, um die Manschette zurückzustreifen, und betrachtete den Minutenzeiger seiner Armbanduhr.

»Drei Shilling, Sir«, sagte der Kellner.

Mr. Sellwood begriff immer noch nicht, wie es kam, dass der Kellner beim ersten Mal nur eine halbe Minute und danach einmal zwei Minuten und vierunddreißig Sekunden und einmal zwei Minuten und neunzehn Sekunden gebraucht hatte. Mr. Sellwood ärgerte sich darüber, während er dasaß und seinen Sherry trank. Einen Augenblick lang hatte er Miss Clerricot ganz vergessen.

»Sir«, sagte ein Junge neben ihm, und Mr. Sellwood blickte auf und sah ein Kind von vielleicht zwölf Jahren in einer eleganten Uniform. »Mr. Sellwood, Sir, Sie werden im Speisesaal erwartet.«

»Ich bin Sellwood, ja.«

»Man sucht nach Ihnen, Sir. Ihre Frau ist an Ihrem Tisch im Speisesaal eingetroffen.«

»Mein Gott«, rief Mr. Sellwood, sprang auf und sah zu Tode erschrocken aus.

»Das gefällt mir nicht«, sagte Mr. Scribbin im Fernsehzimmer. »Warum müssen wir uns die Operation eines Magengeschwürs ansehen?«

»Schwester Clock wollte es so«, sagte Rose Cave. »Sie wird wütend sein, wenn Sie umschalten.«

»Schwester Clock ist doch gar nicht hier.«

»Nein, sie kümmert sich um die Decken, die gewaschen werden müssen. Ich habe ihr meine Hilfe angeboten. Sie hat jetzt, wo sich alles geändert hat, alle Hände voll zu tun.«

Mr. Obd schrieb in seinem Zimmer einen Brief, den längsten und ergreifendsten, den er Annabel Tonks je geschrieben hatte. Beim Schreiben hielt er sich nicht zurück: Er schüttete sein Herz aus.

»Erzählen Sie mir alles über sich, Major Eele. Wie das Leben in Ihrer Pension ist, wie Sie jede Gelegenheit beim Schopfe packen. Was für ein herrliches Essen die beiden uns aufgetischt haben! Ich will nur rasch hingehen und es ihnen sagen.«

Mrs. le Tor, die vom Wein schon einen hochroten Kopf hatte, eilte in ihrem gemusterten Seidenkleid in den hinteren Teil des Cafés, wo sie sich anscheinend gut auskannte. Major Eele hörte, wie sich Mrs. le Tor über das Essen und die Schwestern Gregory über ihr Kleid und die modischen Accessoires voll Lob und Bewunderung äußerten. Als sie an den kerzenerleuchteten Tisch zurückkam, sah er die Gesichter der beiden Frauen hinter einer Trennwand hervorlächeln.

»Was tun Sie den ganzen Tag?«, fragte ihn Mrs. le Tor. »Wird Ihnen die Zeit nicht lang? Sie gehen natürlich viel spazieren. Sie haben gesagt, Sie gehen oft ins Kino.«

»Ja, ich bin ein eifriger Kinogänger. Meistens ausländische Filme. Als Mr. Bird noch lebte, haben wir uns oft Theateraufführungen angesehen.«

»Wie schön. Ich bin ständig im Theater, im zweiten Rang.

Haben Sie jetzt, wo Ihr Freund tot ist, noch jemanden, der Sie begleitet? Armer Major, wie traurig.«

»Wenn ich genau drüber nachdenke, glaube ich, dass Mr. Bird mich nur ein einziges Mal begleitet hat. Er hat mich auf den Geschmack gebracht, verstehen Sie? Ich gehe gern allein.«

»So ganz allein? Oh, nein. Wie traurig.«

»Ich finde es besser so. Mir macht das überhaupt nichts aus. Ich bin ein Einzelgänger, wie Mr. Bird gesagt hätte.«

»Waren Sie nie verheiratet, Major Eele?«

»Doch.«

»Ich auch, Major Eele«, rief Mrs. le Tor. »Ich auch!«

Major Eele hustete. Er fand ihre roten Fingernägel faszinierend. Er dachte, dass er sich vielleicht irrte, dass sie vielleicht doch eine Prostituierte war. Eine verrufene Frau, dachte er; wie witzig man es in der Pension finden würde, ihn mit einer verrufenen Frau hier in einem leeren Café sitzen zu sehen.

»Major, wollen wir noch eine Flasche Wein holen?«, rief Mrs. le Tor voller Begeisterung. »Genießen wir den Abend!«

Er stand auf, verbeugte sich und ging noch einmal zu dem Pub an der Straßenecke.

Der Page, der dachte, dass Mr. Sellwood ihm ein Dreipencestück in die Hand drücken würde, sah den Mann, der gebeugt auf einem Stuhl neben ihm saß, blinzelnd an. Seine erste Eingebung war, ihn am Arm oder an der Anzugjacke zu fassen und zum Speisesaal zu führen, doch seine Ausbildung hielt ihn davon ab, seinen Gefühlen freien Lauf zu lassen. Klein und aufgewühlt stand er da, ohne noch etwas zu sagen: ein Junge, der es später in der Hotelbranche noch weit bringen sollte.

Miss Clerricot las die Speisekarte und sah, dass es Lachs in einer Soße gab, dass nur eine Suppe angeboten wurde, dass sie stattdessen aber Pastete, Grapefruit oder, zu ihrem Erstaunen, Lasagne bekommen konnte. Es gab kaltes Huhn und kalte Zunge, Schinken, Schweinefleisch und andere Fleischsorten. Kartoffelbrei, Bratkartoffeln oder neue Kartoffeln. Es gab dicke Bohnen und grüne Bohnen, frische Erbsen, Spargel oder Sellerieherzen.

»Madam?«, sagte der Oberkellner.

»Ich warte lieber noch«, murmelte sie errötend.

»Wo sind Sie bloß gewesen?«, wollte Mr. Sellwood wissen. »Ich hab Sie überall gesucht.« Er setzte sich und nahm ihr die Speisekarte aus der Hand. Sie fühlte sich dem Kellner nahe, der neben ihr gestanden hatte und die näheren Einzelheiten des ganzen Durcheinanders kannte. Sie hatte das Gefühl, dass er, wenn sie jetzt aufsähe und ihre Blicke sich begegneten, lächeln oder die Augen verdrehen würde.

»Pastete und Lachs«, sagte Mr. Sellwood. »Man isst hier sehr gut.«

Ich werde eine Suppe essen, dachte sie, und dann Lachs mit neuen Kartoffeln und dicken Bohnen. Mr. Sellwood wird eine Flasche Wein bestellen, und hinterher wird er mich fragen, ob ich zu meinem Kaffee einen Likör trinken möchte, und dann werde ich Cherry Brandy sagen, denn ich mag den Geschmack.

»Suppe, bitte«, sagte sie. »Und dann Lachs mit neuen Kartoffeln und dicken Bohnen. Köstlich, Mr. Sellwood.«

Sie hatte überhaupt nicht gearbeitet. Bis jetzt hatte er noch nicht von Arbeit gesprochen. Nach dem Essen würde Mr. Sellwood bei Kaffee und Likör in der Bar eine kleine Zigarre rauchen und mit der Hand wie unbeabsichtigt ihr Knie berühren.

»Lassen Sie das, Mr. Sellwood.« Sie würde ihn entsetzt anstarren; und dann würde er sie vielleicht anflehen, und sie würde den Kopf schütteln und ihm sagen, dass sie es nicht verantworten könne, so etwas zu tun. Sie dachte daran, wie seine Frau in Sevenoaks fernsah, genau wie die Bewohner der Pension. Sie sah, wie seine Frau über einen Witz in der Dick Van Dyke-Show lachte und Gin trank.

»Was haben Sie gesagt?«, fragte Mr. Sellwood.

»Nichts. Ich habe nichts gesagt.«

»Wo waren Sie denn bloß, Miss Clerricot? Ich konnte Sie nirgends finden. Wir sind zusammen in den Speisesaal gegangen, und plötzlich stehe ich ganz allein vor einem leeren Tisch.«

»Ich bin in die Halle hinausgeschlüpft. Das habe ich doch gesagt.«

»Um einen Brief einzuwerfen? Sie wollten einen Brief einwerfen?«

»Nein, nein, ich bin nicht nach draußen gegangen. Ich bin im Hotel geblieben. Tut mir Leid.«

»Aber wo waren Sie bloß? Hatten Sie Kopfschmerzen? Ich habe das ganze Hotel abgesucht.«

»Ich war auf der Toilette, Mr. Sellwood.«

»Auf der Toilette?«

Der Kellner berichtete in der Küche von dem Gespräch. Er war oft ungeduldig mit den Gästen, die er bediente. Man hatte ihn schon mehrmals beleidigt. Einmal hatte man ihm gekündigt, weil er auf ein Steak gespuckt hatte. »Sie haben sich über die Toilette unterhalten«, sagte er, »während ich der Frau Bohnen serviert habe. Wir haben es heutzutage mit ungehobelten Leuten zu tun.«

Mr. Sellwood sah wieder auf seine Armbanduhr. »Rufen Sie den Weinkellner«, bat er sie, »und ich sage Ihnen, wie lange der Bursche braucht, um zu uns zu kommen.«

Miss Clerricot schwenkte die Hand über dem Kopf, da sie nicht wusste, welcher Kellner für den Wein zuständig war. Der Oberkellner kehrte zurück. »Womit kann ich dienen, Madam?«, fragte er mit hochgezogenen Augenbrauen. »Wir hätten gern Wein«, sagte sie, und der Mann schnippte mit den Fingern.

»Eins zwanzig«, sagte Mr. Sellwood und nahm die Weinkarte. »Was können Sie empfehlen, junger Freund?«

Der Wein wurde gebracht, und sie begannen zu essen. Während des Essens schnitt Mr. Sellwood vertraute Themen an: die Pearl Assurance Company und die Banken.

Miss Clerricot sagte kaum etwas. Sie wusste, dass sie einen Fehler begangen hatte. Inzwischen wusste sie, dass bei dieser Reise nach Leeds nichts herauskommen konnte, außer vielleicht ihrer Entlassung aus Mr. Sellwoods Diensten. Sie wusste nicht einmal, warum sie die Reise angetreten hatte.

»Wie ist es in Sevenoaks?«, fragte sie.

»Sevenoaks?«

»Was für eine Stadt ...«

»Interessieren Sie sich für Sevenoaks?«

»Nein, nein, das frag ich mich bloß, weil Sie dort wohnen, Mr. Sellwood. Ich hab mich bloß gefragt, wie es sich dort lebt.«

Er ließ Schweigen eintreten und schaute sie an. Dann sagte er, es lebe sich dort gut. Er erzählte ihr einen Teil der Geschichte von Sevenoaks und sprach über die Zugverbindung zwischen Sevenoaks und London. »Ich fahre im Allgemeinen mit dem um fünf nach acht«, sagte er. »Und dann mit dem um zwanzig vor sechs wieder nach Hause. Aber es gibt natürlich jede Menge andere Züge, die ich nehmen könnte. Die Verbindung nach Sevenoaks ist gut.«

»Ja, das glaube ich.«

»Miss Clerricot, da fällt mir gerade ein: Ein Page hat gesagt, meine Frau sei hier. Mir ist gerade klar geworden, dass er Sie für meine Frau gehalten hat. Ha, ha, ha.«

Das machte sie verlegen. Sie spürte, wie ihr das Blut in Hals und Gesicht schoss. Sie senkte den Kopf und aß mit gespielter Sorgfalt einen Löffel voll Hühnercremesuppe. Sie wusste nicht, was sie sagen sollte. »Ich wünschte, ein Abgrund würde sich auftun und mich verschlingen.« Sie erinnerte sich, dass sie das einmal als Kind an einem schrecklichen Nachmittag, auf ihrer eigenen Geburtstagsparty, gesagt hatte. Die anderen Kinder waren völlig gespannt gewesen, ihnen hatte das Essen geschmeckt und die Party gefallen, und sie hatten Sardinensandwiches und noch mehr Dosenobst verlangt. Sie war acht Jahre alt geworden und hatte mit ihrer Brille auf dem Ehrenplatz gesessen, hatte sich ganz schwach gefühlt und sich hinterher auf der Toilette übergeben. »Die Aufregung«, hatte ihre Mutter vermutet; doch sie hatte es besser gewusst. Nackte Angst, hatte sie gedacht.

Der Kellner nahm ihren Suppenteller, und Mr. Sellwood richtete den Blick wieder auf seine Armbanduhr. Sie betrachtete den breiten Rücken des Kellners, der seine übliche Arbeitskluft trug. Sie beobachtete, wie er zwischen den Tischen hindurchging, und plötzlich wurde ihr klar, warum sie eingewilligt hatte, nach Leeds mitzukommen.

»Ihre Ehe ist in die Brüche gegangen, Major Eele«, sagte Mrs. le Tor. »Tja, in dieser Hinsicht hatten wir beide kein großes Glück.«

»Meine Ehe war ein kurzes Zwischenspiel, über das ich nur selten nachdenke«, sagte er. »Es hat keinen Zweck, einen Gedanken daran zu verschwenden. Mrs. Andrews und ich, wir waren bloß ein paar Tage zusammen, und das hat uns beiden gereicht. Sehen Sie oft fern, Mrs. le Tor? Ich würde gern über was anderes reden.«

»Ich habe keinen Fernseher.« Ihre Stimme klang jetzt ganz hoch. Er glaubte, einen mürrischen Ton herauszuhören. Er trank noch einen Schluck Wein. Dann sagte er:

»Kopf hoch, Madam. Ein Fernseher ist auch nicht alles. Weiß Gott, außer der Werbung lohnt es sich kaum, etwas anzusehen ...«

»Aber ich gehe oft ins Theater. Sie haben gesagt, Sie sind ein Freund des Theaters. Das bin ich auch. Üppig ausgestattete Musicals gefallen mir besonders.« Sie war wieder zufrieden, lächelte ihn strahlend mit flackernden Augen an und gestikulierte wild. »Musicals«, sagte Mrs. le Tor noch einmal, »und alles Historische. Und Sie?«

»Ich besuche eigentlich eher intime Theater.« Er fühlte sich gut. Er trank nicht oft Wein. Er entspannte sich und sah Mrs. le Tor leicht verschwommen, fand das aber angenehm.

»Kabarett und so etwas? Wie modern von Ihnen, Major.«

»Ich sehe gern afrikanisches Ballett. Da ist mir kein Weg zu weit.«

»Ich glaube, so etwas habe ich noch nie gesehen. Sie meinen doch nicht die Black and White Minstrel Show?«

Major Eele lachte lauthals und goss ihnen den restlichen Wein ein.

»Nein, das meine ich nicht. Wenn es nicht schon ein bisschen spät wäre, würde ich vorschlagen, dass wir uns noch heute Abend ein afrikanisches Ballett ansehen.«

»Jetzt ist auch die zweite Flasche leer. Wollen wir austrinken und an der Ecke noch einen Schlummertrunk nehmen? Aber wenn Sie unbedingt wollen, lasse ich mich auch auf ein afrikanisches Ballett ein.«

»Das würde Ihnen vielleicht nicht gefallen, Madam.« Major Eele hüstelte kichernd und dachte an den Mann mit der Taschenlampe und an den Heizofen mit der einen Heizspirale, der die Mädchen warmhalten sollte.

»Also, was meinen Sie? Wollen wir zahlen und noch einmal in den Pub an der Ecke gehen? Ich trinke zwar nur selten, aber irgendwie wäre es für den Abend ein schöner Abschluss.«

»Brandy wäre nett«, sagte Major Eele. »Die Damen haben doch bestimmt Brandy da. Ich war schon zweimal weg, um eine Flasche Wein zu holen.« Er schlug mit einem Löffel locker auf den Tisch, doch nicht so locker, wie die Schwestern Gregory es sich gewünscht hätten.

»Brandy«, sagte er zu der Schwester, die sie bedient hatte, doch sie schüttelte den Kopf und erinnerte ihn daran, dass sie keine Schankerlaubnis hatten.

»Holen Sie doch rasch eine Flasche, damit wir welchen zu unserem Kaffee trinken können. Was meinen Sie, Mrs. le Tor?«

Sie klatschte in die Hände und bewunderte ausgelassen seine draufgängerische Art. »Brandy wäre wunderbar«, sagte sie. »Könnten die beiden Damen uns dabei nicht Gesellschaft leisten, Major, wo sie uns so ein Festmahl aufgetischt haben?«

Major Eele hörte diese beiläufigen Worte, und sie gefielen ihm nicht. Doch das konnte er nicht sagen, da die Frau noch immer am Tisch stand. Er sagte zu ihr:

»Können Sie Brandy besorgen? Eine halbe Flasche Martell oder so was Ähnliches?«

Miss Gregory lächelte und wirkte ratlos. Sie sagte, sie würde ihre Schwester fragen.

»Warum haben Sie das bloß gesagt?«, fuhr Major Eele Mrs. le Tor an. »Wir wollen nicht, dass diese Frauen mit uns trinken. Erwähnen Sie es nicht mehr, und dann hoffen wir, dass sie es nicht wagen, darauf zu bestehen.«

Mrs. le Tor sagte, sie habe es nur als nette Geste, als Zeichen der Anerkennung gemeint, da sie alles so schön arrangiert hätten. Sie berührte Major Eeles Hand, um ihn um Verzeihung zu bitten. »Ich habe keine Ahnung von afrikanischem Ballett«, sagte sie und gestand, dass er der Erfahrenere und Weltgewandtere war.

»Tut mir wirklich Leid«, sagte Miss Gregory. »Wir finden es zu spät, um noch Brandy zu besorgen. Tut uns wirklich Leid.«

»Sie führen doch ein Restaurant, oder?«, fragte Major Eele barsch. »Ich hab heute Abend schon zweimal was zu trinken geholt. Wofür zahlen wir hier eigentlich?«

»Es tut uns sehr Leid …«

»Machen Sie sich keine Gedanken«, rief Mrs. le Tor. »Bringen Sie uns die Rechnung, meine Liebe, und dann machen wir beiden Nachtschwärmer uns auf den Weg.«

Sie setzten sich in eine Ecke des Pubs und tranken Brandy. Nach dem zweiten sagte Major Eele:

»Wissen Sie, ich hab gedacht, Sie wären eine Nutte.«

»Der andere«, sagte Mr. Sellwood, »der mit dem Affengesicht, ist wesentlich schneller.«

Sie wollte, dass es passierte; sie wollte, dass es einmal passierte, damit sie in Zukunft denken konnte, dass es geschehen war, dass ein Mann es bei ihr ausprobiert hatte.

»Der affengesichtige Kellner, der am Nachbartisch bedient, hat nur fünfzehn Sekunden gebraucht. Unserer brauchte zweiundzwanzig.«

Sie wollte, dass er das Zeichen gab und endlich klarstellte, dass er schon seit Wochen darauf hin gearbeitet hatte, dass die ganzen Gespräche über die Pearl Assurance Company und die Banken in einem Hotel in Leeds ein Ende fanden. Sie sehnte es nicht herbei, um Mr. Sellwood einen Korb geben zu können, denn das würde ihr nicht leicht fallen; es würde sie ins Unrecht setzen, sie würde besitzergreifend wirken, und Mr. Sellwood würde vielleicht eine Erklärung verlangen. Dieser Teil würde ihr nicht gefallen: Mr. Sellwood, wie er keine Worte finden könnte und sein nervöses Lachen hervorstoßen würde, das sie an Venables in der Pension erinnerte.

»Ha, ha, ha«, sagte Mr. Sellwood. »Miss Clerricot, kennen Sie den Witz von dem Pärchen, das unverheiratet vor dem Himmelstor ankommt? ›Wir können uns ja hier von einem Pfarrer trauen lassen‹, sagt der Mann, doch Petrus lacht bloß und sagt, dass die Pfarrer anscheinend alle woanders untergebracht sind. Verstehen Sie, Miss Clerricot?«

Sie nickte mit einem leichten Lächeln, hing aber immer noch ihren Gedanken nach.

Mr. Sellwood sagte: »Ich glaube, das nennt man versteckten Humor.« Er sah auf seine Armbanduhr, und seine Augen wanderten rastlos durch den Speisesaal.

Seine Frau hört ihm bestimmt nicht zu, dachte sie. Seine Frau sitzt da und verschließt die Ohren vor seinen Worten. *Effizienz* und *Organisation* sind Worte, die seine Frau schon so oft gehört hat, dass sie sie zu Hause nicht mehr duldet. Sie blickte Mr. Sellwood an und sah all das in seinem Gesicht, in seinen Augen, den Falten um seine Augen und seinen Mundwinkeln.

»Mr. Sellwood?«

Er hörte sie nicht. Sie seufzte leicht und schwieg wieder. Sie ahnte, dass er auch ihre Schnelligkeit schon oft überprüft hatte. Sie sah, wie er an seinem Schreibtisch saß und verstohlen auf den Sekundenzeiger seiner Armbanduhr blickte, während sie zum Aktenschrank ging, ihn öffnete und darin nach Papieren suchte. Sie fragte sich, ob er all die Papiere überhaupt gebraucht hatte oder ob sie nicht zwölf Jahre lang ihre Arbeit verrichtet hatte, damit Mr. Sellwood ihre Schnelligkeit ermitteln konnte.

Ich sitze mit einem erwachsenen Mann in einem Hotel in Leeds, dachte Miss Clerricot, und er spielt ein Spiel, macht Zeitstudien bei einer Reihe von Kellnern und glaubt, das könnte mich interessieren.

»Was ich an der Pearl Assurance Company nicht verstehe«, sagte Miss Clerricot, denn sie hatte das Gefühl, dass sie der anderen Sache ein Ende machen musste.

Während er im Speisesaal und später beim Kaffee in der Bar von der Pearl Assurance Company sprach, wurde ihr klar, dass er es nicht bei ihr versuchen würde. Er war weit davon entfernt; er hatte nicht einmal mit dem Gedanken gespielt. Und sie würde, wenn sie Leeds verließ und mit dem Zug nach London zurückkehrte, während sie dem Gerede über geschäftliche Effizienz lauschte, die gleiche sein wie vorher: eine Frau, bei der sich noch kein Mann Freiheiten herausgenommen hatte.

»Ich habe ein jämmerliches Gesicht«, sagte Miss Clerricot, obwohl sie die Worte nicht hatte aussprechen wollen. Mr. Sellwood, mitten im seiner Rede unterbrochen und entsetzt über das, was er hörte, musterte ihr Gesicht und fand, dass kaum etwas daran auszusetzen war. Er dachte, dass seine Sekretärin leicht beschwipst war; was ziemlich schade war, denn er hatte gerade vorschlagen wollen, dass sie einen kurzen Spaziergang machten. Er dachte, es könnte nett sein, durch Leeds zu schlendern und sich in den erleuchteten Schaufenstern der Drogerien Kameras anzusehen: Er war ein begeisterter Fotograf.

Er hat mich nur aus einem einzigen Grund zum Essen und nach Leeds eingeladen, dachte sie – weil ich ihm zuhöre, weil ich nie gesagt habe: »Mr. Sellwood, Sie langweilen mich.« Er hat mich als Zuhörerin gekauft.

In der Pension erschien auf dem Bildschirm das Testbild, und ein schrilles Pfeifen erfüllte das Fernsehzimmer. »Wachen Sie auf, Mr. Venables«, rief Schwester Clock in Nachthemd und weichen Hausschuhen. »Das ist im ganzen Haus zu hören. Ich dachte schon, es wären Mr. Scribbins Züge.«

»Ich dachte, wir könnten einen kleinen Bummel machen«, sagte Mr. Sellwood. »Ist mit Ihnen alles in Ordnung?«

Sie dachte, dass sie die Worte vielleicht nicht ausgesprochen hatte. Vielleicht hatte sie sich das nur eingebildet, und sie waren ihr nur durch den Kopf gegangen.

»Einen Bummel?«, sagte sie.

»Einen Spaziergang an den Läden entlang.«

Das wird doch wieder eine langweilige Angelegenheit, dachte sie. Es wird einen Grund geben, warum er an den Läden entlanggehen will, vielleicht um zu sehen, ob sie alle abgeschlossen und gesichert sind, vielleicht um zu überprüfen, ob die Polizei von Leeds ihre Arbeit macht.

»Ich glaube nicht.«

»Sie haben Kopfschmerzen, oder? Fühlen Sie sich nicht wohl, Miss Clerricot?«

Miss Clerricot zitterte, und dann weinte sie. Sie senkte den Kopf, damit er ihr Gesicht nicht sah, das jetzt noch schlimmer als gewöhnlich aussah, völlig verzerrt und außer Kontrolle. Sie schluchzte laut, und als das vorbei war, sprudelten die Worte nur so aus ihr heraus, und sie erzählte Mr. Sellwood alles, was ihr an jenem Abend durch den Kopf gegangen war, während er von Banken und vom Versicherungswesen gesprochen und die Schnelligkeit der Kellner überprüft hatte. Für Mr. Sellwood klang es ziemlich konfus, doch er verstand es so, dass seine Sekretärin ihn liebte und gedacht hatte, er liebe sie ebenfalls. »Ich bin für Sie bloß eine Sprechmuschel«, hatte sie in ihrer Erregung gerufen. »Das Gegenteil von einem Radio.«

Mr. Sellwood sagte nur, es sei eine peinliche Situation, doch Miss Clerricot erwiderte, es sei mehr als das. Sie ging betrübt auf ihr Zimmer, packte ihre Sachen und nahm den letzten Zug nach London.

16

Mrs. le Tor gefiel Major Eeles Geständnis, dass er sie für eine Prostituierte gehalten hatte, ganz und gar nicht.

»Warum denn?«, fragte sie und rückte von ihm ab. »Warum haben Sie das gedacht?«

»Warum denn nicht? Mrs. le Tor, ich kann Ihnen versichern, dass es mir peinlich war, als mir an dem Tag in der Jubilee Road die Wahrheit dämmerte. Ich weiß, Sie werden es witzig finden: Ich hab gedacht, Sie wollten mir Ihre Dienste aufdrängen.«

Mrs. le Tor fand das keineswegs witzig und sagte das auch.

»Das ist gemein von Ihnen, Major Eele«, rief sie.

Er wollte nach ihrer Hand greifen, um ihr Trost zu spenden. Seine Augen lachten: Major Eele fand das Ganze immer noch witzig. Er sagte:

»Kommen Sie schon; jeder kann sich mal irren.«

Doch Mrs. le Tor zog ihre Hand beleidigt zurück. »Bestellen Sie uns noch einen Brandy«, verlangte sie. »Es ist eine Schande, wie Sie sich benommen haben.«

»Kommen Sie schon«, sagte er noch einmal und trottete, beeindruckt von ihrem Grimm, los, um noch zwei Gläser Brandy zu holen.

Danach hegte Mrs. le Tor einen tiefen Groll gegen Major Eele. Als er zurückkehrte, rief sie:

»Ich verzeihe Ihnen.« Sie lächelte ihn an und ließ ihn ihre

Hand berühren. Sie wusste, was sie tun würde, und sah dabei zu, wie er langsam betrunken wurde. »Wie seltsam diese Briefe waren. Warum haben Sie sie geschrieben? Wollten Sie sich bloß mit mir verabreden? Sie haben mich von weitem bewundert, nicht wahr? Ich muss sagen, Ihre Art, mir den Hof zu machen, ist schon ein bisschen ungewöhnlich.«

»Ich hab Ihnen keine Briefe geschrieben.«

»Sie haben geschrieben, dass Ihr Mr. Bird mir in seinem Testament einen Esel hinterlassen hat, und haben mich gebeten, in der Pension vorbeizukommen. Und beim zweiten Mal haben Sie geschrieben, ich soll in einem Tabakladen eine Ansichtskarte ins Schaufenster hängen.«

»Ich habe Ihnen nicht ...«

»Wir müssen doch keine Geheimnisse voreinander haben, Major. Warum sollten Sie es leugnen? In dem zweiten Brief hat man mich der Sache bezichtigt, die Ihnen durch den Kopf ging, der Gemeinheit, von der Sie eben gesprochen haben. Lassen Sie uns noch etwas trinken. Ich hatte den Eindruck, dass Sie versucht haben, mich zu erpressen. Lieber Major, Sie können alles haben, was ich besitze.« Mrs. le Tor lachte und blickte Major Eele bedeutungsvoll an, was schon zu ihrem Racheplan gehörte.

»Soll ich Ihnen mehr über das Ballett erzählen?«, fragte er.

»*Boeing-Boeing* ist eher mein Geschmack. Haben Sie *Boeing-Boeing* mal gesehen? Ein hervorragender Schwank.«

»Ich gehe immer in einen kleinen Club, wo der verstorbene Mr. Bird mich eingeführt hat ...«

»Mr. Bird«, rief sie. »Mr. Bird, Mr. Bird – Sie reden von nichts anderem als Mr. Bird.«

»Er hat mich ins Ti-Ti mitgenommen und mich eingetragen – sie haben mich auf der Stelle als Mitglied aufgenommen. Das schwarze Ballett wird von mittags bis zwei Uhr morgens durchgehend aufgeführt, obwohl ich gestehen muss, dass ich's mir noch nie von Anfang bis Ende angeschaut habe.«

»Ein Stripteaseclub«, rief Mrs. le Tor.

»Ha, ha, ha.«

»Sie gehen in einen Stripteaseclub. Mein Gott, Major Eele, Sie sind ja ein zwielichtiger Bursche!«

Er grinste und senkte den Blick.

»Bin ich bei Ihnen überhaupt sicher?«, wollte Mrs. le Tor wissen. »Was würden die Schwestern Gregory wohl sagen, wenn sie wüssten, dass ihr feiner Soldat so verkommen ist? Bin ich bei Major Eele sicher?«, rief sie dem Mann hinter der Theke zu. »Er geht in Stripteaseclubs.«

Andere Leute lachten, und nach einer Pause lachte auch Major Eele und zog seine Krawatte gerade.

»Kein Wunder, dass Sie mich für eine Prostituierte gehalten haben«, flüsterte sie ihm zu. »Sie kennen wahrscheinlich gar keine anderen Frauen. Du lieber Himmel, was haben Sie bloß vor? Wollen Sie mich anwerben?«

Der Raum schwankte vor Major Eeles Augen. Die funkelnden Flaschen hinter der Theke, die Tische und der Barkeeper, Mrs. le Tor und die anderen Gäste, alles schwankte, als ob man die Bar plötzlich wie ein Boot zu Wasser gelassen hätte.

»Die nächste Runde geht auf mich«, verkündete Mrs. le Tor und ging mit ihren beiden Gläsern zur Theke. »Zwei Doppelte«, sagte sie.

»Was denken Sie, wenn Sie sich die Mädchen anschauen, Major Eele? Erzählen Sie mir davon. In was für ein Lokal gehen Sie?«

Er versuchte es ihr zu sagen, doch seine Worte überschlugen sich. Er sprach von den Kinos, in die er ging; er erzählte ihr von Bicey-Jones und der mütterlichen Prostituierten vor fünfzig Jahren. »Sie hat ihm die Mitesser ausgedrückt«, sagte er.

Mrs. le Tor hatte Major Eele inzwischen eingeordnet. Sie sah, dass er ein sexbesessener Kerl war, der sie beleidigt hatte und dafür büßen würde. Eine Freundschaft mit ihm schrieb sie rasch ab, was sie besonders bitter fand, weil es sehr schön gewesen wäre, in der Nachbarschaft einen Freund zu haben. Sie hatte schon von vielen Verirrungen gehört, darunter wohl auch das Schreiben unverständlicher Briefe mit sexuellem Unterton. Sie glaubte, dass die Polizei ihn drankriegen konnte, wenn er irgendwelchen Frauen Briefe schickte, in denen er ihnen unterstellte, sie seien Prostituierte.

»Sie haben eine schmutzige Phantasie.« Sie lachte bei diesen Worten, als ob an seiner schmutzigen Phantasie etwas Lustiges wäre.

Auch Major Eele lachte. Er sagte:

»Sie stecken Mrs. Andrews locker in die Tasche.«

»Na, na, Major.«

»Das meine ich ernst, Madam. Ich wünschte, *Sie* hätten mir in Amesbury die Hand auf den Kopf gelegt. Wir wären sehr gut miteinander ausgekommen – ich kann vor mir sehen, wie wir beide, Sie und ich, uns über einen Witz halb totlachen. Sie würden sich nicht ständig die Haare frisieren lassen.«

Sie flüsterte: »Soll das ein Antrag sein, mein Lieber?«

»Antrag?«

»Sie treiben mir ja die Schamröte ins Gesicht«, rief Mrs. le Tor. »Man hat mir gerade einen Heiratsantrag gemacht«, rief sie so laut, dass alle es hören konnten, und alle Augen richteten sich auf Major Eele.

»Eine Runde aufs Haus?«, fragte sie den Barkeeper. Doch der hatte so etwas schon öfter erlebt und schüttelte den Kopf.

Ein Mann, der mit einem weiteren Mann und zwei Frauen an einem Tisch saß, rief:

»Was trinken Sie?«

»Oh, Brandy, mein Lieber«, sagte Mrs. le Tor.

Der Mann brachte ihnen zwei Brandys und lud sie an seinen Tisch ein.

»Komm schon«, sagte Mrs. le Tor, die nicht den Major, sondern den Mann anlächelte. »Na los.«

Er fühlte sich wieder an Mrs. Andrews erinnert. Mrs. Andrews hatte ihn überall in der Öffentlichkeit in Gespräche mit anderen Leuten hineingezogen, Leuten, die sie kannte. In der Bar am Berkeley Square war immer irgendjemand gewesen, und in dem Kellerrestaurant hatte ihr einmal ein Mann während des ganzen Essens zugezwinkert, und sie hatte zurückgezwinkert. Er hatte dagesessen und sich das Ganze angeschaut: wie sich seine Frau und ein Fremder über eine Stunde lang alle paar Minuten zugezwinkert hatten.

»Lassen Sie uns doch hier sitzen bleiben«, sagte er.

»Er hat uns einen Drink ausgegeben. Der Herr hat uns eine Runde spendiert.« Sie ging zu dem anderen Tisch, und er folgte ihr. »Mein Zukünftiger«, sagte sie, »wollte sich davor drücken, eine Runde zu spendieren.« Alle bis auf Major Eele lachten. »Ist Ihnen übel?«, fragte Mrs. le Tor, und er schüttelte den Kopf und versuchte zu lächeln. »Ein furchtbarer Kerl«, sagte sie zu den anderen. »Er hat versucht, mich in einen Stripteaseclub mitzunehmen.«

»Paddy, Joan, Edward, Kate«, sagte der Mann, um sie einander vorzustellen.

»Maria«, sagte Mrs. le Tor, »und Bill.«

»Hallo, Bill«, sagten die beiden Frauen zusammen.

»Bill?«, fragte Major Eele.

Mrs. le Tor sagte, es sei ein ruhiger Abend.

»Stripteaseclub?«, fragte einer der Männer Major Eele leise. »Stripteaseclub, Bill? Hier in der Gegend?«

»Was?«

»Die Dame hat Stripteaseclub gesagt. Gehen Sie in ein Striplokal, Bill? Ich hab mich gefragt, ob es hier in der Gegend ist.«

»Warum nennen Sie mich Bill? Ich kenne Sie nicht, Sir.«

»Tut mir Leid, alter Junge. Ich dachte, die Dame hätte Bill gesagt. Wie heißen Sie dann?«

»Ich bin Major Eele.«

»Jetzt kommt unsere Runde«, rief Mrs. le Tor. »Also, was wollen Sie trinken?«

Sie ging an die Theke, bestellte die Drinks und kam zurück, während sie eingegossen wurden, um ihren Begleiter um ein Pfund zu bitten.

Major Eele war betrunken, und ihm fiel etwas ein, das er vor ein paar Jahren getan hatte und sich nie ganz erklären konnte. Er hatte es schon lange verdrängt, doch jetzt, wo ihm jegliche Kontrolle entglitt, tauchte die Szene wieder vor seinem geistigen Auge auf und deprimierte ihn noch mehr.

»Maria und Bill«, sagte der Mann namens Paddy, der sie an seinen Tisch eingeladen hatte. »Auf Maria und Bill.« Er hielt sein Glas hoch, und die anderen stießen routiniert mit ihm an, als ob sie so etwas öfter täten.

»Eine Ansprache«, riefen die anderen, und dann trat eine Pause ein, und jemand sagte: »Das kriegt er nicht mehr hin.«

Mit verschleiertem Blick sah Major Eele, wie er ins St. George's Hospital an der Hyde Park Corner ging. Er konnte sich nicht genau erinnern, was er gesagt oder was man zu ihm gesagt hatte, doch in seinen nüchternen Momenten waren alle Worte wieder da, denn sie hatten sich ihm unauslöschlich eingeprägt.

Er war an jenem Tag, einem heißen Augusttag im Jahre 1961, direkt in die Ambulanz zu einem zweigeteilten Tresen gegangen. Dort hatte er sich vor dem Schild *Neue Patienten* aufgestellt.

»Kann ich den Dienst habenden Arzt sprechen?«, hatte er mit gedämpfter Stimme gefragt.

Ein junge Frau in einem grünen Kittel hatte ihn leicht angelächelt, um ihm die Befangenheit zu nehmen. Sie hatte gefragt, ob er einen Unfall gehabt habe.

»Nein, nein. Ich möchte bloß den leitenden Arzt sprechen.«

Die junge Frau hatte weiter gelächelt und mit all ihrer Erfahrung versucht, ihm irgendwelche Informationen zu entlocken. »Könnten Sie etwas deutlicher sagen, was für Beschwerden Sie haben?«

»Ich brauche einen Rat«, hatte Major Eele gesagt. »Ich brauche ärztlichen Rat. Ich muss einfach einen Arzt konsultieren. Die Sache ist dringend – ich bin deswegen extra in dieser Hitze hergekommen.«

»Ich verstehe«, hatte die junge Frau erwidert, »aber sehen Sie, ich kann Ihnen nicht wirklich helfen, wenn Sie mir keine Einzelheiten nennen. Das ist ein sehr großes Krankenhaus; wir haben viele verschiedene Abteilungen. Sehen Sie, es ist sehr schwer...«

Er hatte sich vorgebeugt und ihr etwas ins Ohr geflüstert. Seine Lippen hatten ihr braunes Haar berührt. »Ich glaube, dass ich mir eine Geschlechtskrankheit zugezogen habe«, hatte er gesagt. »Was sagen Sie dazu?«

Die junge Frau hatte nicht sofort geantwortet. Sie hatte den Kopf zurückgezogen und ihm eine blaue Karte ausgehändigt. Dann hatte sie auf eine Reihe von Stühlen gedeutet. »Kommen Sie am Mittwochnachmittag wieder«, hatte sie gesagt. »Setzen Sie sich da drüben hin; ein Mann in einem weißen Kittel wird sich um Sie kümmern.«

Nach ein paar weiteren Worten war Major Eele gegangen. Auf der blauen Karte hatte eine Nummer gestanden. »Das ist Ihre Nummer«, hatte die Frau gesagt, und er hatte es beanstandet, hatte gesagt, er wolle keine Nummer haben, sondern lieber seinen Namen auf der Karte sehen, da es seinen Namen schon länger gebe als das derzeitige Gesundheitswesen. »Bei der Behandlung wird auf strengste Verschwiegenheit geachtet«, hatte die junge Frau gesagt. »So ist das schon immer, seit ich hier arbeite.«

Major Eele war wieder aufgestanden und ging zur Theke, um eine weitere Runde zu bestellen. Er kämpfte mit dem schwankenden Raum und war fest entschlossen, nicht hinzufallen. Er sprach deutlich mit dem Barkeeper:

Er hörte, wie einer der Männer an dem Tisch hinter ihm soufflierte und seine eigene Stimme die Bestellung aufgab.

»Hurra!«, sagte jemand, als er mit den ersten Drinks an den Tisch zurückkehrte. Ihm war bewusst, dass er Geld ausgab, das er für andere Zwecke zurückgelegt hatte. Er setzte sich und erhob lächelnd sein Glas, da alle anderen es auch taten. Er trank einen Schluck Brandy, und dann sah er das Innere des St. George's Hospital wieder deutlich vor sich. Er erinnerte sich sehr genau an den Arzt von den Westindischen Inseln, einen großen Mann mit krausem schwarzen Haar, und diesmal wusste er noch jedes Wort, das sie gewechselt hatten. Das Gespräch lief vor seinem geistigen Auge ab, ohne dass er es verhindern konnte, und er saß schwankend auf seinem Stuhl und wurde von Mrs. le Tor keines Blickes gewürdigt.

»Sind Sie verheiratet?«, hatte der Arzt gefragt.

»Ja, bin ich.«

»Wie lange schon?«

»Einundzwanzig Jahre. Das heißt, im Februar sind es einundzwanzig Jahre.«

»Kinder?«

»Kinder?«

»Haben Sie Kinder?«

»Vier. Drei Mädchen und ein Junge. Monica, die Älteste, studiert in Cambridge.«

»Sie hatten außerehelichen Geschlechtsverkehr?«

»Mit einer Prostituierten. Ich schäme mich dafür.«

»Wann, Sir?«

»Mehrmals. Ich weiß nicht. Ich weiß nicht genau, wann. Sie verstehen, Doktor; ich bin völlig verkommen. Mein Name ist Major Eele. Ich bin ein alter Soldat, ich schäme mich dafür...«

Zwei Minuten später hatte der Arzt gesagt:

»Wir nehmen eine Blutprobe, Sir. Aber ich würde mir keine Sorgen machen: Mit Ihnen ist alles in Ordnung. Kommen Sie in einer Woche wieder, dann haben wir das Ergebnis der Blutprobe.«

»Mein Name ist Major Eele«, hatte er in der Schlange für die Blutproben zu einem jungen Mann gesagt, doch der hatte anscheinend keine Lust auf eine Unterhaltung gehabt.

Er hatte das St. George's Hospital verlassen und war nicht mehr zurückgekehrt, da er gewusst hatte, dass das Ergebnis der Blutprobe negativ sein würde.

»Bringen wir ihn nach Hause«, sagten die anderen. »Wir sind mit dem Auto da.«

»Wie nett von Ihnen«, sagte Mrs. le Tor. »Armer alter Junge, er wohnt in einer furchtbaren Pension in der Jubilee Road.«

Mrs. le Tor klingelte an der Pension und hämmerte mit dem Türklopfer an die Tür. Ihre Rache war vollendet; sie fühlte sich wohlig und warm. Sie klingelte und hämmerte noch einmal an die Tür, und Schwester Clock, die zuvor von dem schrillen Pfeifen des Fernsehers gestört worden war und jetzt von dem Lärm an der Haustür geweckt wurde, erschien in ihrem Nachtzeug.

»Wir bringen einen ziemlich angegriffenen alten Soldaten«, rief Mrs. le Tor und trat einen Schritt zurück, damit Schwester Clock den von zwei Männern gestützten Major Eele sehen konnte.

»Mrs. le Tor!«, sagte Schwester Clock.

»Hallo«, sagte Mrs. le Tor.

»Wir bringen ihn am besten nach oben«, sagte einer der Männer.

»Träumen Sie süß«, sagte Mrs. le Tor und kicherte hysterisch.

Die Männer schleppten Major Eele in sein Zimmer hinauf und legten ihn auf sein Bett. Einer von ihnen band ihm die Krawatte ab und knöpfte ihm den Kragen auf.

»Was für ein furchtbarer Laden«, sagte Mrs. le Tor, nachdem Schwester Clock die Tür geschlossen hatte. »Man sollte meinen, dass einem jemand eine Tasse Tee anbietet.«

Sie hatte es so schlimm wie möglich gemacht, und doch war sie noch immer verbittert über den Mann, für dessen Opfer sie sich hielt. Er hatte sie gesehen und auf seine üble, krankhafte Art begehrt und hatte ihr schreckliche Briefe geschrieben. Nun, das würde sich nicht wiederholen. Sie ging davon, wollte sich nicht von den Leuten mitnehmen lassen, die den Mann nach Hause gebracht hatten, und war froh, so glimpflich davongekommen zu sein.

17

Studdy zog die Stecknadel aus seinem Revers und warf sie weg.

Schwester Clock sagte:

»Es wird viel Arbeit, das Haus in Ordnung zu bringen. Haben Sie dafür Zeit, Mr. Studdy? Was für einer Arbeit gehen Sie im Moment nach?«

»Ich arbeite mit einer religiösen Organisation zusammen.« Noch während er das sagte, beschloss er, keine Briefe mehr zu schreiben und seine Zeit nicht mehr mit der Verfolgung irgendwelcher Leute zu vergeuden. Er beschloss, ein neuer Mensch zu werden und seine Fähigkeiten für sein neuestes und vielversprechendstes Projekt einzusetzen. Die Alten würden sterben, dachte Studdy, und dem Heim, das sich in ihren letzten Stunden um sie gekümmert hatte, ihr Geld hinterlassen. Alte Leute hatten meistens nicht mehr lange zu leben: Es würde oft Kränze und Beerdigungen geben.

»Wenn Bischof Hode so einen Ort gehabt hätte, wie wir ihn planen, Mr. Studdy, dann wäre er vielleicht länger am Leben geblieben.«

»Und hätte die gebührende Dankbarkeit gezeigt«, erinnerte er sie. Doch Schwester Clock tat so, als hätte sie das nicht gehört, denn sie wusste genau, was er meinte.

»Sie sind doch praktisch veranlagt«, sagte sie. »Mr. Birds Testament zufolge soll das Haus eine Pension bleiben, obwohl er es uns überlassen hat und unsere gute Idee begrüßt hätte. Doch wir müssen auch an die Bewohner denken. Wie sollen wir da vorgehen, Mr. Studdy? Es gibt juristische Formalien.«

»Ein paar von ihnen werden Geld annehmen. Andere könnten wir vor die Tür setzen, wie auch Mr. Bird es öfter getan hat. Ich glaube, das ist das Beste. Ihnen zu sagen, dass sie unerwünscht sind, und in schwierigeren Fällen wie dem Major eine kleine Geldsumme anzubieten. Der Major macht sonst Ärger.«

»Wir könnten den Garten hinten wieder in Ordnung bringen, damit die alten Leute draußen im Liegestuhl sitzen können. Was meinen Sie, Mr. Studdy? Wir haben genug in der Kasse. Wir könnten jemanden damit beauftragen. Mrs. Trine hat neulich jemanden erwähnt. Es sei denn, Sie wollen das selbst übernehmen. Kennen Sie sich mit Gartenarbeit aus, Mr. Studdy?«

Studdy verneinte. Dann fügte er hinzu:

»Mr. Scribbin muss gehen, weil sich die anderen über den nächtlichen Lärm aus seinem Zimmer beschwert haben.«

»Ein unnützer Mensch«, sagte Schwester Clock; und so begannen sie, Pläne zu schmieden.

Der Sommer ging zu Ende, und ein nebliger, milder Herbst legte sich über England. Die feuchten Blätter fielen von den Bäumen, wurden zusammengefegt und weggekarrt und raschelten nicht mehr. In Gloucestershire wurden die letzten Pflaumen eingelagert, Äpfel lagen reihenweise auf den Speichern, ohne einander zu berühren. Die Bäume, von denen sie stammten, wirkten kahl, und ihre Blätter waren dem Wind ausgesetzt.

In London war die Luft kühl und angenehm, die Tage

wurden kürzer, und in einem Monat würde man die Uhren eine Stunde zurückstellen und den Winter einläuten. In SW17 hinterließ der Herbst seine Spuren im Gemeindeland, in der Heide und in den Gärten, wo sich das Gras braun färbte und die Sommerblumen dem Goldlack und den Heidekraut-Astern Platz machten. Die Scherblattklingen des Rasenmähers von St. Dominic's wurden abmontiert und, wie jedes Jahr, zu Mr. Evans, einem Eisenwarenhändler, gebracht. Er würde sie schärfen, wenn er etwas Zeit hatte, oder würde den Brüdern empfehlen, sie zu ersetzen, und sie würden darüber beraten. Auch in der Jubilee Road fiel Mr. Evans' Name in einem ähnlichen Zusammenhang. »Wir brauchen Spaten«, sagte Schwester Clock, »Gabeln, Scheren und all die anderen Gartengeräte. Machen Sie eine große Bestellung, Mr. Studdy, und sehen Sie, ob Mr. Evans nicht ein oder zwei Shilling nachlässt. Der Mann, den Mrs. Trine empfohlen hat, kommt am Mittwoch: Im Frühling haben wir einen blühenden Garten.« Und sie schwor sich, dass die alten Leute es sich dort in den Sommermonaten, im Juni, Juli und August, ein Jahr nach Mr. Birds Tod, in Liegestühlen bequem machen und freudig ihren neunzigsten Geburtstag feiern würden.

In der Londoner Innenstadt ging am 7. September ein kräftig gebauter Mann in einem Wollmantel auf einen kleinen Jungen zu, der in der Nähe des Büroblocks herumtrödelte, in dem Miss Clerricot arbeitete, und bat ihn, eine einfache Aufgabe für ihn zu erledigen. Fünf Minuten später gab der Junge dem Mann einen Umschlag mit der Aufschrift *M. Moran* und erhielt vier Pence für seine Mühe. Studdy, der von einem günstig gelegenen Hauseingang beobachtet hatte, wie der Junge zu dem Empfang ging, vor dem er selbst auch schon gestanden hatte, und kurz darauf mit einem Umschlag in der Hand wieder auftauchte, ging mit dem Umschlag davon und öffnete ihn. Er las:

Lieber Mr. Moran,

ich muss Sie leider enttäuschen.

Ihre Informationen betreffs meiner Reise nach Leeds stimmen ganz und gar nicht, und ich kann mir nur vorstellen, dass es sich um einen Irrtum handelt. Meine Sekretärin, Miss Clerricot, wohnhaft in der Jubilee Road Nr. 2 in SW17, die mich auf meinem kleinen Ausflug begleitet hat, kehrte bereits in der Nacht unserer Ankunft nach London zurück und wird Ihnen das jederzeit bestätigen.

Sie werden mir sicher zustimmen, dass die Moral, um die Sie in Ihrem Brief fürchten, in dieser Angelegenheit nicht in Gefahr war. Unter den gegebenen Umständen bedaure ich, Ihrer Organisation den genannten Betrag nicht zukommen lassen zu können.

Hochachtungsvoll,
H. B. Sellwood.

Studdy hatte schon früher Rückschläge erlitten, ohne sich unterkriegen zu lassen; trotzdem war er froh, dass sie die Pension bald in eine größere Geldquelle verwandeln würden. Er zerknüllte den Brief, der mit Maschine auf Mr. Sellwoods Geschäftspapier geschrieben war, und warf ihn achtlos in den Rinnstein. Er fand, dass er zumindest eine nützliche Information erhalten hatte: Miss Clerricot war unvorhergesehen mitten in der Nacht aus Leeds abgereist. Sie hatte gesagt, sie würde ein oder zwei Tage weg sein. Hatten dieser Sellwood und sie sich zerstritten? Die Sache war zweifellos so verdächtig, dass man sie als Druckmittel benutzen konnte, um Miss Clerricot loszuwerden.

Mr. Sellwood hatte gehustet und gesagt, es sei das Beste, wenn sie in eine andere Abteilung wechsle, und sie hatte sich entschuldigt und gesagt, dass sie nicht wisse, was über sie gekommen sei, und das Entgegenkommen der Firma gar nicht verdiene. »Na, na«, sagte Mr. Sellwood. Er sprach nie wieder mit ihr über die Pearl Assurance Company und schenkte ihr, wenn sie sich zufällig begegneten, oft gar keine Beachtung.

Der tote Mr. Bird murmelte in Miss Clerricots Vorstellung dieselben Worte von Pope, die er ihr schon oft zugeraunt hatte. Dann musste Miss Clerricot immer an den Tod denken, da diese Worte davon handelten. Sie dachte besonders an ihren eigenen Tod: den Tod ihres Körpers und ihres Gesichtes.

Die ersten herbstlichen Blätter flogen an den Gitterfenstern der Küche in der Pension vorbei. Die Tage waren schön, doch die Sonne schien schwächer als im Sommer und konnte nicht mehr den ganzen Raum mit Licht erfüllen. Die Krüge und Tassen, die in langen Reihen an einem grünen Küchenschrank hingen, glänzten und leuchteten nicht mehr so stark wie im Sommer. Doch zumindest erstrahlten die frischen Zwiebeln, die man an der Tür einem Mann abgekauft hatte, der jedes Jahr aus der Normandie kam. Sie hingen an langen Schnüren, die mit Nägeln an den Seiten des Küchenschranks befestigt waren, und verliehen der Küche etwas Ländliches.

»Der Sommer ist vorbei«, sagte Mrs. Slape, während sie Heringe zubereitete.

Zwei weitere Frauen, die in der Pension putzten und gerade am Küchentisch Tee tranken, nickten wissend und stimmten ihr zu. Gallelty sagte:

»Es war ein schöner Sommer.«

Die Frauen nickten erneut. Mrs. Slape blickte Gallelty an. »Was machst du da?«, fragte sie.

»Ich poliere sie.«

Die drei Frauen sahen, dass sie eine Medaille polierte.

»Was ist das?«, fragte eine von ihnen.

»Eine Medaille«, sagte Gallelty. »Eine Medaille, die Mr. Bird einmal bekommen hat.«

»Nie im Leben«, sagte Mrs. Slape in entschiedenem Ton.

»Eine Medaille von 1913.«

»Mr. Bird war im Krieg?«, fragte eine der Frauen.

»Da hatte der Krieg doch noch gar nicht angefangen«, verbesserte die andere sie. »Der ist doch erst 1914 ausgebrochen.«

»Was für eine Medaille denn dann?«

»Was für eine Medaille ist es, Gallelty?«, fragte Mrs. Slape.

»Im Brustschwimmen.«

»Schwimmen!«

»Mr. Bird hat mir von dem Tag erzählt, als er die Medaille im Fünfzig-Meter-Brustschwimmen gewann.«

»Doch nicht Mr. Bird?«

Gallelty blickte die drei Frauen an, denn alle hatten Mr. Birds Namen mit diesem fragenden Unterton ausgesprochen.

»Mr. Bird hat mir die Medaille gezeigt«, sagte Gallelty.

»Aber Mr. Birds Fuß«, warf eine der Putzfrauen ein, da sie einen Blick fürs Detail hatte.

»Er konnte gar nicht schwimmen«, sagte Mrs. Slape. »Wie hätte er denn schwimmen sollen?«

»Er hat den Wettkampf gewonnen«, beteuerte Gallelty, die über den Zweifel der Frauen beunruhigt war. »Fünfzig Meter Brustschwimmen.«

Mrs. Slape legte einen halb ausgenommenen Hering auf die Abtropffläche. Sie wischte sich die Finger an der Schürze ab. »Was redest du da bloß?«

»Das ist Mr. Birds Medaille für seine Leistung im Brustschwimmen«, wiederholte Gallelty. Sie las die Worte auf der Medaille laut vor: *»R. I. Twining, zweiter Platz, 1913.* Er hat gesagt, es war Brustschwimmen.«

»Wer ist denn R. I. Twining?«, fragte eine der beiden Putzfrauen.

»Das ist nicht Mr. Birds Medaille«, sagte die andere. »Warum glaubst du, dass Bird die Medaille gewonnen hat?«

»Er hat sie mir gezeigt. Er hat davon gesprochen.«

Die Frauen lachten alle drei, als sie hörten, dass Gallelty keine Beweise hatte.

»Man darf nicht glauben, was man hört«, sagte eine von ihnen.

»Nicht alles, was man hört«, fügte die andere hinzu.

»Leg die Medaille jetzt weg«, ordnete Mrs. Slape an. »Mach sauber, Gallelty, es ist noch viel zu tun.«

»Ich hab die Worte nicht gelesen«, erklärte Gallelty. »Ich hab die Medaille in der Ecke einer Schublade gefunden und gedacht, es wär dieselbe. Es muss eine andere gewesen sein.«

Die beiden Putzfrauen wandten sich wieder ihrem Tee zu, und Mrs. Slape den Heringen. Gallelty räumte die Reinigungsutensilien und dann auch die Medaille weg, denn anscheinend hatte sie keinen Wert, da sie R. I. Twining gehörte, einer Person, die niemand kannte. Sie stellte sich vor, wie R. I. Twining 1913 beim Brustschwimmen nicht als Sieger, sondern als Zweiter ins Ziel kam und die Jubelrufe schon nicht mehr so laut waren. Sie spürte, dass man Mr. Bird damals, als er noch kein schlimmes Bein gehabt hatte, irgendwo für eine ähnliche oder noch größere Leistung ebenfalls eine Medaille verliehen hatte.

Sie legte die Medaille in ein Schrankfach, in dem einmal sechs kleine Stücke Seife gelegen hatten und wo jetzt Lappen und ein Metallreiniger aufbewahrt wurden. Mrs. Slape nahm kopfschüttelnd die Heringe aus und dachte, dass Gallelty naiv war, dass man ihr kaum etwas glauben konnte. Die Putzfrauen standen vom Tisch auf und spülten ihre Teetassen, aber nicht die Untertassen ab, auf denen sie gestanden hatten.

Später äußerte eine der Putzfrauen leichte Zweifel, während die andere sich völlig sicher war. Mrs. Slape sagte, sie habe den Blick nicht von den Heringen gewandt, doch Gallelty, die nur gedankenlos herumgetrödelt hatte, sagte, sie habe alles deutlich gesehen, obwohl ihre Geschichte nicht mit der der Putzfrau übereinstimmte. Gallelty erzählte ganz ruhig von der Erscheinung, ohne Tränen oder großes Aufheben. Sobald sie alles geschildert hatte, gab die Putzfrau, die von dem Gedanken fasziniert war, ihre eigene Version zum Besten:

»Er ist in die Küche gekommen, hat mit seinem Panamahut in der Tür gestanden und sich lächelnd vorgebeugt.«

»Er hat direkt neben mir gestanden«, sagte Gallelty, »und gesagt, das wär nicht seine Medaille. Er hat gesagt, er hätte eine Silbermedaille gewonnen, und dann darauf hingewiesen, dass die hier nur aus Bronze wär. Er hat über R. I. Twining gelacht und gesagt, der hätte noch nie was getaugt. Er hat ein unanständiges Wort benutzt.«

Mrs. Slape lachte und benutzte ein Wort, das zwar nicht unanständig, aber nicht allgemein gebräuchlich war. Sie glaubte nicht einen Augenblick lang, dass Mr. Bird die Küche betreten, mit seinem Hut in der Tür gestanden und Gallelty etwas zugeflüstert hatte.

»An solche Sachen glaube ich nicht«, sagte sie, ohne zu erklären, was sie damit meinte.

»Alles Einbildung«, sagte die zweite Putzfrau, die sich am Spülbecken über eine Teetasse gebeugt und allem, was angeblich vorgefallen war, den Rücken zugekehrt hatte.

»Ganz eindeutig«, sagte die andere Frau und bat um einen Brandy oder ein anderes alkoholisches Getränk. »Irgendwas«, sagte sie. »Ich fühl mich ganz schwach.«

Gallelty setzte sich und starrte den Schrank, die frisch aus Frankreich eingetroffenen Zwiebeln und die große Nippessammlung an.

»Gallelty ist in Trance«, sagte die Putzfrau, die nichts gesehen hatte.

»Gallelty!« rief Mrs. Slape.

»Er war ganz eindeutig da. Er hat gelächelt und dann über die Medaille gelacht. Armer Mr. Bird, das liegt alles längst hinter ihm. Er ist jetzt im Land seiner Väter.«

»Gallelty hat ihn kaum gekannt«, sagte Mrs. Slape, die eifersüchtig war, weil sie keine Erscheinung gehabt hatte. Sie hatte Mr. Bird achtzehn Jahre gekannt und ihm gute Dienste geleistet.

»Wir haben keine übersinnliche Wahrnehmung«, sagte die Putzfrau, die zuerst skeptisch gewesen war, jetzt aber nicht mehr an der Sache zweifelte. »Sieht so aus, als ob er unter uns gewesen wäre und wir ihn nicht bemerkt hätten. Lassen Sie sich das gesagt sein, so was kann jederzeit passieren.«

»Ich glaube nicht dran«, sagte Mrs. Slape erneut. »Das ist doch neurotisch.«

Es folgte ein Streit zwischen Mrs. Slape und der Frau, die behauptete, Mr. Bird gesehen zu haben, denn die Frau sagte, sie sei nicht neurotisch. Sie drohte zu kündigen, sich bei Schwester Clock zu beschweren.

»Ich hab keine Angst gehabt«, berichtete Gallelty. »Ein Toter hat neben mir gestanden, und ich hab nicht mal mit der Wimper gezuckt. Ich hab ihn innerlich willkommen geheißen, und dann ist die Erscheinung verblasst, wie ein Fleck, den man mit Dabitoff behandelt. Mrs. Slape, ich hab noch nie eine so tolle Erfahrung gemacht.«

»Wie Aladin«, sagte die Frau, die die Erfahrung mit ihr teilte. »Gallelty, du hast die Medaille gerieben wie Aladin seine Wunderlampe, und plötzlich ist Mr. Bird erschienen, auch wenn wir beide etwas anderes gesehen haben. Ich hab ihn in der Tür gesehen und du direkt neben dir. Was für eine Geschichte!« Von der Dramatik mitgerissen, hatte sie ganz vergessen, dass Mrs. Slape sie noch vor einem Augenblick beleidigt hatte. Doch als ihr Blick auf sie fiel, erinnerte sie sich wieder daran. »So geht das nicht, Mrs. Slape. Wenn Sie eifersüchtig sind, weil Sie keine Erscheinung gehabt haben, dafür kann ich nichts. Weder Gallelty noch ich können etwas dafür. Das geht uns nichts an, aber Sie müssen das, was Sie gesagt haben, zurücknehmen. Ich komme nicht her, um mich als nervenkrank bezeichnen zu lassen.«

»Ich war da etwas voreilig«, sagte Mrs. Slape und ließ Wasser über die ausgenommenen Heringe laufen, »aber ich habe mit neurotisch nichts Schlimmes gemeint. Das war nicht böse gemeint, tut mir wirklich Leid …« Sie trocknete sich die Hände an ihrer Schürze ab und warf die ersten Heringe auf eine mehlbedeckte Zeitung. »Wir haben Sherry zum Kochen«, sagte sie. »Das ist alles, was ich Ihnen hier unten anbieten kann.«

»Schön.«

»Gallelty sollte auch einen Schluck nehmen«, riet die andere Frau. »Gallelty, setz dich wieder und trink ein Glas. Einen Toten sieht man nicht alle Tage.«

»Hast du vorher schon was getrunken?«, erkundigte sich Mrs. Slape, da sie sich für Gallelty moralisch verantwortlich fühlte. »Wir hatten hier mal ein Mädchen, das ins Koma gefallen ist. Sie hat hinter meinem Rücken eine Flasche stibitzt und sie ausgetrunken, da sie dachte, es wäre Essig, darauf war sie völlig scharf.«

»Ich hab damals alles getrunken«, sagte Gallelty. »Gin Tonic, Wein, Portwein, Champagner.« Sie nahm das Glas, das Mrs. Slape ihr reichte, und trank den Sherry auf einen Schluck aus. »Ich stamme von der Isle of Man und hab schon bei Lipton's und bei der Polizei gearbeitet. Ich bin ganz schön rumgekommen, das kann ich Ihnen sagen. Das Schicksal hat mich zu Mr. Birds Pension geführt, und er war wie ein Vater zu mir.«

»Sie hat ihn bloß vierzehn Tage gekannt«, sagte Mrs. Slape und fügte hinzu: »Das Schicksal hat sich in Galleltys Blase bemerkbar gemacht.« Sie lachte lauthals und wälzte die Heringe im Mehl.

»Was für ein scheußliches Wort«, protestierte eine der Frauen. »Mrs. Slape, bitte.«

»Blase«, sagte die andere, denn Mrs. Slape wirkte verwirrt.

»Gallelty musste dringend auf die Toilette. Ich hab die Tür aufgemacht, und da stand sie mit ihrem Brotbeutel. ›Ich muss dringend mal auf die Toilette‹, rief sie und stürmte ins Haus.«

Die Putzfrauen sahen sich, dann Mrs. Slape und schließlich Gallelty an.

»Ich bin in Mr. Bird verliebt«, rief Gallelty. »Seine Finger gleiten über meinen Arm. Ich hab viele Männer kennen gelernt, das kann ich Ihnen sagen, aber keinen wie Mr. Bird, der mich aufgenommen und mir von seiner bösen Vorahnung erzählt hat, dass mich in Plymouth mein Schicksal ereilen würde. Er sagte, es wär eine Hafenstadt. Das hab ich gewusst.« Gallelty griff nach der Flasche Sherry, und Mrs. Slape sagte:

»Was machst du denn da?«

»Ich fühl mich ganz schwach, Mrs. Slape. Mr. Bird war beruhigend, aber jetzt bin ich nervös.«

»Ein sehr derbes Wort«, sagte die Frau, die Mrs. Slapes Ausdrucksweise missbilligt hatte. »Wenn mein Mann wüsste, dass ich dieses Wort heute gehört hab, würde ihm das gar nicht gefallen.«

»Er kommt zurück«, rief Gallelty, starrte auf die Tür und goss sich noch ein Glas Sherry ein. »Da kommt William Bird.« Doch später gestand sie, dass Mr. Bird kein zweites Mal in der Küche erschienen war. Sie gab zu, dass sie sie an der Nase herumgeführt hatte, um sie von der Sherryflasche abzulenken.

»Machen wir uns wieder an die Arbeit«, sagte Mrs. Slape schließlich. »Wir werden nicht fürs Herumsitzen bezahlt.«

Später erzählte Gallelty den Bewohnern, dass Mr. Bird ihr und einer Putzfrau in der Küche erschienen sei, dass er bei der Putzfrau einen Hut getragen, sie selbst ihn aber ohne Kopfbedeckung gesehen habe. Niemand schenkte ihr Beachtung.

18

»Sie wollen gegen Mr. Birds Testament verstoßen«, sagte Major Eele. »Sie wollen verhindern, dass die Gerechtigkeit ihren Lauf nimmt.«

Alle Bewohner außer Mr. Obd, der nicht an den Problemen in der Pension interessiert war, da er seine eigenen Probleme hatte, saßen in Major Eeles Zimmer. Er hatte sie zusammengerufen, um ihnen seine Neuigkeiten mitzuteilen, und das tat er jetzt.

»Mr. Studdy hat mich aufgefordert, mein Zimmer umgehend oder zu einem vereinbarten Zeitpunkt zu räumen. Er hat mir das Zimmer gekündigt, und ich hab sofort protestiert; und später noch mal bei Schwester Clock, da ich dachte, bei ihr würde mir Gerechtigkeit widerfahren.«

»Und?«, fragte Rose Cave.

»Die beiden haben sich anscheinend verbündet. Schwester Clock hat dasselbe gesagt wie Studdy.«

»Mit welcher Begründung?«, fragte Rose Cave. »Sie können Sie doch nicht einfach auffordern zu gehen, Major Eele. In dem Testament steht, dass keiner gehen muss, es sei denn, er will freiwillig weg.«

»Sie haben gesagt, Sie hätten zwischen den Zeilen des Testaments gelesen. Sie hätten den Geist der Worte ergründet.«

»Den Geist der Worte ergründet?«, fragte Venables und unterdrückte ein Lachen.

Miss Clerricot saß stumm und beherrscht da und dachte schon seit einer Weile, dass ihr ein kleines Unglück zugestoßen war und dass sie selbst daran schuld war.

»Sie führen nichts Gutes im Schilde«, sagte Major Eele.

»Haben sie Ihnen keine Begründung genannt?«, wollte Rose Cave wissen. »Haben sie bloß gesagt, dass Sie gehen sollen?«

»Nein, so einfach war's nicht. Je mehr sie gesagt haben,

umso undurchsichtiger wurde es. Ich hab nicht nachgegeben, und am Ende haben sie mir als Ausgleich die stattliche Summe von zwanzig Guineas angeboten.«

Schwester Clock hatte gesagt: »Wir können nicht zulassen, dass jemand mitten in der Nacht ins Haus geschleppt wird. Das müssen Sie verstehen.«

Doch er hatte erwidert, dass er das ganz und gar nicht verstehe und dass er Mr. Birds Testament zufolge das Recht habe zu bleiben. Schwester Clock hatte entgegnet, dass er vor Gericht unterliegen würde, da es dem Gericht nicht gefallen würde, wenn jemand um Mitternacht betrunken randalierte. Sie hatte erklärt, dass es ihr Angst mache, ihn im Haus zu haben, und hatte betont, dass ein Richter das rasch begreifen würde. »Ich habe Freunde bei der Polizei«, hatte sie hinzugefügt. »Sie hätten keine Chance.«

»Das ist ja völlig lächerlich«, sagte Rose Cave.

»Tja, ich dachte, ich sollte Ihnen allen Bescheid sagen, denn wer weiß schon, wer als Nächstes auf der Liste steht.«

»Sehr richtig«, sagte Mr. Scribbin. »Völlig richtig, uns alles zu erzählen.«

»Was können wir tun?«, fragte Rose Cave. Sie hatte schon die ganze Zeit befürchtet, dass an Major Eeles Vermutung, dass sie alle gehen mussten, etwas dran war. Das Unerwartete war anscheinend eingetreten: Studdy und Schwester Clock hatten ihren Zwist beigelegt.

»Ach, sie sind egoistisch und undankbar«, sagte Schwester Clock. »Das, was sie sagen, trifft einen zutiefst. Ihre Worte sind meistens ziemlich unverantwortlich. Sie sind gemein und manchmal auch gerissen oder gereizt. Aber ich hab es schon gesagt und sage es noch einmal: Ich pflege lieber alte Menschen als sonst jemanden. Was macht schon ein bisschen Bosheit und Unfreundlichkeit, wenn man ein Fünkchen Freude in ein Leben bringen kann? Tief im Innern lieben sie einen. Ich habe das Gefühl, dass ihnen im

Angesicht ihres Schöpfers der Name ihrer Krankenschwester als Erstes über die blutleeren Lippen kommt.«

Schwester Clock sagte das oft und zu vielen Leuten. Es war in der Nachbarschaft bekannt, dass Schwester Clock die alten Leute liebte, besonders wenn sie schon über neunzig waren. Jetzt sagte sie es zu Studdy, der sich über die Nase strich und ihr zuhörte.

»Die Blätter fallen von den Bäumen«, sagte Schwester Clock. »Wenn die Tage kürzer werden, muss alles geregelt sein.«

»Die Tage werden doch schon immer kürzer. Um halb neun ist es dunkel. Ich hab mit Mr. Venables gesprochen. Es kostet uns fünfzehn Pfund, dass er sich nicht auf die Auflagen im Testament beruft. Er wollte mehr haben, aber ich denke, dass er für fünfzehn Scheine still und heimlich geht. Ich hab ihn schwören lassen, dass er nichts verrät, und hab gesagt, dass andere schon eingewilligt hätten. Wohltätige Zwecke, hab ich ihm gesagt; er hat sofort verstanden.«

Doch die Sache hatte Venables ziemlich mitgenommen, und er hatte eine Weile in seinem Zimmer geweint und war dann spazieren gegangen, um darüber nachzudenken. Studdy hatte ihm gar kein Geld angeboten; Venables hatte Angst vor ihm und würde alles tun, was Studdy verlangte, obwohl ihn der Gedanke ganz krank machte, dass er anscheinend darauf gefasst sein musste, die Pension bald verlassen und sich woanders ein Zimmer suchen zu müssen.

»Ich brauche fünfzehn Pfund aus der Kasse, als Bestechungsgeld für Mr. Venables.«

Schwester Clock scharrte mit den Füßen, um es nicht hören zu müssen.

In Major Eeles Zimmer kam man zu keinem Beschluss und war nicht imstande, irgendwelche Pläne zu entwickeln. Alle schauten auf den Boden, zum Fenster oder auf einen Punkt auf der Tapete. Es war das Zimmer eines Mannes, ein trostloser Ort mit einem Kleiderschrank, einem Tisch und einem schmalen Bett. Major Eeles Krawatten hingen an einer Schnur, die mit zwei großen Reißzwecken außen am Schrank befestigt war. Im Rost eines kleinen Kamins sammelten sich auf einem Stück zusammengeknüllten Zeitungspapier Rußflecken.

Das Zimmer war für so viele Menschen zu klein. Rose Cave und Miss Clerricot saßen auf dem schmalen Bett. Mr. Scribbin saß in einem Sessel. Major Eele und Venables standen, und Ersterer ging im Zimmer umher. »Tut mir Leid, dass ich Ihnen nichts anbieten kann«, sagte er und dachte, dass er besser Getränke besorgt hätte, Sherry vielleicht oder Bier.

Sie hatten sich noch nie zusammengesetzt, um miteinander zu sprechen. Sie hatten nie das Gefühl gehabt, dass es ein Problem gab, das sie alle anging. Zu Mr. Birds Lebzeiten waren solche Schwierigkeiten in der Pension nicht aufgetreten: Es war nie nötig gewesen, gemeinsam einen Plan zu schmieden.

»Ich finde, wir sollten sie zur Rede stellen, eine Erklärung von ihnen fordern«, sagte Rose Cave. »Das könnte nicht schaden.« Ihr kurzes graues Haar zitterte, während sie sprach, während sie den Kopf hin und her warf, um zu unterstreichen, dass es ihr ernst war.

»Oder vielleicht sollten wir warten, bis sie einen anderen von uns auffordern zu gehen«, schlug Miss Clerricot vor, »um zu sehen, was sie vorhaben.«

Rose Cave sagte: »Das hätte ich von Schwester Clock nicht gedacht«, und die anderen schüttelten die Köpfe. Es bestand das stille Einvernehmen zwischen ihnen, dass sie Studdy so ein Verhalten durchaus zugetraut hatten.

»Wenn wir warten«, sagte Major Eele, »was wird dann in der Zwischenzeit aus mir?«

»Da hat er Recht«, gestand Miss Clerricot.

»Weigern Sie sich um jeden Preis weiter, egal, was passiert«, riet Rose Cave. »Wir stärken Ihnen alle den Rücken.

Ich wusste von dem Augenblick an, als Schwester Clock in jener Nacht herunterkam und sagte, er sei gestorben, dass es Ärger geben würde.«

»Er hat mit seinem Tod gerechnet«, warf Mr. Scribbin ein. »›Ich bin nicht mehr lange auf der Welt‹, hat er zu mir gesagt.«

»Er hätte nicht so ein Testament hinterlassen sollen«, sagte Rose Cave.

»Lässt sich das nicht anfechten?«, fragte Mr. Scribbin. »Man hört solche Sachen.«

»Wir sind völlig vom Thema abgeschweift«, sagte Major Eele. »Was soll's denn bringen, das Testament anzufechten?«

»Ich dachte …«, begann Mr. Scribbin.

»Das bringt gar nichts«, sagte Major Eele.

Seit dem Abend, an dem er Mrs. le Tor zum Essen eingeladen hatte, hatte es Major Eele im Stillen oft geschaudert. Er sagte sich, dass er ihren Klauen entronnen war. Mrs. le Tor kam ihm noch schlimmer vor als Mrs. Andrews.

»Sie können nicht einfach Ihre Freundinnen mitbringen, so können Sie sich hier nicht aufführen«, hatte Schwester Clock ihn gerügt, als ob sie genau Bescheid wüsste, was wahrscheinlich auch zutraf. »Im Jasmine Café haben Sie sich ebenfalls schändlich benommen.«

»Im Jasmine ist nichts vorgefallen.« Doch Schwester Clock hatte ihm nicht geglaubt. Sie hatte gesagt, sie habe mit den Schwestern Gregory gesprochen.

»Sie haben Schwester Clock völlig vor den Kopf gestoßen«, hatte Studdy gesagt. »Am besten packen Sie Ihre Sachen.«

»Ich hab nichts Unrechtes getan.«

»Schwester Clock ist eine hoch geachtete Frau. Sie sagt, dass wir uns bemühen sollten, ein anständiges Haus zu führen.«

Major Eele fühlte sich ganz und gar nicht sicher. Er wusste, dass sie die besseren Karten hatten; er wusste, dass sie genug in der Hand hatten, um die anderen Bewohner gegen ihn aufzubringen; sie hatten überzeugende Argumente für seine Kündigung. Rose Cave würde nicht gern hören, dass er sich *Heiße Stunden* angesehen hatte.

»Man darf den beiden nicht alles glauben«, sagte er jetzt versuchsweise.

»Ach?«, sagte Rose Cave. »Schwester Clock auch nicht?«

»Mr. Bird hat mir mal gesagt, dass er nicht alles glaubt, was Schwester Clock sagt, und für Studdy würde dasselbe gelten. Sie ziehen über die Leute her.«

Am Morgen hatte Venables auf der Arbeit gekrümmt vor Schmerz auf der Toilette gesessen. Er hatte sich nicht aufrichten können; jedes Mal, wenn er es versucht hatte, hatte er ein Ziehen verspürt. Er hatte zwanzig Minuten lang so dagesessen und versucht, dagegen anzukämpfen. Schließlich hatte der Schmerz nachgelassen und war nicht wiedergekehrt. Jetzt ging es ihm wieder ziemlich gut.

Eine Weile herrschte in dem Zimmer Schweigen, doch schließlich wurde es durch ein seltsames, fremdartiges Geräusch unterbrochen.

»Was war das?«, fragte jemand.

»Scribbin«, sagte Major Eele. »Scribbin hat irgendwas vor sich hingemurmelt.« Doch Scribbin bestritt, etwas vor sich hingemurmelt oder auch nur einen Ton von sich gegeben zu haben.

Als Mr. Bird sein Testament verfasst und es noch einmal durchgelesen hatte, war ihm aufgefallen, dass er lachte. Er hatte das Lachen schon eine Weile, vielleicht eine oder anderthalb Minuten, gehört, bevor er begriffen hatte, dass es sein eigenes war, und hatte sich gefragt, warum er so lachte, mit einem leisen Schlürfen, wie schwappendes Wasser. Ab und zu war es vorgekommen, dass sich Mr. Bird seines Tuns ganz plötzlich bewusst wurde, zum Beispiel, wenn er übers Treppengeländer gelugt hatte, um zu beobachten, wie einer der Bewohner in die Pension zurückkehrte, oder wenn er Venables' marineblauen Blazer, Schwester Clocks exakt geschnittene Fingernägel oder Major Eeles kleine Augen angestarrt hatte. Doch besonders oft war ihm aufgefallen, dass er den Anflug eines Lächelns auf den Lippen hatte, wenn er die Eigenarten seiner Bewohner niederschrieb. Stets war er mit einem Ruck wieder zu sich gekommen, ohne sich das leichte Lächeln in seinem Gesicht erklären zu können, und hatte es jedes Mal beiseite gewischt und ein paar entschuldigende Worte gemurmelt. Als er das Papier hingelegt hatte, auf dem er sein Testament verfasst hatte, war ihm eingefallen, dass er vor kurzem gedankenverloren beobachtet hatte, wie Rose Cave ständig unbewusst die Finger ihrer linken Hand bewegte, und dass er auch da keck gelächelt hatte.

Venables brachte es nicht über sich zuzugeben, dass auch er von Studdy angesprochen worden war und aus Schwäche eingewilligt hatte, die Pension zu verlassen, obwohl Studdy ihm kein Geld angeboten hatte. Er versuchte es ihnen zu sagen, doch als er den Mund öffnete, um den vorformulierten Satz auszusprechen, fühlte sich seine Zunge ganz trocken an, und er brachte kein Wort hervor.

»Ich stelle eine Liste mit den Sachen auf, die wir am Anfang brauchen«, sagte Schwester Clock. »Mr. Studdy, Sie werden überrascht sein, was die alten Leute alles benötigen.«

»Einen Mr. Studdy kann nichts mehr überraschen.« Er nickte, ein Mann von Welt, der schon viel herumgekommen war, schon in vielen Häusern verkehrt hatte, ein Mann, der die alten Leute und ihre Eigenarten gut kannte, der auch die Menschen in mittlerem Alter, die jungen Leute und die Jugendlichen kannte.

»Ich sehe mal, ob ich auf einer Versteigerung zwei Kommoden erstehen kann«, sagte Schwester Clock.

»Gute Idee«, sagte Studdy.

In Major Eeles Zimmer sagte Rose Cave:

»Da ist das Geräusch schon wieder.«

»Das ist Scribbin«, sagte Major Eele. »Er murmelt schon wieder was vor sich hin.«

Mr. Scribbin bestritt das erneut und protestierte dagegen, dass man ihn weiter verdächtigte. Venables öffnete die Tür und schaute hinaus.

»Es ist bloß Mr. Obd«, sagte er. »Er geht die Treppe rauf und runter und führt dabei Selbstgespräche.«

In der Küche saßen Mrs. Slape und Gallelty und lasen schweigend in ihren Zeitschriften. Mrs. Slape saß in ihrem großen Sessel, der einmal oben gestanden hatte, den Mr. Bird ihr aber zum Ausruhen überlassen hatte, da seine Polsterung kaputt war und er in den Gemeinschaftsräumen der Pension fehl am Platze war. Gallelty hatte ihre Zeitschrift auf der geschrubbten Kieferntischplatte ausgebreitet. Sie saß über die Schrift gebeugt, und ihr zierlicher Körper war ganz krumm. Sie war in eine Geschichte über einen verliebten Architekten vertieft. In einer Zeitschrift, die Schwester Clock ihr geschenkt hatte, las Mrs. Slape zufällig denselben Artikel, den Schwester Clock bei Mr. Birds Tod gelesen hatte.

»Ich würde gern mal Balmoral sehen«, sagte Mrs. Slape seufzend. Doch Gallelty, die mit dem Schicksal des verliebten Architekten beschäftigt war, hörte sie nicht. Mrs. Slape seufzte noch einmal und blätterte zu einer Geschichte über einen anderen Architekten, der ebenfalls verliebt war.

Es war zehn Uhr. Die beiden lasen weiter, ohne zu wissen, dass über ihnen das Schicksal der Pension auf dem Spiel stand.

»Wir ziehen nicht aus«, sagten alle in Major Eeles Zimmer und nickten einvernehmlich.

»Sie können uns nicht vor die Tür setzen«, sagte Rose Cave, »dazu haben sie kein Recht.«

Mr. Obd, der im Flur, auf der Treppe und in der Diele auf und ab ging und weder mit den Bewohnern noch mit

Studdy und Schwester Clock verbündet war, hatte mit der ganzen Sache nichts zu tun und machte sich auch keine Gedanken darüber.

Studdy und Schwester Clock saßen weiter in Mr. Birds Zimmer, schlossen Kompromisse und machten die Zugeständnisse, auf die ihr Bündnis gebaut war.

»Was war das?«, fragte Schwester Clock.

»Nichts«, sagte Studdy.

Doch Schwester Clock ging zur Tür, öffnete sie und starrte in die Dunkelheit. Sie sah, wie Mr. Obd, eine dunkle Gestalt in noch tieferer Dunkelheit, durch den Flur ging. Mr. Obd redete im Gehen, denn er glaubte erneut, Mr. Bird begegnet zu sein und ihn gegrüßt zu haben.

Schwester Clock zuckte mit ihren fleischigen Schultern und kehrte dann zu den Berechnungen zurück, mit denen sie beschäftigt waren. Studdy war schläfrig. Er drehte eine Zigarette und zündete sie an, damit er etwas zu tun hatte und wach blieb. Schwester Clock sagte:

»Nehmen Sie vierundzwanzig mal vier.«

»Sechsundneunzig«, sagte Studdy, nachdem er es auf einem Briefumschlag ausgerechnet hatte.

Sie verschwendeten keinen Gedanken an Mr. Bird, doch in Mr. Obds Gedanken lebte Mr. Bird weiter, dort ließ er sein leises Lachen hören, das wie schwappendes Wasser klang.

19

In den Zeitungen wurde berichtet, dass ein Mädchen versuchen wollte, unter Hypnose den Ärmelkanal zu durchschwimmen. Neue Insektengifte in Haushaltsfarben hatten einen Mann in Cumberland veranlasst, eine Gesellschaft zur Erhaltung der Stubenfliege zu gründen. Weitere Schiffsladungen australischer Butter wurden angekündigt; ein

Tiger hatte sich auf ein Kind gehockt, ohne es zu verletzen; in Tel Aviv hatte ein Mann einen Hund gebissen.

Die Bewohner der Pension lasen Tag für Tag solche Berichte, wie auch andere Leute in London und Umgebung, wie all jene, die in letzter Zeit etwas mit den Bewohnern der Pension zu tun gehabt hatten: Mrs. Rush und Mrs. le Tor, Mr. Sellwood, die Schwestern Gregory und manch anderer. Mrs. Maylam las keine Tageszeitung mehr: Sie sagte, sie könne die Schrift nicht mehr entziffern.

In der Pension machten sich inzwischen alle Sorgen, alle außer Schwester Clock und Studdy.

»Ich hab's bei Tisch gehört«, berichtete Gallelty. »Sie haben geflüstert: Das Haus steht zum Verkauf.«

»Niemals«, sagte Mrs. Slape.

Doch die Stimmung im Haus sickerte auch zu Mrs. Slape durch, und schließlich glaubte auch sie, dass es nicht zum Besten stand. »Wollen Sie das Haus verkaufen?«, fragte sie Schwester Clock ohne Umschweife, und Schwester Clock kreischte vor Lachen. Sie verkaufen es, dachte Mrs. Slape und spürte, wie sich ihr Magen verkrampfte. Sie erinnerte sich an den Tag, als sie hergekommen war, erinnerte sich an Slape und seine Marotten.

»Was ist denn los?«, fragte sie Rose Cave.

»Wie meinen Sie das?«

»Was ist los? Das Haus steht zum Verkauf, oder?«

Rose Cave erzählte ihr alles, was sie wusste. Es war nicht viel, doch anscheinend genügte es Mrs. Slape.

Rose Cave las von dem Mann in Tel Aviv, der den Hund angefallen hatte, weil der angeblich hinter seiner Tochter hergerannt war. Sie war an solchen Einzelheiten interessiert, las im Bus, der sie zur Arbeit brachte, und später in der Mittagspause darüber. Der Besitzer des Hundes hatte vor, den beißenden Mann zu verklagen. Sie fand die Geschichte eigentlich nicht witzig, doch den Bericht über den Mann in Cumberland, der eine Gesellschaft zur Erhaltung der Stubenfliege gegründet hatte, las sie voll Interesse. Sie dachte eine Weile darüber nach und fragte sich, ob es einen angemessenen Grund gab, sich wegen Stubenfliegen so eine Mühe zu machen. Eigentlich konnte sie es sich nicht vorstellen, hielt sich aber mit einem Urteil zurück, da der Zeitungsbericht nur ganz kurz war.

Rose Cave machte sich in zweifacher Hinsicht Sorgen. Einerseits bedauerte sie das Ende der Pension, und zum anderen spürte sie, dass die Gerechtigkeit auf dem Spiel stand. Mr. Bird hatte seine Wünsche in dem Testament, das er hinterlassen hatte, deutlich zum Ausdruck gebracht: Er hatte gewollt, dass die Pension genauso weitergeführt wurde und dieselben Leute dort wohnten. So viel war Rose Cave und den anderen, die davon betroffen waren, klar. Doch keiner wusste, dass sich Mr. Bird ungefähr eine Stunde vor seinem Tod ausgemalt hatte, wie die Pension einmal aussehen würde, wenn er nicht mehr am Leben war. Er hatte ein gut geführtes Haus vor sich gesehen, das in den Händen seiner beiden Auserwählten gut aufgehoben war und dessen Bewohner alle gesund und munter waren, ein Denkmal seiner selbst. Er hatte eine Weile friedlich gedöst, und als er aufgewacht war, hatte er sich kurz vorgestellt, dass er gestorben war und die Pension ebenfalls zugrunde ging. Er hatte gedacht, dass jemand ihm eine Frage stellte und eine Erklärung für seine Absichten und Pläne verlangte. Er hatte gehört, wie er daraufhin lachte, was wieder wie leise schwappendes Wasser geklungen hatte, und dann hatte er laut gesagt: »Ich baue auf, um zu zerstören.« Schwester Clock hatte von ihrer Zeitschrift aufgeblickt und ihm gesagt, er solle ruhig bleiben.

Davon wusste Rose Cave nichts. Sie dachte über Leute nach, die ihre Heimat verloren hatten: Mr. Obd, in letzter Zeit immer einsamer und unglücklicher, gezwungen, an einen anderen Ort zu fliehen, um sich niederlassen zu können. Sie wusste, dass es für Farbige nicht immer leicht war. Sie hatte von Fällen gelesen, in denen Afrikaner oder Leute von den Westindischen Inseln hatten froh sein müssen, ein Zimmer zu bekommen, das voller Mäuse oder irgendwelchem Ungeziefer war. Mr. Obd würde Kränkungen und Zurückweisungen hinnehmen müssen, er würde das Gefühl haben, aus der Welt der Weißen ausgeschlossen zu sein. Sie dachte an Major Eele, einen Mann, der andere oft sinnlos und grausam quälte und jetzt vielleicht selbst grausamen Quälereien ausgesetzt sein würde. Hier gab es für ihn ein Plätzchen: Er hatte im Fernsehzimmer seinen eigenen Sessel. Ein neues Zimmer, bei Leuten, die auf seine Schrullen nicht vorbereitet waren, da würde für Major Eele die Welt nicht untergehen, doch es würde ihm auch nicht leicht fallen, sich damit abzufinden. Rose Cave dachte, dass die Pension nur eine ziemlich mittelmäßige Unterkunft war, doch von zwei Übeln wählte man lieber das, das man schon kannte.

Nachdem sie über Mr. Scribbin, Miss Clerricot und Venables nachgedacht hatte, wandte sie sich ihrem eigenen Leben zu. Doch sie konnte ihre Gedanken nicht auf die Zukunft richten, vielleicht weil sie sich weigerten, in diese Richtung zu wandern. Sie schweiften in die Vergangenheit, zu dem Bungalow in Ewell, und führten ihr Szenen aus ihrer Kindheit vor Augen. »Guck mal, Mami«, hatte sie mit drei Jahren gesagt. »Guck mal, ich komme schon ans Toilettenpapier.« Ihre Mutter war gekommen, um es sich anzusehen, und hatte geistesabwesend genickt, während ihre Tochter mit den Fingerspitzen das Toilettenpapier berührte, ein weiterer Meilenstein, eine Leistung, über die sich Rose riesig gefreut hatte.

Nur wenige Leute hatten sie in dem Bungalow in Ewell besucht. Ab und zu war ein Pfarrer vorbeigekommen, und manchmal eine ältere Frau, die etwas mit dem Verkauf von Mohnblumen zugunsten des Frontkämpferverbands zu tun gehabt hatte. Einmal, an einem Samstagnachmittag, war ein Mann gekommen, der vom Sitz eines Motorrads gestiegen und, ohne die Motorradbrille abzusetzen, den kurzen, mit roten Platten ausgelegten Weg zur Haustür gegangen war.

Sie hatte ihn vom Wohnzimmerfenster aus gesehen. »Da kommt ein Mann«, hatte sie gesagt, und ihre Mutter hatte rasch von einer Zeitschrift aufgeblickt, die sie am Kamin gelesen hatte. »Er ist von einem Motorrad gestiegen und hat eine Brille auf.« »Mein Gott!«, hatte ihre Mutter gesagt und war aufgestanden und durchs Zimmer gehastet. »Geh und spiel in der Küche, Rose.« Es hatte geklingelt, und ihre Mutter war, eine Hand an ihrem Haar, zur Tür gegangen und hatte den Mann mit der Motorradbrille hineingelassen und dann ins Wohnzimmer geführt.

»Er ist nicht tot«, hatte ihre Mutter oft über den Mann gesagt, der ihr Vater war. »Nicht tot, Rose; er wohnt bloß nicht bei uns.« Und wenn sie nach dem Grund gefragt hatte, hatte ihre Mutter gesagt, eines Tages würde sie das besser verstehen.

In der Küche hatte sie Backformen und Siebe hervorgeholt und eine Weile damit gespielt, hatte sich mit einer auf der Fensterbank sitzenden Puppe unterhalten und die Kochtöpfe auf dem Küchentisch aufgereiht. Damals war sie sechs gewesen; sie hatte bereits vor sich gesehen, wie sie wenig später in der Schule sagen würde: »Mein Vater ist mit einem Motorrad gekommen und geht nie wieder weg, weil ihm unser Haus gefällt und er dableiben will.« Eins der Mädchen, wahrscheinlich Elsie Troop, die immer behauptete, schon einmal den König gesehen zu haben, würde sofort sagen: »Ist doch bloß ein Bungalow.« Das hatte Elsie Troop immer gesagt; sie hatte es so oft gesagt, dass ein paar von den anderen auch damit angefangen hatten. Doch als sie mit den Backformen und den Sieben gespielt hatte, war es ihr völlig egal gewesen, was Elsie Troop vielleicht sagen würde. Sie war auf Zehenspitzen in die Diele geschlichen und hatte durch die Buntglasscheibe der Haustür gespäht, um zu sehen, ob sie einen flüchtigen Blick auf das Motorrad werfen konnte. Als sie in die Küche zurückgeschlichen war, hatte sie die gedämpften Stimmen ihrer Mutter und des Mannes gehört.

Später war ihre Mutter herübergekommen, um Tee zu kochen. Sie hatte ein Tablett ins Wohnzimmer gebracht und ganz aufgeregt, mit gerötetem Gesicht, gemurmelt, dass sie außer einem Pfund Lincoln Creams nichts im Haus habe. »Kann ich mit euch Tee trinken?«, hatte Rose Cave gefragt, obwohl sie geahnt hatte, dass man es ihr nicht erlauben würde. Ihre Mutter hatte nicht geantwortet, sondern Milch in einen Krug gegossen, ihr eine Scheibe Brot und ein Lincoln Cream gegeben und gesagt, sie solle brav sein.

»Ist das mein Dad?«, hatte sie hinterher gefragt. »Wer?«, hatte ihre Mutter gesagt. »Der Mann auf dem Motorrad.« Doch ihre Mutter hatte den Kopf geschüttelt und kurz gelacht. »Sag nicht *Dad*, Rose. Sag *Vater* – wenn du schon davon anfangen musst. Der Herr ist bloß ein Freund.« Doch Rose hatte gewusst, dass das nicht ganz stimmte, denn ihre Mutter machte sich nicht viel aus Freunden. »Kommt er mal wieder mit seinem Motorrad?« Ihre Mutter hatte gesagt, ja, sie glaube schon, und war davongeeilt, um das Teegeschirr zu spülen.

Am darauf folgenden Samstag hatte das Motorrad erneut draußen gehalten, und der Mann war wieder mit seiner Motorradbrille zum Haus gekommen. »Geh und spiel in der Küche, Rose«, hatte ihre Mutter gesagt, doch nach dem Tee hatte sie Rose ins Wohnzimmer gerufen, und dort hatte ein groß gewachsener, lächelnder Mann mit einer Pfeife im Mund gesessen. Seine Motorradbrille hatte auf der Armlehne eines Sessels gelegen. »Ich hab ein Geschenk für dich«, hatte der Mann gesagt und eine Tüte Fox's Glacier Mints aus der Tasche gezogen. Ihre Mutter hatte sie aufgefordert, sich zu bedanken, und hatte ihn Mr. Mattock genannt. »Danke, Mr. Mattock«, hatte Rose Cave gesagt und einen Knicks gemacht, wie man es ihr in der Schule beigebracht hatte. »Ein liebes Kind«, hatte Mr. Mattock gesagt.

Als Mr. Mattock seine Motorradbrille umgeschnallt und einen riesigen Mantel angezogen hatte und gegangen war, hatte sie eine Weile über ihn nachgedacht. Der Geruch seiner Pfeife hatte noch im Wohnzimmer und der Diele gehangen, und so hatte sie sich mühelos ausgemalt, wie sich ein Mann in den Sessel ihrer Mutter setzte, die langen Beine auf dem Kaminvorleger ausgestreckt, der Kopf in eine Rauchwolke gehüllt, die aus seinem Mund und, soweit sie sehen konnte, auch aus seiner Nase strömte. »Was für ein witziger Mann«, hatte Rose Cave gesagt, um zu sehen, wie ihre Mutter reagieren würde. »Witzig, Rose?« Sie hatte gesagt, sie finde es witzig, so viel Rauch zu machen; mit seiner Motorradbrille sehe er witzig aus. Doch ihre Mutter war anscheinend nicht ihrer Meinung gewesen. »Ich finde, dass Mr. Mattock ein sehr netter Mann ist; ein wunderbarer Vater für ein kleines Mädchen.«

Dass ihre Mutter so sprach, hatte sie an Elsie Troop erinnert. »Mein Dad hat mich auf die Schultern genommen, damit ich besser sehen konnte«, hatte Elsie Troop immer gesagt; »und als der König vorbeiging, haben wir gehört, wie er sagte: ›Wer ist denn das hübsche kleine Ding auf den Schultern dieses Herrn?‹ Rose Cave hat nicht mal einen Dad.«

»Wunderbarer Vater?«, hatte sie gefragt. »Wie meinst du das denn, Mami?« Ihre Mutter hatte nichts weiter gesagt, doch die Gedanken ihrer Mutter hatten wie Mr. Mattocks Rauch in der Luft gehangen, und Rose Cave hatte ungefähr gewusst, was ihr durch den Kopf ging. »Kommt Mr. Mattock wieder?«, hatte sie gefragt. »Nächsten Samstag?« Ihre Mutter hatte Ja gesagt und lachend hinzugefügt, Mr. Mattock werde immer samstags zu Besuch kommen. »Ja, er kommt wieder«, hatte sie gesagt; doch aus irgendeinem Grund, der immer ein Rätsel geblieben war, war er nicht mehr gekommen.

»Arme Mutter«, hatte Rose Cave in ihrem späteren Leben immer gesagt, hatte die Arme um die schmalen Schultern ihrer Mutter geschlungen und an Mr. Mattock auf seinem Motorrad gedacht, der ihr mit seiner Motorradbrille und seinem Pfeifenrauch in ihrem Bungalow ganz fremd vorgekommen war.

Wie immer hatte Rose Cave nicht vorgehabt, sich mit ihrer eigenen Vergangenheit und der ihrer Mutter auseinander zu setzen. Sie hatte sich Gedanken darüber machen wollen, wie sie vorgehen, wie sie den Machenschaften von Schwester Clock und Studdy einen Riegel vorschieben konnten, oder, falls ihr dazu nichts einfiel, welche Vorkehrungen sie selbst für ihr zukünftiges Leben treffen musste. »Wir müssen zusammen hingehen und sie darauf ansprechen«, sagte sie sich. »Die ganze Sache muss offen gelegt werden.« Doch selbst diese vernünftige Idee machte sie nicht zuversichtlich. Rose Cave hatte das Gefühl, dass die Würfel bereits gefallen waren: Das unerwartete Bündnis war stabil; und dass niemand damit gerechnet hatte, schmiedete die beiden noch fester zusammen. Sie und die anderen Bewohner hatten sich zu viel Zeit gelassen; die beiden waren ihnen weit voraus, alles war bereits in Gang gesetzt. Sie verübten einen Anschlag auf die Pension als solche, das spürte sie in den Knochen. »Ich könnte zu einem Anwalt gehen«, sagte Rose Cave im Bus und schlug ihren *Daily Express* auf.

»Miss Cave könnten wir gut gebrauchen«, sagte Schwester Clock. »Ich frage mich, ob sie für eine ganztägige Beschäftigung lieber ein kleines Gehalt oder freie Kost und Logis hätte. Mit einem zusätzlichen Taschengeld müsste sie auskommen.«

»Miss Cave kennt sich in der Welt nicht aus.«

»Womit muss sie sich schon groß auskennen«, entgegnete Schwester Clock, »um sie im Rollstuhl herumzuschieben oder ihnen eine Decke über ihre armen alten Beine zu legen?«

Studdy zuckte mit den Achseln und gab sein stummes Einverständnis: Er sah sofort ein, dass man keine Erfahrung brauchte, um die alten Leute durch die Gegend zu schieben oder sie zuzudecken. »Ich hab für heute Morgen einen Stuckateur bestellt«, berichtete er, »der die Decke in

Mr. Birds Dachkammer in Ordnung bringen soll. Wenn wir rasch etwas unternehmen, ist die Decke noch zu retten.«

»Was du heute kannst besorgen«, sagte Schwester Clock ausgelassen. »Aber nehmen Sie sich in Zukunft bei Mrs. Slape in Acht. Sie haben sie völlig aus der Fassung gebracht, als Sie mehr Fisch verlangt haben.«

Einen Augenblick lang wünschte sich Studdy die alten Zeiten zurück, als der Hass zwischen dieser Frau und ihm noch stark und unkompliziert war, als in seinem Revers noch die kleine Waffe gesteckt und er ihre Patienten überredet hatte, eine Kartoffel am Körper zu tragen. Dann fiel ihm die Vorstellung ein, mit der er morgens aufwachte: wie die alten, senilen Leute in rascher Folge in seiner Pension starben. Studdy sah vor sich, wie im Gepäck einer Neunzigjährigen silberne Haarbürsten, Broschen, Ohrringe und kleine, mit Intarsien verzierte Schatullen voller interessanter Briefe in die Pension gebracht wurden. Er sah, wie er in einem Zimmer nach dem anderen, kopfschüttelnd über ihre kleinen Radios gebeugt, sagte, dass damit etwas nicht stimme und er das Radio ein paar Tage zur Reparatur wegbringen müsse. Er sah geruhsame Kartenspiele mit alten Soldaten, die den Namen ihres Regiments vergessen hatten, mit Pfarrern und ehemaligen Geschäftsleuten. Er sah, wie kleine Geldsummen träge auf die grüne Tischbespannung geworfen wurden und ihn von dort anblinzelten.

20

Mr. Scribbin zog die Schuhe aus und stellte sie neben sein Bett. Er schlüpfte in seine Hausschuhe aus Rehfell und fand, dass sie sich angenehm anfühlten. Sein Zimmer war dunkel, da er sich so am wohlsten fühlte. Im Dunkeln und in Hausschuhen verspürte er eine innere Ruhe, die perfekt war, sobald das Zimmer vom Rattern der Räder, vom Quietschen der Rangierloks oder dem Zischen des ausströmenden Dampfes erfüllt war.

Er legte eine Schallplatte auf den Plattenteller des Grammophons und setzte sich in einen Korbstuhl. Es war Tagesanbruch in der Nähe von Riccarton Junction; in der Ferne schrien Eulen, ein leichter Wind raschelte in den Bäumen. Es schauderte Mr. Scribbin, denn er spürte, dass der leichte Wind kühl war. Er konnte das ferne Pfeifen einer V.2 mit Güterwaggons hören, während sie sich der Öffnung eines Tunnels näherte. Dann setzte das Rumpeln ein, das zuerst nur ein schrilles Rauschen war und allmählich die Naturgeräusche übertönte.

Mr. Scribbin stand auf und drehte den Ton lauter. Der Zug donnerte durchs Zimmer, das Geräusch wurde von den Wänden zurückgeworfen, und das rhythmische Rattern der sich schnell drehenden Räder beherrschte all seine Gedanken. Verzückt kehrte er zu dem Korbstuhl zurück.

Der Zug schoss aus dem Tunnel, beschleunigte und ratterte in die Morgendämmerung. In der zurückbleibenden Stille schrie einmal ein Brachvogel, und dann klopfte jemand an Mr. Scribbins Tür.

»Mr. Scribbin, so geht das nicht«, sagte Schwester Clock. »Wir sind alle völlig erledigt, weil wir wegen der Züge, die durch unsere kleine Pension rattern, keinen Schlaf und keine Ruhe mehr finden.«

»Was?«, fragte Mr. Scribbin.

»Es wäre wirklich besser, wenn Sie sich ein anderes Zimmer mit einer besseren Isolierung suchen würden.«

»Isolierung, Schwester Clock? Tut mir Leid, wovon reden Sie überhaupt?«

Die Nadel des Grammophons war bei der nächsten Aufnahme angelangt. Eine V.2 dampfte gemütlich im Bahnhof Steele Road.

»Bitte schalten Sie das aus, Mr. Scribbin. Wir beide müssen uns mal unterhalten.« Schwester Clock lächelte und trat ins Zimmer. Sie setzte sich auf die Bettkante.

»Müssen uns mal unterhalten«, wiederholte sie mit einem noch breiteren Lächeln und versuchte, ihn zu beruhigen und davon zu überzeugen, dass das, was sie sagte, nur gut gemeint war.

»Was ist los?«

»Gar nichts. Es geht bloß darum, dass wegen der Züge so viele Beschwerden eingegangen sind. Die anderen Bewohner können nachts nicht schlafen. Gerade ist ein schönes Fernsehspiel gelaufen, von dem man kein Wort verstehen konnte.«

Mr. Scribbin ließ den Kopf auf die Brust sinken. »Das mit dem Lärm tut mir Leid«, sagte er. »Ich lasse mich manchmal hinreißen. Ich interessiere mich für Züge.«

»Wissen wir das nicht alle?« Sie entblößte ihre Zähne. Sie versuchte, witzig zu klingen, um den Schock zu mildern. »So ist das nun mal«, sagte sie.

Mr. Scribbin blickte auf und schüttelte den Kopf. Seine Augen sahen im Dunkeln noch größer und trauriger aus. Er hatte die Hände gefaltet.

»Lassen Sie uns das Licht anschalten«, sagte Schwester Clock, stand auf, knipste die Deckenbeleuchtung an und zog dann die Vorhänge vor.

»Jetzt kann ich Sie sehen.« Sie umgarnte ihn geradezu, doch das fiel ihm nicht auf.

»Was gibt's denn noch? Tut mir Leid, dass ich Sie beim Fernsehen gestört habe. Das war mir nicht klar.«

»Alter Junge, ich muss leider sagen, dass sich die anderen wiederholt beschwert haben. Sie sind zu mir und Mr. Studdy gekommen und haben gesagt, dass sie nachts nicht schlafen können, weil ständig Züge durchs Haus rattern. Das kann einen zum Wahnsinn treiben.«

»Oh, ja«, sagte Mr. Scribbin, und dann hatte er eine Idee. »Und wenn ich in Mr. Birds früheres Zimmer ziehe? Es liegt ganz oben unterm Dach, niemand würde etwas mitbekommen. Damit wäre das Problem gelöst, Schwester Clock.« Er zog die Brauen hoch, bekam ganz große, runde

Augen und sah sie mit diesem fragenden Gesichtsausdruck an. Er freute sich, dass ihm das selbst eingefallen war, und zeigte seine Freude durch ein Lächeln. Er hatte an Schwester Clock nichts auszusetzen. Aber es war seltsam, dass sie ihn *alter Junge* genannt hatte: Diesen Ausdruck benutzte man eher unter Männern. Er fragte sich, ob es eine neue Mode war, dass Frauen so redeten, ob es eine Art Kosewort war.

»Nein«, fuhr Schwester Clock ihn an. »Das kommt gar nicht in Frage.«

»Was?«

»Mit Mr. Birds früherem Zimmer haben wir etwas anderes vor. Wir können Ihnen kein anderes Zimmer geben, bloß weil Sie Lust darauf haben. Sehen Sie das doch ein: Wenn wir das bei Ihnen tun würden, müssten wir's auch bei den anderen tun. Dann hätten wir hier das reinste Irrenhaus.«

»Was wollen Sie mir damit sagen?«

»Das hab ich bereits gesagt.« Sie wurde langsam ungeduldig. Sie begriff nicht, warum sich dieser erbärmliche Mensch nicht in sein Schicksal fügte, wie es Tag für Tag Millionen von Heimatlosen und Flüchtlingen taten. Warum machte er bloß so ein Theater? In London gab es jede Menge Häuser, in denen man ein Zimmer mieten konnte.

»Es gibt viele schöne Häuser, Sie hätten es in vielen davon bequemer. Es gibt Häuser mit riesigen Zimmern, wo Sie Ihre Züge wochenlang ununterbrochen rattern lassen können, ohne dass jemand etwas merkt.«

»Aber Mr. Bird ...«

»Der ist tot.«

»Er hat in seinem Testament festgelegt, dass wir nur aus freien Stücken gehen sollten ...«

Schwester Clock lachte. »Das ist rechtlich überhaupt nicht zulässig. So etwas kann man nicht testamentarisch festlegen. Solche Verfügungen sind das Papier nicht wert, auf dem sie stehen.«

»Ich habe meine Rechte«, sagte Mr. Scribbin mehr zu sich selbst als zu Schwester Clock. Er revidierte seine Ansicht über sie; ihm fiel ein, dass sie versucht hatte, sich ganz beiläufig mit seinen Kleidern davonzumachen oder sie an irgendwelche Ausländer zu geben. Als sie zu ihm sprach, sah er ein Funkeln in ihren Augen, das wie ein Zeichen von Rücksichtslosigkeit aussah. Er wusste nichts über sie, nur dass sie und Mr. Studdy anscheinend versucht hatten, auch Major Eele vor die Tür zu setzen. Er erinnerte sich an Major Eeles Worte.

»Und wie steht's mit einer Entschädigung?«

»Na, na, mein Lieber, Sie verstehen mich nicht. Eigentlich müssten Sie uns eine Entschädigung zahlen, bei dem ganzen Ärger, den Sie uns machen. Ich versichere Ihnen, dass ich bereits daran gedacht habe, so wie Sie sich gegenüber Mrs. Trine aufgeführt haben. Ist Ihnen nicht in den Sinn gekommen, dass das ganze Theater Mrs. Trine völlig schockiert haben muss? Wie egoistisch, Mr. Scribbin; was hat Mrs. Trine wohl von uns gedacht? Und dann das ewige Schnaufen und Rattern, das aus diesem Zimmer dringt. Obwohl es mir schwer fällt, muss ich Ihnen jetzt sagen, dass Mrs. Trine mich heimlich gefragt hat, ob Sie ganz richtig im Kopf sind?«

Mr. Scribbin wirkte bestürzt und dann verwirrt. »Wer ist Mrs. Trine?«, fragte er.

Schwester Clock sprang auf. »Sie wissen ganz genau, wer Mrs. Trine ist. Sie haben sich mit ihr gestritten und sie zum Narren gehalten, als Sie ihr in der Diele begegnet sind. Wie Sie höchstwahrscheinlich wissen, ist Mrs. Trine hier in der Gegend ziemlich einflussreich, Mr. Scribbin.«

Doch das wusste er nicht, obwohl er inzwischen erraten hatte, dass Mrs. Trine die Frau sein musste, die wegen seiner Kleider gekommen war.

»Ich konnte doch nicht zulassen, dass sie meine Sachen mitnimmt«, protestierte er. »Ich hab nicht so viele Kleider, dass ich sie weggeben ...«

»Das ist knauserig«, rief Schwester Clock. »Das ist völlig knauserig, Mr. Scribbin: Sie sollten sich schämen. Viele Menschen müssen hungern. Viele haben nichts anzuziehen ...«

»Das ist doch kein Grund, meine Kleider zu stehlen. Drei Hemden und ein Anzug, alles in gutem Zustand, außerdem Krawatten und ein paar Sachen, die Venables gehören ...«

»Das haben wir doch schon geklärt«, erinnerte ihn Schwester Clock kühl. »Da ist jemandem ein Fehler unterlaufen. Warum nörgeln Sie? Sie haben Ihre Sachen doch zurückbekommen.«

»Darum geht's nicht ...«

»Wechseln Sie bitte das Thema, Mr. Scribbin. Wollen Sie ewig auf dieser verflixten Angelegenheit herumreiten?

»Ich versuche bloß, Ihnen alles zu erklären.«

»Wenn Sie Ihre Kleider herumliegen lassen, kann es natürlich leicht passieren, dass jemand sie aufhebt und mit anderen Sachen durcheinander bringt. In einem Haus, in dem so viel los ist wie hier ...«

»Ich hab meine Kleider nirgends herumliegen lassen. Warum behaupten Sie so was? Was ist los, Schwester Clock? Erst versuchen Ihre Leute, meine Kleider zu stehlen, und jetzt kommen Sie in mein Zimmer, um mich aus dem Haus zu vertreiben. Sie kränken und beschimpfen mich. Und jetzt behaupten Sie, dass alles meine Schuld war ...«

»Ach, hören Sie doch um Gottes willen damit auf, Mr. Scribbin. Sie konnten die Sache auskosten und Ihre Meinung dazu sagen. Versuchen wir, die ganze Angelegenheit zu vergessen, obwohl ich glaube, dass die arme Mrs. Trine sie lange nicht vergessen wird.« Schwester Clock lächelte. »Ich entschuldige mich für die Unannehmlichkeiten«, fügte sie hinzu, da sie das für klüger hielt: Es kostete sie nichts und würde Mr. Scribbin zufrieden stellen. »Und diese andere Sache, lassen Sie uns das in aller Ruhe klären. Wir haben es nicht gern, dass jemand in der Pension eine Szene macht. Es wäre nett, wenn Sie ausziehen und uns alle in

Frieden lassen würden. Es tut Mr. Studdy und mir sehr Leid, dass Sie gehen.«

»Aber ich gehe nicht«, rief Mr. Scribbin mit jammervollem Gesicht. »Warum sollte ich? Warum kann ich nicht in Mr. Birds früheres Zimmer ziehen?«

»Papperlapapp! Sie sind wie ein kleines Kind. So wie Sie sich aufführen, könnte man meinen, das hier wäre das Regent Palace Hotel. Ich hab's satt, mir ständig Beschwerden anhören zu müssen, das sag ich Ihnen. Es gab schon zu Mr. Birds Zeiten mehrere Beschwerden. Er hat mir immer wieder davon erzählt. Alle haben über den schrecklichen Lärm geklagt; und wie können wir uns darauf verlassen, dass Sie vor fremden Leuten nicht wieder eine Szene machen?«

»Ich verstehe nicht.«

»Wer ist daran schuld, Mr. Scribbin? Ist vielleicht die arme Schwester daran schuld, dass Sie rein gar nichts verstehen?«

»Bei mir hat sich niemand beschwert. Ich mache keine Szenen; nur das eine Mal, als jemand meine Sachen aus dem Haus schaffen wollte. Was erwarten Sie denn, dass ich untätig zusehe?«

»Was erwarten *Sie* denn, Mr. Scribbin? Ich habe eine Pflicht gegenüber den Bewohnern der Pension. Soll ich etwa untätig zusehen, wie man ihnen den Schlaf raubt und wie sich vor ihren Augen handgreifliche Szenen abspielen?«

Mr. Scribbin protestierte erneut, leugnete die gegen ihn erhobenen Anschuldigungen und versuchte, seinen Standpunkt näher zu erläutern. Doch Schwester Clock schien jegliches Interesse an seinen Erklärungen verloren zu haben. Ihr Blick wanderte über die Zimmerwände, die Decke entlang, in die Ecken.

»Legen wir einen Termin fest«, sagte sie schließlich und schnitt ihm das Wort ab. Sie sagte, sie wolle ihm keine unnötigen Unannehmlichkeiten machen: Ein Termin sei so gut wie der andere, vorausgesetzt, sie könnten sich auf ein baldiges Datum einigen. »In der Peterloo Road kenne ich die Frau eines Polizisten; die würde Ihnen auf ein Wort von mir ein Zimmer vermieten. Ich hab mich um sie gekümmert, als sie eine Lungenentzündung hatte.«

»Ich werde mit den anderen Bewohnern sprechen. Ich werde hier schikaniert.«

Völlig wütend stand Schwester Clock auf und ließ Mr. Scribbin allein. Noch am selben Abend stattete ihm Studdy einen Besuch ab und bot ihm elf Pfund an.

»Unter den gegebenen Umständen«, sagte Studdy zu Major Eele, »würde uns das viel Ärger ersparen.«

»Ich habe mich gegen einen Umzug entschieden, Mr. Studdy. Ich kann Ihnen leider nicht helfen.«

»Ich glaube, auf lange Sicht wäre es besser, Major.«

»Ich bin hier gut untergebracht, danke. Wenn man herumzieht wie ein Zigeuner, das bringt nichts. Ich wohne schon seit meiner Ankunft in London in der Pension.«

»Tja, ich hab's versucht, Major.«

»Stimmt.«

»Aber es zieht bald noch eine Frau ein. Sie verstehen, was ich meine. Mr. Birds früheres Zimmer steht leer. Ich wollte Ihnen bloß eine peinliche Situation ersparen und habe Ihnen eine ansehnliche Entschädigung angeboten. Keine Sorge, Major.«

»Ich mache mir keine Sorgen«, sagte Major Eele, der sich gerade auf den Weg zum West End machen wollte. »Tut mir bloß Leid, dass ich Ihnen nicht helfen kann.«

»Wir können das Zimmer nicht leer stehen lassen, nicht einmal einem hoch geschätzten Mieter zuliebe. Das verstehen Sie doch?«

»Es zieht wieder jemand ein?«

»Richtig, Major. Eine gewisse Mrs. le Tor.«

»Sie versuchen, mich loszuwerden«, verkündete Mr. Scribbin im Fernsehzimmer. »Man hat mir Geld angeboten.«

Rose Cave schaute mit fragendem Gesichtsausdruck in seine Richtung, weil sie mehr wissen wollte.

»Das ist Mrs. Hammond«, sagte Venables und deutete auf den Bildschirm. »Die Frau da ist die Mrs. Hammond, von der Major Eele gesprochen hat. Sie führt gleich eine Nummer mit Vögeln auf.«

»Oh, ja«, sagte Mr. Scribbin voll Interesse und erinnerte sich, dass Major Eele gesagt hatte, die Vögel seien darauf dressiert, eine Burg zu stürmen. »Das ist also die berühmte Mrs. Hammond.«

»Sie haben Mr. Scribbin Geld angeboten«, sagte Rose Cave.

Miss Clerricot hörte ihre Worte, murmelte etwas Unverständliches und zog aus Bedauern über die Entwicklung einen Schmollmund.

»Geld?«, fragte Venables.

»Major Eele hatte völlig Recht«, sagte Mr. Scribbin. »Das da im Hintergrund ist die Burg. Jeden Moment werden die Federn fliegen.«

»Das ist ganz scheußlich«, protestierte Rose Cave und wandte den Blick ab. Miss Clerricot nickte, ging zur Tür und verließ das Zimmer.

»Donnerwetter«, sagte Mr. Scribbin.

»Warum Geld?«, fragte Venables noch einmal. »Wer bietet ihm Geld an?«

Rose Cave strickte zwei weitere Reihen und erwiderte dann mit leiser Stimme:

»Schwester Clock und Mr. Studdy haben Mr. Scribbin Geld angeboten, damit er sein Zimmer räumt. Dasselbe wie bei Major Eele.«

Venables fühlte sich unwohl und fragte sich, ob es ihm anzusehen war. Er schaute sich die Vögel an und hoffte, dass Rose Cave nichts gemerkt hatte. Er schloss die Augen und sah die Flatrups vor sich: das brummige Gesicht des Vaters, die riesige, watschelnde Mutter und Miss Flatrup selbst mit ihrer herabhängenden Unterlippe und ihrem sinnlichen Blick.

»Elf Pfund«, sagte Mr. Scribbin. »Ach du liebe Zeit, haben Sie das gesehen?«

»Sie haben das Geld doch nicht angenommen?«, rief Rose Cave, der plötzlich der Gedanke kam, dass er das getan haben könnte, und sie legte ihr Strickzeug hin. »Sie haben es doch nicht angenommen?«, sagte sie noch einmal, da er sie anscheinend nicht gehört hatte.

»Sie haben gesagt, es hätte Beschwerden gegeben. Die anderen Bewohner hätten sich wütend über den Lärm beschwert.«

Es trat eine Pause ein. Dann sagte Rose Cave:

»Ehrlich gestanden, ich hab mal zu Mr. Bird gesagt, dass ich wegen der donnernden Züge nicht richtig schlafen kann. Und Mr. Bird hat – zu meinem Unwillen, wie ich zugebe – erwidert, dass wir lernen müssen, miteinander auszukommen. Ich habe darüber nie mit Schwester Clock oder Mr. Studdy gesprochen, obwohl der Lärm manchmal unerträglich ist, wenn ich das mal sagen darf, Mr. Scribbin.«

Beifall setzte ein. Mrs. Hammond, auf deren Armen und Schultern lauter Vögel saßen, verbeugte sich.

»Ich habe sie gebeten, mir Mr. Birds ehemaliges Zimmer zu geben. Sie hat mir gesagt, das käme nicht in Frage. Ich würde das Haus anscheinend mit dem Regent Palace Hotel verwechseln.«

»Ha, ha«, sagte Venables. Jahrelang hatte er sich eingeredet, dass die Flatrups in ihre Heimat zurückgekehrt waren, doch eines Tages hatte er die drei nebeneinander durch die Oxford Street marschieren sehen, wo sie sich schubsend und stoßend ihren Weg durch die Menge gebahnt hatten. Bei dem Gedanken daran öffnete er unter der Krawatte den obersten Knopf seines Hemds. Ihm wurde ganz flau im Magen, und er verspürte einen schleichenden Schmerz.

»Eine Entschädigung von elf Pfund«, sagte Mr. Scribbin, und da fiel ihm ein, dass man Major Eele zwanzig Guineas geboten hatte. Er sah, dass sich auch Rose Cave daran erinnert hatte, doch sie sprach es nicht an.

»Wir müssen eine Abordnung zu ihnen schicken«, sagte Rose Cave. »Wir müssen Major Eele und Miss Clerricot holen und die Sache so bald wie möglich klären.«

Darauf ging Venables davon, und Mr. Scribbin nickte zustimmend, obwohl seine Gedanken noch immer bei dem unerfreulichen Umstand verweilten, dass man Major Eele anscheinend einen größeren Betrag angeboten hatte als ihm.

»Machen Sie sich keine Sorgen über Miss Clerricot«, sagte Studdy. »Würden Sie mit ihr sprechen? Sagen Sie, Mrs. Sellwood ist da gewesen.«

Schwester Clock dachte gerade, dass Mrs. Maylam wieder einmal unverschämt gewesen war, doch dass es damit bald vorbei sein würde. Bischof Hode, der früher ein gebildeter und einflussreicher Mann gewesen war, hatte sich einmal im Trockenschrank eingenässt, und sie hatte ihn ins Bad gebracht. »Ach, mein Schatz«, hatte sie gerufen, als sie ihn sah. »Mein armer, alter Schatz, bei mir kann dir nichts passieren.« Sie hatte ihn mit ihren kräftigen Armen hochgehoben, ihn ins Bad getragen und ihm die aus Scham vergossenen Tränen abgewischt. Dann hatte sie ihm zugeflüstert, dass er keinen Grund habe zu weinen, hatte ihn über das Leben mit mehr als neunzig Jahren aufgeklärt, ihm die Kleider ausgezogen und seinen verbrauchten, alten Körper gewaschen. Mrs. Maylam konnte sie unmöglich hochheben, denn die wog neunzig Kilo, doch sie konnte sie zur Ordnung rufen und ihr klarmachen, dass der Gehorsam, den sie forderte, auf Liebe beruhte.

»Mrs. Sellwood? Wer ist denn das?«

»Die Geschichte möchte ich Ihnen lieber nicht zumuten, Schwester. Das kann ich Ihnen wirklich nicht erzählen. Weder Ihnen noch einer anderen Frau. Erwähnen Sie einfach Mrs. Sellwood, dann wird sich Miss Clerricot schon aus dem Staub machen.«

Schwester Clock sah das nicht ein. Sie sagte, sie könne

nicht einfach den Namen einer Frau nennen und hoffen, dass Miss Clerricot die Pension verlasse. Doch Studdy sagte:

»Am Ende des Monats müssen sie alle draußen sein. Es nützt nichts, wenn sie kleckerweise gehen. Sie müssen auf einen Schlag ausziehen. Ein paar Wochen, um alles in Ordnung zu bringen, und dann können wir die alten Leute ins Haus holen.«

»Das weiß ich, Mr. Studdy. Es ist bloß nicht so einfach bei Miss Clerricot…«

»Sagen Sie, Mrs. Sellwood hat angerufen. Sagen Sie ihr, dass es unter diesen Umständen besser wäre, wenn sie ihr Zimmer räumt. Miss Clerricot wird schon verstehen.«

Doch es kam nicht dazu, dass Schwester Clock diese Worte zu Miss Clerricot sagte, denn bevor sie dazu Gelegenheit hatte, musste sie sich schon mit etwas anderem beschäftigen.

21

Miss Annabel Tonks saß an ihrer Frisierkommode und widmete sich ihren Augen. Vor ihr lagen eine Pinzette und kleine Pinsel, Maskara und Lidschatten. Miss Tonks wusste genau, dass es eine langwierige Angelegenheit war, doch sie hatte das Gefühl, dass sich ein makelloses Aussehen am Ende auszahlen würde.

Während des Schminkens dachte Annabel Tonks nicht an Mr. Obd. Sie dachte eigentlich bloß, dass sie hungrig war, da sie zum Mittagessen nur einen Bananenriegel gegessen hatte. Deshalb fühlte sie sich innerlich leer und begann an Sachen zu denken, die sie gern zum Abendessen hätte: mit Garnelen gefüllte Avocados, flambierte Waldschnepfe, frittierte Schwarzwurzeln, Caciocavallo, Erdbeeren außerhalb der Saison. »Liebling, ich habe Appetit auf etwas ganz

Köstliches.« Das konnte sie sagen, wenn sie ihm, blendend aussehend, die Tür öffnete. Sie hoffte, dass er sich dann freuen und einen klugen Vorschlag machen würde. Es handelte sich natürlich nicht um Tome Obd, sondern um einen ganz anderen Mann, der der Gegenwart und nicht der Vergangenheit angehörte, mit dem sie noch nie Pingpong gespielt hatte und es bestimmt auch nie tun würde.

Ungefähr eine Meile entfernt kaufte Mr. Obd gerade Blumen.

»Was für eine Jahreszeit!« sagte der Verkäufer. »Es gibt keine große Auswahl. Wie wär's mit diesen herrlichen Astern, sind heute frisch reingekommen?«

»Ah, Astern«, sagte Mr. Obd. Er sah sie sich an und sagte, sie seien wunderschön. »Haben Sie schon mal eine Luku gesehen? Nein, die können Sie nicht kennen. Sie wächst nur in Afrika. Zwei Dutzend Astern«, sagte er und beobachtete, wie der Verkäufer sie auswählte, doch dann überlegte er es sich anders, da ihm einfiel, dass sie Astern nicht besonders mochte. »Nein, nein, irgendwas anderes. Nicht die da, da ist mir ein schwerer Irrtum unterlaufen.«

»Aber ...«, sagte der Verkäufer entrüstet.

»Irgendwas anderes«, sagte Mr. Obd. »Nelken, Chrysanthemen, Wicken, Maiglöckchen ...«

»Unmöglich«, rief der Verkäufer und bot ihm zwölf erlesene Rosen zu einem unverschämten Preis an.

In der Pension brach eine Abordnung zu Schwester Clock und Studdy auf und fand die beiden in Mr. Birds ehemaligem Zimmer, wo sie den frischen Putz begutachteten.

»Er hat gute Arbeit geleistet«, sagte Studdy und untersuchte fachmännisch die Decke.

»Das könnte teuer werden«, sagte Schwester Clock. Sie dachte, dass Studdy die Decke selbst hätte in Ordnung bringen können, wodurch sie viel Geld gespart hätten. Sie hatte gehofft, dass Studdy dem Mann im Garten helfen würde, der den Mantel ausgezogen hatte und eine schwere Hacke schwang, doch bis jetzt hatte Studdy es nicht getan. Er hatte mit ihm gesprochen, sie hatte gesehen, wie er mitten im Garten gestanden und genickt hatte. Sie hatte auch gesehen, wie er eine Zigarette gedreht und sie ihm angeboten hatte. Der Mann hatte abgelehnt.

»Ich brauche ein bisschen Farbe«, sagte Studdy jetzt. »Der nackte Putz ist ohne einen Anstrich ziemlich rau. Was meinen Sie, Schwester?«

»Natürlich muss gestrichen werden. Das ganze Zimmer muss gestrichen werden. Die ganze Tapete löst sich.« Sie deutete auf eine Zimmerecke, wo ein Stück Tapete von der Wand hing und die ganze Bahn jeden Moment herunterzufallen drohte.

»Das lässt sich in Ordnung bringen«, sagte Studdy. »Die könnte man wieder ankleben.«

»Man muss die Tapete abziehen und die Wände streichen. Die Tapete hängt schon seit vierzig Jahren. Könnten Sie das nicht übernehmen, Mr. Studdy?«

Studdy atmete tief ein. Er schüttelte den Kopf.

»Jeder muss mit anfassen«, sagte Schwester Clock schnippisch.

»Ohne Frage«, sagte Studdy.

In dem Moment waren auf der Treppe zum Speicher Schritte zu hören. »Hören Sie mal«, sagte Studdy. »Ist das die Armee?« Er ging zu der angelehnten Tür und zog sie auf.

Rose Cave betrat, gefolgt von Miss Clerricot, Venables und Mr. Scribbin, das Zimmer.

»Wir würden gern mal mit Ihnen sprechen«, sagte Rose Cave.

»Tja, ich muss los«, sagte Studdy. »Ich muss zu dem Mann, der das Zimmer streichen soll.«

»Warum gehen Sie denn, Mr. Studdy?«, fragte Rose Cave. »Wir wollen mit Ihnen sprechen.«

»Ich dachte, Sie hätten Schwester Clock gemeint.«

»Wir würden gern mit Ihnen beiden sprechen.«

»Was ist denn los?«, fragte Schwester Clock. Sie lächelte. »Was haben wir verbrochen?«

»Die Sache ist eigentlich ganz einfach ...«

»Hat Mrs. Slape Ihnen etwas aufgetischt, das Ihnen nicht geschmeckt hat? Mr. Studdy, wir müssen ein Beschwerdebuch einführen, damit die Bewohner alles aufschreiben können, was Ihnen nicht gefällt. Verstehen Sie, was ich meine?«

»Ja.«

»Es geht nicht um Mrs. Slape«, sagte Rose Cave. »Es hat auch nichts mit dem Essen zu tun.«

»Also?«, fragte Schwester Clock.

»Wir alle sind besorgt wegen der Aufforderung an Major Eele und Mr. Scribbin, ihre Zimmer zu räumen.«

»Du lieber Himmel«, rief Schwester Clock, »was denn für Aufforderungen?«

»Sie haben Major Eele zwanzig Guineas und Mr. Scribbin elf Pfund angeboten, damit sie ausziehen. Das verstößt gegen das, was sich Mr. Bird in seinem Testament gewünscht hat.«

»Wir haben seine Wünsche anders ausgelegt. Das ist alles sehr peinlich. Wo ist Major Eele? Es besteht kein Grund, sich so aufzuregen.«

»Warum? Warum besteht dazu kein Grund?«

»Wegen des Lärms in Mr. Scribbins Zimmer sind zahlreiche Beschwerden eingegangen. Wir alle kennen Mr. Scribbins Schrullen. Wir haben zwar Verständnis dafür, aber manch anderer hat Probleme damit. Mit Mr. Scribbin stimmt etwas nicht. Wir wollen, dass die Bewohner des Hauses glücklich sind.«

»Wie meinen Sie das, dass mit Mr. Scribbin etwas nicht stimmt?«

»Ja«, sagte Mr. Scribbin, »wie ist das gemeint?«

»Mr. Scribbin, das ist nicht böse gemeint. Wir glauben bloß, dass Sie in einem Haus mit besserer Isolierung glücklicher wären. Ich hab Ihnen doch gesagt, dass ich mich für Sie mal umschaue.«

»Sie brechen das Gesetz«, sagte Rose Cave.

»Nein, nein«, sagte Schwester Clock seufzend, ließ es aber dabei bewenden.

Sie hatten Major Eele gebeten, mitzukommen, doch er hatte den Kopf geschüttelt, an Mrs. le Tor gedacht und gesagt, er wolle sich nicht länger herumstreiten.

»Müssen alle gehen?«, fragte Miss Clerricot. »Sehen Sie, wir wissen nicht, was los ist.«

»Mr. Bird ist gestorben, und wenn sich die Pension über Wasser halten soll, sind gewisse Veränderungen nötig. Major Eele wird Ihnen selbst sagen, warum ich ihn bitten musste zu gehen.«

»Aber es sollte niemand gegen seinen Willen gehen«, sagte Miss Clerricot. »Darauf wollte Miss Cave Sie aufmerksam machen.«

Schwester Clock knirschte mit den Zähnen. »Jemand hat für Sie angerufen, Miss Clerricot. Mr. Studdy, wie hieß die Frau doch gleich?«

»Sellwood«, sagte Studdy, »eine gewisse Mrs. Sellwood. Sie hat nach Miss Clerricot gefragt und mir dann ein paar Dinge erzählt.«

»Wir kommen vom Thema ab«, warf Rose Cave ein. »Was hat eine Freundin von Miss Clerricot ...«

»Freundin?«, sagte Studdy.

Miss Clerricot war knallrot im Gesicht. Sie sagte kein Wort. Sie wünschte, ein Abgrund würde sich vor ihr auftun. Studdy sagte:

»Die Dame war sehr erregt.«

Venables, der mit sich selbst beschäftigt war, merkte nicht, dass Miss Clerricots Wangen sich röteten und sie sich ganz unbehaglich fühlte. Er dachte, es würde jeden Moment ans Licht kommen, dass er auch ohne finanziellen Anreiz in seinen Auszug eingewilligt hatte. Und dann dachte er, dass er alles zurücknehmen konnte, da er nichts unterschrieben hatte; wenn jemand davon anfing, würde er alles leugnen oder sagen, dass Studdy ihn falsch verstanden hatte. In Begleitung der anderen fühlte er sich in Sicherheit. Er warf einen verstohlenen Blick auf Studdy und sah, dass der ihn beobachtete.

»Entschuldigen Sie mich«, sagte Miss Clerricot und schlüpfte aus dem Zimmer.

»Sie fühlt sich nicht wohl«, sagte Studdy, als ob sie das gesagt und nur er es gehört hätte.

»Wir müssen zu einem Anwalt gehen«, sagte Rose Cave.

Schwester Clock seufzte und versuchte, sie zu besänftigen. »All das betrifft Sie überhaupt nicht. Soll ich Ihnen eine schriftliche Garantie für Ihr Zimmer geben? Ich wollte mich auf jeden Fall mal mit Ihnen unterhalten.«

»Wir unterhalten uns doch gerade«, sagte Rose Cave.

»Unter vier Augen. Ich möchte Ihnen einen kleinen Vorschlag machen ...«

»Es geht mir um Major Eele und Mr. Scribbin. Was wird aus ihnen? Es geht mir um die Wünsche eines Toten, über die Sie sich hinwegsetzen wollen.«

»Machen Sie sich keine Sorgen, meine Liebe. Für Sie ist vorgesorgt.«

Rose Cave wurde wütend. Sie schüttelte den Kopf. Die Finger ihrer linken Hand bewegten sich von selbst, was bereits Mr. Bird aufgefallen war. »Sie missverstehen mich ganz bewusst«, rief sie.

»Gute Nacht«, sagte Studdy und wollte aufbrechen.

»Bleiben Sie«, rief Rose Cave. »Sie sind auch daran beteiligt, Mr. Studdy. Sie haben den beiden das Geld angeboten.«

»Ich hab eine wichtige Verabredung«, sagte Studdy. »Ich weiß gar nicht, wovon Sie reden, Miss Cave.«

Schwester Clock fand, dass Studdy sich schändlich benahm; er versuchte, sich herauszuwinden.

»Bleiben Sie, Mr. Studdy«, ordnete sie an. »Wir sollten uns Miss Caves Beschwerde zusammen anhören.« Sie blickte Mr. Scribbin und Venables an. »Wollen die anderen vielleicht wieder gehen?« Venables wollte sich umdrehen.

»Nein«, sagte Rose Cave.

»Das ist das Zimmer, das ich gern hätte«, sagte Mr. Scribbin. »Dieses Zimmer unterm Dach, weit weg von allen anderen, wo der Lärm niemand stören würde ...«

»Sogar die Nachbarn waren schon da«, rief Schwester Clock. »Sie haben gesagt, es ist kaum auszuhalten. Was soll ich tun? Sie müssen sich mal in meine Lage versetzen. Major Eele um Mitternacht volltrunken in der Diele, das Donnern der Züge, das alle Leute in Hörweite in den Wahnsinn treibt. Seien Sie doch vernünftig, Miss Cave.«

»Wenn ich hier wohnen würde, würde keiner was hören. Ich könnte die Schallplatten auch ganz leise abspielen. Kein Nachbar würde es mitkriegen. Ich würde sofort einziehen. Ich brauche keine Hilfe ...«

Doch Schwester Clock sagte noch einmal, die Pension sei nicht das Regent Palace Hotel, sie wollten das Zimmer anders nutzen, und es müsse sowieso erst neu gestrichen werden.

Auf ihrer Runde am Nachmittag war Schwester Clock zufällig Mrs. le Tor begegnet. »Meine Liebe, ich bedaure, dass es so ein Theater gegeben hat«, hatte Mrs. le Tor gesagt. »Die ganze Sache kam völlig überraschend: Ich habe nicht gewusst, dass er ein Trinker ist.« Schwester Clock hatte den Kopf geschüttelt und gesagt, das habe sie auch nicht gewusst. »Ich bedaure nur, dass wir Sie wecken mussten«, hatte sich Mrs. le Tor entschuldigt. »Schlimm, dass wegen so einem Egoisten das ganze Haus wach wird.« Die beiden hatten sich gut verstanden, hatten die Köpfe geschüttelt und sich gegenseitig bemitleidet. »Kommen Sie, trinken wir im Jasmine einen Kaffee«, hatte Mrs. le Tor gedrängt, und Schwester Clock hatte ihr Fahrrad abgestellt und war Mrs. le Tor, die ein prachtvolles orangefarbenes Kostüm trug und einen passenden Lippenstift aufgetragen hatte, ins Jasmine Café gefolgt.

»Sie sehen, wie die Dinge liegen«, betonte Schwester Clock in Mr. Birds Zimmer. »Was soll ich denn tun?«

»Die Schwester sitzt in der Klemme«, sagte Studdy.

»Ich versuche, allen gerecht zu werden.« Sie warf einen flüchtigen Blick auf Studdy, der noch immer an der Tür stand. Er hatte eine Art dazustehen, die nichts als Trägheit zum Ausdruck brachte. Sich vorzustellen, dass er sagte, sie sitze in der Klemme: Was meinte er damit?

Schwester Clock überdachte die augenblickliche Lage, ohne es sich anmerken zu lassen. Major Eele würde bestimmt ausziehen; Venables ebenso; und jetzt anscheinend auch Miss Clerricot. Mr. Scribbin machte Schwierigkeiten, doch das würde nicht ewig dauern: Am Ende würde auch er gehen. Blieb nur noch Rose Cave, doch Rose Cave konnte gern bleiben und ihr im Haus helfen. Rose Cave war gewissenhaft, da gab es keinen Zweifel. Schwester Clock sah vor sich, wie sie zu später Stunde noch Bettlaken abzählte und die Tagesräume sauber machte.

»Ich habe mich mit Major Eele wegen der Briefe verabredet, die ich erhalten habe«, hatte Mrs. le Tor gesagt. »Als ich den ersten mit der Nachricht über den Esel bekam, bin ich auf schnellstem Wege vorbeigekommen, um eine Erklärung zu finden. Doch dann erhielt ich noch einen, in dem ich völlig verleumdet wurde. Ich habe ihn nicht verstanden, nicht ein einziges Wort. Ein ganz seltsamer Brief. Also bin ich noch mal vorbeigekommen und habe Major Eele ganz allein angetroffen, und da hat er mich in ein erstaunliches Gespräch verwickelt.« Mrs. le Tor hatte sich unterbrochen, um Schwester Clock zu fragen, was sie von ihrem orangefarbenen Kostüm halte. »Sehr elegant!«, hatte Schwester Clock gesagt. »Wo haben Sie es gekauft?« Kleider interessierten sie nicht besonders, und sie wusste nicht immer, was gerade in Mode war. In Wirklichkeit hatte sie Mrs. le Tors orangefarbenes Kostüm ziemlich scheußlich gefunden. »Jedenfalls habe ich mir in den Kopf gesetzt«, hatte Mrs. le Tor weitererzählt, »dass der schmucke Major für alles verantwortlich ist. Haben Sie so etwas schon mal gehört?« Schwester Clock hatte den Kopf geschüttelt, da sie nicht gewusst hatte, was Mrs. le Tor meinte. »Obszöne Briefe«, hatte Mrs. le Tor gesagt, »Männer, die anrufen und sagen, was sie alles mit einem anstellen wollen. So einen Anruf müssen Sie doch schon mal bekommen haben?« Schwester Clock hatte gelächelt, ohne sich eine Blöße zu geben. »Dummerweise habe ich den zweiten Brief nicht aufbewahrt. Sie wissen ja, wie das ist, man ist angewidert und will den Brief unbedingt loswerden. Wissen Sie, er hat mich hierher, ins Jasmine eingeladen; er hat sich außerhalb der Geschäftszeiten das ganze Restaurant reservieren lassen. Die Schwestern Gregory haben gearbeitet wie die Wilden.« »Wie nett«, hatte Schwester Clock gemurmelt und unterdessen an etwas anderes gedacht. Sie hatte gewusst, dass Major Eele Mrs. le Tor keine Briefe geschrieben hatte. Major Eele würde keiner Fremden schreiben, dass ein ihr unbekannter Mann gestorben war und ihr einen aus Sumpfeiche geschnitzten Esel hinterlassen hatte. »Wurde in den Briefen Geld von Ihnen gefordert?«, hatte sie gefragt. Mrs. le Tor hatte eine Zigarette in ihre Zigarettenspitze gesteckt. »Ist die nicht schön?«, hatte sie gefragt und mit dem Finger darauf gedeutet. »Ich habe sie in diesem Laden in Knightsbridge gekauft. In dem zweiten schien es um Geld zu gehen. Ich sollte bei Dewar's eine Karte ins Schaufenster hängen, auf der ich eine Kellerwohnung anbiete. Natürlich hab ich das nicht getan. Ich bedaure bloß, dass ich nicht sofort zur Polizei gegangen bin. Ich glaube, dass solche Fälle fast immer aufgeklärt werden.« Schwester Clock hatte inzwischen gewusst, dass all das Studdys Werk war. In den letzten Wochen hatte sie dafür Beweise gesehen. Sie hatte sich an sein blutendes Gesicht erinnert, als ihn der Mann aus dem Morris Minor geschlagen hatte. Bei Mrs. le Tor hatte er eindeutig etwas Ähnliches vorgehabt. Und woher wusste er von dieser Mrs. Sellwood in Zusammenhang mit Miss Clerricot? »Sie hätten zur Polizei gehen sollen«, hatte Schwester

Clock gesagt, und ihr war eine Idee gekommen. »So etwas muss geahndet werden. Haben Sie den zweiten Brief verbrannt? Oder könnte er noch in einem Papierkorb liegen?« Sie hatte das Gefühl gehabt, dass Studdy nicht länger von Nutzen war. Was für einen Zweck hatte es, dass er überall herumlungerte und die alten Leute mit seinen Zigaretten und seinen seltsamen Äußerungen aufregte? Studdy würde keinen Finger krumm machen. »Ach, ich habe ihn wohl weggeworfen«, hatte Mrs. le Tor gesagt. »Ich kann mich ehrlich nicht erinnern.« In Wirklichkeit lag der Brief noch immer in einer Schublade ihres Schreibtischs. Sie dachte gern über ihn nach, wollte ihn aber aus irgendeinem Grund nicht herumzeigen.

»Ich muss jetzt los«, sagte Studdy, der schniefend an der Tür stand. »Ich hab eine wichtige Verabredung.«

»Dann gehen Sie«, sagte Schwester Clock. »Ich werde mal mit Miss Cave unter vier Augen sprechen.«

»Und was ist mit mir?«, wollte Mr. Scribbin wissen. »Ich hab keine Lust umzuziehen.«

»Es wird alles gut«, versicherte ihm Schwester Clock. »Alles wird sich zum Besten wenden. Verlassen Sie sich drauf, Mr. Scribbin.«

»Niemand muss die Pension gegen seinen Willen verlassen«, sagte Rose Cave. »Darauf bestehe ich. Wo sollte sich denn der arme Mr. Obd hinwenden?«

»Ach du lieber Himmel«, rief Schwester Clock. »Mr. Obd hab ich glatt vergessen.«

Miss Annabel Tonks war fertig geschminkt, als es an der Tür klingelte. Sie schaute auf ihre Armbanduhr und sagte sich, dass er früh dran war. Er würde noch ein bisschen warten müssen; sie trug noch ihren Morgenrock.

Als sie aus dem Schlafzimmer zur Wohnungstür ging, fiel ihr ein, dass es natürlich Mr. Obd war. Seit zwölf Jahren dachte sie jedes Mal, wenn es unerwartet klingelte, an Mr. Obd und verharrte stumm und reglos, so dass Mr. Obd erneut und dann noch einmal klingelte, ehe er schließlich davonschlurfte. Sie hatte alles ausprobiert; es wurde langsam schwierig, denn ziemlich oft war es gar nicht Mr. Obd, der klingelte, sondern jemand anders, den sie gern gesehen hätte. Sie hatte ihm hundertmal erklärt, dass er nicht ohne Einladung vorbeikommen sollte.

»Annabel«, sagte Mr. Obd, als sie die Tür öffnete, und hielt ihr zwölf rote Rosen hin.

»Tome«, sagte sie knapp, ohne die Rosen zu beachten. »Tome, du weißt doch, dass du nicht einfach herkommen sollst. Ich hab dich schon mehrmals gebeten ...«

»Annabel, darf ich reinkommen? In Erinnerung an alte Zeiten?«

Sie schüttelte den Kopf, überlegte es sich dann aber anders.

»Ich will ausgehen. Ich mache mich gerade fertig. Aber komm fünf Minuten lang rein, denn ich muss mal mit dir reden.«

»Gib den Blumen Wasser«, rief Mr. Obd und fuchtelte mit den Rosen in der Luft herum. »Es ist herrlich, deine schöne Wohnung wieder zu sehen, Annabel.«

Sie führte ihn in ihr kleines Wohnzimmer und forderte ihn auf, sich zu setzen.

»Nimm Platz«, sagte sie. »Es wird nicht lange dauern.«

»Du siehst gut aus«, begann er, doch sie hob die rechte Hand und brachte ihn zum Schweigen.

»Ich hab's satt, dir zu sagen, Tome, dass du nicht herkommen und mich belästigen sollst. Du musst langsam begreifen, dass inzwischen viel Zeit verstrichen ist. Ich werde zum Beispiel bald heiraten.«

»Heiraten?«

»Ich bin verlobt. Versprochen. Verstehst du?«

»Annabel, das hast du mir nicht gesagt. Nie hast du das gesagt. Warum tust du so was? Was ist los?«

»Nichts ist los, Tome, ich will dir bloß noch mal sagen, dass du aufhören sollst, mich zu belästigen.«

»Ich verstehe nicht. Du sagst, du heiratest, aber ich bringe dir seit langem Blumen, Annabel.«

»Seit zwölf Jahren.«

»Ich hab dir Briefe geschrieben. Ich hab dir immer alles erzählt. Tome Obd hat nichts für sich behalten. Wer muss sich da schämen? Annabel, der Mann, der vor dir steht, muss sich nicht schämen.«

»Natürlich nicht, Tome. Doch die Zeit vergeht wie im Flug. Ich will dir bloß sagen, dass du nicht mehr kommen darfst ...«

»Aber schämst du dich nicht, Annabel? Schämst du dich nicht, heute Abend einfach vom Heiraten zu sprechen? Du erzählst mir, dass du heiraten willst, wo ich gekommen bin, um dich zu sehen, wo ich die ganzen Steinstufen hinaufgestiegen bin und dir Rosen mitgebracht habe.«

»Du darfst mir keine Rosen bringen. Ich hab dir schon mal gesagt ...«

»Liebe Annabel, ich dachte, es wären Astern. Erst heute hab ich Astern abgelehnt. Heute Abend hab ich gesagt: ›Nein, nein, keine Astern, meine Annabel mag keine Astern.‹ Was ist denn mit den Rosen? Ich dachte, Rosen gefallen dir.«

»Du darfst mir überhaupt keine Blumen bringen. Das hab ich schon mal gesagt; das kannst du doch nicht vergessen haben.«

»Beim letzten Mal hat mir eine andere Dame die Tür geöffnet und gesagt, du wärst weit weggezogen. Aber ich hab deinen Mantel in der Diele gesehen und gewusst, dass sie lügt. Warum hat sie das getan? Was ist los? Hast du vergessen, dass wir früher Pingpong gespielt haben? Du warst besser als Tome Obd.«

»Das war vor vierzehn Jahren.«

»Was spielt Zeit schon für eine Rolle, Annabel?«

»Tome, ich muss dir jetzt sagen, dass du mich in Ruhe lassen sollst. Du sollst nicht mehr herkommen, mit Blumen und mit Briefen, die ich nicht lesen kann ...«

»Nicht lesen kannst?«

»Ich kann deine Handschrift nicht lesen.«

»Also ...«

»Also ist es sinnlos, mir lange Briefe zu schreiben. Das ist völlig zwecklos. Ich bedaure, das einem ehemaligen Freund sagen zu müssen, aber es muss gesagt werden.«

»Sag's nicht, Annabel. Bitte ...«

»Unsinn, natürlich muss ich es sagen.«

»Du brichst Tome Obd das Herz. Du brichst einem alten Afrikaner hier in deinem Wohnzimmer das Herz.«

»Es bleibt mir nichts anderes übrig, als die Polizei zu verständigen, wenn du weiter herkommst, Tome. Tut mir Leid.«

Mr. Obd verdrehte die Augen.

»Was soll ich noch sagen?«, fragte Annabel Tonks, als ihr einfiel, wie spät es war.

»Du hast schon zu viel gesagt. Es sind bereits zu viele Worte gefallen. Oh, heilige Mutter Gottes.«

»Geh jetzt, Tome. Bitte geh leise.«

Mr. Obd, der erneut die Augen verdrehte, starrte plötzlich auf einen Fleck hoch oben im Zimmer, an der Decke, der wie ein Nebelfetzen aussah. Es war ein ausgefranster zitronengelber Schemen, der sich zu bewegen schien. »O weh, Tome Obd«, sagte eine Stimme in seinem Kopf, die Stimme des toten Mr. Bird.

»O weh«, sagte Mr. Obd, »wie sollte ich jetzt gehen?«

Annabel Tonks warf verärgert die Hände in die Luft und war nicht länger bereit, Verständnis zu zeigen. Sie versuchte, etwas zu sagen, ihm zu erklären, wie er gehen könne: so wie er gekommen war, durchs Zimmer in die Diele und dann durch die Tür. Worte bildeten sich in ihrem Mund, kamen ihr aber nicht über die Lippen. Sie sah, wie Mr. Obd die Decke anstarrte, wie er den Mund öffnete und wieder schloss. Ihr kam plötzlich der Gedanke, dass sie vielleicht dasselbe tat, dass sie die Lippen öffnete und schloss und zu sprechen versuchte, was ihr aber aus irgendeinem Grund nicht gelang. Sie fand es lächerlich, dass sie und er im selben Augenblick dieselben Schwierigkeiten haben sollten.

»Warum sind wir uns bloß begegnet?«, rief Annabel Tonks. »Das hat mir nichts als Ärger eingebracht.«

So hatte sie es nicht sagen wollen. Eigentlich hatte sie überhaupt nicht darüber sprechen wollen. Es wäre treffender gewesen zu sagen: »Du warst eine richtige Nervensäge«, denn das entsprach der Wahrheit. Doch so, wie sie es gesagt hatte, klang es, als hätten sie gerade eine tragische Liebesaffäre gehabt, was ganz und gar nicht stimmte.

Sie hob Mr. Obds *Evening Standard* auf, wickelte die Blumen hinein und sagte noch einmal, er solle gehen. Sie schob ihn zur Tür, drückte ihm alles in die Hand, wies die Rosen zurück und sprach erneut von der Polizei.

»Die Polizei?«, sagte Mr. Obd. »Was kann die mir schon anhaben? Ich bin britischer Staatsbürger.«

Weiter sagte er nichts. Er hörte, wie die Tür hinter ihm ins Schloss fiel, und stand plötzlich mit verdrehten Augen, mit den Rosen und dem *Evening Standard* in der Hand völlig erschüttert auf dem steinernen Treppenabsatz.

»Ich habe nachgedacht«, sagte Schwester Clock am Telefon. »Sie müssen das melden. Ich kenne einen Polizisten.«

»Einen Polizisten?«, fragte Mrs. le Tor.

»Wir müssen nicht aufs Revier gehen. Ich weiß, wo er wohnt. Kramen Sie den Brief hervor, und dann gehen wir sofort hin.«

»Oh, ich habe keine Ahnung, wo der Brief sein könnte. Vielleicht habe ich ihn verbrannt.«

Doch Schwester Clock, die sich in solchen Dingen auskannte und wusste, welche Briefe man verbrannte und welche nicht, verzog nur das Gesicht und schwieg wissend.

»Warum rufen Sie an?«, fragte Mrs. le Tor.

»Weil ich endlich herausgefunden habe, wer diese schmutzigen Briefe schreibt.«

»Der alte Major?«

»Nein, nein. Major Eele würde so etwas nie tun. Major Eele ist ein Gentleman.«

»Wer denn dann?«, fragte Mrs. le Tor enttäuscht. »Wer dann, Schwester Clock?«

»Soll ich vorbeikommen? Und dann gehen wir beide mit dem Brief zu dem Polizisten?«

»Ich schau mal, ob ich ihn finde«, sagte Mrs. le Tor, wog das Für und Wider gegeneinander ab und kam dann zu dem Schluss, dass ein bisschen Aufregung mehr wert war, als den Brief weiter versteckt zu halten.

»Ich bin in zehn Minuten da«, sagte Schwester Clock.

»O weh, Tome Obd«, hatte Mr. Bird fast immer gesagt, wenn sie sich allein im Flur oder auf der Treppe begegnet waren. »O weh, Tome Obd«, hatte er dann noch einmal gesagt, während er weitergegangen war, und oft hatte Mr. Obd gehört, wie er die Worte noch ein zweites oder drittes Mal leise wiederholt hatte. Denn Mr. Bird hatte gespürt, daß sich hinter Mr. Obds grauschwarzem Gesicht die selbstzerstörerischste Empfindsamkeit aller Pensionsbewohner verbarg.

»O weh, Tome Obd.«

Er hörte die Worte, während er die Steintreppe hinunterstieg, und kam sich plötzlich ganz schwer vor, als ob er eine neue Last in sich trüge, als ob sich sein Schmerz körperlich offenbarte.

»O weh, Tome Obd.«

Die Worte erklangen erneut, obwohl es nicht Mr. Birds Stimme war, und Mr. Obd kam der lächerliche Gedanke, dass Mr. Birds Stimme durch seinen Tod vielleicht klarer und näher klang. Er dachte, dass Mr. Bird jetzt vielleicht die Stimme eines Engels hatte. Und erneut sah er, wie schon vor wenigen Augenblicken an der Decke von Miss Tonks' Zimmer, eine schwebende Nebelgestalt. »Das ist Mr. Bird«, sagte er sich. Denn sie sah aus wie Mr. Bird mit Engelsflügeln, ein Bein nachziehend und eine Trompete in der Hand. Mr. Bird schwebte auf ihn zu, blickte ihn an und sagte noch einmal mit der fremden Stimme: »O weh, Tome Obd.«

»Ho, ho«, sagte ein anderer Mann, der die Treppe hinaufstieg.

»Ja?«, rief Mr. Obd und starrte ihm nach. »Bitte?«

Der Mann blickte ihn an und lachte wieder, und Mr. Obd hörte sich selbst sagen: »O weh, Tome Obd«, und da begriff er, dass er es schon die ganze Zeit gewesen war.

»Obd scheint verrückt geworden zu sein«, sagte der Mann, als er Miss Tonks' Wohnung betrat. »Was hast du ihm denn gesagt?« Dann umarmte er sie, so dass sie nicht sofort antworten konnte.

»Was sollte ich denn tun?«, fragte sie anschließend. »Ich hab ihm klipp und klar gesagt, dass ich die Polizei verständige, wenn er sich noch mal hier blicken lässt.«

22

Rose Cave war im Fernsehzimmer und fühlte sich müde. Sie saß mit ihren Stricksachen da und wusste, warum sie sich so unruhig und ängstlich fühlte. Sie sah die anderen im Zimmer: Major Eele, der allein in seinem Sessel kauerte und etwas las, das er in der *Radio Times* verborgen hatte, Venables, der wieder Schmerzen hatte, und Mr. Scribbin, der ein bisschen selbstgefällig wirkte, als ob er gerade erst einen Sieg errungen hätte. Doch *sie* hatte oben in dem frisch verputzten Zimmer das Reden übernommen: Mr. Scribbin hatte keinen Grund, so selbstzufrieden zu sein. Mit ihrer Gerissenheit würde ihn Schwester Clock früher oder später sowieso aus dem Haus bekommen.

Sie hörte die Stimmen im Fernsehen, schaute aber nicht auf den Bildschirm. Ihre Finger hielten inne; die Nadeln und die Wolle fielen reglos in ihren Schoß. »Ich habe zu oft in diesem Zimmer gesessen«, murmelte sie vor sich hin. Sie sprach so leise, dass niemand etwas mitbekam. Die Musik übertönte ihre Worte; erneut murmelte sie etwas, konnte es aber selbst nicht hören. Sie dachte, dass es vielleicht gut war, wenn das Ende der Pension nahte; in ihrer Verzweiflung fand sie sie plötzlich völlig schäbig. »Die Wechseljahre«, murmelte sie – davon hatte sie immer gehört, und sie hatte sich in den letzten Jahren darauf eingestellt.

Venables knirschte mit den Zähnen und versuchte, sie nicht zu entblößen, sondern die Lippen geschlossen zu halten. Die Schmerzen begannen in den Tiefen seiner Eingeweide, fegten wie eine Feuersbrunst durch seinen Magen und breiteten sich bis zu den Rippen aus. Er hatte das Gefühl, sie in den Knochen zu spüren, dachte dann aber, dass das nicht stimmen konnte, dass solche Schmerzen nicht in den Knochenbau eindringen konnten. Wie eine Warnung oder ein Drang bildete sich hinten in seinem Hals allmählich ein Stöhnen. Er biss auf die Zähne und unterdrückte es. Er drückte die Füße fest auf den Boden und grub die spitzen Daumennägel in das Fleisch seiner Finger.

»Herrgott noch mal«, rief Rose Cave, »gehen Sie zu einem Arzt.«

Major Eele zuckte bei diesen überraschenden Worten zusammen, die von fern an sein Ohr drangen. Sie klangen ihm in den Ohren wie der inbrünstige Todesschrei eines Tieres. Sie spiegelten alles wider, was in Venables' Magen vor sich ging, doch das begriff Major Eele nicht, da er nichts von Venables' Schmerzen gewusst hatte. Er wusste nicht, dass Venables im Sterben lag, weil er Angst vor dem Krankenhaus hatte.

»Was?«, fragte Major Eele.

Abgesehen von einem Lied im Fernsehen herrschte im Zimmer Schweigen.

»Tut mir wirklich Leid«, sagte Rose Cave leise. »Verzeihen Sie mir, Mr. Venables.«

Venables schluckte das Stöhnen hinunter, das aus ihm hervorbrechen wollte. Die Schmerzen ließen nach. Er begann zu lächeln und atmete wieder durch den Mund. Er schnappte unauffällig nach Luft. Die Füße hatte er immer noch auf den Boden gedrückt.

»Tut mir wirklich Leid«, sagte Rose Cave noch einmal. »Ich weiß nicht, was in mich gefahren ist.«

»Schon gut«, sagte Venables. »Ist schon in Ordnung.«

»Ich habe gesehen, dass Sie Schmerzen haben.«

Er schüttelte den Kopf. »Eine leichte Magenverstimmung, das ist alles. Ich hab vergessen, meine Tabletten zu nehmen.«

Major Eele blickte verständnislos von einem zum anderen. Er begriff zumindest, dass Venables eine Magenverstimmung hatte und Rose Cave ihm gesagt hatte, er solle zum Arzt gehen.

»Ich bin nicht ganz auf der Höhe«, erklärte Rose Cave, »sonst hätte ich bestimmt nicht so geschrien.« Sie lächelte verlegen und kam sich albern vor. »Ich kann es nicht ertragen zu sehen, dass jemand Schmerzen hat.«

Venables rutschte hin und her, da er glaubte, damit die Säuren in seinem Magen zu verlagern.

Erneut trat Schweigen ein. Die Worte hingen in der Luft: Alle drei dachten an das, was vorgefallen war.

»Das Pfefferminzbonbon mit dem Loch in der Mitte«, sagte eine Stimme, und alle drei drehten den Kopf zum Bildschirm.

»Das ist sehr gut«, sagte Major Eele und lachte lauthals, als ob jemand einen tollen Witz erzählt hätte.

Rose Cave nahm ihre Nadeln und fing wieder an zu stricken. Sie sah, wie schnell sich ihre Finger bewegten, und war froh, dass sie so schnell stricken konnte, ohne dass ihr ein Fehler unterlief, denn das war hilfreich. Ihre Mutter hatte mit ihr über die Wechseljahre gesprochen, hatte gesagt, dann benehme man sich ganz anders, manchmal geradezu verantwortungslos. Verheiratete Frauen, die ihr ganzes Leben lang treu gewesen waren, würden ihre Familien verlassen oder irgendwelche Dummheiten begehen, wenn sie in die Wechseljahre kämen. Für Frauen, die nie geheiratet oder vielmehr keine Kinder bekommen hatten, sei es noch schlimmer. Es gehe etwas zu Ende, hatte ihre Mutter gesagt: Der Körper erschlaffe. Sie strickte angestrengt weiter und wünschte sich, sie könnte mit jemandem reden. Sie wollte alles erzählen, was vorgefallen war, wie sie dem kranken Venables »Herrgott noch mal« zugerufen hatte, wie sie in seine Privatsphäre eingedrungen war und sein Geheimnis enthüllt hatte. Sie versuchte sich vorzustellen, was er empfinden, was er jetzt von ihr denken musste. Er konnte von den Wechseljahren nichts wissen, hatte wahrscheinlich noch nie etwas davon gehört.

»Ist Venables krank?«, fragte Mr. Scribbin, der etwas abseits saß und von der ganzen Sache nichts mitbekommen hatte. Sie hatten ganz vergessen, dass er im Zimmer war, doch er hatte eine Bemerkung aufgeschnappt, obwohl er sich aufs Fernsehen konzentriert hatte.

Rose Cave schüttelte den Kopf. »Mein Fehler, Mr. Scribbin. Mr. Venables hatte bloß eine Magenverstimmung.«

Mr. Scribbin, der leicht zufrieden zu stellen war, murmelte etwas vor sich hin. Er räusperte sich und machte es sich wieder gemütlich.

»Miss Cave.«

Sie drehte sich um und sah Schwester Clock in der Tür stehen.

Mr. Obd merkte, dass er noch immer die zwölf roten Rosen und den *Evening Standard* in der Hand hielt. Er stand auf dem Gehsteig und spürte Regentropfen auf seinem Gesicht. »Das brauch ich nicht mehr«, sagte er und warf alles in den Rinnstein. Der Strauß fiel auseinander, und die Rosen verteilten sich auf dem nassen Boden. Das weiche weiße Papier, in das sie gehüllt waren, saugte den schmutzigen Regen auf und färbte sich vor seinen Augen grau.

»Was für eine Schande«, brüllte ein Mann und deutete zuerst auf Mr. Obd und dann auf die Blumen und die Zeitung, die auf der Straße lagen. »Was für ein Schande«, sagte er noch einmal und kam näher. In der rechten Hand hielt er einen schwarzen Regenschirm, während er mit der linken drohend vor Mr. Obd herumfuchtelte.

»Was ist los?«, fragte Mr. Obd.

»Unser Land muss sauber bleiben«, sagte der Mann. »Heben Sie das auf, Sir.«

Mr. Obd wollte weitergehen. »Das kann Sie bis zu fünf Pfund Strafe kosten«, sagte der Mann. »Ich rufe einen Polizisten.«

Mr. Obd bückte sich und hob die Blumen und den durchnässten *Evening Standard* von der Straße auf. Ein Paar, das gerade vorbeikam, blieb stehen, um zuzuschauen.

»Erst kommen sie her«, sagte der Mann, »und dann verschandeln sie unsere Straßen.«

Die beiden nahmen Anstoß an dieser Behauptung und sagten das auch. Es kam zu einem Streit, und Mr. Obd ging mit den Blumen und der Zeitung davon.

Er ging eine Weile durch den Regen und suchte nach einem Abfallkorb. Dann ging er in ein kleines Café und bestellte eine Tasse Kaffee, denn es war nass und unfreundlich, und er wollte nicht in die Pension zurückkehren. Er rührte den graubraunen Kaffee mit seinem Teelöffel um, trank ihn aber nicht. Nachdem er ein paar Spritzer Milch hineingeträufelt hatte, ließ er ihn stehen; die Rosen und den *Evening Standard* ließ er neben seinem Stuhl auf dem Fußboden liegen. »Der Schwarze hat seine Blumen vergessen«, rief eine Kellnerin und lief in den Regen hinaus, um ihn zurückzurufen. Doch Mr. Obd war auf dem Weg zurück zur Pension und wollte nicht belästigt werden.

»Verstehen Sie, die Pension muss wirtschaftlich geführt werden.«

Schwester Clock überlegte, ob sie nach diesen Worten lächeln sollte, doch sie fand, dass ein Lächeln unangebracht war, dass der Ernst der Lage betont werden musste. Sie saß in ihrem Zimmer, wo das Farbfoto der Queen dezent auf dem Kaminsims leuchtete und der kleine Steinbrocken aus dem Garten von Gethsemane unter seinem Glas ziemlich gewöhnlich aussah.

Rose Cave war noch nie in diesem Zimmer gewesen. Sie sah, dass es nüchtern und ordentlich war, was sie von dem Zimmer einer Krankenschwester auch mehr oder weniger erwartete. Ihr eigenes war mit seinen freundlichen Vorhängen und der neuen Tagesdecke aus Chintz wesentlich gemütlicher.

»Sonst verfällt hier alles«, sagte Schwester Clock, »und dann gibt es keine Pension mehr. Mr. Birds finanzielle Situation war nicht gut.«

Schwester Clock hatte an jenem Abend viel zu tun. Sie war bereits bei Mrs. le Tor gewesen und hatte voll Interesse den Brief gelesen, über den sie gesprochen hatten. Dann waren sie damit zu dem Polizisten gegangen. »Das gibt nicht viel her«, hatte der Polizist gesagt, der verärgert war, weil man ihn bei einem Geschicklichkeitsspiel mit seinem Sohn unterbrochen hatte. »Außerdem bin ich nicht im Dienst.« Doch seine Frau war ihm ins Wort gefallen und hatte gesagt, er solle zu Schwester Clock nicht so förmlich und kurz angebunden sein. »Ich mache uns allen Tee«, hatte sie gesagt und ihren Mann an Schwester Clocks gute Dienste erinnert. »Oh, keine Ursache«, hatte Schwester Clock erfreut gerufen, weil die Frau sie im Beisein Mrs. le Tors pries, und hatte sich hingesetzt. »Also gut«, hatte der Polizist gesagt und den Brief noch einmal durchgelesen.

»Das ist Verleumdung«, hatte Mrs. le Tor gesagt.

»Aber wie sollen wir den Schurken festnehmen?«, hatte der Polizist wissen wollen, und Mrs. le Tor hatte gedacht, dass er das allein herausfinden musste. »Ich nehme an, dass an der ganzen Sache nichts dran ist?« Er hatte sie gemustert, um zu sehen, ob sie Schuldgefühle hatte. Er hatte es unwahrscheinlich gefunden, dass sie schon einmal verhaftet worden war: Das hätte er ganz bestimmt gewusst. »Die Andeutungen entsprechen also nicht der Wahrheit?«

»Mein lieber Mann«, hatte Schwester Clock mit ruhiger Stimme gesagt, und dann zu Mrs. le Tor gewandt: »Eine Routinefrage. Die muss er stellen.«

»Wie sollen wir den Schurken festnehmen«, hatte der Polizist noch einmal gefragt, »wenn wir nicht wissen, um wen es sich handelt? Madam, Sie haben den Brief nicht selbst geschrieben?«

»Natürlich nicht«, hatte Schwester Clock gerufen. »Warum sollte Mrs. le Tor so etwas tun?« Die Sache hatte ihr langsam Spaß gemacht. Es war Tee hereingebracht worden, was ihre Freude noch gesteigert hatte.

»Natürlich nicht«, hatte Mrs. le Tor gesagt. »Was für eine alberne Frage.«

»Also wirklich, Archie«, hatte die Frau des Polizisten gesagt.

»So was kommt oft genug vor«, hatte der Polizist erwidert und war aufgestanden, um sich eine Makrone zu nehmen. Dabei hatten seine Gäste gesehen, dass er keine Hausschuhe trug. Seine Frau hatte die Stirn gerunzelt und ihn auf seine Füße aufmerksam gemacht.

»Was ist los?«, hatte er gefragt, und seine Frau hatte gelacht und so getan, als wäre alles in Ordnung.

»Tja«, hatte er gesagt, »so was kommt oft genug vor.« Er hatte mit dem Finger auf Mrs. le Tors Brief geklopft. »Die Leute versuchen ständig, durch das Verfassen solcher Werke die Aufmerksamkeit auf sich zu lenken. Neulich haben wir einen alten Kerl drangekriegt, einen gewissen Mr. Pritchard …«

»Zufällig weiß ich, wer das geschrieben hat«, hatte Schwester Clock rasch gesagt. »Ein gewisser Mr. Studdy.«

Der Polizist hatte Beweise verlangt, und Schwester Clock hatte eine Handschriftenanalyse vorgeschlagen.

Der Polizist hatte gelacht. »Vergessen Sie die ganze Sache«, hatte er gesagt. »Das ist ein Sturm im Wasserglas.«

Er hatte den beiden Frauen gesagt, dass sie Anzeige erstatten könnten, hatte ihnen jedoch davon abgeraten, und kurz darauf hatten sie das Haus verlassen.

»Mr. Studdy wird ausziehen«, sagte Schwester Clock zu Rose Cave, »falls Sie sich darüber Sorgen machen.« Schwester Clock hatte das Gefühl, dass sich jemand wie Rose Cave an Studdys Grobheit stören könnte. Sie hatte oft genug gehört, wie Studdy vor sich hin geflucht hatte.

»Mr. Studdy?«, fragte Rose Cave. »Aber wie kann das sein?«

Schwester Clock hustete. »Ich fürchte, Mr. Studdy ist in Schwierigkeiten. Gut möglich, dass er sich still und heimlich aus dem Staub macht. Mr. Studdy hat nichts Gutes im Schilde geführt.«

»Und die Pension? Mr. Birds Testament? Was geht hier vor, Schwester Clock? Die Lage scheint ziemlich ernst zu sein.«

»Also«, sagte Schwester Clock. »Ich will Ihnen die Sache schildern. Vergessen wir den alten Studdy mal eine Weile. Mit einem Wort, Miss Cave, die Lage ist folgendermaßen: Um die Pension zu retten, muss sie in eine gewinnbringendere Einrichtung verwandelt werden, in ein Altenheim.«

»Aber in dem Fall würden Sie die Pension doch gar nicht retten. Das wäre ihr Ende.«

»Stimmt«, sagte Schwester Clock.

»Ich verstehe nicht.« Rose Cave beugte sich vor, als ob sie den Eindruck hätte, ihr sei eins von Schwester Clocks Argumenten entgangen.

»Ich versichere es«, sagte Schwester Clock. »Ich versichere Ihnen, Miss Cave: Unter den alten Leuten ist ein Platz für Sie.«

»Aber ich bin nicht alt.« Rose Cave war sich inzwischen sicher, dass Schwester Clock irgendeine Schandtat ausheckte. Anscheinend hatte sie ihren Komplizen überrumpelt und war bereits damit herausgerückt, dass die Pension in ein Altenheim verwandelt werden sollte. Und jetzt betrachtete Schwester Clock sie offenbar als eine der Kandidatinnen. »Ich bin nicht alt«, sagte sie noch einmal und runzelte verwundert die Stirn.

Schwester Clock lachte lauthals.

»Natürlich nicht. Das hab ich auch nicht gemeint.« Sie atmete tief ein und erklärte dann, dass Rose Cave ihr eine Hilfe sein könne, wenn sie gegen Bezahlung in dem Altenheim kleine Arbeiten verrichten würde.

Mr. Obd saß allein in seinem Zimmer, ohne sich zu rasieren oder sich krank zu melden. Nach drei Tagen rief ein Mann in der Pension an, sprach mit Mr. Obd und sagte ihm, er brauche nicht mehr zur Arbeit zu erscheinen. Doch das störte ihn nicht. Er kehrte in sein Zimmer zurück und setzte sich mit einem Stück Papier und einem Kugelschreiber hin. Dann schrieb er Zahlen auf und stellte Berechnungen an. Er berechnete die Gesamtkosten für die Blumen, die er Miss Tonks im Lauf der Jahre gekauft hatte, den Enzian und den Ehrenpreis, die Rosen, Dahlien und Astern. Er vertiefte sich in die Vergangenheit und rechnete aus, wie viel die Tassen Kaffee, die Busfahrkarten und solche Kleinigkeiten wie die Abendzeitungen gekostet hatten, die er hatte kaufen müssen, um sich die Zeit zu vertreiben, während er irgendwo auf sie wartete.

Ihm war übel, und er konnte nichts essen. »Ich bin geistesgestört«, sagte er sich und fand es tröstlich, das zu wissen, zu wissen, dass es der Grund für seine Probleme und für die ganze Rechnerei war.

Mr. Obd sah Mr. Bird nicht mehr in der Gestalt eines Barockengels durch die Luft fliegen. In seiner Verwirrung sah er in Mr. Bird den Schöpfer von Himmel, Hölle und Erde. Er sah ihn in seiner Pracht und Herrlichkeit, wie er auf sie alle, auf Tome Obd und Annabel, auf die afrikanischen Führer, seine früheren Arbeitgeber und alle Bewohner der Pension herabblickte. Mr. Bird lächelte, und sein schlimmes

Bein fiel nicht auf, denn er saß majestätisch auf einem Thron und trug anscheinend ein goldenes Gewand. Mr. Bird sagte nicht »O weh, Tome Obd«. Er sagte überhaupt nichts, sondern saß nur lorbeerumkränzt da.

»Sie beeindrucken mich überhaupt nicht«, rief Mr. Obd. »Sie haben diese schrecklichen Dinge getan.« Er versuchte, mit den Armen nach der Erscheinung zu schlagen, doch sie ließ sich nicht vertreiben, und schließlich legte er sich auf sein schmales Bett und überlegte.

Mr. Obd hatte in seinem Wahnsinn den Verdacht, dass Mr. Bird ein grausamer und heimtückischer Mensch gewesen war. Er sah es als grausam an, Leute in der Pension zu versammeln, und er erinnerte sich, dass Mr. Bird am Tag seiner Ankunft an der Tür zu ihm gesagt hatte, ein einsamer Mensch sei ein verbitterter Mensch, und aus Verbitterung erwachse Grausamkeit. Er sah die Leute in der Pension als Spiegelbilder von Mr. Bird, und dann verlor er völlig den Überblick und sah sie als seine Geschöpfe.

Mr. Obd stand vom Bett auf und zog erneut das Papier und den Kugelschreiber an sich. Er schrieb weitere Zahlen auf. Inzwischen hasste er Mr. Bird und konnte es nicht ertragen, dass er ständig »O weh, Tome Obd« sagte. Er hatte jetzt den Verdacht, dass der Tote tatsächlich einen Grund gehabt hatte, diese Bemerkung ständig zu wiederholen, dass er von Tome Obds vierzehn Jahre langem Liebeswerben gewusst und jedes Mal, wenn sie sich im Flur oder auf der Treppe begegnet waren, die Augen zum Himmel erhoben, den Kopf geschüttelt und sich mit den unvermeidlichen Worten über ihn lustig gemacht hatte.

»Sie sind der schlechteste Mensch von allen, Sie sind der schlechteste Mensch, der je gelebt hat. Ich werde Sie umbringen«, rief Mr. Obd, der nach London gekommen war, um die Geheimnisse des Rechts zu erkunden. »Ich werde Sie umbringen«, rief er erneut, doch dann fiel ihm etwas ein. Er schmiedete einen Plan und hielt ihn auf einem neuen Blatt Papier fest.

23

Major Eele hatte einmal auf eine Anzeige geantwortet, die folgenden Wortlaut gehabt hatte:

Wir suchen einen gut aussehenden Herrn mit selbstbewusstem Auftreten, nicht älter als fünfundfünzig Jahre, der in einer Reihe von Anzeigen als Fotomodell für ein berühmtes britisches Produkt werben soll. Schreiben Sie uns kurzfristig und fügen Sie nähere Einzelheiten über Ihre Ausbildung, Ihren Werdegang und Ihre augenblickliche Verfügbarkeit bei.

Er hatte geschrieben und war zu seiner Überraschung zu einem Vorstellungsgespräch eingeladen worden. »Wer sind Sie?«, hatte ihn ein Mann hinter einem riesigen Schreibtisch gefragt. »Eele«, hatte er gesagt. »Ich hab um drei einen Termin.« Der Mann hinter dem Schreibtisch hatte irgendwas von einem Irrtum gemurmelt und Major Eele gebeten, in einem anderen Büro zu warten. Von dort hatte er den Mann telefonieren gehört. »Eele. E-e-l-e. Bringen Sie ihn bitte weg, ja?« Eine junge Frau hatte ihn durch mehrere Korridore zum Eingang des Gebäudes geführt. »Vielen Dank, Major Eele«, hatte sie gesagt, ohne eine weitere Erklärung zu geben.

Jetzt sah er erneut die Anzeigenspalten durch und fragte sich, ob er auch bei der Zimmersuche mit einem so schroffen Benehmen rechnen musste. Ihn amüsierte die Vorstellung, wie ihm eine Vermieterin nach der anderen die Haustür öffnete und ihn eingehend musterte. »Du lieber Himmel, nein«, würden sie murmeln und ihn wie die junge Frau einfach stehen lassen. Als er damals auf die Anzeige geantwortet hatte, war er bezüglich seines Alters nicht ganz ehrlich gewesen, doch ansonsten hätten sie wissen müssen, womit zu rechnen war. Die ganze Geschichte hatte ihn sehr verwirrt und war ihm genau wie der Bericht von Bicey-

Jones' Ausflug in die Welt der Lust als eine stetige Quelle der Verwunderung im Gedächtnis geblieben.

Major Eele fand es unwahrscheinlich, dass die Erben von Mr. Birds Haus ihre dunklen Absichten durch eine Reihe von Tricks und Lügen und kleine finanzielle Anreize in die Tat umsetzen würden. Der Gedanke, dass Schwester Clock und Studdy zusammen einen Plan ausheckten und ihre Differenzen wegen eines gemeinsamen Ziels beilegten, war geradezu absurd. Doch da wusste Major Eele noch nicht, dass Schwester Clock bereits zu ihrem letzten Schlag ausholte, dass sie wie eine Bestie, die das Werkzeug ihres bisherigen Erfolgs vernichtet, alles vorbereitete, um am Ende allein zu triumphieren.

Miss Clerricot nahm ihr schmales Gesicht in beide Hände und knetete es durch, was eine langjährige Gewohnheit war. Sie dachte, dass das Leben in Ordnung war, solange es in geregelten Bahnen verlief, wie früher als Sekretärin von Mr. Sellwood oder jetzt von einem gewissen Mr. Morgan. Abrupte Veränderungen wie damals, als Mr. Sellwood gemerkt hatte, dass sie ihm zuhörte, und sie zum Essen und später nach Leeds eingeladen hatte, brachten alles durcheinander. Sie wünschte sich, eines Morgens aufzuwachen, in Kingston-upon-Thames verheiratet und Mutter dreier Kinder zu sein. Sie wünschte sich, in ihrem Schlafzimmerspiegel nicht ihr eigenes Gesicht, sondern das von jemandem zu sehen, den sie nicht kannte und der sie nicht interessierte, ein Gesicht, das sie immer ganz selbstverständlich finden würde. Doch sie wusste, dass all das nie geschehen würde, nicht einmal das, was im Bereich des Möglichen lag. »Ich passe bloß zu den Schreibmaschinentasten in Mr. Morgans Vorzimmer«, sagte sie sich und war deprimiert wegen des ganzen Durcheinanders und weil sie obendrein die Pension und auch Mr. Morgans Vorzimmer verlassen musste. Mrs. Sellwood hatte wie durch ein Wunder erraten, was ihr einmal durch den Kopf gegangen war, und hatte natürlich den falschen Schluss daraus gezogen.

»Ich weiß nicht, was ich sagen soll«, meinte Rose Cave. »Ich bin dafür gar nicht qualifiziert, habe gar keine Ausbildung. Und ich kann mich auch nicht mit dem Ende der Pension abfinden ...«

»Es ist eine so schöne Arbeit«, murmelte Schwester Clock. »Wenn sie das neunzigste Lebensjahr erreicht haben, sind sie bei jeder Kleinigkeit auf uns angewiesen. Die armen alten Leute wären glücklich und zufrieden, wenn sich die freundliche Miss Cave um sie kümmern würde.«

»Aber Mr. Bird ...«

»Hören Sie doch auf mit dem alten Mr. Bird. Ich versichere Ihnen, dass ihn das nicht mehr beschäftigt. Er ist doch längst in Verwesung übergegangen.«

»So etwas sagt man doch nicht.« Rose Cave war schockiert, den Ausdruck im Zusammenhang mit einem Mann zu hören, der vor kurzem noch unter ihnen geweilt hatte. Doch Schwester Clock erklärte, sie sei den Tod ebenso gewohnt wie das Leben, lachte über die Ängstlichkeit anderer Leute und goss eine Tasse Tee ein.

So herrschte zu der Zeit, als Mr. Obd den Verstand verlor, in der Pension ein völliges Durcheinander. Studdy wusste noch nicht, was Schwester Clock vorhatte. Venables hatte Studdy versprochen, dass er sich woanders ein Zimmer suchen würde, und hatte das den anderen Bewohnern noch nicht gestanden. Miss Clerricot rechnete damit, dass Mrs. Sellwood vorbeikommen, ihr eine Szene machen und sie völlig bloßstellen würde. Major Eele wartete beklommen auf die angedrohte Ankunft Mrs. le Tors und überflog inzwischen die Anzeigenspalten. Rose Cave hatte das Gefühl, dass man ihr ein absurdes Angebot gemacht hatte, fand es aber trotzdem verlockend. Gallelty und Mrs. Slape stellten sich darauf ein, entlassen zu werden. »Wenn er noch mal kommt, frag ich ihn, was ich am besten tue«, sagte Gallelty. »Wenn er in der Küche erscheint, sag ich sofort: ›Mr. Bird, hier geht's drunter und drüber; wir wissen nicht, was wir tun sollen.‹ Ich bin mir sicher, dass er uns einen Tipp gibt.«

Mr. Scribbin stellte fest, dass drei seiner Schallplatten zerbrochen waren.

»Ich war gestern wegen einer völlig anderen Angelegenheit bei dem Polizisten«, sagte Schwester Clock lächelnd zu Mr. Scribbin. »Dort gibt es ein schönes kleines Zimmer für Sie. Ich hab gesagt, Sie würden mal vorbeikommen, um es sich anzusehen.«

»Wer hat meine Schallplatten zerbrochen?«

Doch Schwester Clock sagte, das wisse sie nicht, und wiederholte das Gesagte noch einmal.

Mr. Bird tauchte nicht mehr in der Küche auf. Er lebte in Mr. Obds Gedanken, und Mr. Obd beschimpfte ihn heftig. Manchmal erfüllten sein Gemurmel und sein verschlagenes Grinsen Mr. Obds kleines Zimmer, und dann sprang Mr. Obd wutschnaubend in die Luft.

»Ich hab viel zu tun«, sagte Schwester Clock zu Mrs. Maylam. »Ich kann heute nicht mit Ihnen plaudern. Heben Sie den Rock hoch, damit ich Sie kurz pieksen kann. Hatten Sie heute Morgen Stuhlgang?«

»Mein Gott, Sie sind ein böser Mensch«, erwiderte Mrs. Maylam. Gehorsam entblößte sie sich für die Spritze. »Sie werden in der Hölle schmoren, Schwester Clock.«

»Unsinn«, sagte Schwester Clock.

Ein Jahr vor seinem Tod hatte Mr. Bird geschrieben:

Schwester Clock (50) wohnt jetzt seit fünfzehn Jahren bei mir. Sie ist ein großer Gewinn für das Haus, das zeigte sich beispielsweise, als Mr. Venables sich am Fenster die Hand gequetscht hatte und sofort medizinisch versorgt werden musste. Ich bin Schwester Clock im Frühling '49 begegnet, als sie hier in der Gegend verzweifelt durch die Straßen irrte. Ich ging spazieren, und sie sprach mich an und fragte mich nach dem Weg. Sie behauptete, sie habe sich verlaufen und sei eine Weile herumgeirrt. Sie hatte ein schroffes Wesen, und ich sah sofort, dass sie eine interessante Frau war. Ich erklärte, die Straße, die sie suche, sei ziemlich weit weg. »Kommen Sie, ich zeichne Ihnen eine einfache Karte«, fügte ich hinzu und führte sie zu der Bank einer Bushaltestelle. Wir unterhielten uns beiläufig, und irgendwann fragte sie mich, ob ich schon einmal etwas von Sir James und Lady Lord-Blood gehört habe. Ich kannte die beiden natürlich, denn es war in der ganzen Gegend bekannt, dass sie fetten Matronen das Geld aus der Tasche zogen. Wir unterhielten uns noch eine Weile, und ich erzählte Schwester Clock, wie ich in der Jubilee Road meinen Lebensunterhalt bestritt. Innerhalb einer Woche kam sie in der Pension vorbei und wollte mit mir sprechen. Heute hat sie ihre Patienten in SW17 und besucht sie mit dem Fahrrad. Sie ist nicht mehr so schroff, sondern hat inzwischen eine liebenswürdige Art. Schwester Clock hat krankhafte Interessen. Wenn ich nicht ihr Vermieter wäre, würde ich mich vor ihr fürchten.

»Was wollen Sie?«, rief Mr. Obd. »Wer ist da? Ist es der Verräter Bird?«

Vor Mr. Obds Tür runzelte Schwester Clock die Stirn. Bevor sie antwortete, überlegte sie, warum er diese Frage gestellt hatte: Warum sollte er glauben, dass Mr. Bird an die Tür seines Zimmers klopfte? Sie hatte schon einmal gehört, dass Afrikaner sich oft betranken. »Root Beer«, murmelte sie vor sich hin, denn darüber hatte sie etwas gelesen.

»Bitte gehen Sie wieder«, rief Mr. Obd. »Was wollen Sie noch? Tome Obd ist am Boden zerstört.«

»Root Beer«, sagte Schwester Clock. »Seien Sie vernünftig und stellen Sie das weg. Mr. Obd, Sie sind jetzt seit zwei Tagen in Ihrem Zimmer.«

»Das ist doch Schwester Clock.«

»Bloß Schwester Clock«, sagte sie und fühlte sich an die Zeit erinnert, als sie manchmal eine Stunde lang an die Tür von Bischof Hodes Trockenschrank geklopft hatte. Sie dachte, dass es heutzutage wohl üblich sei, sich hinter verschlossenen Türen zu verkriechen. »Wir machen uns Sorgen um Sie, Mr. Obd. Wir haben Sie seit Sonntag nicht mehr zu Gesicht bekommen.«

»Gehen Sie weg, Schwester Clock. Tome Obd hat Pläne zu machen.«

»Ich habe hier ein Tablett für Sie, Mr. Obd. Fischstäbchen und Salat, eine Tasse starken Tee ...«

»Tome Obd isst erst etwas, wenn sein Volk befreit ist.«

»Kommen Sie schon, Mr. Obd.«

»Nein, nein, ich komme nicht.«

»Es läuft gerade ein gutes Fernsehspiel, Mr. Obd.«

»Bitte gehen Sie. Der alte Afrikaner hat keine Lust, sich zu unterhalten.«

»Sie sind doch nicht alt, Mr. Obd.« Sie dachte sofort, das sei das Problem: Mr. Obd habe vielleicht das Gefühl, dass er zu schnell gealtert sei, dass seine Jugend vorbei sei und er sie vergeudet habe. Bei Frauen in den Wechseljahren kam das oft vor. »Ich habe Sie nie als alt angesehen. Irgendwie waren Sie für mich – neben Miss Clerricot – immer das Baby der Pension.«

»Ich bin vierundvierzig. Macht mich etwa meine Hautfarbe jünger? Wie kann ein Mann von vierundvierzig Jahren ein Baby sein? Seien Sie vernünftig.«

»Ich habe doch bloß gemeint, dass Sie jünger als die anderen sind. Als Mr. Venables, Mr. Scribbin, Major Eele und Mr. Studdy.«

»Ist da wirklich noch Schwester Clock? Wie alt sind Sie, Schwester Clock?«

»Na, na.«

»Ich höre nichts. Ich habe nach Ihrem Alter gefragt. Ich kann Ihre Antwort nicht hören.«

»Mein Alter geht nur mich etwas an. Ich bin fünfzig.«

»Sie werden nicht mehr heiraten, Schwester Clock.«

»Das will ich auch nicht, Mr. Obd.«

»Haben Sie einen Freund?«

»Nein, Mr. Obd.«

»Wenn ich nicht so beschäftigt wäre, würde ich Sie zum Essen einladen.«

»Sie sind zum Schreien, Mr. Obd! Kommen Sie schon, seien Sie vernünftig.«

»Sie würden nicht mit dem alten Tome Obd ausgehen? Sie würden sich nicht gern am Arm eines Schwarzen sehen lassen?«

»Du meine Güte, das hab ich doch gar nicht gesagt. Ich kann Ihnen sagen, in meinem Beruf...«

»Sind Sie Akademiker?«

»Ich bin eine Frau. Sie wissen ganz genau, wer ich bin. Ich bin Krankenschwester, Mr. Obd.«

»Ah.«

»Ich kann nicht länger hier stehen.«

»Schade, dass Sie keinen Freund haben, Schwester Clock. Macht Sie das traurig? Schlafen Sie denn mit niemandem, Schwester Clock?«

»Das reicht jetzt. Ich rate Ihnen, die Tür aufzumachen und sofort herauszukommen.«

»Ich bin im Hungerstreik. Der Schurke Bird weiß das. Fragen Sie ihn, warum Tome Obd im Hungerstreik ist. Tome Obd muss seine Pflicht tun. Fragen Sie Bird.«

»Mr. Obd, wie soll das gehen? Wissen Sie denn nicht, dass Mr. Bird tot ist?«

»Mr. Bird ist hier im Zimmer. Ich kann ihn sehen. Er trägt ein goldenes Gewand und lächelt über uns. Sprechen Sie in Ihren Gebeten mit Mr. Bird. Sie beten doch?«

»Sie sind durcheinander, weil Sie nichts gegessen haben. Ich hab so was schon erlebt. Mr. Obd, ich weiß, dass Sie davon krank werden.«

»Ich werde sterben.«

»Nein, nein. Ganz und gar nicht.«

»War Mr. Bird Ihr Freund? Grämen Sie sich, weil er jetzt in seiner Pracht und Herrlichkeit hier drin ist? Ich hab mich oft gefragt, ob Sie mit Mr. Bird geschlafen haben. Sie müssen sich reinigen ...«

»Mr. Obd, das ist ja unerhört. Ich bin heraufgekommen, um Ihnen zu helfen; und Sie beschimpfen mich bloß. Nehmen Sie das sofort zurück.«

»Mr. Bird hat die ganze Zeit Bescheid gewusst. ›O weh, Tome Obd‹, hat er gesagt. Mr. Bird hat darauf geachtet, sobald er sich in die goldenen Kleider gehüllt hatte ...«

»Mr. Bird ist tot, merken Sie sich das, Mr. Obd. Stellen Sie das Bier weg und essen Sie etwas Gesundes. Sie schaden Ihrer Gesundheit. Es ist furchtbar, Sie so reden zu hören.«

»Mr. Bird ...«

»Mr. Bird ist tot. Wir haben Mr. Bird mit einer Schaufel zur letzten Ruhe gebettet.«

»Bitte schreien Sie mich nicht an. Ich war in jener Nacht hier und habe unten im Fernsehzimmer gesessen. Ich habe den Fernseher ausgeschaltet. Da hab ich noch nicht gewusst, dass er mir zu Leibe rückt, sobald er in den Himmel kommt ...«

»Ach, Unsinn.«

»Meine Freundin hat mir mit der Polizei gedroht. Die großen Schäferhunde der englischen Polizei würden den alten Tome Obd verschlingen. Ist es das, was Sie wollen, Schwester Clock?«

»Natürlich nicht.«

»Nicht? Ist das nicht der beste Tod für einen alten Afrikaner? Aber dazu wird es nicht kommen.«

»Natürlich nicht.«

»Und warum nicht?«

»Tja, so was ...«

»Ich muss Ihnen sagen, warum nicht. Tome Obd muss es Ihnen sagen. Tome Obds Verwandte warten darauf, dass er als Anwalt zurückkehrt, doch er muss Ihnen, während der Regen auf die Köpfe seiner Verwandten fällt und die Sonne auf sie herabbrennt, erzählen, warum ihm die Schäferhunde nicht das Fleisch von den schwarzen Knochen reißen.«

Schwester Clock wurde langsam ungeduldig. »Darf ich

hereinkommen?«, fragte sie. »Während Sie essen, können Sie mir alles erzählen.«

»Bleiben Sie, wo Sie sind! Meine Freundin hat gesagt, dass die Polizei kommt, wenn ich ihr noch einmal Blumen bringe. Sie hat mir meine Briefe ungelesen zurückgegeben. Sie hat keinen einzigen davon gelesen. Sie wollte es nicht, das waren ihre Worte. Und außerdem konnte sie meine afrikanische Handschrift nicht lesen. Wissen Sie, wie viele Briefe es waren?«

»Wie sollte ich das wissen, Mr. Obd? Wie sollte ich denn wissen, wie viele Briefe Sie Ihrer Freundin geschrieben haben?«

»Ich habe ihr zwölf Jahre lang Briefe geschrieben. Sie hat nicht einen einzigen gelesen. Tausendzweihundertachtundvierzig Briefe. Sie hat sie mir alle zurückgegeben, da sie keinen davon entziffern konnte.«

»Du meine Güte, Mr. Obd!«

»Ist das nicht traurig?«

»Sehr traurig. Ihre Freundin ...«

»Nicht mehr. Sie ist nicht mehr Tome Obds Freundin. Sie ist eine Weiße, verstehen Sie, aus vornehmer Familie. Sie wird von einem anderen Mann Babys bekommen. Das hat sie mir gesagt. Sie hat gesagt, es bedeutet ihr nichts, Blumen aus den Händen eines anhänglichen Schwarzen zu empfangen. Meine vielen Anrufe, die ich oft aus diesem Haus hier, von dem Münzfernsprecher hinten in der Diele, gemacht habe, haben ihr nichts bedeutet. Keine Blumen, keine Anrufe, keine Briefe mehr. Was soll Tome Obd tun? Das hab ich meine Exfreundin gefragt, und sie hat, genau wie Sie vorhin, gesagt, das wüsste sie nicht, wie sie das denn wissen solle. Alle sagen das zu dem anhänglichen Afrikaner. ›Lass uns darüber reden‹, hab ich zu meiner Exfreundin gesagt und wollte mich hinsetzen. ›Such dir eine Afrikanerin‹, hat sie geschrien. ›Lass mich in Ruhe, geh mit einer Afrikanerin.‹ Ich kann Afrikanerinnen nicht ausstehen; ich kann ihre Haare nicht leiden. Das hab ich ihr geduldig zu erklären versucht. ›Geh jetzt‹, hat sie gesagt. ›Und wenn du dich noch einmal hier blicken lässt, rufe ich die Polizei und sage, dass du mich belästigst.‹ Da hab ich zur Decke geschaut und Mr. Bird mit einer Trompete gesehen, und er hat mir zugeflüstert: ›O weh, Tome Obd‹.«

Schwester Clock sagte nichts. Sie stellte das Tablett mit den Fischstäbchen, dem Salat und der Tasse Tee auf den Fußboden und drückte das rechte Auge ans Schlüsselloch. Doch sie konnte nichts sehen, denn der Schlüssel steckte von innen. Sie seufzte und trank den Tee.

»Mr. Bird ist jetzt ganz anders«, sagte Mr. Obd. »Er, der Himmel und Erde schuf, Er, der thront in Herrlichkeit ...«

»Scht. Das reicht jetzt. Stellen Sie das Bier weg, oder wir müssen etwas unternehmen, Mr. Obd. Wir können das nicht dulden. Schlafen Sie eine Weile, und wenn Sie aufwachen, werden Sie sich besser fühlen. Kommen Sie dann herunter und frühstücken Sie im Speisesaal mit uns. Niemand wird etwas sagen.«

»Schwester Clock, warum reden Sie denn dauernd von Bier?«

Sie seufzte. Sie hatte einmal einen Mann im Delirium tremens gesehen; im Fernsehen hatte sie vor kurzem Männer und Frauen gesehen, die Brennspiritus tranken.

»Sie trinken doch keinen Brennspiritus?«, rief sie durch die Tür.

»Tome Obd wird Sie alle in Ihren Betten verbrennen«, erwiderte er.

24

Studdy verließ die Pension um elf Uhr und ließ die Haustür laut hinter sich zufallen. Er ging mit schwungvollen Schritten und ein bisschen schneller als gewöhnlich, da der scharfe Geruch der Luft es nahe legte. In seinem Mundwinkel hing eine Zigarette, und sein Gesicht war frisch rasiert. »Was für ein herrlicher Tag«, sagte er zu einem entgegenkommenden Briefträger, und der Briefträger bestätigte es.

Er ging von der Jubilee Road zu den Läden in der Peterloo Avenue, wo alle hiesigen Geschäfte abgewickelt wurden. Er kam am Jasmine Café vorbei und blieb stehen, um zuzusehen, wie die Schwestern Gregory Platten mit glasiertem Kuchen ins Fenster stellten. Er ging an dem Pub an der Straßenecke vorbei, in dem Mrs. le Tor und Major Eele an jenem Abend gesessen hatten, und später kam er zu seiner Stammkneipe und ging hinein.

»Was für ein herrlicher Tag«, sagte Studdy, setzte sich an einen kleinen Tisch und blickte sich nach einer Zeitung um. »Eine Flasche Guinness«, fügte er hinzu.

An jenem Morgen, dem 22. September, trank Studdy allein, vertrieb sich die Zeit mit dem Barkeeper und beklagte sich später beim Wirt über dessen Überheblichkeit. Er hatte noch mit einem Maler über das Streichen der Dachkammer reden wollen, doch es war ihm entfallen, und als er in die Pension zurückkehrte, hatte er sich bloß ein bisschen Bewegung verschafft und drei Flaschen Stout getrunken.

Später aß Studdy im Speisesaal der Pension geschmortes Hammelfleisch und hinterher noch Apfelkompott und Vanillecreme. Er rief Gallelty an seinen Tisch und sagte, im Apfelkompott seien Stiele gewesen. »Mr. Studdy hat sich über die Stiele beschwert«, sagte sie Mrs. Slape. »Gewürznelken«, erwiderte Mrs. Slape. »Sagen Sie ihm, er soll sie an den Tellerrand legen.« Doch Studdy hatte die Gewürznelken schon gegessen und ließ Mrs. Slape ausrichten, sie solle bei den Äpfeln in Zukunft darauf verzichten.

»Stiele im Apfelkompott«, sagte Studdy im Vorbeigehen zu Schwester Clock, als er den Speisesaal verließ.

Sie lächelte ihn liebenswürdig an, bemerkte den Fleck auf der Tischdecke, der von seinem Fingerknöchel stammte, und dachte, was für ein abscheulicher Mensch er war. Dann trank sie eine Tasse Tee und fühlte sich mehr oder weniger mit der Welt im Reinen.

Am Morgen war Mr. Obd, während Studdy etwas getrunken und Schwester Clock sich bei Mrs. Maylam für die stumpfe Nadel ihrer Spritze entschuldigt hatte, aus seinem Zimmer gekommen. Er war geradewegs in die Küche gegangen und hatte um ein Ei gebeten, das er, in einer Tasse Milch verquirlt, am Küchentisch gegessen hatte. Später hatte er geschmortes Hammelfleisch und Apfelkompott gegessen, hatte ruhig dagesessen und sich völlig normal verhalten.

Am Spätnachmittag stand Studdy in der Diele und las einen Zettel, den jemand vor kurzem in den Briefkasten gesteckt hatte. »Was ist denn das?«, sagte er und sah die seltsame Mitteilung an: *Die Regenbogenmänner sind in Ihrem Viertel!* »Eine Invasion vom Mars«, sagte sich Studdy und kicherte laut.

Er wollte gerade zu seinem zweiten Spaziergang aufbrechen, da er noch bei dem Maler vorbeischauen wollte. »Die Regenbogenmänner«, sagte er zu Mr. Obd, der gerade das Haus betrat; und als er sah, dass Mr. Obd ein Päckchen im Arm hatte, fragte er: »Was haben Sie denn da?«

»Feueranzünder«, sagte Mr. Obd.

»Setzen Sie sich, Mr. Studdy«, sagte Schwester Clock und deutete auf den Stuhl unter dem Farbfoto der Queen.

»Ihre Majestät«, sagte Studdy und sah das Bild an.

»Es geht um eine peinliche Angelegenheit. Ich weiß gar nicht, wie ich es sagen soll.«

Studdy zog das Gerät aus der Tasche, mit dem er seine Zigaretten drehte, und bestückte es mit Tabakkrümeln und einem Zigarettenpapier. Schwester Clock musterte ihn. Als er fertig war und eine zerknitterte, schmutzige Zigarette in der Hand hielt, sagte sie:

»Es wäre mir lieber, wenn Sie hier drin nicht rauchen würden.«

Studdy betrachtete die Zigarette. Er hob sie langsam hoch und steckte sie sich hinters Ohr.

»Was kann ich für Sie tun, gnädige Frau?«

»Ich will ganz offen sein: Sie haben Briefe geschrieben, Mr. Studdy.«

»Briefe nach Hause. Oh, das stimmt.«

»Vor allem an Mrs. le Tor.«

»Mrs. Tor?«

»Sie haben Mrs. le Tor einen Drohbrief geschrieben.«

»Ich kenne niemanden, der so heißt. Was ist denn in Sie gefahren, Schwester?«

»Kennen Sie dann vielleicht eine gewisse Mrs. Rush? Eine Frau, die Mrs. Maylam immer Essen auf Rädern gebracht hat?«

»Wie geht's Mrs. Maylam denn so, Schwester?«

»Ich rede hier über Mrs. Rush und Mrs. le Tor. Mrs. Maylam geht es gut.«

»Die arme alte Dame.«

»Die Briefe liegen jetzt bei der Polizei. Ein verleumderischer Brief an Mrs. le Tor ...«

»Ich kenne keine Mrs. Tor.«

»Sie haben ihr Briefe geschrieben, in denen Sie sie aufgefordert haben, in die Pension zu kommen, und später haben Sie ihr irgendwelche Absichten unterstellt. Sie schreiben ständig Briefe an irgendwelche Leute. Ich bin im Bilde, Mr. Studdy.«

»Wir sind doch Partner, Schwester. Wir haben eine Abmachung getroffen.«

Schwester Clock lachte. Studdy fragte:

»Worüber lachen Sie?«

»Sie würden keinen Finger krumm machen, Mr. Studdy. Das wissen Sie. Sie wären bloß ein Klotz am Bein.«

»Das Haus gehört zur Hälfte mir, Schwester. Sie wissen nicht, was Sie reden. Wollen Sie mit mir Streit anfangen?«

»Ich sage Ihnen bloß, wie's aussieht, Studdy, damit Sie noch rechtzeitig verschwinden können. Wer will schon, dass die grüne Minna vor seinem Haus hält?«

»Ich glaube, Sie sind betrunken.«

Studdy streckte den Kopf vor und schnupperte an Schwester Clocks Atem. »Schwester, in Ihrem Beruf ist das eine Schande. Das könnte ich melden.«

»Sie schweifen vom Thema ab. Sie wissen ganz genau, dass ich nichts getrunken habe. Was ist jetzt mit diesen Frauen?«

»Was für Frauen denn? Gute Nacht, Schwester Clock.«

»Bleiben Sie, wo Sie sind.« Sie sprang auf und deutete mit dem Finger auf ihn. »Ihre Rettung liegt in meinen Händen. Verlassen Sie auf der Stelle das Haus, dann hören Sie kein Wort mehr über Ihre dunklen Machenschaften und Erpressungsversuche. Mrs. Sellwood«, fügte Schwester Clock auf gut Glück hinzu.

»Mrs. Sellwood? Wer ist das?«

»Ein Opfer, Studdy. Die Polizei hat die Akten vor sich liegen. Die Schlinge zieht sich langsam zu. Ich weiß es von einem Polizisten: Sie kriegen fünfzehn Jahre.«

»Sie haben mich verraten, Schwester Clock.«

Als sie diese Worte hörte, spürte sie, dass sie am Ziel war. Sie wusste, dass sie gewonnen hatte, dass die Pension ihr gehörte, dass Studdy verschwinden und nicht wiederkommen würde, dass die alten Leute es sich hinten im Garten bequem machen und in der Nachmittagssonne sitzen könnten.

»Sie verraten? Na, das ist ja ein guter Witz.«

»Sie sind unmenschlich.«

»Benehmen Sie sich«, sagte Schwester Clock und lachte.

Einen Augenblick lang herrschte in dem kleinen Zimmer Schweigen. Eine Uhr tickte leise neben dem Bett und erregte Studdys Aufmerksamkeit. Dann fiel sein Blick auf den Steinbrocken, der unter der kleinen Glaskuppel auf dem Kaminsims lag. »Aus dem Garten von Gethsemane«, sagte Schwester Clock.

»Sind Sie verrückt?« Die Frage war ernst gemeint, denn er fragte sich, warum sie plötzlich vom Garten von Gethsemane sprach. »Ich werde mit Ihren Vorgesetzten sprechen. Man darf Sie nicht frei herumlaufen lassen.«

»Mit mir ist alles in Ordnung ...«

»Sie suchen Streit, wenn Sie betrunken sind. Sie setzen furchtbare Anschuldigungen in die Welt, ohne irgendwelche Beweise zu haben. Sie wenden sich gegen Ihre Freunde ...«

»Was für Freunde?«

»Ihren Partner und Freund. Sie wissen, wen ich meine. Wir haben ein gemeinsames Interesse an diesem Haus. Sie versuchen, mich um meine Rechte zu bringen. Aber das wollen wir mal sehen.«

»Ich werde langsam ungeduldig, Studdy. Ich habe Ihnen eine Chance gegeben und Ihnen gesagt, was ich weiß, damit Sie sich bei Nacht und Nebel davonmachen können. Der Rest bleibt Ihnen überlassen.«

Studdy griff nach der Zigarette, die er sich hinters Ohr gesteckt hatte. Er zündete sie an und blies den Rauch in Schwester Clocks Richtung.

»Ich hab Sie doch gebeten...« Sie hielt inne, denn sie wusste, dass er keinen Grund mehr hatte, nett zu ihr zu sein.

»Sie sind wirklich ein Miststück«, sagte Studdy.

»Drücken Sie sich bitte anständig aus ...«

»Ich tue, was mir gefällt, gnädige Frau.«

»Lassen Sie uns vernünftig darüber reden. Kein Grund zum Streiten. Verlassen Sie die Pension, dann werden Sie nichts mehr hören. Ich kann meine Beziehungen zur Polizei spielen lassen.«

»Tatsächlich?«, sagte Studdy spöttisch. Er drehte sich noch eine Zigarette. »Auch 'ne Kippe, gnädige Frau?«, fragte er, doch Schwester Clock schenkte ihm keine Beachtung.

»Ich hab auch Beziehungen zu Mrs. le Tor. Sie würde vielleicht nichts unternehmen, wenn ich sie darum bitten würde.«

»Wer ist Mrs. Tor?«

»Es hat keinen Zweck, mit Ihnen zu reden. Ich sehe, dass alles seinen Lauf nehmen muss. Tja, ich bedaure das. Ein Mann, der im besten Alter aus unserer Mitte gerissen wird.«

»Sie haben der Polizei lauter Lügen erzählt, und haben ein paar Frauen, die Ihre Geschichte bestätigen. Ich werde alles leugnen.« Doch er wusste, dass Schwester Clock alle Trümpfe in der Hand hielt. Er wusste, dass er tun musste, was sie von ihm verlangte. Er fand, dass sie wie eine große, fette Spinne aussah, und er wünschte, er hätte eine Stecknadel, damit er die Hand ausstrecken und so lange auf sie einstechen könnte, bis sie tot war.

»Wie Sie wollen«, sagte Schwester Clock. »Sie können denken, was Sie wollen, alter Junge. Aber eins sage ich Ihnen: In England herrscht noch Gerechtigkeit, und es wird nicht besonders gern gesehen, dass jemand hilflosen Frauen das Geld aus der Tasche zieht.«

In seiner Verzweiflung hatte Studdy eine Idee. Es wurde immer dunkler, doch noch konnte er sie wie eine Spinne, bei der man die Beine vergessen hatte, mit einem leichten Lächeln im breiten Gesicht, mit gepflegtem Haar und fleischigen Schultern dasitzen sehen.

Studdy drückte die Zigarette an seiner Schuhsohle aus. »Es ist nett, dass Sie mir das erzählen«, sagte er. »Ich frage mich, warum Sie das tun und nicht alles seinen Lauf nehmen lassen.«

»Ich bin nicht kleinlich.« Er sah, wie ihr Mund im Dunkeln die Worte bildete, sah, wie ihre gleichmäßigen künstlichen Zähne aufblitzten und ihre Lippen sich wieder schlossen. Sie zeigte das liebenswürdige Lächeln, das sie sich einmal angewöhnt hatte.

»Das glaube ich auch«, sagte Studdy.

Sie war überrascht. Sie schwieg einen Augenblick und wollte mehr hören. Doch Studdy schwieg ebenfalls, und so sagte sie:

»Also?«

»Um ehrlich zu sein«, sagte Studdy, »ich mag Sie.«

Schwester Clock war solche Worte nicht gewöhnt und verstand erst nicht. Dann dämmerte es ihr langsam, dass Studdy ihr den Hof machte.

»Ich finde, wir sind gut miteinander ausgekommen«, sagte er. »Ich dachte, es wäre alles in Ordnung.«

»Was wollen Sie damit sagen?«, rief Schwester Clock, als die Bedeutung seiner Worte immer klarer wurde. »Um Himmels willen, Mr. Studdy.«

»Ich hätte es schon längst gesagt, aber ich hab mich nicht getraut.«

»Was gesagt, Mr. Studdy? Bis jetzt haben Sie noch nichts gesagt.«

»Wie wär's, Schwester? Sie und ich. Könnten Sie sich vorstellen, Mrs. Studdy zu werden?«

Schwester Clock konnte sich nicht länger beherrschen. Sie warf den Kopf schräg nach hinten und prustete vor Lachen. Sie lachte schallend und mit weit aufgerissenem Mund, und ihr Gelächter war so laut, dass es sogar im Fernsehzimmer zu hören war, obwohl gerade eine Unterhaltungssendung lief. Auch die Passanten in der Jubilee Road konnten es hören, und ein paar von ihnen dachten, jemand habe einen hysterischen Anfall.

Studdy saß da und beobachtete, wie die Frau, die ihm gegenübersaß, johlte und sich vor Lachen krümmte. Ihr Kopf zuckte und wirbelte hin und her. Der Klang ihres Gelächters veränderte sich wie bei einem Auto, dessen Gangschaltung betätigt wird: Zuerst hörte es sich ganz schrill an, und dann war es tief und volltönend. Schwester Clock führte sich auf wie eine Primadonna, und das wusste sie auch genau.

Studdy fand, dass sie sich wie ein Tier benahm; er sagte sich, dass sie der menschlichen Rasse nur versehentlich zugeordnet worden sein konnte.

»Sie sind eine Ziege, ein Huhn, ein Schädling. Sie sind ein Affe, ein Panzernashorn, eine verrückte Hyäne. Ja, das ist es: eine verrückte Hyäne.«

Im Lachen hörte Schwester Clock Studdys Beschimpfungen und die Tiernamen, die er so mühelos aufzählte.

»Sie haben die Haut eines Elefanten und das Herz einer Kröte. Sie sind eine Schlange im Gras. Ein tückisches Opossum. Wissen Sie, was ein Opossum ist, gnädige Frau? Ja, ich finde, Sie sind ein Opossum.«

»Mr. Studdy!«, rief Schwester Clock. »Großer Gott, was für ein Gedanke!«

Sie fing wieder an zu lachen, und Studdy saß reglos da. Wenn ich eine Gartenschere hätte, dachte er, würde ich sie ihr an den Hals setzen und dann langsam zudrücken. Das Blut würde an die Wände dieses nüchternen Zimmers spritzen, und ihr Kopf würde mit entblößten Zähnen loszischen wie ein Korken und an die Decke knallen.

»Das muss ich unbedingt den anderen erzählen«, sagte Schwester Clock. Sie trocknete sich mit einem Taschentuch die Augen. Sie schnäuzte sich. Ihr Körper hob sich, und dann brach sie wieder in unbändiges Gelächter aus.

Studdy sah vor sich, wie der abgetrennte Kopf an die Decke prallte und zu Boden fiel. Die Brille saß noch auf der Nase, die Bügel auf den Ohren. Er sah, wie Schwester Clocks Körper auf dem Stuhl zusammensackte und dunkles Blut wie eine Fontäne daraus hervorsprudelte. Das Blut lief über ihre Schwesterntracht und berührte seine Hände: Er spürte es warm und schlüpfrig zwischen seinen Fingern.

»Sie sind die hässlichste, widerwärtigste Kreatur in Gottes gesamter Schöpfung.«

Außerstande, ihm zu antworten, schüttelte Schwester Clock den Kopf, was nicht als Widerspruch, sondern leicht verächtlich gemeint war.

»Ich glaube nicht, dass Sie ein Geschöpf Gottes sind. Ich glaube, Er hat Sich gesagt: ›So was kann ich nicht erschaffen‹, und so hat Er irgendeinen zweitklassigen Taschenspieler, der draußen vorbeikam, mit der Sache betraut.«

»Sie bringen mich noch ins Grab«, rief Schwester Clock, und Studdy, der sich nichts sehnlicher wünschte als das, öffnete den Mund und spuckte sie an.

Mr. Obd, der allein in seinem Zimmer saß, hörte Schwester Clocks dröhnendes Gelächter und lauschte, da er es mit Mr. Bird in Verbindung brachte. »Jetzt ist bestimmt noch jemand verrückt geworden«, sagte er sich. »Der abscheuliche Bird macht uns mit seinem Spott noch alle wahnsinnig.«

Er stand auf und verließ leise sein Zimmer, da er darauf bedacht war, keine Aufmerksamkeit zu erregen. Er ging die Treppe hinunter und ließ hinter jede der drei Watts-Reproduktionen einen Feueranzünder gleiten. Ein paar legte er in die Schublade der Garderobe, neben drei Päckchen mit Samen und die Tennisbälle, die sich schon seit 1912 dort befanden.

Im Fernsehzimmer dachte Rose Cave, dass sie die Stelle, die Schwester Clock ihr angeboten hatte, auf keinen Fall annehmen konnte, da Schwester Clock irgendwelche dunklen Machenschaften verfolgte. Sie hätte nichts dagegen gehabt, in einem Heim zu arbeiten und sich um die alten Leute zu kümmern, aber bei Schwester Clock war ihr das unmöglich. »Aber in einem korrekt geführten Heim könnte ich das oder etwas Ähnliches tun«, sagte sie sich. »Ich könnte mich nach einer anständigen Stelle umsehen, und seien die Arbeiten auch noch so niedrig – und vielleicht würde es anfangs auch so sein, da ich keine Ausbildung habe.« Und sie dachte, dass all das interessanter sein würde als die Arbeit, der sie schon so lange nachging und die sie völlig langweilig fand. Sie würde Schwester Clock sagen, sie könne ihr Angebot nicht annehmen; und doch war sie nicht mehr so wütend auf sie, denn es sah aus, als hätte Schwester Clock sie mit ihren dunklen Machenschaften auf einen nützlichen Gedanken gebracht.

Major Eele hatte sich inzwischen an den Gedanken gewöhnt, dass er die Pension verlassen würde. Er wusste, dass er in der Gegend oder zumindest nicht weit entfernt ein anderes Zimmer finden würde, so dass er weiterhin zu Fuß zum West End gehen konnte. Die Kleine aus Nordengland hatte den Ti-Ti-Club verlassen, und ein dralles Mädchen von den Westindischen Inseln hatte ihren Platz eingenommen. Das gefiel ihm besser.

An jenem Abend hatte Venables ein Zimmer gefunden. Es war kein Zimmer in einer Pension, sondern bei einer Familie, die noch ein bisschen Platz hatte und das Geld gut gebrauchen konnte. »Sie werden es hier richtig gemütlich haben«, hatte die Frau zu ihm gesagt. »Sie werden sich fühlen, als ob Sie zur Familie gehören.« Er hatte gesagt, das Zimmer sei sehr schön, und das stimmte auch, obwohl es kleiner war als das in der Pension. »Cornflakes zum Frühstück«, hatte die Frau gesagt. »Fleisch zum Abendessen. Miete im Voraus.«

Mr. Scribbin hörte in seinem Zimmer, wie der Class A4 Pacific 60014 ruhig in Grantham Station vor sich hin dampfte und sich auf den berühmten Anstieg zum Stoke Summit vorbereitete. Als die Schallplatte abgespielt war, hatte er einen Schlachtplan entworfen. Er öffnete die Tür seines Zimmers. Er konnte Schwester Clock lachen hören. Dann blickte er übers Treppengeländer und sah, wie Mr. Obd unten in der Diele rechteckige Klötzchen hinter die Bilder und in die Schubladen steckte. Ansonsten war es in der Pension offenbar völlig ruhig. Mr. Scribbin brauchte zwanzig Minuten, um sein Grammophon, seine Matratze, sein Bettzeug und alles andere in Mr. Birds frühere Dachkammer zu bringen. Er hielt sich für einen ruhigen Menschen, der in seinem ganzen Leben noch niemanden belästigt hatte, doch er würde weder zulassen, dass man seine Schallplatten zerbrach, noch hatte er vor, zu einem Polizisten zu ziehen, bloß weil Schwester Clock es so wollte. Er schloss die Tür von Mr. Birds Dachkammer ab, brachte das Zimmer in Ordnung und stapelte seine restlichen Schallplatten in einem Schrank.

Vor fünf oder sechs Jahren hatte sich Miss Clerricot an einem feuchten Samstagnachmittag zwei Fläschchen Kopfschmerztabletten gekauft. Sie hatte oft gelesen, dass es nicht schwierig war, eine Überdosis Kopfschmerztabletten zu schlucken: Man schlief ein und wachte nicht mehr auf. Jedesmal, wenn sie es satt hatte, darauf zu hoffen, dass sich ein Abgrund vor ihr auftat, saß Miss Clerricot allein mit ihren fünfhundertsechs Kopfschmerztabletten da, betrachtete sie und dachte an die Mühsal des Lebens. Auch jetzt, an dem Abend, an dem Schwester Clock lachte und Mr. Scribbin in die Dachkammer zog, betrachtete sie die Tabletten, doch sie wusste, dass sie das einfache Vorhaben nie in die Tat umsetzen würde. Die Kopfschmerztabletten waren zu einem Zierrat, zu einer Erinnerung an einen schlimmen Augenblick und zu einer kleinen Quelle des Trostes geworden. Denn letzten Endes war sie froh, dass sie noch da waren und dass auch sie selbst noch da war und sie sich ansehen konnte.

25

Am Morgen des 23. September gingen die Bewohner der Pension wie gewohnt ihren Pflichten nach.

Rose Cave verließ das Haus um acht Uhr zweiunddreißig. Auf dem Weg zur Bushaltestelle kaufte sie sich eine Zeitung und las sie beim Warten und dann wieder, als sie im Bus Platz genommen hatte.

Mr. Scribbin ging später. Er schloss die Tür der Dachkammer hinter sich ab und erzählte keinem, was er am vorhergehenden Abend getan hatte. Er beschloss, die zerbrochenen Platten in der Mittagspause neu zu kaufen, und freute sich darauf, während er die Jubilee Road entlangging.

Die kleine Miss Clerricot ging zu ihrer Arbeit bei Mr. Morgan und fürchtete sich davor, Mr. Sellwood zu begegnen. Bei ihrer Begegnung würde sie vor Verlegenheit rot werden und sich fragen, wie viel er seiner Frau von ihrem Benehmen in Leeds erzählt hatte und ob er wusste, dass seine Frau in der Pension angerufen hatte, um mit ihr zu sprechen. Einen Augenblick lang kam es ihr seltsam vor, dass Mrs. Sellwood sie nicht im Büro angerufen hatte, denn sie musste doch wissen, dass sie dort arbeitete. Doch sie schob den flüchtigen Gedanken wieder beiseite und dachte, dass Mrs. Sellwood wohl einen Grund dafür gehabt hatte.

Venables kam zu spät zur Arbeit und sah, dass der Mann, der die Pünktlichkeit des Personals kontrollierte, sich die Fingernägel feilte und auf ihn wartete.

»Sie kommen zu spät, Venables«, sagte er. »Ihnen ist doch klar, dass Sie morgens dauernd zu spät kommen, oder?«

Venables stand in seinem marineblauen Blazer und seiner bügelfaltenlosen Flanellhose an der Tür des großen Büros, in dem er arbeitete. Er sah, dass der Mann erneut die Schuppen auf seinen Schultern anschaute. Dann ließ er den Blick über Venables' Gesicht wandern, über seine Wangen und seine Nase zu seiner blassen Stirn. Seit Jahren glaubte der Mann, dass Venables Jude war, und da er Juden nicht ausstehen konnte, hatte er es sich zur Gewohnheit gemacht, sich Venables vorzuknöpfen. Ein anderer Angestellter, der noch später dran war, betrat das Büro. »Guten Morgen«, sagte der Arbeitszeitkontrolleur.

»Die Dienste sind unzuverlässig«, begann Venables.

»Dienste?«, fragte der Mann.

»Ich bin mit dem Bus und der U-Bahn gekommen.«

»Wie Sie hergekommen sind, ist für uns nicht von Interesse, Venables. Warum sollten wir uns darüber Gedanken machen? Tatsache ist, dass Sie ständig zu spät kommen.«

»Tut mir Leid.«

»Ich hab den Verdacht, dass Sie sich drücken wollen. Die Firmenleitung hat ein Auge auf Sie. Das erzähle ich Ihnen, weil ich es gut mit Ihnen meine.«

Venables war in seinem Leben immer unerbittlich verfolgt worden, und als er jetzt an der Tür des Büros stand, hatte er das Gefühl, dass es auch so bleiben würde. Sein Vater, der inzwischen bei den Adventisten vom Siebenten Tag in Wales gut aufgehoben war, hatte kein Interesse mehr, seinem Sohn nachzustellen, an die Toilettentür zu hämmern und ihm anzudrohen, ihn seinen Streichriemen spüren zu lassen. Doch die Flatrups hatten gesagt, sie würden niemals aufgeben, sie würden ihn suchen, bis sie ihn gefunden hätten, und eines Tages würden sie ihn aufstöbern und Rache üben, weil Miss Flatrups Körper durch die Abtreibung für immer ruiniert worden sei.

»Ich ziehe um«, sagte Venables. »Dann dürfte alles leichter werden.«

»Wen interessiert das schon?«, sagte der Arbeitszeitkontrolleur und ging, irgendetwas über Juden murmelnd, davon.

Studdy und Schwester Clock redeten nicht miteinander. Schwester Clock sah, wie er im Speisesaal saß und Messer und Gabel über einen Teller mit Rührei hielt. Er hatte eine Angewohnheit, die ihr völlig missfiel: jedem, der den Raum betrat oder verließ, mit seinem Messer zuzuwinken.

Studdy dachte an einen Mann, der oft in den Pub kam und von dem es hieß, er sei Anwalt oder habe zumindest etwas mit dem Rechtswesen zu tun. Er hatte in der Nacht beschlossen, diesen Mann anzusprechen und ihm seinen Fall darzulegen, ihm zu erklären, was Schwester Clock vorhatte. Er sagte sich, dass er sich so etwas nicht bieten lassen würde, doch nachdem er noch einmal über alles nachgedacht hatte, wusste er, dass er die Lage sofort richtig eingeschätzt hatte: Schwester Clock hielt alle Trümpfe in der Hand. Er konnte ihr bloß noch drohen oder ihr ein bisschen Geld aus der Tasche ziehen, bevor er in seinen Auszug einwilligte.

»Sehen Sie mal«, sagte Gallelty in der Küche. »In der Wäsche liegt ein Feueranzünder.«

Major Eele mied das Jasmine Café und schlenderte eine Seitenstraße entlang. Er war unterwegs zu einem Laden, der von einer gewissen Mrs. Rolfer geführt wurde, wo er seine alten Ausgaben von *Lust* verkaufte. Er ging eine Straße entlang, durch die er schon einmal gekommen war, wo die Kinder anscheinend ständig an der Schwelle des Todes standen, da sie auf dem Gehsteig spielten und beim Spielen immer wieder auf die Straße gerieten. Dort standen Obst- und Gemüseläden und Geschäfte, in denen Haushaltswaren und ausgewählte Lebensmittel verkauft wurden, direkt nebeneinander. Vor den Wettbüros standen Männer und lasen die Rennsportspalten oder sprachen über die Verfassung der Pferde.

»Ja?«, sagte Mrs. Rolfer, eine gelegentliche Patientin von Schwester Clock, wovon Major Eele aber nichts wusste.

»Noch sechs Stück«, sagte er und zog die Exemplare aus der Innentasche.

»Ein Shilling sechs Pence«, sagte Mrs. Rolfer mit fester Stimme. Das war nicht als Angebot gemeint, als etwas, das er ablehnen konnte: Mrs. Rolfer ließ nur selten mit sich handeln.

»Schöner Tag«, sagte Major Eele. »Wie geht's Ihrem Rücken?«

»Schlecht«, sagte Mrs. Rolfer, und Major Eele machte ein bedauerndes Gesicht.

Er ging weiter und fragte sich, was er tun sollte. Ein Kind lief ihm zwischen den Beinen hindurch, und ein rotschwarzer Ball prallte ihm ans Knie. Er seufzte und dachte plötzlich, dass er nach London gehen könne. Auf dem Weg dorthin gab es ein Lyons Café, wo er sich mit einem Tablett anstellen und ein Mittagessen bekommen konnte. »Gute Idee«, sagte Major Eele und beschleunigte seine Schritte.

»Hallo«, rief eine Stimme, und er sah, wie Mr. Obd auf der anderen Straßenseite mit einem Päckchen, das er stolz im Arm hielt, aus einer Haushaltswarenhandlung kam.

»Schmalspurbahn an der Costa Brava«, sagte ein Verkäufer zu einem anderen. »Weiß der Himmel, was das ist.«

»Aufnahmen von Zügen«, sagte Mr. Scribbin. »Die hab ich hier schon mal gekauft.«

»Oh, ja«, sagte der zweite Verkäufer.

Miss Clerricot kaufte sich in der Mittagspause Sandwiches und aß sie in einem Park. Sie war Mr. Sellwood am Morgen nicht begegnet. Mr. Morgan war ziemlich schroff gewesen. Sie schlug die Frühausgabe der Abendzeitung auf und sah sich die Wohnungsanzeigen an.

»Ich weiß, dass Ihr Volk es mit dem Essen sehr genau nimmt«, sagte der Arbeitszeitkontrolleur. »Sie wissen, dass die Firmenleitung ein Auge auf Sie hat. Also halten Sie sich ran.«

»Was für ein Volk?«, fragte Venables.

Der Arbeitszeitkontrolleur lachte und fand das typisch.

Rose Cave aß Hackfleischauflauf und Aprikosen mit Sahne. Sie fragte sich, was sie tun sollte, um ihren Plan, in einem Altenheim zu arbeiten, voranzutreiben. »Sie sind mit Ihren Gedanken heute nicht bei der Sache«, hatte am Morgen jemand gesagt und gelacht, denn Rose Cave war mit ihren Gedanken fast immer bei der Sache. Sie dachte, es sei das Beste, in eine öffentliche Bibliothek zu gehen und die Stellenanzeigen durchzusehen. Sie zahlte rasch, denn der Gedanke, sofort eine öffentliche Bibliothek aufzusuchen, begeisterte sie.

»Wir müssen das mal klarstellen« sagte Schwester Clock, als sie Studdy in der Diele begegnete.

»Was wollen Sie?«

»Wir haben etwas zu besprechen. Wir haben ein Gespräch angefangen, und dann haben Sie sich in den Kopf gesetzt, sich wie ein Tier zu benehmen.«

Studdy schniefte. »Das sehen Sie falsch. *Sie* haben sich ...«

»Sie haben sich in den Kopf gesetzt, mich anzuspucken, Mr. Studdy. Na ja, egal. Wann dürfen wir damit rechnen, Sie loszuwerden?«

»Überhaupt nicht«, sagte Studdy. »Ich glaube, ich bleibe noch ein bisschen. Wenden Sie jetzt bloß keine Tricks an.«

»Ich wende keine Tricks an. Der Rest bleibt der Polizei überlassen. Hab ich das nicht klargemacht?«

»Ich spreche heute Abend mit meinem Anwalt.«

»Wie witzig. In der Zwischenzeit wird man Sie wegen Verleumdung und Erpressung verhaften. Ihnen bleibt nicht mehr viel Zeit, Studdy.«

»Ich werde gleich morgen früh mit Ihnen sprechen, gnädige Frau. Einverstanden?«

»Ganz wie Sie wünschen, obwohl ich in dem Aufschub keinen Sinn sehe.«

»Guten Abend«, sagte Mr. Obd, der gerade zur Haustür hereinkam. »Ich komme gut zurecht.«

»Gleich morgen früh«, sagte Studdy.

Schwester Clock lächelte und sagte kein Wort. Sie beobachtete Studdy, der an der offenen Tür stand, auf die Jubilee

Road hinausstarrte und sich ein Bild von dem Abend machte. Sie sah, wie er die Hand ausstreckte, um die Tür hinter sich zu schließen, und kurz darauf hörte sie, wie er sich schnäuzte und auf den Stufen vorm Haus etwas vor sich hin murmelte.

»Es riecht nach Benzin«, sagte Major Eele an jenem Abend, denn Mr. Obd hatte den ganzen Tag hart gearbeitet und mehrere Kanister Benzin in die Pension geschleppt.

»Die Kartoffeln schmecken seltsam«, sagte Mr. Scribbin, denn in seinem Eifer hatte Mr. Obd Benzin über die Kartoffeln gegossen, und später rösteten und zerplatzten die, die nicht in den Mägen der Pensionsbewohner gelandet waren.

In Miss Clerricots Zimmer entdeckte Mr. Obd, der überall Feueranzünder verteilte, in einer Schublade zwei Fläschchen Kopfschmerztabletten. Er hatte an jenem Tag vergessen, sich selbst welche zu kaufen, obwohl er das Wort *Kopfschmerztabletten* auf einer Liste eingetragen hatte. Er nahm sich Miss Clerricots Tabletten und sagte sich, dass er ein Recht dazu hatte, da er ihr unentgeltlich seine Feueranzünder daließ.

»Wir dachten, Sie wären ausgezogen«, rief Gallelty Mr. Scribbin nach. »Weil Ihr Zimmer geräumt und Ihr Bettzeug weg ist.«

»Ich bin in die Dachkammer gezogen«, sagte Mr. Scribbin und begab sich rasch dorthin.

Der Anwalt, der ab und zu in den Pub kam, tauchte an jenem Abend nicht auf, und Studdy nickte, während er allein dasaß, gestand sich seine Niederlage ein und dachte daran, sich bei Nacht und Nebel davonzumachen, wie seine Widersacherin es ihm empfohlen hatte. Er wollte sie nicht noch einmal von Angesicht zu Angesicht sehen und befürchtete plötzlich, dass die Sache schon zu weit fortgeschritten sein könnte. »Drei große Scotch«, sagte Studdy zum Barkeeper, der noch einmal nachfragte, da Studdy allein war. »Drei«, wiederholte Studdy, und als die Drinks eintrafen, kippte er einen nach dem anderen rasch hinunter. »Zwölf Shilling«, sagte der Barkeeper, doch Studdy behauptete, seine Brieftasche irgendwo liegen gelassen zu haben, und vereinbarte mit dem Inhaber, am nächsten Morgen zu bezahlen.

»Ich werde mich ein paar Stunden aufs Ohr legen«, sagte er sich, als er die Pension betrat. Er schnupperte und fügte hinzu: »Jemand hat was verschüttet.« Er durchquerte die Diele und ging die Treppe hinauf in sein Zimmer. Im abgedunkelten Fernsehzimmer goss Mr. Obd Benzin über die Kissen.

Ganz oben in der Pension, in der Dachkammer, in der Mr. Bird gelebt hatte und gestorben war, brach der mit zwei Schornsteinen ausgestattete *Lord Faringdon* mit einem gewaltigen stählernen Dröhnen aus einem Tunnel hervor. Mr. Scribbin, der sich auf seinem Bett ausgestreckt hatte, um sich zu entspannen und den Augenblick auszukosten, fiel in einen leichten Schlaf. Die Nadel sprang aus der letzten Rille der Schallplatte und glitt auf die glatte Fläche.

Rose Cave träumte, dass sie ihre Stelle aufgegeben hatte und sich um eine alte Frau im Rollstuhl kümmerte. Sie breitete eine karierte Decke über die Knie der alten Frau und lächelte sie an. Doch da war kein Gesicht, nur die straffe Linie eines Mundes, der in der Luft auf und ab hüpfte. »Mutter«, sagte Rose Cave, und der Mund drehte sich zur Seite, als hätte sich ein Kopf von ihr abgewandt.

Major Eele lehnte sich zurück und betrachtete die schwarzen Brüste im Ti-Ti-Club. Er hörte, wie er etwas rief, doch er bekam die Worte nicht mit. Der Mann, der die Taschenlampe hielt, richtete den Strahl einen Augenblick lang auf ihn, und Major Eele hielt die Hand vor die Augen. Als er sie wieder wegzog, sah er, dass Mrs. le Tor auf der Bühne stand und ihren BH auszog. »Sie ist schwarz, sie ist schwarz«, rief Major Eele, und Mrs. Andrews schlug ihn mit einer rosenverzierten Puderdose auf den Kopf.

Miss Clerricot schlief traumlos. Venables hatte nur unbefriedigende Traumfetzen: Gesichter tauchten auf, ohne lange zu verweilen; der Arbeitszeitkontrolleur drohte ihm; durch die Straßen zog eine Prozession, und Venables wusste, dass es die Adventisten vom Siebenten Tag waren, die zu Fuß von Wales nach London gekommen waren. Er wachte auf und lag eine Weile dick und käseweiß in seinem Bett, ohne an etwas Besonderes zu denken. Als er wieder eingeschlafen war, hatte er einen richtigen Traum. Der alte Mr. Flatrup jagte ihn mit einem Fleischmesser durch eine riesige Küche. »Sie haben unsere schöne Tochter umgebracht«, schrie die hünenhafte Frau des Alten. Mr. Flatrup kroch, und Venables kroch vor ihm her, und plötzlich sah er, dass die Küche keine Tür hatte.

Studdy wälzte sich schnarchend im Bett herum und war schnell eingeschlafen. Neben ihm stand ein gepackter Koffer auf dem Fußboden. Er hatte keinen Traum.

Schwester Clock roch, dass etwas brannte, und glitt in ihre flauschigen Hausschuhe. Mrs. Slape drehte sich vom Rücken auf die Seite, wurde wach und sah am Fußende ihres Bettes eine Flamme. Gallelty hörte sie schreien und schaltete das Licht an. Alles war voller Rauch.

26

Die Flammen, die aus den Fenstern züngelten und sich mit dem Rauch vermischten, erleuchteten den Himmel. Wolken schoben sich vor den Mond, und er schimmerte wie eine schwebende dünne Scheibe. Es wehte ein leichter Wind, als ob nichts passiert wäre.

Sie standen in ihrem Nachtzeug da und hatten sich Mäntel oder Bademäntel umgelegt. Venables hatte beim Verlassen des Zimmers seine Flanellhose ergriffen; er hielt sie jetzt in der einen Hand, und in der anderen hatte er einen

Elektrorasierer. Sie beobachteten, wie die Feuerwehrmänner den Brand bekämpften, wie sie ihren Wasserstrahl auf die Flammen richteten oder Leitern hinaufkletterten. »Das brennt wie Zunder«, sagte einer der Feuerwehrmänner, dann wiederholte es jemand, und dann noch jemand.

»Früher oder später reißen sie in der Jubilee Road alles ab«, sagte ein Mann aus der Nachbarschaft, denn dieser Gedanke kam ihm bei dem Bild der Zerstörung, das sich ihnen jetzt bot. Als Trost für die Bewohner der Pension sagte er: »Bald sitzen wir alle im selben Boot.«

Major Eele stand in einem rotblau gestreiften Schlafanzug da, über den er einen zerlumpten Bademantel gezogen hatte. Er hatte Mrs. le Tor zugeschaut und war gerade von Mrs. Andrews geschlagen worden, und dann war das Inferno ausgebrochen. Man hatte an seine Tür gehämmert. Ihm fiel ein, was Mrs. Andrews gesagt hatte, als sie die abgebrannten Streichhölzer in ihrem Bett entdeckt hatte: »Ich hätte bei lebendigem Leibe verbrennen können.« Sie hatte nicht einen Augenblick lang seine verzweifelte Lage in jener Nacht verstanden.

»Wo ist Mr. Obd?«, fragte Rose Cave.

Sie blickten sich um und schauten sich an, um zu sehen, wer von ihnen noch am Leben war. Miss Clerricot hatte als Erste geschrien. Der Rauch hatte ihr in den Augen gebrannt, und sie hatte die Tränen zurückgehalten und ihnen dann freien Lauf gelassen. Ihr Gesicht hatte sich noch mehr gerötet, und auf ihrer linken Wange schimmerte ein dunkler Fleck oder ein Bluterguss. Sie wischte sich mit einem Taschentuch, das ihr ein Fremder gegeben hatte, die Augen ab.

»Wo ist Mr. Obd?«, fragte Rose Cave noch einmal.

Doch Mr. Obd hatte zwei Fläschchen Kopfschmerztabletten geschluckt und schlief in den Flammen.

»Es ist noch jemand im Haus«, schrie Major Eele und versuchte, die Aufmerksamkeit der Feuerwehrmänner zu erregen. »Ein Afrikaner. Sie haben ihn im Dunkeln übersehen.«

Die Feuerwehrleute blickten in die lodernden Flammen und schüttelten die Köpfe. »Es ist noch jemand drin«, rief einer von ihnen, doch das war reine Formsache oder hörte sich zumindest so an, als ob man eine unabänderliche Tatsache zum Ausdruck brächte und die Sache damit erledigt wäre.

Studdy trug seinen Mantel und einen Anzug, den er gegen einen von Mr. Bird eingetauscht hatte. Durch Zufall war er besser dran als alle anderen, denn er hatte sich in seinen Kleidern hingelegt, da er vorgehabt hatte, bald aufzubrechen. Er hatte seinen Koffer aus dem brennenden Haus getragen und ihn an einen Laternenpfahl gelehnt.

In dem Schrank in der Dachkammer fingen Mr. Scribbins Schallplatten Feuer; die Flammen wurden ganz schwarz und verbrannten dann die Anzüge, die Mr. Scribbin noch vor kurzem in der Diele verteidigt hatte. Sie sprangen über den Stapel alter Zeitschriften, deren Seiten sich knisternd kräuselten, auf die Täfelung über. Ganz unten in dem Stapel, nahe am Fußboden, lagen Mr. Birds *Notizen über die Bewohner*. Allmählich verbrannten sie wie fast alles andere.

»Er hat nie eine Versicherung abgeschlossen«, sagte Studdy. »Hat Schwester Clock das gewusst?«

Sie stand einen halben Meter von ihm entfernt. Sie sagte kein Wort und sah ihn auch nicht an.

»Das hat er mir oft erzählt«, sagte Studdy. »Mr. Bird fand Versicherungen schwachsinnig.«

Das hatte Mr. Bird auch anderen erzählt; er hatte es Schwester Clock gesagt, doch das fiel ihr erst jetzt wieder ein.

»Mr. Bird hat nichts davon gehalten«, sagte Major Eele.

Miss Clerricot dachte an Mr. Sellwood und daran, dass er über das mangelnde Vertrauen zu Versicherungen enttäuscht gewesen wäre und das Dilemma, in dem sie jetzt steckten, als Beispiel für seine Behauptung angeführt hätte. Diese Überlegung hatte etwas Komisches. Obwohl ihre Lage nicht beneidenswert war, musste Miss Clerricot lächeln.

»Witzig«, sagte Studdy. »Ist das nicht witzig, gnädige Frau?«

Schwester Clock ging davon, doch Studdy nahm seinen Koffer und folgte ihr.

»Ich wollte das Haus verlassen, wie Sie es mir gesagt haben. Tja, jetzt werden keine alten Leute mehr im Garten sitzen.«

»Mr. Obd liegt im Sterben, und Sie machen bloß unfreundliche Bemerkungen. Haben Sie denn keine Gefühle, Studdy?«

»Haben Sie welche, gnädige Frau? Ich glaube durchaus, dass Sie Gefühle haben. Ich glaube, Sie sind verzweifelt, Ihre Bosheit ist auf Sie zurückgefallen. Sie haben probiert, wie weit Sie gehen können, Schwester. Sie sind ein schrecklicher Mensch.«

»Gehen Sie Ihrer Wege, Studdy. Lassen Sie uns in Ruhe.«

»Wir alle gehen unserer Wege, oder?«

»Ich wünschte, Sie wären noch im Haus und würden fest schlafen. Na ja, Sie werden bald hinter Gittern sitzen.«

»Und die alten Leute werden nie …«

Schwester Clock drehte sich um, und es sah aus, als würde sie den Arm heben, um ihn zu schlagen.

»Schwester Clock streitet sich mit Studdy«, sagte Major Eele.

»Und das in diesem Augenblick«, sagte Mr. Scribbin.

In Wimbledon schlief Mrs. Rush, die einmal Janice Brownlow geheißen hatte, ohne etwas von dem Brand in der Pension zu wissen oder je davon zu erfahren. Mrs. Maylam wusste Bescheid, da Studdy ungefähr eine Stunde später an ihre Wohnungstür klopfte und sie fragte, ob er sich auf ihrem Sofa ausruhen dürfe. Auch Mrs. le Tor hörte davon und fragte sich, ob Major Eele umgekommen war, bis man ihr das Gegenteil berichtete. »Ein Schwarzer ist umgekommen«, sagte man ihr, und Mrs. le Tor erinnerte sich, dass Major Eele von afrikanischen Frauen gesprochen, aber keine afrikanischen Männer erwähnt hatte.

»Ich mach mich auf den Weg nach Plymouth, wie damals, als ich hergekommen bin«, rief Gallelty ganz aufgeregt. »Ich lasse mich von einem LKW mitnehmen, dann von noch einem, und morgen oder übermorgen bin ich in Plymouth, der Hafenstadt, wo ich meinem Schicksal begegne.«

»Geh nicht«, sagte Mrs. Slape und legte ihr die Hand auf den Arm. »Bleib da, vielleicht finden wir beide woanders eine Stelle.«

Gallelty schüttelte den Kopf. »Wo gibt es schon ein Haus wie das von Mr. Bird? Wir hätten gleich nach seinem Tod gehen sollen. Wir konnten nicht damit rechnen, dass es ohne ihn weiterläuft. Das Schicksal hat mich hergeschickt, das Schicksal hat die schöne Pension zerstört.«

»Nein, nein«, sagte Mrs. Slape. Doch Gallelty ging davon und verschwand als Erste vom Schauplatz des Feuers.

Studdy ging zu Schwester Clock, zog eine Stecknadel aus dem Stoff seines Mantels und stach ihr damit fest in den Arm. Schwester Clock verspürte einen Schmerz und schrie auf. Sie ging auf Studdy los. »Er hat versucht, mich umzubringen«, schrie sie. »Er hat versucht, mich zu erstechen.«

Studdy lachte und streckte die Hände aus, um zu zeigen, dass er kein Messer hatte.

»Bitte«, sagte Rose Cave. »Bitte nicht jetzt.«

»Ich mach mich auf den Weg«, sagte Studdy. »Ich hab mich bloß von dieser boshaften Frau verabschiedet.« Er lachte noch einmal und spürte den pulsierenden Hass, den er so lange gezügelt hatte. Auch Schwester Clock empfand einen tiefen Hass, wie sie ihn schon in der vorhergehenden Nacht verspürt hatte und bei dem Gedanken an ihn immer verspüren würde.

»Was für ein Unding, die beiden zusammenzubringen«,

sagte Rose Cave. »Was hat sich Mr. Bird bloß dabei gedacht?«

In der Garderobenschublade fingen die Tennisbälle von 1912 Feuer und wurden rasch von den Flammen verzehrt. Die Watts-Reproduktionen an der Treppe fielen von der Wand, während die Porzellangänse noch stehen blieben. Im Fernsehzimmer gingen die Sesselschoner, das Hochzeitsfoto, das Mr. Bird auf einem Beistelltisch aufgestellt hatte, und alles, was sich sonst noch in dem Zimmer befand, in Flammen auf. Das Feuer fraß sich durch das Gehäuse des Fernsehers; es gab ein paar kleine Explosionen, und die Metallteile schmolzen.

Der Wind wurde stärker. Die Leute in der Jubilee Road zitterten. Die Nachbarn sprachen von einer Tasse Tee und boten den Bewohnern der Pension ihre Gastfreundschaft an, nachdem man ihnen mitgeteilt hatte, dass das Feuer unter Kontrolle war und sich nicht weiter ausbreiten würde. In den Rinnsteinen floss Wasser; in den erlöschenden Flammen stürzte etwas krachend zusammen. »Ich hab nicht das Gefühl, dass alles unter Kontrolle ist«, sagte Major Eele. »Weiß der Mann wirklich, wovon er redet?«

Ein Feuerwehrmann sagte, sie sollten sich vor herabstürzendem Holz in Acht nehmen, das heiß und gefährlich sein könne. Er sprach hastig und forderte alle auf, zurückzutreten. Glühende Holzstücke stürzten wie riesige Funken in den Garten der Pension.

»Er ist ein Verbrecher«, rief Schwester Clock. »Er schreibt wildfremden Leuten Briefe. Er erpresst Frauen. Mrs. le Tor. Mrs. Rush. Mrs. Maylam. Mrs. Sellwood.«

Einen Augenblick lang herrschte Schweigen. Miss Clericot hatte den Namen von Mrs. Sellwood zum zweiten Mal aus Schwester Clocks Mund gehört. Sie verstand nicht, wovon Schwester Clock redete: Hatte Studdy an Mr. Sellwoods Frau geschrieben und sie erpresst? Woher kannte Studdy Mrs. Sellwood bloß? Oder war Schwester Clock wegen des Unglücks ganz durcheinander und nicht richtig bei Verstand? Miss Clerricot wusste nicht, dass Mr. Obd ihre Kopfschmerztabletten geschluckt hatte. Sie selbst erreichte ein hohes Alter; und obwohl kein Mann je sein Glück bei ihr probierte, kam sie im Lauf der Jahre mit ihrem Leben immer besser zurecht.

»Völlig durchgedreht«, sagte Studdy.

»Haben Sie von der le Tor Geld genommen?«, fragte Major Eele.

»Keine Sorge«, sagte Schwester Clock. »Der sitzt bald hinter Gittern.«

»Prima«, sagte Major Eele.

Dann ging Studdy. »Fahrt doch alle zur Hölle«, sagte er und ging in eine andere Richtung als Gallelty. Bis ans Ende seiner Tage hatte er eine Stecknadel in seinem Revers stecken, die ihn an die Brandnacht, an den Augenblick erinnern sollte, als er Schwester Clock damit vor aller Augen tief in den Arm gestochen hatte.

Schwester Clock weinte zum ersten Mal, seit sich ihr Leben verändert hatte. Zum letzten Mal war sie an dem Morgen im Zimmer der Lord-Bloods den Tränen nahe gewesen, als Sir James ganz offen zu ihr gewesen war und seine Frau ihm zugestimmt hatte. Jetzt, in so schwerer Stunde und unter diesen furchtbaren Umständen, weinte sie hemmungslos in ihren flauschigen Hausschuhen und ihrem Bademantel. Was Studdy gesagt hatte, stimmte: Die alten Leute würden ihre letzten Lebensjahre jetzt nicht mehr in ihrem Haus und unter ihrer Fürsorge verbringen. Studdy, der kurz ihr Verbündeter gewesen war, hatte sie mit einem Heiratsantrag beleidigt, hatte ihr ins Gesicht gespuckt und sie mit einer Stecknadel in den Arm gestochen. Studdy ging als freier Mann, weil sie keine Beweise gegen ihn hatte und die Sache sowieso keine Rolle mehr spielte. Sie dachte daran, wie Mr. Bird sie auf dem Totenbett aufgefordert hatte, den Zeitungen mitzuteilen, wie er gestorben sei; daran, wie er ihr später im einzigen Traum ihres Lebens erschienen war, um sie wegen ihres Versäumnisses zu tadeln; daran, wie Gallelty und eine Putzfrau behauptet hatten, sie hätten ihn einen Monat nach seiner Beerdigung in der Küche gesehen, und wie Mr. Obd von ihm gesprochen und ihn als Verräter bezeichnet hatte.

Weit weg, in ihrer Wohnung am Ende der Steintreppe, schlief Annabel Tonks, ohne etwas von dem Feuer zu wissen. Sie streckte sich genießerisch im Schlaf.

Schwester Clocks Tränen versiegten. Sie blickte seufzend zum Fenster ihres früheren Zimmers hinauf und dachte an Mr. Obd. Auch die anderen Bewohner der Pension dachten in jenem Augenblick an ihn. Und wenn Mr. Obd bei ihnen gewesen wäre, dann hätte er in den Nachthimmel geschaut und gesagt, er sehe die schwebende Gestalt von William Wagner Bird, die in der Dunkelheit wie ein Neonschild leuchte. Doch die anderen sahen nichts: niemanden, der in goldenem Gewand Trompete spielte oder in seiner Pracht und Herrlichkeit auf einem Thron saß. Sie dachten an Mr. Obd, und Mr. Obd starb in dem Augenblick, als sie an ihn dachten, ohne etwas zu spüren. Und William Bird, den man nach einer Romanfigur Wagner genannt hatte, starb noch einmal, während seine Pension prasselnd und zischend verbrannte und seine Mieter in der Jubilee Road dabei zusahen. Sie standen stumm und allein da, während der Morgen anbrach und die Sonne über London aufging und alles in ein anderes Licht tauchte.